JANE
HARPER

DER
STURM

atb aufbau taschenbuch

Jane Harper wurde 1980 in Manchester geboren, lebt aber schon lange in Melbourne, Australien. Sie war Journalistin, bevor sie mit dem Schreiben von Thrillern begann. Gleich mit ihrem Debütroman »Hitze« gewann sie neben zahlreichen anderen Preisen auch den wichtigsten britischen Krimipreis, den »Gold Dagger«.
Bei Rütten & Loening ist ebenfalls ihr Thriller »Die Suche« lieferbar.

Matthias Frings, 1953 in Aachen geboren, war Journalist und Fernsehmoderator und lebt als Schriftsteller in Berlin. Er studierte Anglistik, Germanistik und Linguistik und übertrug u. a. Stephen Fry, Kate White sowie David MacNeil ins Deutsche.

Die Überlebenden, drei große, eiserne Figuren, die sich auf einem Felsen über dem Meer erheben, sind das Wahrzeichen seines Heimatortes in Tasmanien. Eigentlich sollen die Figuren an ein Schiffsunglück erinnern, für den dreißigjährigen Kieran sind sie jedoch das Symbol, dass auch er ein Überlebender ist. Vor zwölf Jahren hat er Evelyn Bay verlassen, nachdem in einem Sturm sein Bruder Finn ums Lebens gekommen war – seinetwegen, weil Finn ihn hatte retten wollen. Nun ist Kieran zurückgekehrt. Er ist mit Mia zusammen, die ihm Halt gibt, und hat mit ihr eine kleine Tochter. Doch kaum ist er zurück, wird Bronte, eine junge Künstlerin, die als Kellnerin arbeitet, am Strand ermordet aufgefunden. Nicht weit von der Stelle, an der vor zwölf Jahren ein Mädchen verschwand. Plötzlich brechen alte Wunden wieder auf. Denn offenbar hat Bronte etwas herausgefunden, was während des Sturms geschah und das mit Finns Tod und dem verschwundenen Mädchen zu tun hat.

JANE HARPER

DER STURM

THRILLER

Aus dem Englischen
von Matthias Frings

atb aufbau taschenbuch

Die Originalausgabe unter dem Titel
The Survivors
erschien 2021 bei Flatiron Books / Macmillan Australia.

MIX
Papier | Fördert
gute Waldnutzung
FSC® C083411

ISBN 978-3-7466-4122-5

Aufbau Taschenbuch ist eine Marke
der Aufbau Verlage GmbH & Co. KG

1. Auflage 2024
Vollständige Taschenbuchausgabe
© Aufbau Verlage GmbH & Co. KG, Berlin 2022
www.aufbau-verlage.de
10969 Berlin, Prinzenstraße 85
Die deutsche Erstausgabe erschien 2022 bei Rütten & Loening,
einer Marke der Aufbau Verlage GmbH & Co. KG
Copyright © 2020, Jane Harper
Der Verlag behält sich das Text- und Data-Mining
nach § 44b UrhG vor, was hiermit Dritten
ohne Zustimmung des Verlages untersagt ist.
Umschlaggestaltung und Motiv www.buerosued.de, München
Satz Greiner & Reichel, Köln
Druck und Binden CPI books GmbH, Leck, Germany

Printed in Germany

PROLOG

Sie wäre – fast – eine der *Überlebenden* gewesen.

Sie stand da, Konturen vom schwachen Licht hervorgehoben, mit dem Rücken zum Salzwasser, das ihre Füße umspielte. Dann bewegte sie sich. Nur eine unmerkliche Verlagerung des Gewichts, ein Ein- und Ausatmen, aber lange genug, um die Illusion zu zerstören, bevor sie sich vollständig verfestigt hatte.

Sie schaute immer noch in die Ferne, ihr Augenmerk auf etwas gerichtet, das er in der Dunkelheit nicht ausmachen konnte. Irgendwo brach sich eine Welle, und Salzwasser brandete an, frisch und kalt gegen seine eigenen Beine, während es weiß um ihre nackten Waden schäumte. Er beobachtete, wie sie mit der freien Hand ihren Rock schürzte. Die Luft war von feinem Sprühnebel erfüllt, und das T-Shirt klebte an ihrem Rücken und ihrer Taille.

Die nächste Welle nahte, und diesmal war der Sog so stark, dass er einen Schritt nach vorne machte. Sie nahm keine Notiz davon. Ihr Kopf war geneigt, das Silber ihrer Halskette glänzte vor ihrem Schlüsselbein, als sie sich vorbeugte, um etwas im Wasser in Augenschein zu nehmen. Als die Welle wieder zurückwich, ließ sie den Rocksaum los und hob eine Hand, um den Pferdeschwanz nach hinten zu werfen, der ihr über die Schulter gefallen war. Er war schwer von der Gischt. Eine einzelne Haarsträhne hatte sich in ihrem Mundwinkel verfangen, und sie befreite sie, indem sie sich mit den Fingerspitzen über die Lippen fuhr. Ein Gefühl der Beklemmung machte sich in seiner Brust und seinen Schultern breit.

Wenn du es tun willst …

Der Gedanke wie ein Flüstern unter dem Rauschen der nächsten Welle. Der Sog erfasste ihn wieder. Er kämpfte dagegen an, kurz, trat dann einen weiteren Schritt auf sie zu.

Sie hörte ihn nun oder spürte ihn zumindest. Eine Störung des natürlichen Rhythmus, der sie umgab.

Wenn du es tun willst …

Sie sah auf. Er sog die kalte, salzige Luft ein.

Dann tu es jetzt.

KAPITEL 1

Kieran hoffte, dass die Betäubung rasch einsetzen würde. Das eisige Brennen des Meerwassers ließ meistens schnell nach, aber während die Minuten verstrichen, fror er immer noch. Er wappnete sich, als eine neue Welle gegen seine Haut brandete.

Das Wasser war gar nicht mal so unangenehm, sagte er sich, nicht in diesen letzten Sommertagen mit einer Nachmittagssonne, die sich anstrengte, ihm das Schneidende zu nehmen. Eher Gänsehaut als Unterkühlung. Kieran wusste, dass er weitaus kälteres Wasser als dieses schon »angenehm« genannt hatte.

Allerdings immer nur hier in Tasmanien, wo Meerestemperaturen relativ waren. Vieles in dem kleinen Inselstaat war relativ.

Sydney – die Stimme in seinem Kopf hörte sich verdächtig nach seiner Mutter an – *hat dich verdorben.*

Vielleicht. Aber das eigentliche Problem war, dass er, anstatt mit aufgeblähter Brust durch das Blau zu jagen, tosendes Wasser um die Ohren und nichts als Hunderte Kilometer wogende See bis zum nächsten Flecken Land, ganz brav hier stand, hüfttief, drei Meter vom Strand entfernt.

Seine Tochter lag eingehüllt in ein trockenes Handtuch wie betrunken von ihrer Milch an seiner nackten Brust. Ein winziger Sonnenhut schützte ihre Augen, während sie döste. Mit ihren drei Monaten wurde Audrey langsam schwer. Er verlagerte ihr Gewicht und blickte, das leichte Ziehen in den Schultern und die Kälte an den Beinen ignorierend, auf den Horizont und ließ sie schlafen.

Audrey war nicht die Einzige, die tief und fest schlief. Am Strand sah Kieran seine Freundin, die voll bekleidet flach auf dem Rücken lag, einen Arm über die Augen gelegt, den Mund leicht geöffnet. Mias Kopf lag auf einem zusammengerollten Handtuch, das Haar im Sand zu einem großen dunklen Fächer ausgebreitet. Dieser Tage konnte sie überall schlafen, genau wie er.

Sonst war fast niemand in der Nähe. Ein ihm unbekanntes Teenagerpärchen war vor einer Weile barfuß und händchenhaltend vorbeiflaniert, und eine junge Frau sammelte etwas weiter entfernt Strandgut, seit sie eingetrudelt waren. Im Hochsommer gab es fast doppelt so viele Urlauber wie die neunhundert Einheimischen, aber inzwischen waren nahezu alle abgereist. Der Alltag rief sie zurück aufs Festland und darüber hinaus.

»Hey!«

Eine vertraute Stimme veranlasste Kieran, sich umzudrehen. Ein Mann näherte sich auf einem der Trampelpfade, die eine Reihe von verwitterten Strandhäusern mit dem Sandstrand verbanden. Er grinste, während er einen abgenutzten Rucksack höher auf seine Schulter hievte. Zu seinen Füßen tollte ein ausgewachsener Hund von unbestimmbarer Rasse, dessen Größe und struppiges goldbraunes Haar ihn beunruhigend wie sein Herrchen aussehen ließen.

Kieran watete aus dem Wasser und ging Ash McDonald auf dem Sand entgegen, wobei er sich so drehte, dass Ash das Baby an seiner Brust sehen konnte.

»Verdammte Scheiße.« Mit einem schwieligen Finger schob Ash eine Ecke des Handtuchs beiseite und beugte sein unrasiertes Gesicht hinab, um einen Blick auf Audrey zu werfen.

»Also, die ist viel zu hübsch, um deine Tochter zu sein, Kumpel, aber trotzdem Glückwunsch.« Ash richtete sich auf und blinzelte Mia zu, die aufgewacht war und sich den Sand vom Rock schlug, während sie sich zu ihnen gesellte. »Ich mache nur Spaß. Sie ist wunderhübsch.«

»Danke, Ash.« Mia unterdrückte ein Gähnen, während sie sich vorbeugte, um ihn auf die Wange zu küssen und seinen Hund zu tätscheln. »Hallo, Shifty.«

Ash wies mit dem Kopf auf Kierans Shorts. »Wie ist das Wasser?«

»Ganz nett.«

»Die guten alten Tage wieder aufleben lassen, was?«

Kieran lächelte. »Eher einfach nur schwimmen.«

Kieran wusste nicht, wie viele Stunden er als Teenager zusammen mit Ash hüfttief im Ozean verbracht hatte, um sich am Tag nach einem Fußballspiel zu erholen und darauf zu warten, dass das eisige Wasser seine angeblichen Wunder vollbrachte. Viele Stunden, jedenfalls.

Ash war eines der Sommergesichter gewesen, die jahrelang immer mal wieder in Evelyn Bay auftauchten. Doch seit er fünfzehn war, gehörte er zum Inventar, nachdem es seine Mutter nach ihrer Scheidung wieder in ihre Heimatstadt verschlagen hatte.

Damals hatte Kieran nicht viel über Ash gewusst, nur, dass er aus einer Bergarbeiterstadt im Westen des Staates kam, wo man so hartgesotten war, dass das örtliche Fußballteam nicht auf Gras, sondern auf Schotter spielte.

Angesichts dessen hätte Kieran wohl nicht so perplex sein dürfen, wie er es war, als Ash beim Training auftauchte und Kieran zum ersten Mal im Leben bei den Schnelligkeitsübungen nicht automatisch gewann, sein Rang als Torschützenkönig in Gefahr geriet, und er bei taktischen Manövern, die er jahrelang unangefochten dominiert hatte, nicht mehr konkurrenzlos war. Einige Wochen hatte er darauf verschwendet, angefressen zu sein, war häufiger im Fitnessstudio und auf dem Spielfeld gewesen, nur um erneut angefressen zu sein, als er dort auf Ash traf, der genau dasselbe tat.

Die Saison war schon halb vorüber, als Kieran spät an den Strand gekommen und ins Wasser gewatet war, nur, um zufällig neben Ash zu stehen. Nicht willens, derjenige zu sein, der sich einen anderen Platz suchte, hatte Kieran die Arme verschränkt und stur aufs Meer geblickt. Den ganzen Rest der Saison hatten sie schweigend nebeneinandergestanden. Unsichtbar irgendwo im Norden lag das Festland Australiens, weiter im Süden die Antarktis. Vor ihnen bis zum Horizont nichts.

»Hab so viele persönliche Bestmarken geknackt wie bei meinem alten Club das ganze Jahr nicht.«

Ashs Stimme hatte Kieran überrascht. Er hatte dem anderen Jungen, der manchmal einen Hauch stärker oder schneller war, nicht einmal einen flüchtigen Blick zugeworfen. Ash nahm die Augen nicht vom Wasser, als er weitersprach.

»War ziemlich gut, eigentlich.«

Und verdammt, war Kieran mit einer Mischung aus Ärger und Wertschätzung aufgegangen, der Kerl hatte recht. Es *war* gut. Kieran war nie besser gewesen als beim Wettrennen mit diesem Arschloch. Der Coach hatte das Training beendet, und Kieran verfolgte, wie Ash sich aufmachte, zurück zum Strand zu waten.

»Hey, warte mal eine Sekunde.«

Ash war stehen geblieben. Und von da an gab es nicht mehr viel zu sagen.

Heute spielte keiner von ihnen mehr regelmäßig Fußball, aber fast anderthalb Dekaden später war Kieran mindestens so fit wie damals, und sein Job als Sportphysiotherapeut brachte es mit sich, dass nun er es war, der Menschen ermunterte, in eisig kaltem Salzwasser zu stehen. Ähnlich fit sah auch Ash aus, dachte Kieran. Sein Betrieb für Landschaftsbau trug ihm das gesunde Aussehen eines Naturburschen ein, das einem das Hantieren mit Säcken voller Mutterboden und gefällten Bäumen verlieh.

»Seit wann bist du zurück?« Ash warf seinen Rucksack auf den Sand, und Kieran hörte Werkzeug darin klappern.

»Seit ein paar Stunden.«

Kieran und Mia waren nur so lange im Haus seiner Eltern geblieben, wie die Höflichkeit es verlangte, bevor sie sich mit dem Bedürfnis nach etwas frischer Luft entschuldigt hatten. Von seinem Standpunkt aus konnte er immer noch ihre hintere Veranda sehen, wo lediglich ein weißer Zaun das Grundstück vom Strand trennte. Wenn Kieran daran dachte, ins Haus zurückzukehren, befiel ihn augenblicklich Klaustrophobie.

»Wie geht es deinem Vater?«, fragte Ash. »Hab ihn seit Wochen nicht gesehen.«

»Nicht so gut.« Kieran fragte sich, ob er mehr sagen musste, aber nein, natürlich nickte Ash bereits. In einem Ort wie Evelyn Bay wusste jeder über jeden Bescheid. Wahrscheinlich besser als Kieran selbst. Er hatte seinen Vater seit anderthalb Jahren nicht mehr zu Gesicht bekommen, das letzte Mal, als Brian noch gesund genug war, um hoch nach Sydney zu fliegen. Schon damals war er häufig verwirrt gewesen, und Kierans Mutter Verity hatte die meiste Zeit ihres Besuchs damit verbracht, ihm geduldig alles zu erklären. Als Audrey vor drei Monaten zur Welt gekommen war, hatte Verity alleine die Reise unternommen, um ihr erstes Enkelkind zu begutachten.

Trotz dieses rot blinkenden Warnzeichens war Kieran seit seiner Ankunft immer noch entgeistert, von dieser leeren Hülle namens Brian Elliott begrüßt zu werden. Kieran wusste nicht genau, ob es mit seinem Vater so rasch bergab gegangen war oder ob er es nur nicht hatte wahrhaben wollen. Wie auch immer, mit nur sechsundsechzig hatte seinen Vater die Demenz voll im Griff.

»Wann findet der Umzug statt?« Ash ließ seinen Blick zum Haus von Kierans Eltern schweifen.

»In ein paar Wochen.« Die Pflegeeinrichtung in Hobart erwartete seinen Vater. »Wir haben überlegt, dass Mum wahrscheinlich etwas Hilfe beim Ausmisten brauchen kann.«

»Und was wird sie tun? Sie zieht doch nicht mit ein, oder?«

»Nein.« Kieran stellte sich Verity vor, die mit vierundsechzig problemlos als zehn Jahre jünger durchging und immer noch fast täglich joggte und Fahrrad fuhr. »Sie hat eine kleine Wohnung in der Nähe des Pflegeheims gefunden.«

»Gut, das ist …« Ash fuhr sich mit der Zunge über die Zähne und suchte nach einem Wort. »… bequem.«

»Ja.« Kieran hoffte es, weil er ziemlich sicher war, dass Verity es verabscheuen würde.

Ash dachte kurz nach. »Pass auf, sag Verity, sie soll mir Bescheid geben, bevor das Haus auf den Markt kommt. Ich werde in ihrem Garten klar Schiff machen. Umsonst natürlich.«

»Wirklich? Danke, Kumpel.«

»Dafür nicht. Ist eine beschissene Situation.«

Es war beschissen. Kieran hatte es gewusst. Er hätte früher kommen sollen.

»Wie lange ist es her, seit du zuletzt hier warst?«, fragte Ash, als hätte er seine Gedanken gelesen.

»Zwei Jahre?«

»Länger, glaube ich«, sagte Ash, während Mia schon den Kopf schüttelte.

»Es waren fast drei«, sagte sie und wandte sich an Ash. »Wie geht es Olivia? Ich habe ihr eine Mail geschickt, dass wir eine Woche lang hier sind.«

»Es geht ihr gut, sie will euch auf jeden Fall treffen.« Ash griff nach seinem Handy. »Lass mich nachsehen, ob sie gerade in der Nähe ist. Sie wohnt da drüben. Fisherman's Cottage.« Er wies mit dem Kopf auf eine Reihe von Holzhäusern entlang des Strandes.

»Ach ja?« Kieran konnte den flachen Bungalow etwa zwölf Häuser hinter dem Haus seiner Eltern ausmachen. Cottage war ein etwas zu poetischer Name. Wie nahezu alle Häuser im Ort – merkwürdigerweise sogar die neueren – schrie es nach Sechziger-Jahre-Architektur. »Wie lange hat sie es schon gemietet?«

»Anderthalb Jahre oder so. Seit sie hierher zurückgezogen ist auf jeden Fall.«

Während Ash die Nummer seiner Freundin wählte, versuchte Kieran sich vorzustellen, wie Olivia Birch mit dreißig aussehen würde. Er hatte sie nicht gesehen seit – er versuchte sich zu erinnern – seit Jahren jedenfalls, also war ihr Bild in seinem Kopf immer noch das der Achtzehnjährigen. Groß, schlank und geschmeidig war sie gewesen, mit einem Auftreten, das Erwachsene als »klassische Schönheit« bezeichneten und Jungs als »heiß«. Am Strand war sie Stammgast gewesen, das Haar zum Pferdeschwanz gebunden, den sie ungeduldig nach hinten warf, wenn sie den Reißverschluss ihres Neoprenanzugs schloss. Groß würde sie natürlich immer noch sein und hübsch wohl auch. Mädchen wie Olivia hielten sich gut.

Ash presste das Telefon ans Ohr, überprüfte dann den Bildschirm und legte mit einem kleinen Kopfschütteln auf. Er hob den Kopf und brüllte zu Kierans Überraschung: »Hey! Bronte!«

Die junge Frau hatte mit dem Muschelsuchen aufgehört und hockte in der Nähe der Brandung, wo sie ihre Kamera auf irgendetwas im Sand gerichtet hielt. Bei Ashs Ruf sah sie auf und erhob sich mit im Wind flatterndem Rock.

»Livs Mitbewohnerin«, sagte Ash zu Kieran und Mia, bevor er auf ihr Strandhaus wies und erneut die Stimme erhob: »Ist Olivia zu Hause?«

Das Mädchen – Bronte, wie Kieran annahm – schüttelte den Kopf, eine demonstrativ vergrößerte Geste über die Entfernung hinweg. *Nein.* Sie sahen es eher, als dass sie es hörten, während ihre Stimme im Wind verwehte.

Ash formte die Hände zum Trichter: »Wo ist sie?«

Ein Schulterzucken. *Keine Ahnung.*

»Nun ja.« Ash wandte sich wieder seinem Telefon zu und runzelte die Stirn. »Verstehe ich nicht. Aber wisst ihr, was? Sie arbeitet heute Abend. Lasst uns alle auf einen Drink gehen. Wir sehen sie dann dort.«

»Liv arbeitet immer noch im Surf and Turf?« Mia versuchte, ihre Überraschung zu verbergen, was ihr nicht gelang.

»Ja«, sagte Ash. »Momentan noch, jedenfalls. Also, wann heute Abend? So gegen acht?«

»Weiß nicht, Kumpel.« Kieran wies auf Audrey in seinem Tragetuch, die gerade unter ihrem Sonnenhut aufgewacht war. »Wir haben die Kleine, also …«

»Dafür gibt es doch Großmütter, oder?« Ash schrieb schon eine SMS. »Ich schreibe Liv, dass wir kommen. Bringt auch Sean mit.«

Kieran und Mia wechselten einen Blick, mit dem sie ein stillschweigendes Gespräch führten, das mit dem kaum sichtbaren Nicken beider endete. Sie würden mitgehen.

»Okay.« Als Ash zu Ende getippt hatte, hievte er seinen Rucksack hoch und schwang ihn sich über die Schulter. »Ich muss mal wieder zur Arbeit. Bis später dann.« Er beugte sich zu Audrey hinab. »Du allerdings nicht, Kleines. Du verbringst ein paar schöne Stunden bei Omi.«

Audrey wandte den Kopf, um ihn anzuschauen, und der Wind fuhr unter ihren Hut und wehte ihn fort. Kieran und Ash griffen beide danach, aber er flatterte schon über den Strand, bevor sie sich überhaupt bewegt hatten. Ash legte wieder die Hände um den Mund.

»Bronte!«

Die junge Frau stand nun knietief im Wasser und betrachtete etwas Seegras, das sie in der Hand hielt. Ihr Stoffbeutel lag sicher im Sand. Beim Klang von Ashs Stimme hob sie mit einer ebenso ungeduldigen wie nachsichtigen Miene den Kopf.

Was nun schon wieder?

Sie sah, wie Audreys Babyhütchen das Ufer entlang flatterte, und ließ das Seegras fallen. Sie rannte dem Hütchen hinterher, wobei sie mit einer Hand ihren Rock über den Knien zusammenraffte, als sie durch das Wasser planschte, während weißer Schaum um ihre Beine spielte. Sie hatte es fast erhascht, als eine Brise das Hütchen erfasste und fortwehte, hinaus aufs Meer und außer Reichweite.

Kieran beobachtete, wie Bronte innehielt, weil sie die Hoffnungslosigkeit ihres Unterfangens einsah. Sie ließ ihren Rock los, wobei der Saum fast das Wasser streifte, und fuhr sich abwesend mit einer Hand über den Nacken, nachdem sie ein Büschel ihrer verwuschelten blonden Haare mit der anderen angehoben hatte.

»Worauf wartest du?« Ash grinste. »Schwimm raus!«

Sie lachte und rief etwas wie *Schwimm du doch!* zurück.

»Sei nicht so verdammt selbstsüchtig, Bronte. Du bist doch schon halb drin.«

Sie ließ ihr Haar fallen und zeigte ihm den Stinkefinger.

Ash lachte und wandte sich ab, weil das Telefon in seiner Hand klingelte. Er schaute auf den Bildschirm, sagte aber nichts.

Kieran blickte dem Hütchen hinterher, das durch die Brandung hopste.

»Nun ja.« Mia streckte die Arme aus und nahm Audrey entgegen. »Das können wir wohl vergessen, Sweetheart. Tut mir leid.«

Audrey hob ihren pummeligen Arm und griff nach dem Halsschmuck ihrer Mutter. Sie zog mit der Faust an der silbernen Kette, während sie alle dem Hütchen hinterherblickten, das erst einmal, dann zweimal ins Wasser tauchte, bevor es von der See verschlungen wurde.

KAPITEL 2

Das Surf and Turf sah genauso aus wie vor drei Jahren, vor zehn Jahren sogar. Eine ganze Seitenwand des rustikalen Hauses war immer noch mit dem Umriss eines gigantischen Krebses verziert, der komplett aus sonnengebleichten Muscheln bestand, die man auf die Wand geklebt hatte. Ein handgemaltes Schild am Eingang verkündete: *Hier herein für Fisch von dort*, dazu ein krakeliger Pfeil, der auf den nur einen Steinwurf entfernten Ozean wies.

Kieran und Mia schlossen den Reißverschluss ihrer Jacken, die zu Hause in Sydney kaum Gelegenheit gehabt hatten, den heimischen Schrank zu verlassen, und überquerten die Strandstraße, ohne nach rechts und links zu sehen. Die Hauptstraße von Evelyn Bay verbreitete das Flair einer Geisterstadt, was Kieran stets mit dem Ende des Sommers assoziiert hatte. Die Parkplätze, zur Saison so begehrt, dass um sie gekämpft wurde, waren leer und nutzlos. Sämtliche Geschäfte, sogar der kleine Supermarkt, waren bereits dicht, und die ausgeräumten Schaufenster bewiesen, dass mehr als ein Geschäft schon vor der Nebensaison die Pforten geschlossen hatte. So war es nicht immer gewesen. Evelyn Bay lag zwischen urtümlichen Wäldern und dem Meer, und sein Kapital waren Fischfang und Forstwirtschaft gewesen, als Kierans Eltern vor vierzig Jahren hierhergezogen waren. Nun fuhr die nächste Generation im Sommer Boote zur Delphinsichtung und balgte sich im Winter um Arbeit und Gelegenheitsjobs. Oder sie verließ die Stadt gleich ganz.

Das Surf and Turf war gut besucht, was zu dieser Abendstunde und in dieser Jahreszeit hieß, dass eine Handvoll Kunden sich an einem halben Dutzend Tische niedergelassen hatte. Niemand achtete sonderlich auf Kieran, als sie eintraten. Er hatte das auch nicht erwartet – zwölf Jahre war eine lange Zeit, und die wenigen Leute, die eine brennende Sehnsucht verspürten abzuhauen, hatten es zumeist getan –, aber er war dennoch ein wenig erleichtert.

Ein paar junge Typen, die Kieran nicht kannte, tranken etwas auf der Terrasse. Sie gaben vor, am frühen Abend in ihren T-Shirts nicht zu frieren, und er freute sich, als er sah, dass Ash drinnen schon einen Tisch ein wenig abseits besetzt hatte. Ash hielt ein Bier in der einen Hand, sein Telefon in der anderen und legte beides auf den Tisch, als er sie kommen sah.

»Verity hat euch das Baby abgenommen, was? Gut gemacht.«

Kieran nickte. Seine Mutter hatte sich nicht beklagt. Sie hatte einfach nur ein paar halb gefüllte Umzugskisten zur Seite geschoben, bevor sie sich zusammen mit Mann und Enkelkind auf der Couch für einen Abend mit wenig anregender Konversation und viel Aufmerksamkeitsbedürfnis niederließ. Kieran und Mia hatten Blicke voller Schuldgefühl gewechselt und sich unschlüssig im Flur aufgehalten, um ihre Schuhe anzuziehen und nach ihren Handys zu kramen, als Verity sich von der Couch erhob und ihnen höchstpersönlich die Tür öffnete. Sie rollte die Augen, während beide an ihr vorbei in die Abendluft traten.

Ashs Telefon klingelte, und er studierte die Anzeige. »Sean ist unterwegs. Er musste noch irgendwas am Boot reparieren.«

»Was Ernstes?«

»Wahrscheinlich nicht. Ich glaube, er arbeitet momentan einfach nur mit Hochdruck.« Ash trank einen Schluck Bier. »Sogar Liv sagte …«

»Was sagte ich?« In der auffälligen Uniform des Surf and Turf – orangefarbenes T-Shirt und Rock – und mit Block und Stift in der Hand, trat eine Kellnerin an ihren Tisch. Sie wartete

Ashs Antwort nicht ab, sondern lief stattdessen um den Tisch herum. »Du meine Güte, Mia, hallo.«

Olivia Birch streckte die Arme aus, um Mia zu begrüßen, die schon aufgesprungen war. Die beiden Frauen umarmten sich, lehnten sich dann zurück, um sich ausgiebig zu betrachten.

Kieran hatte richtig vermutet. Mehr als zehn Jahre nach Schulabschluss und selbst in grellem Orange war Olivia mit ihrem dichten, hochgesteckten Haar, das nach der Hälfte der Schicht langsam in sich zusammenfiel, zweifelsohne die attraktivste Frau im Raum.

»Hi, Kieran«, sagte sie über die Schulter seiner Freundin hinweg.

»Tag, Liv.«

Sie sah aus, als wolle sie noch etwas sagen, ließ dann aber nur Mia los und hob das Schreibblöckchen an. »Na dann, Getränke?«

»Liv, vielen Dank für das Kleidchen, das du Audrey geschickt hast«, sagte Mia, als Olivia mit einem Tablett zurückkehrte. »Ich habe ein Foto …«

Sie zückte ihr Handy, und Olivia stellte das Tablett ab, um einen Blick darauf zu werfen.

»Gott, die ist so süß. Wo ist sie überhaupt? Bei Verity?«

»Ja«, sagte Mia. »Wir sind die ganze Woche hier. Ich bringe sie mal vorbei.«

»Bitte. Oder schau bei mir zu Hause vorbei. Ich wohne nur ein paar Türen weiter.«

»Ja«, sagte Ash. »Wir haben deine Mitbewohnerin schon getroffen.«

»Bronte?«

Olivia warf einen Blick in den Gastraum, und erst jetzt bemerkte Kieran das Mädchen vom Strand, das ebenfalls T-Shirt und Rock in Orange trug. Sie war jünger, als er angenommen hatte, erst einundzwanzig oder zweiundzwanzig. Sie war klein mit einem herzförmigen Gesicht und großen Augen, was ihr etwas Puppenhaftes verlieh. Ihr Haar war jetzt nach hinten gebunden, und Kieran sah, dass die Farbe, die am Strand einfach nur dunkelblond ausgesehen hatte, in Wahrheit von kunstvollen Highlights stammte, wie sie auf den Straßen von Sydney zu sehen waren, was in dieser Umgebung jedoch übermäßig aufgeputzt wirkte.

Bronte servierte einem Mann ein Glas Rotwein, der allein an einem Ecktisch saß und auf den Bildschirm seines Laptops starrte. Sie machte eine kaum zu vernehmende Bemerkung, als sie das Glas auf einen Pappuntersetzer stellte, und der Mann lächelte unbewusst. Er ließ sich nach hinten fallen, nahm die Schultern zurück und nippte. Pantomimisch zeigte er mit gespielter Verzweiflung, wie das Glas auf die Tastatur kippt, und beide lachten. Bronte machte kehrt, und der Mann setzte sein Glas vorsichtig ab, wobei er der jungen Kellnerin über den Laptop hinweg hinterherblickte, als sie sich ihren Weg um die Tische bahnte.

»Sie ist nicht von hier, oder?«, fragte Kieran.

»Nein.« Olivia schüttelte den Kopf. »Sie ist nur für den Sommer hier.«

Als würden ihr die Ohren klingen, suchte Bronte den Blick von Olivia, bevor sie Kieran und Mia wahrnahm. Ein erkennendes Lächeln, und sie machte mit dem Finger eine *Wartet-mal-eine-Sekunde*-Geste. Sie verschwand durch die Schwingtür mit der Aufschrift *Staff Only* und kam Sekunden später mit einer verbeulten Pappschachtel zurück, auf die jemand *Fundstücke* gekritzelt hatte.

»Nicht dasselbe, ich weiß«, sagte Bronte, als sie zu ihnen kam. »Aber vielleicht braucht ihr dann kein neues zu kaufen.«

Sie drückte Mia den Karton in die Hand. Darin erkannte Kieran Dutzende von Babyhütchen in den unterschiedlichsten Formen und Farben, einige davon wie neu.

»An manchen Tagen haben wir bis zu fünf davon gefunden. Wenn also eins davon passt, könnt ihr es gerne haben.« Bronte fischte einen kleinen Hut mit Blumenmuster heraus, an dem noch das Preisschild baumelte. »Jetzt fragt sowieso niemand mehr danach.«

»Vielen lieben Dank«, sagte Mia und durchwühlte die Kiste, während sie sich und Kieran vorstellte. »Das ist sehr aufmerksam.«

»Schlechtes Gewissen?« Ash grinste, als er einen Schluck Bier trank. »Was, Bronte? Wiedergutmachung, nachdem du uns vorhin so schmählich im Stich gelassen hast.«

»Zieh Leine. Das Wasser war eiskalt.« Brontes Gelächter verlor sich unter Olivias kühlem Blick, und sie setzte zu der Geschichte an, wie sie sich allein am Strand vergnügt hatte, als Kieran und Mia dort aufgetaucht waren und Ash schließlich ankam, wobei sie mit dem bunten Sonnenhütchen spielte. Der Vorfall hörte sich in der Nacherzählung etwas unbeholfen an.

»Ah«, war Olivias einziger Kommentar, als Bronte zum Ende kam.

Bronte schöpfte kaum Atem, bevor sie sich an Kieran wandte. »Verity ist also deine Mutter, oder? Sie ist sehr nett. Vor ein paar Wochen hat sie ihren Schuppen aufgeräumt und mir Draht für diese kleinen Skulpturen geschenkt, mit denen ich herumexperimentiere. Am Ende habe ich ihr geholfen, und sie hat mir allerlei nützlichen Kram überlassen.«

»Bist du Künstlerin?«, fragte Kieran.

»Ja. Nun ...« Bronte stockte, als Olivia, die sich gegen Ashs Stuhl lehnte, ihr Gewicht verlagerte.

»Kunststudentin. Ich bin an der Uni in Canberra.«

»Cool, was für eine Art Kunst?«

»Alles Mögliche, ich habe noch nicht entschieden, worauf ich mich konzentrieren will. Aber ich möchte in diesem Semester eine große Serie zum Thema Küste machen, also fand ich, das hier wäre ein guter Ort, um ...« Sie machte eine ausholende Bewegung. »... sich inspirieren zu lassen.«

Sogar Kieran fiel auf, wie es um Olivias Mund zuckte. Bronte, plötzlich befangen, rollte nervös mit den Augen. Sie wurde von einem Ruf aus der Durchreiche gerettet und eilte fort, ohne ihre Erleichterung verbergen zu können.

Olivia warf Ash einen bösen Blick zu und reagierte damit auf etwas, was Kieran nicht mitbekommen hatte. »Was?«, fragte sie.

Ash sah auf. »Nichts.«

»Ich habe doch gar nichts gesagt.«

»Das habe ich auch nicht behauptet, Liv.«

Als Olivia nicht antwortete, streckte Ash die Arme aus und zog sie an sich.

»Nun komm schon. Ist sie wirklich so wichtig?« Ash grinste Olivia an, bis sie schließlich zurücklächelte. »Lass dich nicht so auf die Palme bringen.«

»Ja, ich weiß.« Leicht beschämt zuckte Liv die Schultern und wandte sich an Kieran und Mia. »Aber sie *ist* nur Studentin. Genau wie ich. Und wenn ihr das nicht passt, kann sie sagen, dass sie Kellnerin ist, ebenfalls wie ich, aber Künstlerin ist sie so wenig wie ich Stadtplanerin. Was ich nun einmal nicht mehr bin, wie man sieht. Ich finde es einfach unaufrichtig, herumzulaufen und etwas zu behaupten, was man nicht ist.«

Mia nickte mitfühlend. Sie legte ein paar Babyhütchen auf den Tisch und schob den Karton beiseite. »Gibt es hier nichts, was deinen Talenten besser entspricht, Liv?«

»Nicht wirklich. Ich meine, bei der Firma in Melbourne war ich mit dem Planungsrecht für Gebäude mit mehr als zwölf Geschossen beschäftigt – wofür hier der Bedarf ziemlich gegen null geht.«

Da hat sie wohl recht, dachte Kieran. Das höchste Gebäude in Evelyn Bay war das ehemalige Captain's Quarters im alten Kolonialviertel des Ortes. Das denkmalgeschützte Gebäude aus Sandstein war ein *Bed and Breakfast* und besaß ein Obergeschoss.

»Aber ich wusste, dass es so sein würde«, fuhr Olivia fort. »Als mir klar wurde, dass ich zurückkehren muss, habe ich mich online für einen Masterlehrgang eingeschrieben, wenigstens das. Der Versuch, einen Fuß in der Tür zu halten. Wozu auch immer das gut sein mag.«

Das klang nicht gerade optimistisch.

»Wie geht es denn deiner Mutter?«, fragte Mia.

Olivia zuckte die Schultern. »Es geht ihr gut. Ziemlich gut. Sie ist froh, dass ich zurück bin. Sie hätte gerne, dass ich bei ihr wohne, aber das kommt nicht infrage. Nach fünf Minuten wäre ich reif fürs Irrenhaus. Obwohl ...« Sie sahen nun, wie Bronte auf der Veranda die Tische abwischte, wobei der Wind ihr die Haare ins Gesicht blies. Olivia lächelte und sagte, um die Stimmung aufzuhellen. »Vom Regen in die Traufe.«

Mia lachte. »Ist Bronte wirklich so schlimm?«

»Nein, um der Wahrheit die Ehre zu geben, das ist sie nicht. Bronte ist nur ...« Olivia verfolgte, wie die beiden jungen Männer, die in ihren T-Shirts froren, mit der jungen Kellnerin zu flirten versuchten. Sie lachte, zuckte die Schultern und wischte weiter Tische. »... jung. Ich meine, sie hatte wirklich keine Ahnung, dass man die Sperrmüllabfuhr beauftragen muss. Sie hat die Überbleibsel ihrer Kunst einfach neben unsere Mülltonne gestellt und erwartet, dass sie schon von allein verschwinden. Es ist, als wäre ...«

Sie hielt inne. Ash legte eine Hand auf ihre Taille.

»Bald ist sie weg«, sagte er. »Wie lange noch? Drei Wochen?«

»Zwei Wochen, fünf Tage.«

»Na, siehst du. Die Augen stur nach vorn gerichtet.« Er grinste. »Bevor du dich versiehst, wirst du wieder nackt durchs Haus laufen können. Du wirst es lieben.«

»Ich werde es lieben, nicht mehr ständig um ihren Anteil an unseren Rechnungen betteln zu müssen. Oh ...« Olivia blickte hinüber zum Gastraum. »Einen Augenblick. Darum sollte ich mich besser kümmern.«

Die T-Shirt-Jungs mit ihren inzwischen blau gefrorenen Armen hatten sich ihre Niederlage eingestehen müssen und waren nach innen gekommen, um zu zahlen. Kieran beobachtete interessiert, wie Ashs Augen Olivia den ganzen Weg zur Kasse folgten. Er hatte Ash und Olivia nie als Paar erlebt. Sie verhielten sich nicht ganz, wie er sich das vorgestellt hatte, aber andererseits hatte er sie sich nie zusammen vorgestellt. Ash offensichtlich schon. Kieran wäre erstaunt, wenn nicht sämtliche Jungs im Ort schon einmal daran gedacht hätten, mit Liv Birch zusammen zu sein.

Als er nach seinem Drink griff, spürte Kieran es, bevor er es sah: das prickelnde Gefühl, beobachtet zu werden. Er drehte seinen Kopf nicht, ließ lediglich die Augen langsam durch den Raum wandern. Er brauchte ein paar Sekunden, um die Quelle aufzuspüren, doch als es ihm gelang, wurde ihm bang ums Herz.

Der Junge – inzwischen eher ein Mann – stand hinter der Durchreiche zur Küche. Er war breitschultrig, trug eine fettverschmierte Schürze, und sein Gesichtsausdruck ließ Kieran wünschen, ganz weit weg zu sein.

Von Größe und Haltung her hätte er Mitte zwanzig sein können, aber Kieran wusste genau, dass er neunzehn war. Er trug ein Namensschild, das zu klein war, um es lesen zu können, aber Kieran benötigte es sowieso nicht. Liam Gilroy.

Kieran atmete einmal tief durch und zwang sich, Augenkontakt aufzunehmen. Liam gab sofort vor, in eine andere Richtung zu blicken, und wandte sich dann seinem Herd zu. Kieran wartete auf ein Gefühl der Erleichterung, das sich aber nicht einstellte. Es würde keinen Ärger geben, aber der Raum fühlte sich mit einem Mal stickig an. Kieran sah nach, ob Mia den Blickwechsel mitbekommen hatte, doch sie war damit beschäftigt, einen losen Faden aus einem der Hütchen zu ziehen, ohne die Naht aufzuriffeln. Er erhob sich etwas zu schnell, und sein Stuhl kratzte laut über den Boden.

»Bin gleich wieder zurück.«

Ash und Mia blickten unverzüglich hoch, beide mit einem flehentlichen *Lass-mich-nicht-allein*-Ausdruck im Gesicht. In größerer Gesellschaft kamen sie miteinander klar, hatten sich aber, wenn sie allein waren, wenig zu sagen. Kieran wusste das. Aber es ging nicht anders.

Er ließ die beiden mit ihrem etwas angestrengten Lächeln sitzen und ging auf kürzestem Weg zur Toilette. Niemand sonst war dort, und er stand eine Weile einfach nur so da. Die Spiegel über den Waschbecken waren verschmiert, und das grelle Toilettenlicht ließ ihn älter aussehen als seine dreißig Jahre. In diesen Tagen war er immer müde. Der Schlafentzug seit Audreys Geburt war brutal. Er wusch sich gründlich die Hände und wägte ab, ob Mia und er abhauen konnten, bevor Sean eintraf. Wahrscheinlich. Er und Sean kannten sich lange genug, dass er sich das erlauben durfte. Gleichzeitig jedoch ging es ihm gegen den Strich.

Mia verstand das nicht.

»Männerfreundschaften sind so kurios, ihr haltet kaum Kontakt«, hatte sie gesagt, als sie für die Heimreise packten.

»Tun wir schon. Wir sehen uns jedes Mal, wenn ich da bin.«

»Aber dazwischen, meine ich. Da lasst ihr nichts voneinander hören.«

Das stimmte. Kieran hatte erst durch Mia von der Sache zwischen Ash und Olivia erfahren, die es ihrerseits aus einer ihrer, drei, vier E-Mails wusste, die sie im Jahr mit Olivia wechselte, um auf dem Laufenden zu bleiben.

»Ist wohl richtig«, hatte er gesagt. »Haut aber auch so hin.«

Und das stimmte. Kieran hatte damit nie Probleme, weil die drei, wenn sie sich sahen, einfach da wieder ansetzten, wo sie aufgehört hatten. Der Hauptgrund war aber, dass, wäre ihre Freundschaft in die Brüche gegangen, dies vor zwölf Jahren passiert wäre. Kieran drehte den Wasserhahn zu und betrachtete sein Gesicht im Spiegel. Wenn sie in der Lage gewesen waren, das zu überstehen – diese wirklich dunkle Zeit der Schuldvorwürfe und Abrechnungen –, konnten sie gewiss ein paar Jahre mit lediglich sporadischen Textnachrichten leben.

Kieran trocknete sich die Hände, checkte sein Handy und öffnete die Tür. Er war kaum in den engen Vorraum getreten, der die Toiletten vom Gastraum trennte, als er aus der Küche eine vertraute Stimme hörte. Die Worte wurden vom Surren einer Abzugshaube gedämpft, waren aber deutlich genug, um ihn innehalten zu lassen. Kieran stand ganz still da, denn ein sechster Sinn, den er über die Jahre verfeinert hatte, sagte ihm, dass das Gespräch sich um ihn drehte.

»Wenn es nach mir ginge, dürfte der hier gar nicht rein.« Liam klang stocksauer.

Ein höfliches Mädchenlachen. »Na ja, soweit ich weiß, geht hier nichts nach uns.« Es war Bronte, die das sagte. »Davon abgesehen scheint er ganz in Ordnung zu sein.«

»Und woher willst *du* das wissen?«

Bronte wirkte befremdet. »Weiß ich nicht, wirklich …«

»Du weißt nichts über ihn.«

»Wahrscheinlich nicht. Ich habe nur …«

»Was?«

»Ich verstehe nicht, warum du dich so über ihn aufregst.«

»Nein?«

Kieran wurde klar, dass er den Atem anhielt. Er atmete aus. Was als Nächstes kam, würde keine Überraschung sein.

»Nun, wie auch immer.« Liams Stimme klang hart. »Aber wie ich es sehe – wenn du jemanden umbringst, hast du alle Scheiße, die du abkriegst, voll verdient.«

KAPITEL 3

Es war eine glückliche Fügung, dass Sean am Tisch saß, als Kieran in den hell erleuchteten Gastraum zurückkehrte, sonst hätte er Mias Hand genommen, Ash kurz auf Wiedersehen gesagt, und sie wären verschwunden. Er erwog diese Möglichkeit immer noch, als Sean sich mit einem breiten Lächeln erhob, um ihn zu begrüßen.

»Gut, dich zu sehen, Kumpel. Tut mir leid, bin spät dran. Du weißt ja, wie es ist, wenn die Saison zu Ende geht.« Sean zog seinen Stuhl heran, um sich neben den von Kieran zu hocken, und kurz darauf nahm auch Kieran Platz. »Ich bin froh, dass ihr noch da seid. Ich hatte Angst, frisch gebackene Eltern würden um diese Uhrzeit schon ihr Nickerchen machen.«

»Ja.« Kieran spürte, wie Mia ihn aufmerksam musterte. Er räusperte sich und versuchte sich daran zu erinnern, wie seine normale Stimme klang. »Na ja, normalerweise schon, aber ...«

»Lass mich raten: Aber Ash hat dich gedrängt, trotzdem zu kommen.« Sean nickte wissend und hob die Hand. »Alles klar.«

Kierans Lächeln war diesmal echt. »Aber wir wollten hallo sagen, Kumpel.«

Er meinte es ehrlich. Kieran konnte sich nicht daran erinnern, Sean nicht als besten Freund gehabt zu haben. Sean war immer da gewesen. Es gab Fotos von ihnen als Kleinkinder bei ihren ersten Geburtstagspartys, und eine von Kierans ersten Erinnerungen waren sie beide am Strand – die Jungs buddelten

Löcher im Sand und bespritzten sich mit Wasser, während ihre Eltern miteinander plauderten.

Sean hatte sich von einem ruhigen, dünnen Hippiejungen in einen nachdenklichen, langgliedrigen, umweltbewussten Mann verwandelt, der am glücklichsten war, wenn er sich auf dem Wasser befand und vom Deck eines Bootes aus den schwankenden Horizont betrachten konnte. Seine Haare waren immer noch kurz genug, dass er nur mit der Hand darüberfahren musste, damit sie trockneten, und er wirkte stets ein wenig so, als wäre er erst vor wenigen Augenblicken frisch aus dem Meer gestiegen und hätte sich irgendetwas zum Anziehen übergeworfen.

Er war nicht mehr derselbe wie zu der Zeit, die für Kieran einfach nur *vorher* war, aber das war keiner von ihnen. Weder Mia, Ash, Olivia, Olivias Mutter, Kierans Eltern, Liam. Noch Kieran selbst natürlich. Niemand hatte den Sturm unbeschadet überstanden.

Kieran warf einen Blick zur Durchreiche. Wenigstens war Liam nicht mehr zu sehen. Er lehnte sich zurück und versuchte, sich zu entspannen.

»Hey, niemand ist hier zu irgendwas gedrängt worden«, verkündete Ash. »In Kierans Namen bin ich beleidigt. Er und Mia sind aus freien Stücken hier.«

Während er sprach, nahm Ash Augenkontakt mit Bronte auf und signalisierte ihr, eine weitere Runde Getränke zu bringen. Sie hob den Daumen, und er zwinkerte ihr zu. Ihr Blick verhakte sich mit dem von Kieran, und der versuchte, ihre Reaktion auf ihr Gespräch mit Liam in der Küche abzuschätzen. Neugier? Verachtung? Sie wandte sich ab, bevor er zu einem Ergebnis kam.

»Ich behaupte doch gar nichts anderes.« Sean lächelte immer noch, während er auf Ash zeigte. »Aber es ist schon lustig, wie oft der freie Wille der anderen genau mit dem übereinstimmt, was du möchtest, mein Lieber.« Er grinste Kieran an, der Schwierigkeiten hatte, sich zu konzentrieren. »Passiert zu Hause die ganze Zeit.«

Kieran wusste nicht, was er sagen sollte, und war erleichtert, als Mia übernahm. »Wo wohnt ihr beiden jetzt?«, fragte sie. »Immer noch draußen beim Yachthafen?«

Ash nickte. »Ja, selbes Haus. Ist noch viel zu reparieren, liegt aber für uns beide günstig zur Arbeit.«

Kieran stellte sich das weitläufige Strandhaus vor, das Ash und Sean sich schon seit sechs Jahren teilten. Immer schon etwas baufällig, konnte man bei der Lage nicht meckern, und es war besser als das kleine, noch baufälligere Haus, dass sie sich davor geteilt hatten.

Mia wandte sich an Sean. »Apropos: Wie laufen die Geschäfte? Wir haben dich da draußen gesehen oder zumindest dein Boot.«

Nachdem Ash am Nachmittag vom Strand aufgebrochen war, hatten Kieran und Mia einander angeschaut und waren dann hinüber zum Haus seiner Eltern gelaufen, wo ein Berg Umzugskisten auf sie wartete.

»Wir gehen besser zurück«, hatte Mia gesagt.

Kieran hatte einen Blick auf ihr Baby geworfen. »Oder wir könnten Audrey die Sehenswürdigkeiten von Evelyn Bay zeigen. Sie ist zum ersten Mal hier.«

»Was hast du im Sinn?«

»Der Aussichtspunkt?«

Mia hatte mit den Schultern gezuckt. »Wie du willst. Du bist derjenige, der unsere Tochter die Klippen hochschleppen muss.«

»Keine Sorge.« Kieran war in sein T-Shirt geschlüpft und hatte den Sand vom Tragetuch gewischt, bevor er es anlegte. »Passt schon.«

In Wahrheit war der Trampelpfad, der sich nach oben wand, mit dem zusätzlichen Gewicht um die Brust anstrengender gewesen, als er ihn in Erinnerung hatte. Auf halbem Weg hatten sie das Tor passiert, das zum örtlichen Friedhof führte, bevor der Pfad schmaler und steiler wurde. Kieran war froh gewesen, oben angekommen zu sein. Zwölf Jahre zuvor war der Beobachtungsposten für den Walfang kaum mehr gewesen als eine flache Rodung mit einem verwitterten Schild und dem Hinweis, dass es vielleicht nicht die beste Idee sei, auf den Klippen herumzuturnen, aber hey, leben und leben lassen.

Inzwischen war der Aussichtspunkt ein kleiner, jedoch herausgeputzter Bereich, der von einem Drahtzaun umgeben war, gekrönt von einem hölzernen Geländer in Hüfthöhe. Neben laminierten Schautafeln, die über die Muster der Walwanderungen und die Nistgebiete der Seeschwalben informierten, warnte eine klar lesbare Ankündigung Unbefugte, dass Kletterpartien auf den Klippen mit $ 500 bestraft wurden.

Niemand sonst war dort oben gewesen. Kieran hatte sich zu Mia auf eine Bank gesellt, die ebenfalls erst in den letzten Jahren aufgestellt worden war, und mit ihr aufs Meer geschaut, während der Wind ihr Haar zauste. Das Wasser, das tausend unterschiedliche sprudelnde Farbschattierungen annehmen konnte, war an diesem Nachmittag ein wogendes Feld in stumpfem Graugrün. Etwas weiter draußen ankerte ein Katamaran und schwankte sacht in den Wellen. Seans Boot, die *Nautilus Blue*.

»Ist er unten?« Mia kniff die Augen zusammen und suchte das Deck ab.

»Sieht so aus.« Kieran konnte die gehisste Taucherflagge erkennen, die flatternd ihre Botschaft verkündete: *Taucher unten.*

Kieran hatte die Wasseroberfläche nach einem dunklen Taucheranzug abgesucht, einem Kopf zwischen den Wellen, aber die Oberfläche war unbewegt. Er hatte nicht ernsthaft erwartet, Sean zu sehen. Das Wrack der fluchbeladenen SS *Mary Minerva* lag fünfunddreißig Meter unter der Wasseroberfläche. Sean konnte eine ganze Weile unten sein. Das Denkmal, das an die vierundfünfzig Passagiere und Mannschaftsmitglieder erinnerte, die vor fast einem Jahrhundert hier ihr Leben verloren hatten, stand auf einem Felsvorsprung und war dem Ort des Untergangs zugewandt.

Es hieß, es sei bei jedem Wetter vom Wasser wie vom Land aus zu sehen. Das stimmte nicht, wusste Kieran, der nicht umhin kam, daran mit einem Schuss Bitterkeit zu denken, jedes Mal, wenn er es sah. Nicht bei jedem Wetter. Dennoch schienen die Leute es zu mögen. Und das war mehr Würdigung, als die meisten Schiffswracks erfuhren. Die tasmanische See war berüchtigt dafür, mehr als tausend Schiffe gefordert zu haben, deren rostige Skelette langsam verrotteten und die das Meer rund um die Insel in einen Unterwasserfriedhof verwandelt hatten.

»Die Geschäfte laufen gut, danke«, sagte Sean gerade und erhob die Stimme wegen der Geräuschkulisse im Surf and Turf. »Viel zu tun in diesem Sommer, was hilft. Bin allerdings auch froh, wenn es vorbei ist.«

»Endlich Zeit fürs Vergnügen?«, sagte Kieran.

»Ja.« Sean lächelte. »Der nächste Auftrag steht erst in ein paar Wochen an. Eine Gruppe aus Norwegen.«

»Alles einsatzbereit?«

»So gut wie.«

In dem Geschäft war dies immer eine besonders arbeitsreiche Zeit, erinnerte Kieran sich, und daran würde sich nichts geändert haben. Sean würde den ganzen Sommer über Touristen zum Fischen und Schnorcheln und zu einfachen Tauchgängen in nicht allzu großer Tiefe begleiten. Geld konnte man nur machen, wenn genügend Kundschaft da war. Wenn der Herbst nahte und die Algen verschwanden, die das Wasser im Sommer verdunkelten, kamen die ernsthaft interessierten Taucher von überall auf der Welt, um die wenigen Monate auszunutzen, in denen die Sicht unter Wasser hervorragend war, und Sean konnte das tun, was er am liebsten tat: tief tauchen.

Die *Mary Minerva* war eines der wenigen zugänglichen Schiffwracks in diesem Staat, aber es war nur für Taucher geeignet, die wussten, was sie taten. Und Taucher, die wussten, was sie taten, wollten sich die Erfahrung nicht durch suboptimale Rahmenbedingungen versauen lassen, also war die Zeitspanne begrenzt. Ab Juli waren die winterlichen Bedingungen des Meeres so trügerisch, dass man das Wrack unmöglich erreichen konnte, und die *Mary Minerva* würde ein weiteres Jahr einsam unter Wasser liegen.

»Ich wollte mit den Sicherheitsüberprüfungen eigentlich schon weiter sein«, erklärte Sean. »Die Norweger möchten sich den Maschinenraum ansehen, aber in diesem Jahr ist das fraglich. Mir schmeckt diese von Norden hereinziehende Wand gar nicht. Ich muss zuerst selbst rein und mich umsehen, aber ich glaube, meine gute Tauchlampe ist irgendwo über Bord gegangen.«

»Ich habe sie den Mädchen geliehen.« Ash hob den Kopf von seinem Handy.

»Meine gelbe Tauchlampe? Die wasserfeste?«

»Ja. Tut mir leid, ich dachte, ich hätte es dir gesagt.«

Sean kniff die Augen zusammen. »Diese Lampe suche ich seit Wochen. Ich wollte mir schon eine neue kaufen.«

Ash sah Seans Gesicht und musste lachen. »Hab dich nicht so. Ich dachte, ich hätte es dir erzählt. Davon abgesehen brauchten die beiden eine. Sie hatten nur eine beschissene kleine.«

»Die war teuer.« Sean wirkte immer noch leicht vergrätzt. »Und man soll sie an Land nicht so lange benutzen. Die Birne kann zu heiß werden. Hey, Liv«, sagte er, als Olivia mit dem Getränketablett kam, »braucht ihr Mädels noch meine Tauchlampe? Die gelbe?«

»Oh.« Sie servierte und klemmte sich anschließend das Tablett unter den Arm. »Ich brauchte sie sowieso nicht, das war Bronte.«

Sean runzelte die Stirn. »Wozu?«

Olivia zögerte. Bronte stapelte an der Bar außer Hörweite Gläser. »Sie dachte, sie hätte nachts Geräusche hinter dem Haus gehört.«

»Wirklich?« Mia zog die Augenbrauen hoch. »Auf dem Stück, das zum Strand führt?

»Ja«, sagte Olivia. »Ich meine, wenn deine Mitbewohnerin dir so etwas erzählt, nimmst du das natürlich ernst, aber ...« Sie lehnte sich an den Tisch und spielte gedankenverloren mit ihrer Halskette. »Guck mal, ich sage nicht, dass sie nicht *geglaubt* hat, etwas zu hören, aber ich wohne dort seit zwei Jahren und habe nie irgendwelche Probleme gehabt. Sogar im Sommer, wenn es am Strand zu jeder Tages- und Nachtzeit Menschen gibt.« Olivia blickte Ash an. »Du hast auch nichts gehört, oder, als du da warst?«

Ash schüttelte den Kopf. »Hab mich mal umgeschaut, nur für den Fall, bei all den Touristen. War aber nichts. Ich meine, der Schuppen steht immer offen, aber es fehlte nichts. Wahrscheinlich war es ein Hund.«

Mia legte die Stirn in Falten. »Trotzdem merkwürdig.«

»Stimmt«, sagte Olivia. »Es war eine Zeit lang ziemlich beunruhigend. Aber das Fenster in Brontes Zimmer geht aufs Meer raus, und du weißt, wie es sich anhören kann mit dem Wind und dem Wasser. Besonders, wenn man damit nicht groß geworden ist.«

Sie nickten alle.

»Wie auch immer.« Olivia zuckte mit den Schultern und wandte sich an Sean. »Bronte hat es seit ein paar Wochen nicht mehr erwähnt, also denke ich ...« Sie hielt inne und wandte sich an Bronte, als diese vorbeilief: »Bronte, du brauchst die gelbe Lampe nicht mehr, oder?«

Bronte blieb stehen, etwas peinlich berührt, als sie merkte, dass alle Augen auf sie gerichtet waren. »Nein. Ich brauche sie nicht mehr.«

»Sicher?«, fragte Sean. »Wenn du dir Sorgen wegen irgendwelcher Geräusche vom Strand her machst, habe ich noch eine andere, und du ...«

»Nein, ist schon okay. Aber vielen Dank. Alles in Ordnung.«

»Hast du rausgekriegt, was das für Geräusche waren?«, fragte Olivia überrascht.

»Ich …« Brontes Blick wanderte kurz zu Kieran, und ihre Augen trafen sich lange genug, dass er ihren Gesichtsausdruck registrierte. Unangenehm berührt, ganz eindeutig. Vielleicht ein Hauch von Mitleid? Das wäre ebenfalls nicht ganz neu. Aus der Küche kam das Geräusch einer klappernden Pfanne, und Bronte kniff die Augen zusammen. Sie blickte wieder Olivia an. »Ja, ich bin ziemlich sicher, dass es nichts war, worüber man sich Sorgen machen muss. Ich habe mir einfach nur etwas eingebildet.«

Sie drehte sich um und ging zurück in die Küche. Kieran sah, wie Liam sich aus der Durchreiche lehnte. Als sie sich näherte, murmelte er etwas, und beide warfen einen kurzen Blick auf Kieran.

Wie ich es sehe – wenn du jemanden umbringst, hast du alle Scheiße, die du abkriegst, voll verdient.

Kieran erinnerte sich an Liams unmissverständliche Worte, die er aus der Küche vernommen hatte.

Stille war eingetreten, nur ein Industrieventilator surrte grimmig. Kieran hatte versucht, sich loszureißen. *Geh zurück an den Tisch*, hatte er sich gesagt. *Geh zurück zu Mia und Ash. Du musst dir das nicht anhören.* Er war stehen geblieben, ein wenig außer Sichtweite.

»Wie bitte? Der Typ mit dem Baby?«, hatte Bronte schließlich gefragt. »Dieser Typ? Der hat jemanden getötet?«

Wenigstens scheint sie Zweifel daran zu haben, hatte Kieran gedacht. Zu Unrecht, aber immerhin.

»Ja.« Liam war jetzt sauer. »Zwei Menschen, um genau zu sein. Einer davon war mein Vater.«

»Scheiße, wirklich?« Verblüfftes Schweigen. »Mein Gott, was ist passiert? Nein, tut mir leid, du musst nicht …«

»Schon in Ordnung. Ich meine, es ist nicht in Ordnung, natürlich, aber es ist jetzt zwölf Jahre her.«

»Es tut mir so leid, Liam.« Bronte klang, als ob sie es ernst meinte. »Ich war nur überrascht. Er sieht so … normal aus. Weiß seine Partnerin es?«

»Ja, natürlich. Die ist hier zur Schule gegangen, als es passierte. Es war am Tag des Sturms.«

Kieran konnte das Unverständnis in Brontes Schweigen hören.

»Nicht so wichtig«, fuhr Liam fort. »Es gab diesen großen Sturm, der schlimmste seit achtzig Jahren. Aber alle, die hier waren, erinnern sich daran, und alle wissen, was er getan hat. Sie könnten es dir alle erzählen.«

»Was ist mit deinem Onkel?«

»Sean?«, fragte Liam. »Was soll mit ihm sein?«

»Ich dachte, Olivia hätte gesagt, dass Sean vorbeikommt und dass sie alle was trinken, also …«

»Oh, ja.« Liam lachte bitter auf. »Sind alles gute Freunde.«

»Aber …« Bronte war immer noch durcheinander. »… waren Sean und dein Dad nicht Brüder, oder seid ihr durch Heirat miteinander verwandt, oder …?

»Ja, mein Dad war Seans älterer Bruder.« Kieran stellte sich vor, wie Liam den Kopf schüttelte. »Aber Sean hat … ich weiß nicht … ihm *vergeben*.«

»Und alle wissen das?«, fragte Bronte.

»Die meisten.«

»Aber …« Eine lange Pause. »Ich meine, warum tut dann jeder so, als wäre nichts passiert?«

»Aus demselben Grund, aus dem Sean immer noch mit ihm befreundet ist. Der Kerl tut den Leuten leid. Nicht, dass es ihnen leid tun sollte«, sagte Liam nachdrücklich, »aber so ist es nun mal. Weil das Arschloch es auch noch fertiggebracht hat, seinen eigenen Bruder umzubringen.«

KAPITEL 4

Wenn Evelyn Bay vorher schon ruhig gewesen war, wirkte es gänzlich ausgestorben, als Kieran, Mia und Sean in die Nachtluft traten. Sie waren bis zum Feierabend geblieben, als Bronte schon systematisch die Tische um sie herum abräumte, während die Kundschaft nach und nach aufbrach.

Um Punkt elf hatte der Manager sich die Hände an der Schürze abgewischt, die grellen Putzlichter eingeschaltet und die Musik abgedreht. Er war aus der Küche gekommen, hatte mit den Fingern geschnipst, auf die Abstellkammer gewiesen und etwas durch die Servierklappe in die Küche gerufen. Liam war daraufhin erschienen und hatte missmutig mit Eimer und Wischmopp geklappert. Mit gesenktem Kopf goss er Wasser auf den Boden, wobei er linkisch die Schultern hochzog.

Während Kieran an der Kasse wartete, um zu zahlen, hatte es eine Weile gedauert, bis er begriff, dass Liam das schmutzige Wasser absichtlich vor seine Füße trieb. Es war eine so hilflose Geste, dass er Kieran geradezu leidtat. Er machte sich nicht mal die Mühe, einen Schritt beiseitezutreten, sondern ließ das Seifenwasser einfach über die Kacheln fließen und sich um seine Schuhsohlen sammeln. Gott, wenn der Typ es so dringend brauchte, bitte schön.

Sean hatte sich das Treiben eine Weile angeschaut, wobei seine Augen von Liam zu Kieran und zurück wanderten, bevor er sich erhob. Er schlenderte zu seinem Neffen hinüber, legte ihm eine Hand auf den Rücken und sagte etwas in beruhigendem Ton. Liam hatte weiter Wasser auf den Boden gespritzt, bis Sean einen Arm ausstreckte und den Mopp einfach festhielt. Sean war kleiner und schmaler als sein breitschultriger Neffe, aber in diesem Moment hatte Liam ausgesehen wie ein Kind. Sean beugte sich wieder vor und redete mit derselben beruhigenden Stimme auf ihn ein. Schließlich nickte sein Neffe. Sean richtete sich auf und gab Liam einen freundlichen Klaps auf die Schulter.

»Guter Mann.«

Er hatte den Mopp freigegeben, und Liam putzte weiter. Aus den Augenwinkeln hatte Kieran mitbekommen, wie Bronte die Szene beobachtete, während das Abtrockentuch untätig in ihren Händen baumelte.

Mia blieb in der Tür stehen, um Olivia zum Abschied zu umarmen.

»Möchtest du, dass wir warten und dich nach Hause begleiten?«, fragte sie. »Wir kommen direkt an Fisherman's Cottage vorbei.«

»Ist schon okay. Samstagabends übernachte ich meistens bei meiner Mutter«, antwortete Olivia. »Sonntagmorgens machen wir zusammen Yoga, damit ihr das Wochenende nicht zu sehr aufs Gemüt schlägt.« Olivia strich sich eine Locke aus der Stirn. »Alles in Ordnung. Ash bleibt noch hier und setzt mich bei Mutter ab. Aber weißt du was? Lass uns etwas an einem Abend unternehmen, wenn ich nicht arbeiten muss.«

»Auf jeden Fall«, sagte Mia und winkte mit einigen Babyhütchen Bronte zu, die mit gerunzelter Stirn vor der Kasse stand. »Bye. Und vielen Dank hierfür.«

»Oh.« Aus dem Konzept gebracht sah Bronte hoch. »Dafür nicht. Sehr gerne.« Das Lächeln verschwand, als sie ihr Augenmerk von Kieran und Mia wieder auf die Kasse lenkte, wobei sich die Falte zwischen ihren Brauen vertiefte.

Auf der Straße war es im Gegensatz zum hellen Licht im Surf and Turf schummrig. Nur hin und wieder warf eine Straßenlampe einen schwachen orangefarbenen Schein, als Kieran, Sean und Mia durch den schlafenden Ort liefen. Kieran konnte die herannahende Flut hören, und innerhalb weniger Minuten war das Meer wieder zu sehen, während die Geschäfte immer spärlicher gesät waren. Sie kamen an der Tankstelle und dem Backsteingebäude der Polizei vorbei, und ein wenig oberhalb sah Kieran den Widerschein der Sicherheitsscheinwerfer im Hafen, welche die Nacht durchschnitten.

»Hat Liam Ärger gemacht?«, fragte Sean.

Kieran schüttelte den Kopf. »Wir haben nicht miteinander gesprochen.« Im Dunkeln griff Mia nach seiner Hand.

»Ich wollte ihn vorwarnen, dass du kommst, aber ich wurde im Wrack aufgehalten.« Sean hielt inne. »Scheiße, vielleicht hätte ich dich auch warnen sollen.«

»Nicht so schlimm. Wenn ich ihn dort nicht getroffen hätte, dann irgendwo sonst.« Bis zum Yachthafen war es nicht mehr weit, die Bote lagen still und erstrahlten weiß unter dem hellen Licht. »Arbeitet Liam jetzt ganztags im Surf and Turf?«

»Nein, nur im Sommer hin und wieder eine Schicht. Den Rest der Zeit hilft er mir auf dem Boot.«

»Das ist gut.«

»Er war etwas verloren, nachdem er die Schule beendet hatte. Wie auch immer …« Sean war vor dem hellbraunen Holzhaus stehen geblieben. »Da bin ich.«

Alle Fenster waren dunkel, aber als Sean das Tor öffnete, schaltete sich eine Sicherheitsleuchte an und beschien eine leicht durchhängende Veranda und einen makellos getrimmten Vorgarten. Ein Schild am Zaun annoncierte Namen und Website von Ashs Landschaftsgärtnerei.

Mit einer Hand auf dem Tor blieb Sean stehen. »Tut mir leid wegen Liam. Ich werde ein Wörtchen mit ihm reden.«

»Lass gut sein. Ich habe gehört, wie er sich mit dieser Kellnerin unterhalten hat, aber wir haben gar nicht miteinander gesprochen. Alles in Ordnung.«

Sean antwortete nicht, fuhr sich aber auf eine Weise mit der Hand über die Bartstoppeln, die erkennen ließ, dass er seinen Neffen etwas besser kannte als Kieran. Er sah aus, als wolle er noch etwas sagen, überlegte es sich aber anders und zog sein Handy hervor.

»Diese Woche muss ich fast täglich unten beim Wrack sein.« Er öffnete die Wetter-App und schaute nach der Vorhersage. »Sag einfach Bescheid, wenn du mitkommen willst, die Wetterverhältnisse sind morgen ziemlich perfekt. Montag und Dienstag nicht so gut, aber ich werde trotzdem da unten sein.« Sean hob die Hand zum Gruß. »Gut, euch zu sehen. Wie Liv schon sagte, lasst uns das wiederholen, wenn sie frei hat, ja?«

Kieran und Mia blickten ihm hinterher, wie er die hölzernen Stufen hinaufstieg, die Tür öffnete und mit dem Schlüsselbund rasselnd im Innern verschwand. Kieran warf einen Blick auf Mia. Er war müde, aber plötzlich konnte er sich nicht erinnern, wann sie zum letzten Mal wirklich allein gewesen waren. Wahrscheinlich war es nur drei Monate her, doch es fühlte sich wie eine Ewigkeit an.

»Kurz an den Strand?«, fragte er.

Mia lächelte. »Klar.«

Hand in Hand liefen sie auf das Rauschen des Ozeans zu, wobei sie sich vom Yachthafen entfernten und in die finstere Nacht dahinter eintauchten. Der Horizont war eine tintenschwarze Linie, darüber ein heller Mond und ein paar versprengte Sterne.

»Hat Liam vorhin wirklich nichts gesagt?«, wollte Mia wissen.

»Nicht zu mir. Nur zu dem Mädchen, Bronte. Ich habe sie zufällig in der Küche gehört.«

»Was hat er ihr erzählt?«

»Das, was zu erwarten war.«

Sie verstummten. Mehr gab es nicht zu sagen. Kieran war froh. Das war es, was er an Mia seit dem ersten Abend geschätzt hatte, an dem sie sich getroffen hatten, – erneut getroffen, um genau zu sein – in einer lauten Studentenbar im Zentrum von Sydney.

Er hatte sein Bier gekippt und sich wie so oft in diesen ersten Jahren überfordert gefühlt. Seines Studiums und seiner Freunde überdrüssig, die nicht mehr als Bekannte waren, überdrüssig der Anstrengung, jeden Morgen die Augen zu öffnen und sie abends wieder zu schließen. Überfordert vom Leben an sich. Der Nebel war so dick geworden, dass er sich daran gewöhnt hatte, halb blind durch seine Tage zu navigieren.

»Ja, hört sich ganz danach an«, hatte der Arzt auf dem Campus nüchtern erklärt, als Kieran sich gezwungen sah, einen Termin zu machen, nachdem er mehrfach in Vorlesungen eingeschlafen war. »Mentale Überforderung. Gewöhnliches Posttrauma. Fühlen Sie sich, als gestatte Ihnen nur der Schlaf eine Auszeit von sich selbst? Vielleicht sollten Sie eine psychologische Beratung in Betracht ziehen? Eine weitere Meinung könnte helfen.«

Kieran hatte die Klinik mit mehreren Telefonnummern in der Tasche verlassen und war widerstrebend in die Bar gegangen, wo einige Mädchen versuchten, ihm noch weitere zuzustecken. Was er wirklich wollte, war, nach Hause zu gehen und zu schlafen, aber irgendjemand hatte Geburtstag – er konnte sich kaum daran erinnern, wer –, und die Jungs in seinem Kurs waren sowieso schon sauer, weil er nie mitkam. Er kaufte sich ein Bier, hielt sich daran fest und tat so, als wäre es sein drittes oder viertes.

Endlich war die Zeit gekommen, in der er seine leere Flasche auf den Tresen stellen und gehen konnte, ohne sich zu verabschieden, als sich jemand aus der Masse dieses Freitagabends löste und ihn anhielt.

»Kieran?«

Er hatte die Frau vor sich angeblinzelt. »Ja?«

»Hi.« Sie berührte ihn an der Schulter. »Mia Sum.«

Damals noch mit Brille und einem schnurgeraden Pony, sah sie wie eine hübsche Streberin aus. Dazu trug sie ein rotes Kleid, das sie, wie er später erfuhr, als ihren Glücksbringer betrachtete. Das Mineralwasser in ihrer Hand stellte sich als überraschend leckerer Wodkacocktail heraus, den sie erfunden hatte und noch Jahre später als *Mias Mischung* bezeichnete.

»Ich habe früher in Evelyn Bay gewohnt«, hatte Mia noch hinzugefügt, als er sie im Gedränge der Bar nicht sofort erkannte. »Ich war ...« Sie zögerte. »Ich war Gabbys Freundin.«

Sie sprach den Namen laut und deutlich aus, was Kieran bemerkenswert fand. Die meisten neigten dazu, bei der Erwähnung von Gabby Birch die Stimme zu senken.

Mia schien abgeneigt, weiter auszuholen, doch das war nicht nötig. In der Zwischenzeit hatte Kieran sie richtig eingeordnet und Mühe, jenes schüchterne Mädchen mit der Frau in Übereinstimmung zu bringen, die vor ihm stand.

Er wusste allerdings, dass er richtig lag, weil es in Kierans Teenagerjahren nicht viele Mädchen aus Singapur – oder korrekt halb-singapurische Mädchen – in Evelyn Bay gegeben hatte. Aber die Mia Sum, die er kannte, war vier Jahre jünger gewesen als er und schien immer kurz vor oder nach einer Klavierstunde an ihrem Haus vorbeizuflitzen. Kieran war nicht sicher, ob er sich überhaupt daran erinnert hätte, wäre sie nicht, wie Mia gesagt hatte, die beste Freundin von Gabby gewesen, und nach dem Sturm erinnerte sich jeder sehr viel genauer an alles, was Gabrielle Birch betraf, als zuvor.

Er wusste, dass Mias Eltern mit der Familie nach Sydney gezogen waren, sobald die Polizei ihnen grünes Licht gegeben hatte, was Kieran damals und auch jetzt noch eine ziemlich gute Idee fand.

Mia sah ihn in der Bar immer noch mit einem kaum wahrnehmbaren Stirnrunzeln unter ihrem Pony an. »Kieran, alles in Ordnung?«

»Ja«, sagte er automatisch.

Sie wurde von jemandem, der an die Bar wollte, angerempelt, aber ihre Augen blieben auf sein Gesicht geheftet. »Möchtest du irgendwo anders hingehen?«

»Wohin?«

»Weiß nicht, einfach nur weg hier.«

Ihm ging dieser Ort auf die Nerven, und ihr Vorschlag hörte sich überraschend gut an. »Ja«, sagte er. »Okay.«

Sie waren nach draußen in die warme Stadtluft getreten und ein wenig gelaufen, bis Mia auf eine Bank wies, wo sie sich, umgeben von Abfall, trockenem Gras und den Geräuschen des abendlichen Sydney, niedergelassen hatten. Sie hatten das gewisse Thema vermieden, das sie verband und über andere Dinge geredet – Stadtleben, Kierans Praktikum in der Klinik für Physiotherapie, das vielleicht zu einem Job führte, falls er es bis zur Abschlussprüfung schaffte, Mias Abschluss in Biologie und ihren leicht rassistischen Laborpartner, an den sie bis zum Jahresende gekettet war –, bis Mia sich aufgerichtet hatte und nach ihrem Handy griff.

»Ist schon spät«, sagte sie. »Ich sollte los.«

»Schon?« Kieran hatte auf die Uhr geschaut und verblüfft festgestellt, wie spät es war.

»Ja, außerdem …« Mia hatte ihn von unten unter ihrem Pony gemustert. »Du musst morgen wahrscheinlich früh raus, oder?«

»Was meinst du?«

»Nichts.« Sie lächelte. »Du siehst einfach wie die Sorte Mann aus, die am Samstagmorgen ins Fitnessstudio geht.«

»Nicht ins Fitnessstudio,« sagte er, ohne nachzudenken. »Ich gehe schwimmen.«

Sie hatte gestutzt. »Wirklich?« Jeder Hauch von Flirt war im Nu verflogen, und der Ausdruck schmerzlicher Verwundung zog über ihre Miene. Sie hatte sich auf der Bank zurückgelehnt, und eine warme Hand auf seinen Rücken gelegt. »Oh, Kieran.«

Nun saß Kieran hier am Strand, Jahre später zwar, aber irgendwie immer noch zurück in Evelyn Bay, und griff über den Sand hinweg nach ihrer Hand. Seit einer Weile schon war sie zu alt für einen Pony, hatte sich Kontaktlinsen zugelegt, und er wusste nicht, wo das rote Kleid abgeblieben war. Gelegentlich genehmigte sie sich immer noch *Mias Mischung*, aber inzwischen wurde er in ihrer winzigen Küche gemixt und in einem Trinkglas aus dem Küchenschrank serviert. Das Leben folgte nun einem ruhigeren Rhythmus, und er war immer noch ein wenig überrascht, wie gut ihm das gefiel. Abende zu Hause und nicht verärgert, wenn der andere lächeln sollte und stattdessen gähnte.

»Sorry.« Sie bedeckte rasch den Mund, während der Wind ihr das Haar ins Gesicht blies. »Wollen wir zurückgehen. Ich bin so …« Sie gähnte erneut.

»Ich weiß. Ich auch.«

Sie erhoben sich und klopften sich den Sand ab. Vor ihnen erstreckte sich der Strand in die Dunkelheit. Das Haus von Kierans Eltern lag nur zehn Minuten entfernt, ein kurzer Spaziergang am Meeresrand, aber Kieran spürte, wie Mia in die Nacht schaute und zögerte.

»Die Straße entlang?«, fragte er, woraufhin Mia nickte.

Sie blieben unter einer Straßenlaterne stehen, wo der sandige Pfad auf den Asphalt der Beach Road stieß, und stützten sich am Zaun ab, während sie in ihre Schuhe schlüpften. Es gab keinen Bürgersteig, aber auch keinen Verkehr, und sie liefen nebeneinander den provisorischen Naturpfad entlang, der vor den Fronten der Strandhäuser verlief.

»Hey, wie fandest du Liv und Ash als Paar?«, fragte Mia unvermittelt.

Kieran überlegte und führte sie sich noch einmal im Surf and Turf vor Augen. Da war etwas zwischen Ash und Olivia, worauf er sich nur schwer einen Reim machen konnte. Vielleicht nur alte Geschichten. Viel Wasser war den Fluss hinuntergeflossen, für jeden von ihnen. Aber da gab es auch diesen Anflug von Kampfeslust, den viele Paare zu genießen schienen, was Kieran persönlich jedoch ermüdend fand, selbst als Unbeteiligter.

»Ich weiß es nicht«, sagte er und meinte es auch so. »Was denkst du?«

»Ich hoffe nur, er behandelt sie nicht schlecht.«

Das tut er nicht, wollte Kieran sagen, hielt aber inne. Ash war Ash. Könnte also sein.

»Ist dir aufgefallen, wie er …«, begann Mia, blieb dann aber stehen und horchte zur gleichen Zeit wie Kieran auf ein tiefes Brummen. Den Bruchteil einer Sekunde, bevor ein Wagen um die Ecke raste, bevor das Brummen zum Dröhnen anschwoll und der Wagen mit voll aufgeblendetem Licht auf sie zuschoss, wurde ihm klar, um was es sich handelte.

»Scheiße, Achtung!«

Kieran streckte einen Arm aus, um Mia zu schützen, aber sie war schon beiseite gesprungen und hatte ihren Rücken an einen Gartenzaun gepresst. Er spürte den Windzug, als der Wagen vorbeipreschte, schrill und hell in der Stille der Nacht. Der Wagen hatte sie nicht touchiert, aber Kierans Herz raste, und das Blut rauschte in seinen Ohren. Er spürte, wie Mias Puls gegen seinen Arm pochte. Er stellte sich Audrey in ihrem Kinderbettchen vor, und bei dem Gedanken daran, was hätte passieren können, wurde ihm speiübel.

Sie blickten dem Auto hinterher, das die Straße mit immer kleiner werdenden Rücklichtern entlangjagte, bis es um eine Ecke bog und verschwand. Das alles hatte nur wenige Sekunden gedauert, und nun war das einzige Geräusch wieder nur ihr Atem und die sich gemächlich brechenden Wellen.

»Oh, mein Gott.« Mia lachte erleichtert auf. »Warum muss man hier so rasen? Es gibt doch wirklich nichts in diesem Kaff, was nicht warten kann.«

»Allerdings. Bist du okay?«

»Ja, es war nur die Überraschung.«

Sie setzten ihren Weg fort. Als sie am Fisherman's Cottage vorbeikamen, war dort noch Licht, doch das Haus von Kierans Eltern lag ganz im Dunkeln, als sie die Auffahrt entlangschlichen. Kieran schloss auf und stolperte fast über einen Stapel Umzugskartons, die im Flur standen. Mia ging schnurstracks durch, um nach Audrey zu sehen, die in ihrem Reisebettchen in einer Ecke von Kierans altem Schlafzimmer friedlich schlummerte. Die Tür zum Schlafzimmer seiner Eltern war geschlossen, aber Verity hatte einen Zettel über die verabreichte Babynahrung hinterlassen, den Mia überflog, als Kieran sich auszog.

Innerhalb von zehn Minuten lagen sie im Bett. Der Adrenalinstoß von vorhin war abgeebbt und hatte einer diffusen Erschöpfung Platz gemacht. Mia schlief schon halb, als sie gute Nacht sagte. Vor dem Fenster hörte Kieran das Rauschen der See.

Er schloss die Augen und schlief bald tief und fest. Er zuckte nur einmal, als er tief im Traum das Geräusch einer knallenden Tür hörte.

KAPITEL 5

Als Kieran die Augen öffnete und ins Morgenlicht blinzelte, das durch einen Spalt in der Jalousie fiel, war er allein. Die Bettdecke auf Mias Seite war zurückgeworfen, und die Laken waren kalt. Er hob den Kopf und sah, dass Audreys Bettchen leer war.

Der Rock und die Bluse, die Mia gestern Abend zurechtgelegt hatte, waren verschwunden. Kieran hatte nicht mitbekommen, dass sie aufgestanden war. Er seufzte und ließ sich mit einer Mischung aus Erleichterung und Schuldgefühl zurück in die Federn fallen. Vom nächtlichen Fläschchen abgesehen, hatte Audrey im letzten Monat ihren Tag schon vor Sonnenaufgang begonnen, und Mia und er versuchten, sich das Aufstehen zu teilen. Er war ziemlich sicher – vollkommen sicher –, dass er eigentlich dran gewesen war. Ein Blick auf die Uhr. Nach acht. Kein Wunder, dass er sich ungewohnt ausgeschlafen fühlte. Für einen Vater – diese Bezeichnung hörte sich immer noch ungewohnt an – zählte das als Langschläfer.

Kieran stand auf und zog seine Boardshorts und ein T-Shirt an. Auf seinem Handy fand er eine Nachricht von Mia, die schon vor einer Weile abgeschickt worden war und besagte, dass sie nicht das ganze Haus habe wecken wollen. Er schrieb ihr zurück. *Okay.*

Im Flur blieb er unvermittelt stehen, als seine nackten Füße auf etwas Körniges traten. Eine dünne Sandschicht überzog das Holz. Jemand war mitten hindurchgelaufen, man konnte die Spuren noch sehen.

Hatten Mia und er den Sand letzte Nacht hereingebracht? Seine Schuhe standen neben der Tür, wo er sie ausgezogen hatte, aber er wusste, dass Sand es bis in die letzte Ecke schaffte. Besen und Schaufel waren schludrig an die Wand gelehnt und anscheinend mitten im Fegen vergessen worden. Aus der Küche hörte er die gedämpften Stimmen seiner Eltern. Er lauschte, konnte aber weder Mia noch Audrey hören. Sie mussten noch unterwegs sein.

Kieran griff nach dem Besen. Es war schnell erledigt, und nachdem er kurz darauf im Badezimmer das Kehrblech in einen Abfalleimer geleert hatte, schnappte er sich sein altes Strand-tuch. Wenn er heute schwimmen wollte, war diese Uhrzeit so gut wie jede andere. Er ließ nicht gern einen Tag aus und hatte das in den zwölf Jahren, seit seine allererste Ärztin im Kranken-haus in Hobart eine deutliche Warnung ausgesprochen hatte, auch selten getan.

Kieran hatte ihren Namen nicht verstanden, aber sie war in sein Zimmer getreten, hatte ihr Klemmbrett abgelegt und sich einen Besucherstuhl herangezogen. Sie hatte kurzes, graues Haar und das sorgenvolle Gesicht von jemandem, der schon al-les gesehen hatte.

»Hören Sie mir genau zu«, hatte die Ärztin zu ihm gesagt. Kieran war vor weniger als vierundzwanzig Stunden eingelie-fert worden und immer noch ganz benommen. »Ich erkläre Ih-nen jetzt das Wichtigste, das Sie wissen müssen.«

Trotz Luftnot und schmerzenden Lungen hatte Kieran ver-sucht, sich zu konzentrieren.

»All dies …« Die Ärztin zog mit ihrem Stift einen luftigen Kreis über seinen Körper. »Das wird alles heilen. Es wird Ihnen gut gehen. Es ist allerdings wichtig, dass sie sich auf Ihren Kopf konzentrieren. Der bringt nämlich die Leute häufiger hierher zurück, als uns lieb ist.«

Die Ärztin hatte ihre Worte sacken lassen, bevor sie weiter-sprach.

»Manche reagieren ungut, wenn sie nicht wissen, *wie* sie auf eine Sache reagieren sollen. Das trifft auf alle zu, aber besonders Männer können in Situationen geraten, die ihnen nicht guttun. Ich spreche von Aggression, ich spreche von familiären Problemen, hohem Alkoholkonsum ...« Sie hatte ihre Finger zur Hilfe genommen. »Drogen, Sexgeschichten, Prostituierte, gewaltverherrlichende Pornographie. Und Sie, Kieran ...«

Er hatte sie angestarrt. »Ich, was?«

»Ein junger Mann wie Sie, wie alt sind Sie, achtzehn? In einer solchen Lage? Sie sind absolut ein Kandidat für so etwas. *Absolut.*« Die Stimme der Ärztin klang jetzt weicher. »Das könnte geschehen. Jederzeit. Also kümmern Sie sich darum, dass es nicht so weit kommt. Lassen Sie sich von all dem nicht aus der Bahn werfen, ja? Sie werden gefühlsmäßig mit vielen Problemen fertig werden müssen, seien Sie also vorbereitet. Sie brauchen irgendeinen Ausgleich, damit Sie nicht als Leiche enden oder elend oder im Gefängnis. Nehmen Sie es ernst, wenn ich Ihnen sage: Finden Sie etwas Positives, das Ihnen hilft.«

Noch am selben Tag war er aus dem Krankenhaus entlassen worden. Kieran war Verity nach Hause gefolgt, hatte seine Tasche fallen lassen, war durch den Flur direkt zur Hintertür gelaufen und wieder hinaus. Er hatte sich bis auf die Shorts ausgezogen und war geschwommen und geschwommen und geschwommen.

Er öffnete den Schrank in der Diele, verstaute Besen und Kehrblech und verlangsamte seinen Schritt, als er am nächsten Schlafzimmer vorbeikam. Der Raum hatte damals seinem älteren Bruder Finn gehört, aber irgendwann hatten Kieran und seine Eltern damit begonnen, ihn »das andere Zimmer« zu nennen.

Anderes Zimmer traf es recht gut. Seit Finn tot war, hatten Brian und Verity den Platz als Büro oder Fitnessraum genutzt. Sie sprachen es nie aus, aber Kieran vermutete, dass es ihnen schwerfiel, dort Zeit zu verbringen, denn seit Jahren war es kaum mehr als eine Rumpelkammer. Es war mit allerlei Krempel gefüllt, was den doppelten Vorteil hatte, ein Zimmer sowohl zu nutzen als es auch selten betreten zu müssen.

Nun jedoch stand die Tür halb offen, und Kieran stieß sie mit einem Finger weiter auf. Hier sah es bis auf einige noch gefaltete Umzugskartons aus wie erwartet, doch er hielt inne, als er sah, dass zwischen all dem Durcheinander das Gästebett zurechtgemacht war.

Die Laken waren nachlässig aufgezogen. Eine verschmutzte Kaffeetasse stand neben dem Bett, und ganz in der Nähe lagen ein aufgeschlagenes Buch und Veritys Lesebrille. Hin und wieder schien sie hier zu schlafen. Kieran hatte nie gesehen, dass seine Eltern getrennt schliefen. Er betrachtete das Bett und fragte sich, was er davon halten sollte.

In der Küche traf er auf Verity, die sich vornüberbeugte und einen Löffel mit Müsli balancierte. Sie hielt ihn in Gesichtshöhe und kümmerte sich nicht um die Milch, die dabei auf die Fliesen tropfte. Am anderen Ende des Löffels öffnete Brian Elliott den Mund kaum weit genug, um etwas zu sagen.

»Kein Hunger mehr.«

»Du hast überhaupt noch nichts gegessen.« Verity sah auf, als Kieran eintrat, und wies mit dem Kopf auf den frisch gebrühten Kaffee, bevor sie ihre Aufmerksamkeit wieder Brian zuwandte.

Kierans Eltern hatten früher am regionalen Triathlon teilgenommen. Vor vier Jahren war Brian in der Kategorie über Fünfzig auf den zweiten Platz gekommen. Verity hielt die Spitze des Löffels auffordernd vor die Lippen ihres Mannes. Er öffnete den Mund wie ein Kind.

Kieran beobachtete die Szene, bis Verity ihm einen Blick zuwarf. »Wie war es im Surf and Turf?«

Er zuckte die Schultern. Am Tisch verweigerte sein Vater einen weiteren Löffel. »Es war nett. Habt ihr Mia gesehen?«

»Nein. Iss bitte, Brian. Ist sie nicht da?«

»Sie ist mit Audrey draußen.« Kieran blickte auf sein Handy. Keine neuen Nachrichten.

Er griff sich einen Küchenstuhl und nahm einen Karton herunter, damit er sich setzen konnte. Er war nicht zugeklebt, und als er hineinschaute, stutzte er.

In dem Karton befanden sich ordentlich gefaltete Kleidungsstücke seiner Mutter neben allerlei Plunder, den man nur als Hausmüll bezeichnen konnte. Der cremefarbene Pullover, den Verity selbst gestrickt hatte, wies auf seiner Vorderseite einen dunklen Fleck auf, weil darauf ein benutzter Teebeutel ausgelaufen war. Aus der Seitentasche einer Hose lugte eine verfaulte Bananenschale.

Kieran starrte auf den Inhalt und hielt wortlos den Karton hoch. Verity würdigte ihn kaum eines Blickes und zuckte als Antwort auf seine stille Frage nur mit den Schultern.

»Er weiß, dass wir ausziehen.« Die Müslischüssel immer noch in der Hand, wandte sie sich wieder Brian zu. »Er sieht mich packen und möchte helfen, also sammelt er ein, was er finden kann.« Sie warf einen kritischen Blick auf die anderen Kartons. »Einige von denen hat er gepackt.«

»Das ist furchtbar.«

Verity antwortete nicht, füllte nur einen weiteren Löffel mit Müsli.

»Mum?«

»Ja?«

»Das hättest du mir sagen sollen. Warum hast du mir nicht erzählt, wie es um ihn steht?«

»Du hast genug am Hals. Du hast jetzt Audrey. Du hast eine Arbeit.« Verity wandte sich um, damit sie ihn anschauen konnte. »Ich komme zurecht mit ihm. Ist nicht so schlimm.«

»Ist es doch, Mum. Es ist schlimm. Es ist wirklich schlimm.«

»Ich kann verstehen, warum du so empfindest.«

Und da war es wieder, dieses *aktive Zuhören*, wofür Verity eine solche Vorliebe hegte.

Kieran ignorierte das und versuchte es erneut. »Wie lange schläfst du schon im anderen Zimmer?«

»Nicht lange. Und nur manchmal.« Verity erhob sich, um die Schüssel mit Müsli ins Spülbecken zu stellen. »Er wird nachts ein wenig unruhig.«

Sie redeten über Brian, als wäre er nicht anwesend, wie Kieran klar wurde. Er fragte sich, was Veritys derzeitige Online-Selbsthilfegruppe – es war eine naheliegende Vermutung, dass sie eine hatte – dazu sagen würde.

»Es ist nicht zu spät, etwas in Sydney zu finden, Mum«, sagte er. »Für euch beide.«

»Sicher. Aber wir haben das alles durch.«

»Ich weiß, doch ...«

»Für deinen Vater wäre ein so großer Umzug schwierig.«

»Ja, aber schlussendlich würde er sich daran gewöhnen. Und es wäre besser für dich. Du müsstest nicht alles alleine schultern. Mia und ich wären da. Und Audrey. Es wäre ein neuer Anfang für dich.«

Verity schwieg, doch Kieran ahnte, was sie dachte. Verity Elliott wollte keinen Neuanfang. Sie wollte einfach nur, dass alles wieder so wäre wie früher. Er wusste allerdings, dass sie das niemals zugeben würde. Stattdessen warf sie einen Blick auf das Strandtuch über der Rückenlehne seines Stuhls.

»Gehst du schwimmen?«

»Lenk nicht ab.«

»Das wollte ich nicht.« Verity sah ihn über den Küchentisch hinweg an. »Ich wollte dich fragen, ob du klarkommst?«

»Oh.« Kieran schluckte. »Ja, ich denke schon. Ich meine, diese ganze Sache mit Dad ist ...«

»Eine Herausforderung?«, bot sie an.

»Ja, so in etwa.« Kieran hatte *ziemlich beschissen* sagen wollen, aber das war nah genug dran.

»Es ist ...«, setzte Verity an und zögerte.

Kieran wartet ab, neugierig, was sie sagen würde, hier in ihrer Küche, umgeben von halbgefüllten Kartons voller besudelter Kleidung, die von einem Mann gepackt worden waren, der vierzig Jahre lang an ihrer Seite gewesen war und nun aussah, als wisse er nicht recht, wer sie war. Mit leicht gefurchter Stirn starrte Verity in ihre Kaffeetasse. Einen Moment lang war nur das Ticken der Küchenuhr zu hören, das aus einem Karton in der Nähe der Arbeitsplatte kam, dann holte sie tief Luft. Als sie aufblickte, zeigte ihre Miene wieder einen neutralen Ausdruck.

»Man muss sich darüber im Klaren sein, Kieran, dass Gefühle der Unsicherheit oder Angst etwas ganz Normales sind, wenn man eine große ...«

Sie verstummte, als Kieran sich abrupt erhob. Nein. Nein, er war absolut nicht interessiert an einer weiteren Therapiestunde *Veränderung – Angst und Chancen*, geleitet von seiner Mutter. Er hatte genug davon hinter sich gebracht, und zwar mit wirklich qualifiziertem Personal.

»Wenn du nicht darüber reden willst«, sagte er, »kann ich auch schwimmen gehen.«

Verity gab sich demonstrativ unbeeindruckt. »Ich dachte, das ist es, was wir tun, *reden*.«

»Wirklich?«

Sie maßen sich über die Kartons hinweg. Dann öffnete Verity den Mund.

»Nun gut.« Die Maske saß immer noch perfekt. »Sei vorsichtig im Wasser.«

Kieran starrte seine Mutter an. Sie starrte zurück. Er hätte nicht sagen können, ob sie ihn aufzog. Bedächtig nahm er sein Strandtuch und verließ die Küche, wobei er sich sehr bemühte, die Tür nicht zu knallen.

»Wohin geht Finn?« Brians Frage blieb in der Luft hängen.

Verity machte sich nicht die Mühe, ihn zu korrigieren.

An der Hintertür ignorierte Kieran ein Häufchen Sand, das er vergessen hatte wegzufegen, und verteilte die Körner, als er auf die Veranda lief. In der Hoffnung, Mia barfuß im flachen

Wasser oder auf einer Decke liegend mit Audrey zu entdecken, suchte er den Strand ab.

Keine Mia. Keine Audrey. Der Strand hinter ihrem Haus war menschenleer.

Kieran zog sein Handy hervor und sandte eine neue Nachricht. *Wo seid ihr?*

Er lief den schmalen, aber ausgetretenen Pfad entlang, dann durch das hintere Tor. Er blieb stehen, als er sich der Flutlinie näherte, und schirmte die Augen gegen die Sonne ab.

Richtung Norden schäumten weiße Wellen auf den Sand. In der Ferne trieben einige Schiffe in der Brise.

Richtung Süden – Kieran erstarrte.

Richtung Süden, nur wenige Minuten fußläufig entfernt, hatte sich eine kleine Ansammlung von Menschen gebildet. Sie standen sehr unbewegt und nah beieinander, die Köpfe gesenkt und ihre Hunde an der kurzen Leine, während sie etwas an der Wasserlinie verfolgten. Ihre Anspannung vibrierte über den Strand hinweg.

Kieran wusste, um was es sich handelte, ohne auch nur den Hauch einer blauen Uniform zu sehen. Sogar ohne das Polizeiband, das an improvisierten Pflöcken vor der Hausfront von, wie er nun erkannte, Fisherman's Cottage flatterte. Es gab nur eine Sache in Evelyn Bay, die eine Gruppe so nah ans Ufer ziehen konnte. Kieran ließ sein Strandtuch fallen und rannte los.

KAPITEL 6

Sie waren es nicht, wusste Kieran, der seine Fersen tief in den feuchten Sand grub, um an Geschwindigkeit zuzulegen. Das waren nicht Mia und Audrey zu Füßen der Menge.

Sie waren es nicht, weil jemand in der Zwischenzeit an die Tür seiner Eltern geklopft hätte. Kieran hätte nicht verzweifelt am Küchentisch seiner Mutter gesessen, während so etwas ein paar hundert Meter entfernt geschah.

Sie waren es nicht, weil ansonsten die größtenteils vergessenen, aber vertrauten Gesichter der Nachbarn, die sich Kieran zuwandten, als er sich nun näherte, schutzlos vor Mitleid gewesen wären.

Es waren nicht Mia und Audrey, sagte Kieran sich, als er mit brennendem Atem in der Brust ruckartig stehen blieb, weil er es einfach nicht ertragen hätte, wenn sie es gewesen wären.

Die kleine Gruppe geriet in Bewegung und öffnete sich ein wenig, genügend, damit er sehen konnte, was diese schweigende Mahnwache angezogen hatte. Es war nicht Mia, die still mit strähnigem Haar auf feuchtem Sand lag, die nackten Arme von einem gespenstischen Flor der Kälte weißblau gefleckt. Es war nicht Mia, leblos hingestreckt am Meeresrand, mit dem auffälligen orangefarbenen Leuchten ihrer Kellnerinnenuniform, dunkel gefärbt von der See.

Es war nicht Mia. Es war auch nicht Olivia, Gott sei Dank, während das Absperrband aus Plastik im Wind flatterte und glitzerte und den Weg zu Fisherman's Cottage verwehrte.

Es war Bronte.

Kierans erster Gedanke war eine aufrichtige, schamvolle Erleichterung. Besorgt, dass jemand es bemerkt hatte, fuhr er sich mit beiden Händen über das Gesicht und holte tief Atem.

»Wissen Sie, was passiert ist?«, fragte er eine Frau neben sich, deren Namen er kannte, an den er sich aber nicht erinnern konnte. Er hatte sie auf der Veranda seiner Eltern bei Wein und Barbecue vor Augen. Die Frau schüttelte den Kopf, wobei ihr graues Haar den Wind fing und ihr Hund an seiner Leine riss.

»Sie haben nichts gesagt. Ich habe gehört, dass ihre Mitbewohnerin sie gefunden hat.«

»Olivia?« Kieran warf einen Blick auf das abgesperrte Gartentor, das zu Fisherman's Cottage führte.

Die Frau nickte, sagte aber nichts weiter und heftete die Augen auf den Horizont. Kierans Blick glitt wieder zu Bronte.

Gleich am Meeresufer lag sie auf der Seite mit dem Rücken zum Wasser, die Arme schlaff, das Gesicht in den Sand gepresst. Die teuren Highlights in ihrem Haar waren stumpf und verfilzt. Ihre Puppenaugen waren geschlossen.

Eine blitzartige Erinnerung, und Kieran sah sie so ganz anders als hier. Wie sie durch die Gischt Audreys Hütchen hinterherjagte, auf die See blickte und vor lauter Frustration lachen musste.

Ein junger Cop, den Kieran nicht kannte, stand mit feuchten, sandigen Stiefeln nahe beim Wasser und bewachte den Bereich zwischen Bronte und den Schaulustigen, die sich in respektvollem Abstand versammelt hatten. Seine Hand war ausgestreckt, als wolle er jeden abhalten, der sich näherte. Niemand hatte sich bewegt.

»Müsste man sie nicht rausholen?«, murmelte jemand, als der Ausläufer einer Welle den Sand hochschoss und ein Stück ihrer orangefarbenen Uniform zu erreichen drohte.

Der Cop hatte keine Ahnung, was er tun sollte, sogar Kieran konnte das sehen. Der junge Mann hatte mit Sicherheit den Sommer damit zugebracht, sich um verlorene Geldbörsen und betrunkene Teenager zu kümmern. Unentwegt warf er verzweifelte Blicke aufs Fisherman's Cottage und wirkte erleichtert, als endlich die Hintertür geöffnet wurde und eine Stimme erschallte.

»Hey! Lauft verdammt noch mal einen Bogen!«

Ein zweiter Polizeibeamter war auf die Veranda getreten und gestikulierte in Richtung eines Paares mit Hund, das sich aus der Menge gelöst hatte, und versuchte, den abgesperrten Pfad als Abkürzung zu nutzen.

Kieran kannte diesen Cop sehr gut. Früher einmal war der selbst ein nervöser Jungpolizist gewesen. Vor zwölf Jahren war er Constable Chris Renn gewesen, ein Frischling und übereifrig auf seinem ersten Posten. Nun mit fast vierzig und wahrscheinlich Sergeant, sah Renn weder frisch noch eifrig aus.

Schon damals war sein Haar vor der Zeit schütter gewesen, und nun glänzte dort oben eine Glatze, darauf eine dünne Schicht Sonnencreme. Sportlich war er immer schon gewesen, und Kieran erkannte an seiner Statur den regelmäßigen Besucher eines Fitnessstudios, allerdings einen, der heutzutage wahrscheinlich härter arbeiten musste als früher.

Renn wartete, bis das eingeschüchterte Pärchen mit dem an der Leine zerrenden Hund sich davongemacht hatte. Er schüttelte einmal den Kopf, formulierte mit den Lippen etwas, das aussah wie *unglaublich*, und verschwand wieder im Haus.

Kieran wandte sich wieder Fisherman's Cottage zu. Ein kleines Fenster wies auf den sandigen Garten mit seinem maroden Zaun hinaus. Das hintere Schlafzimmer wahrscheinlich, falls die Zimmer ähnlich angeordnet waren wie bei Kierans Eltern. Brontes Zimmer vermutlich. Ein Fenster mit Meerblick, hatte Olivia am Abend zuvor erzählt.

Sie dachte, sie hätte manchmal nachts Geräusche hinter dem Haus gehört.

Das hatte Olivia auch gesagt.

Kieran betrachtete das Fenster und stellte sich vor, wie Bronte in die Dunkelheit starrte. Lauschte. Sein Blick wanderte zu dem jungen Cop, dann wieder zurück zum Haus. Sie würden das alles von Olivia hören, nahm er an und zuckte zusammen, als das Handy in seiner Tasche sich meldete. Er zog es hervor und las die Nachricht. Mia. Er spürte eine Welle überschäumender Erleichterung.

Bin in der Nähe des Surf and Turf. Wo bist du? Gleich darauf eine zweite Nachricht. *Irgendwas ist am Strand passiert.*

Er tippte eine Antwort. *Ich weiß. Ich bin dort. Bin unterwegs. Wir sprechen später.*

Eine schnelle Antwort. *Was ist los? Etwas Schlimmes?*

Kieran warf einen Blick auf Bronte. Sie war barfuß, ihre Fußnägel waren rosa lackiert. Ein Streifen Seegras klebte an ihrer Wange. Ein Windstoß ließ ein faseriges Ende flattern und legte sich glitschig und braun auf ihre Lippen. Sie bewegte sich nicht.

Ja.

Etwas sehr Schlimmes. Kieran machte kehrt und entfernte sich von der Menge. Gummi in den Beinen. Als er über den Sand lief, meinte er, eine Bewegung im Haus bemerkt zu haben, und zuckte zusammen. Im Schlafzimmerfenster, eben noch leer, machte er nun eine Gestalt aus, die durch die Reflektion des Glases verzerrt wurde.

Kieran ging weiter, der Einfallswinkel des Lichts änderte sich, und er sah nun, dass es sich um Sergeant Renn handelte. Das Handy zwischen Schulter und Kinn geklemmt, hatte er sich vornübergebeugt. Er nickte steif und schien etwas in sein Notizbuch zu schreiben. Er hörte noch eine Weile zu, beendete dann den Anruf und richtete sich auf.

Renn stand ganz ruhig da und starrte durch das Glas über den Strand hinweg aufs Meer. Während Kieran ihn weiter beobachtete, fuhr er sich nachdenklich mit einer Hand über das Gesicht. Vergiss den jungen Cop, dachte Kieran. Es war lange her, seit Chris Renn es mit etwas zu tun hatte, was dem hier auch nur nahekam.

Mit vielleicht ähnlichen Gedanken ließ Renn noch eine Weile den Blick schweifen. Dann wandte er sich abrupt ab, und Brontes Fenster war wieder leer und reflektierte nichts weiter als den Himmel, die See und den weißen Kamm sich brechender Wellen hinter einer einsamen, dunklen Gestalt im Sand.

KAPITEL 7

Mit Audrey in ihrem Tragetuch vor der Brust wartete Mia neben dem Surf and Turf. Das Restaurant war geschlossen, die Lichter waren ausgeschaltet. Auf dem Pfad davor aber ging es lebhaft zu. Kleine Menschengruppen fanden sich zusammen, zerstreuten sich und formierten sich erneut, während die morgendlichen Passanten von den ernsten Gesichtern und geflüsterten Neuigkeiten angezogen wurden. Kieran schlängelte sich durch die Menge und umarmte Mia und Audrey so fest, dass seine Tochter kreischte.

»Entschuldigung, Kleines«, sagte er. »Ich bin einfach nur froh, dich zu sehen.«

Kierans Hand hielt inne, als er ihr über den Kopf strich. Seine kleine Tochter trug das gelbe geblümte Hütchen aus Brontes Schachtel mit den Fundstücken. Aus der Art, wie Mia mit der Baumwollborte spielte, schloss Kieran, dass sie die Neuigkeit schon gehört hatte.

Eine Frau hustete. »Du kommst vom Strand, Kieran?«

Kieran sah zu einer blond gefärbten Frau mittleren Alters hinüber. Sie trug die bekannte orangefarbene Uniform, und er wusste ohne Blick auf das Namenschild, dass ihr Name Lyn lautete. Er konnte sich an keine Zeit erinnern, wo sie nicht im Surf and Turf gearbeitet hätte.

»Ja, ich war gerade dort.«

»Es ist Bronte, heißt es.«

Er wusste nicht, was er sagen sollte, also nickte er lediglich.

Lyn presste die Lippen aufeinander und griff in ihre Tasche, um eine Zigarettenschachtel herauszuziehen. Sie trat ein paar Schritte von Audrey zurück, um sich eine anzuzünden.

»Sie war nett«, sagte sie. »Bronte.«

»Hast du sie gut gekannt?«

Lyn zuckte die Schultern. »Ein bisschen. Sie war nicht wie die anderen. Diese Aushilfen, die vergessen, dass sie zum Arbeiten hier sind. So war Bronte nicht. Sogar in letzter Zeit, als sie nur noch ein paar Wochen hier hatte. Auch nett zu den Kunden, sogar zu den schwierigen.« Lyn zog kurz und presste wieder die Lippen aufeinander, während sie den Rauch durch die Nase ausstieß. Sie schnippte die Asche vage Richtung Strand. »Ist einfach so verdammt dunkel da unten, sage ich immer. Es ist nicht sicher.«

Kieran erinnerte sich daran, wie er am Abend zuvor mit Mia am Wasser gesessen hatte. Die Hafenlichter hinter ihnen und der Streifen Sand, der in die Schatten führte. Wie unwohl Mia sich gefühlt hatte, durch die tiefschwarze Nacht den Heimweg anzutreten. Deswegen hatten sie davon abgesehen und stattdessen einen anderen Weg genommen. Er konnte in Mias Gesicht lesen, dass sie dasselbe dachte.

»Wir haben es vor die Gemeindeversammlung gebracht«, fuhr Lyn mit zittrigen Händen fort. »Ich habe ihnen gesagt, dass wir bessere Beleuchtung brauchen. Zweimal habe ich es ihnen gesagt. Es steht in den Protokollen. Aber ein paar Anwohner wollen das nicht, wisst ihr? Sie finden, man könnte dann nicht gut schlafen. Ich habe ihnen gesagt, da kommen Leute von überallher – vom Festland, woher auch immer –, die wissen nicht, wie das Wasser sein kann. Bronte kam aus Canberra. Wahrscheinlich konnte sie kaum schwimmen ...«

»Sie haben Pools in Canberra«, erwiderte Mia unwirsch. Kieran zog erstaunt die Augenbrauen hoch. Das war er von ihr nicht gewohnt. Sie spielte weiter mit Audreys Hütchen, setzte es ihr auf und nahm es wieder ab.

Lyn betrachtete sie durch den Zigarettenrauch. Sie nickte in Richtung Ozean, der hinter der Baumreihe rauschte. »Das da ist kein Swimmingpool.«

Kieran schüttelte den Kopf. »Ich glaube sowieso nicht, dass Bronte schwimmen war«, sagte er. »Sie trug ihre Uniform.«

»Oh.« Lyns Gesicht wurde zu einer Maske, während sie das verdaute. »Nun, vielleicht ...« Tränen traten ihr in die Augen. »Vielleicht hat sie ...«

Kieran sah, wie verzweifelt Lyn nach einer Erklärung suchte. Einer guten, perfekten, plausiblen Erklärung dafür, warum eine Frau in ihrer Arbeitsuniform sich spät am Abend ins Wasser trauen würde. Eine annehmbare Antwort, die allen erlauben würde, eine andere Möglichkeit auszuschließen, die unvermittelt dunkel und schwer in der Luft hing. Niemand wollte sie in Worte fassen.

Dunkle und schwerwiegende Möglichkeiten gehörten nicht nach Evelyn Bay. Man konnte sicher nicht behaupten, hier würde nie etwas passieren, natürlich kam das vor, man brauchte nur jemanden zu fragen, der beim Sturm anwesend war. Aber nicht oft und nicht das, was auch immer *hier* vorlag.

»Sie war ein wirklich liebes Mädchen«, sagte Lyn abschließend. »Wirklich nett. Letzte Woche hat sie mit mir getauscht, damit ich mit meiner Katze zum Tierarzt konnte. Und einmal ...«

Sie hielt inne, weil ein silberfarbenes Allradfahrzeug auftauchte. Der Fahrer verlangsamte die Fahrt, blieb stehen, rollte nicht auf den leeren Parkplatz auf der Straße direkt vor dem Gebäude, sondern setzte den Blinker und fuhr rückwärts in die Lieferantengasse.

Kieran, Mia und Lyn traten einen Schritt zurück, um dem Wagen Platz zu machen. Auf dem Dach klapperte ein Surfboard, während die Räder über den Kies knirschten. Der Wagen kam vor dem Lieferanteneingang des Surf and Turf zum Stehen. Der Fahrer stieg nicht gleich aus, man sah ein Telefon aufblitzen, das an ein Ohr gepresst wurde.

Kieran kannte das Auto nicht, aber er kannte den Mann. Julian Wallis, Manager des Surf and Turf. Kieran hatte ihn am Abend zuvor gesehen, als er zum Geschäftsschluss die Musik abstellte und einen mauligen Liam anwies, sich den Wischmopp zu schnappen. Manche Leute, hatte Kieran gedacht, ändern sich nie.

Julian trug immer noch den Bürstenhaarschnitt, der Kieran seit Ewigkeiten vertraut war. Er hatte die knochige, sehnige Statur eines Langstreckenläufers, aber es war eher das Wasser, das seinen Körper geformt hatte. Julian hatte die Jugendgruppe der Rettungsschwimmer schon geleitet, als Kieran noch Mitglied war, und seine Stimme besaß die natürliche Autorität, die Kieran nach wie vor in Versuchung führte, sich in einer Reihe aufzustellen und brav achtzugeben.

Kieran verfolgte, wie das Handydisplay im Wagen dunkel wurde. Julian saß eine geschlagene Minute lang hinter dem Lenkrad, bevor er die Tür öffnete. Als er ausstieg, sah er erschüttert aus, nicht übermäßig, aber es war bestürzend, überhaupt eine Emotion auf den legendär steinernen Zügen auszumachen.

Sean hatte immer gewitzelt, der einzige Unterschied zwischen Julian, der in einer Lotterie gewinnt, und Julian, der seinen Hund überfährt, wäre eine winzige Aufwärts- oder Abwärtsbewegung der Mundwinkel.

Julian machte sich daran, die Hintertür des Restaurants aufzuschließen, und bemerkte jetzt erst Lyn, die in ihrer Uniform am Beginn der Einfahrt wartete.

»Lyn, tut mir leid.« Er schüttelte abwesend den Kopf. »Ich wollte dich anrufen. Du kannst ruhig nach Hause gehen. Ich gebe dir Bescheid, wenn ich mehr weiß, okay?«

»Okay.« Die Kellnerin steckte die Spitze ihrer Zunge zwischen die gelben Zähne. Kieran meinte, die Frage zu hören, die sie herunterzuschlucken versuchte. Werden wir trotzdem bezahlt? Eine naheliegende Frage bei der beginnenden Nebensaison.

Julian schien es nicht zu bemerken, denn er beschäftigte sich mit der Hintertür und fluchte leise, weil das Schloss klemmte. Er versuchte es erneut, diesmal mit Erfolg, und trat ein, nur um eine Minute später mit einem massiven Schlüsselbund zurückzukehren. Er schlug die Tür zu, stieg wortlos ins Auto und wendete schneller als angemessen, bevor er auf demselben Weg verschwand, den er gekommen war.

»Gehört ihm immer noch Fisherman's Cottage?«, fragte Mia.

»Ja. Er gibt Olivia – und Bronte vermutlich auch – einen Mitarbeiternachlass.« Lyn hielt inne. »Ich denke, Chris Renn wird sich mit ihm unterhalten wollen.«

»Ich habe Sergeant Renn unten am Strand entdeckt«, sagte Kieran und sah ihn wieder vor sich im Fenster des Schlafzimmers. »Ist er immer noch im Amt?«

Lyn nickte und stieß ihre Kippe mit dem Fuß in den Sand.

»Jedenfalls noch ...« Sie verstummte, und bevor Kieran nachfragen konnte, hatte Lyn sich umgedreht und ihre Aufmerksamkeit der Straße zugewandt, wo ein dunkelhaariger Mann sich näherte. Gebannt starrte er auf sein Handy und tippte im Gehen etwas mit rasender Geschwindigkeit ein.

»O Gott!« Lyn rollte mit den Augen. »Noch so einer, der nicht gerade glücklich sein wird. Er hat es gerne bequem. Stattdessen wird er in die Bücherei gehen müssen. George ...« Sie hob die Stimme, als der Mann, sie immer noch nicht beachtend, die Stufen zum Haupteingang des Surf and Turf hinaufstieg. Er sah überrascht hoch, als die verschlossene Tür in seiner Hand ratterte. »Geschlossen, leider, George.«

Der Mann schaute perplex drein, und Kieran erkannte den Kunden mit dem Laptop, den Bronte gestern Abend bedient hatte. Er sah so aus, als hätte er auch heute seinen Laptop bei sich, nur befand der sich jetzt in einer abgenutzten Ledermappe vor seiner Brust. Er hatte den Kragen seines dünnen Jacketts gegen die Meeresbrise hochgeschlagen und hielt eine Zeitung unter den Arm geklemmt.

»Warum ist geschlossen?«, fragte er Lyn und lugte durch die verdunkelten Fenster des Surf and Turf. Kieran fiel auf, dass Mia ihn etwas verwundert musterte.

»Es ist etwas passiert. Unten am Strand«, sagte Lyn. »Bronte ist etwas zugestoßen.«

Der Mann wandte sich um. »Wirklich? Geht es ihr gut?«

»Nein.« Lyns Stimme klang gepresst. Sie zündete sich eine neue Zigarette an. »Nein. Sergeant Renn ist jetzt da unten.«

Der Mann heftete den Blick auf sie, nickte dann langsam, während er zu begreifen begann. Er steckte die Zeitung unter den anderen Arm und zog erneut sein Handy hervor. Diesmal machte er eine ernste Miene, als er nach unten scrollte. Kieran beobachtete ihn, wandte sich dann aber Mia zu, weil die seinen Arm berührte und auf die andere Straßenseite wies.

Mit grauem Gesicht und so eiligem Schritt, dass sein Hund Mühe hatte, mitzukommen, näherte sich Ash. Sein Handy ans Ohr gepresst, schaute er zu Boden. Er ließ dann seine Hand sinken und starrte frustriert auf den Bildschirm.

»Ash!«, rief Kieran, und Ash blieb stehen. Er runzelte die Stirn, als hätte er vergessen, dass sie zu Besuch waren, änderte dann die Richtung und lief auf sie zu.

»Habt ihr das von Bronte gehört?«, fragte er, bevor er bei ihnen war. »Ich kann Liv nicht erreichen.«

»Renn ist drüben im Cottage«, sagte Kieran. »Liv habe ich allerdings nicht gesehen. Vielleicht ist sie auf der Wache.«

»Kann sein.« Ash sah deswegen nicht beruhigter aus und fuhr sich mit der Hand über sein unrasiertes Kinn. »Ich habe gehört, dass Liv sie gefunden hat.«

»Bronte gefunden?«, fragte Mia. »Ich dachte, sie hätte heute Nacht bei ihrer Mutter geschlafen?«

»Hat sie auch. Ich habe sie persönlich dort abgesetzt.« Ash schüttelte den Kopf und blickte wieder auf sein Telefon. Immer noch keine Antwort. »Also ja, keine Ahnung.«

Ash sah auf und bekam mit, dass der Mann auf den Stufen

sich nicht länger mit seinem Handy beschäftigte, sondern zuhörte.

»Meine Güte, macht es dir verdammt noch mal was aus, George?« Ash starrte den Mann mit dem unverwandten Blick an, der die meisten peinlich berührt wegschauen ließ. Nicht diesen Mann, wie Kieran erstaunt feststellte. Er hielt Ashs Blick stand, bevor er mit den Schultern zuckte und sich wieder seinem Telefon zuwandte.

»O mein Gott, die arme Liv«, sagte Mia. »Kannst du dir vorstellen, wie sie sich fühlt, ihre Mitbewohnerin so zu finden? Besonders nach der Geschichte mit Gabby.«

»Das ist aber sehr anders als bei Gabby«, sagte Kieran. »Ich meine ...«

Brontes Körper war beispielsweise gleich vor Ort gefunden worden. Er führte den Gedanken nicht laut zu Ende und wünschte, er hätte nicht damit angefangen.

»Es ist derselbe Strand ...«, sagte Mia.

Das stimmt, dachte Kieran. Aber der Strand ist lang.

»... und es war auch um diese Jahreszeit.«

»Es ist eine Tragödie, das ist es.« Lyn hatte sich noch eine Zigarette angesteckt und inhalierte tief. »Bronte hatte eine schöne Seele. Und dieser verdammte Strand ist zu dunkel. War nur eine Frage der Zeit, bis ein Unfall passiert.«

Sie klammert sich immer noch daran, stellte Kieran fest.

»Unfall oder nicht ...«, warf der Mann auf den Stufen ein. Er las etwas auf seinem Handy. »Sieht so aus, als wäre jemand bei ihr gewesen.«

»Woher willst du das wissen?«, entgegnete Ash mit erregter Stimme.

»Evelyn Bay Online Community Hub.« Der Mann blickte Ash an. »Du bist nicht regelmäßig auf der Seite des EBOCH-Forums, nehme ich an?«

»Nein.« Ash lachte tatsächlich auf. »Wenn ich wissen will, was meine Oma und ihre Freundinnen über die Müllabfuhr der letzten Woche denken, dann fahre ich beim Altenheim vorbei und frage sie.«

»Verständlich. Obwohl persönlich ...« Die Augen immer noch auf Ash gerichtet, zuckte der Man mit den Schultern. »... ich persönlich finde es ziemlich interessant, worüber die Leute sich so aufregen.«

Eine merkwürdige Spannung, die Kieran nicht ansatzweise einordnen konnte, hatte sich zwischen den beiden Männern ausgebreitet.

»Sorry, Kumpel«, warf Kieran ein, bevor Ash antworten konnte. »Sie haben gesagt, dass man jemanden bei Bronte gesehen hat? Weiß man, wen?«

Der Mann überflog den Bildschirm, schüttelte dann den Kopf. »Noch nicht.« Er steckte das Telefon in die Tasche und stieg die Treppe hinab. »Doch bestimmt in ein paar Minuten.«

Ash sah aus, als wolle er noch etwas sagen, aber sein eigenes Telefon piepte. Er zog es hervor, Erleichterung zog über sein Gesicht. Kieran beobachtete, wie seine Miene sich veränderte, während er die Nachricht las.

»Scheiße«, stöhnte er, als er sie noch einmal las.

Was? Wollte Kieran fragen, doch plötzlich hatte er Bronte vor Augen.

Wie sie knietief im Wasser stand. Die Schachtel mit den Fundstücken darbot. Sehr still auf dem Sand lag. Und plötzlich wollte er nicht derjenige sein, der fragte.

»Scheiße«, wiederholte Ash und hielt Kieran das Handy hin, damit er die Nachricht lesen konnte. »Von Sean. Die Person, die mit ihr gesehen wurde, war Liam.«

KAPITEL 8

O mein Gott«, brach Lyn das Schweigen. »Liam.«
Sie hauchte den Namen zusammen mit einer kleinen Rauchwolke, während alle Blicke zu den dunklen Fenstern des Surf
and Turf gingen, wo Liam vor zwölf Stunden Burger gebraten
und Bronte gekellnert hatte. Kieran wartete auf ein unverzügliches Leugnen, ein atemloses Erstaunen, ein *Ich-kann-nicht-*
glauben-dass-er-so-etwas-jemals, aber Lyns Lippen umschlossen
fest ihre Zigarette.

Ash starrte mit ausdruckslosem Gesicht auf sein Handy, wobei sein Daumen über den Bildschirm fuhr, während Mia Audreys Hütchen fester unter dem Kinn verschnürte und mit den
Bändern hantierte.

Kierans Gedanken mäanderten durch den gestrigen Abend.
Die Drinks, das Plaudern, die betont nette Geste einer lässigen Kellnerin, bevor er bei einem ganz gewissen Moment landete.

Wenn du jemanden umbringst – waren Liams Worte aus der
Küche gedrungen – *hast du sämtliche Scheiße verdient, die du ab*
kriegst.

»Ich denke, wir sollten abwarten, bis wir ein wenig mehr wissen«, sagte Kieran laut, weil er fand, dass jemand das sagen
sollte.

Sie würden bald schon mehr als genug wissen. Das Flüstern,
die Gerüchte und die erhitzten Beteuerungen gingen längst von

Mund zu Ohr, während die ganze Geschichte langsam durchsickerte.

•

Die Sperrstunde im Surf and Turf wurde eisern eingehalten, der Abend zuvor war keine Ausnahme gewesen. Um 23 Uhr hatte man die Musik ausgeschaltet, die Gäste verabschiedet und die Wischmopps und Scheuerbürsten für die allabendliche halbstündliche Reinigung zum Einsatz gebracht.

Aber weil es aufs Saisonende zuging und Julian Wallis ein verständiger Mann war, durften Kellner und Küchenbesatzung einer nach dem anderen gehen, sobald sie ihre Aufgaben erledigt hatten.

Um 23:13 Uhr wurde Liam Gilroy von den Überwachungskameras auf der Main Street erfasst, wie er nicht weit vom Eingang des Restaurants auf dem Gehweg stand. Zwei Minuten und vierzig Sekunden später erschien Bronte Laidler im Bild. Ein paar Schritte vor Liam blieb sie stehen. Sie schienen sich zu unterhalten. Liam hatte auf seinen Wagen gewiesen, einen fünf Jahre alten weißen Holden. Bronte hatte genickt. Vier Minuten und sechs Sekunden, nachdem er zum ersten Mal vor der Kamera aufgetaucht war, setzte Liam sich hinters Lenkrad. Bronte nahm auf dem Beifahrersitz Platz, und beide schlossen die Tür. Der Wagen entfernte sich aus dem Bildausschnitt. Es gab keine weiteren Kameras, die hätten aufzeichnen können, was dann geschah.

Kurz vor 23:30 Uhr hatte sich die Nachbarin, die vor achtunddreißig Jahren das Haus links neben Fisherman's Cottage erworben hatte, von ihrer Couch erhoben. Während der Abspann eines James-Bond-Films lief, trat sie ans Fenster, um die Vorhänge zu schließen. Als sie den Stoff in der Hand hielt, fiel ihr ein Auto auf, das nicht zu den üblicherweise hier parkenden Autos gehörte. Helle Farbe, an mehr konnte sie sich nicht erinnern.

Etwa achtundzwanzig Minuten später öffnete dieselbe Nachbarin, nachdem sie den Wecker gestellt und sich die Zähne geputzt hatte, die Hintertür, um mit ihrem Terrier noch einmal Gassi zu gehen. Während sie wartete, glaubte sie vom Strand her entfernte Stimmen zu hören.

Sie konnte weder angeben, ob es sich um männliche oder weibliche Stimmen handelte, noch wusste sie, worum es gegangen war. Da hatten sich mindestens zwei Personen unterhalten, darauf bestand sie. Mehr nicht. Kein Streit und ganz gewiss kein Kampf, sonst hätte sie als aktives Mitglied der Evelyn Bay Neighbourhood Watch die Polizei benachrichtigt.

Jedenfalls hatte sie, nachdem sie den Hund gerufen und zu Bett gegangen war, nicht weiter darüber nachgedacht, bis Sergeant Chris Renn am nächsten Morgen an ihre Tür geklopft und gefragt hatte, wie gut sie die junge Kellnerin kannte, die im Cottage nebenan wohnte.

•

Endlich klingelte Ashs Handy.

»Da bist du ja«, sagte er. Die Erleichterung war ihm anzusehen, als Olivias Foto auf dem Bildschirm erschien. Er drehte dem Surf and Turf den Rücken zu und presste das Telefon ans Ohr. »Geht es dir gut? Wo bist du?« Ash lauschte. »Nein, tu das nicht.« Seine Augen schnellten zu der wachsenden Menschenmenge.

»Pass auf, Sean ist im Yachthafen. Geh dorthin. Ich bin schon unterwegs.«

Er beendete das Gespräch und wandte sich wieder Kieran und Mia zu.

»Könnt ihr mitkommen? Sean hört sich nicht gut an, und ich bin mir nicht sicher, was Liv brauchen wird.«

Kieran warf Mia einen Blick zu, die versuchte, eine widerspenstige Audrey zu bändigen.

»Sie braucht das Fläschchen«, sagte sie. »Geht nur, aber sagt Liv, dass ich sie anrufe. Ich suche jemanden zum Babysitten, füttere sie, und dann …«

Mia zögerte, als sie und Kieran gleichzeitig die Straße entlang blickten, die sie nach Hause führte. Am Fisherman's Cottage vorbei, an der Polizeiabsperrung vorbei.

Kieran trat unruhig von einem Bein aufs andere. »Ist es in Ordnung, wenn du alleine gehst?« War es *für ihn* in Ordnung?

»Ja.« Mia zuckte die Schultern. »Es ist helllichter Tag. Und viele Menschen sind unterwegs. Die Polizei ist wahrscheinlich auch überall da unten.«

»Anzunehmen.«

»Ja.« Sie runzelte die Stirn. »Also ist es wohl in Ordnung, okay?«

Sie tauschten einen Blick und versuchten, herauszubekommen, wo genau die Linie zwischen Vorsicht und Übervorsicht verlief.

»Ich begleite dich«, sagte Lyn unvermittelt. Sie hatte ihre letzte Zigarette aufgeraucht und trat sie aus. »Ich muss sowieso da lang.«

»Wirklich?«, sagte Mia. »Würdest du das tun?«

»Macht mir gar nichts aus.«

Sie meint es genau so, dachte Kieran. Interessant. Lyn, die kaum ein Wort gesagt hatte, nachdem Liams Name gefallen war, machte das wirklich gar nichts aus.

Ash setzte sich in Bewegung. »Also los«, forderte er Kieran auf. »Liv wartet.«

Sie verließen das Ortszentrum, jeder in Gedanken versunken. Als sie am Polizeirevier vorbeikamen, stellte Kieran fest, dass sämtliche Parkplätze vor dem Gebäude und auf der Straße von Streifenpolizisten und Fahrzeugen ohne Beschriftung besetzt waren. Unterstützung aus Hobart, nahm er an.

»Hey, wird Renn gefeuert, oder was?«, fragte er und erinnerte sich daran, was Lyn vorhin gesagt hatte.

»Die ganze Dienststelle wird gefeuert«, sagte Ash. »Haushaltskürzungen. Der Plan ist wohl, im Sommer ein paar Cops von Port Osborne rüberzuschicken, aber über den Winter wird hier niemand mehr fest sein. Ich habe gehört, dass Renn deswegen mächtig angepisst ist. Er hätte nach Port Osborne gehen können, hat sich aber entschlossen, zu kündigen.«

»Was, voll und ganz?«

»Na ja, wenn die Wache im nächsten Monat schließt. Er zieht aufs Festland. Wird im Transportgeschäft seines Bruders arbeiten.«

»Das wird aber eine Umstellung.«

»Klar, aber ich kann es nachvollziehen. Er war nicht der Einzige, der wegen der Schließung sauer war. Meine Mutter ist in der Neighbourhood Watch, und sie haben eine Petition eingereicht, aber da war alles schon eingetütet. Du weißt ja, wie es ist, obwohl es nur Renn betrifft und ein paar Hiwis, die sie ihm über den Sommer schicken. Ist wahrscheinlich zu teuer, den Betrieb aufrechtzuerhalten.« Ash zögerte kurz, als der Yachthafen mit seinem im Morgenlicht schimmernden Wasser in Sicht kam. »Obwohl, nach heute Nacht, wer weiß?«

Der Yachthafen war fast leer, einige Boote waren schon winterfest gemacht worden, Planen wie Leichentücher über die Decks gespannt.

Kieran entdeckte die *Nautilus Blue* sofort. Sean stand mit verschränkten Armen am Steuer und starrte in die Ferne. Kieran wusste, dass man sich in Seans Familie immer sehr nahegestanden hatte, auch schon vor dem Sturm. Aber danach hatte der siebenjährige Liam auf den Tod seines Vaters damit reagiert, dass er sich eng seinem Onkel anschloss. Sean, selbst kaum achtzehn zu dieser Zeit, hatte sich sehr um ihn gekümmert.

Es war allerdings interessant, dass Liam auf den Kamerabildern mit Bronte zu sehen war, dachte Kieran. Zumindest ließ es Julians Verschlossenheit vorhin beim Surf and Turf in einem anderen Licht erscheinen.

Julians zärtliche Bemühung um Liams Mutter Sarah in den Jahren nach dem Sturm war eine der wenigen positiven Folgen daraus gewesen, und die zarten Triebe des *Sie-will-mich-sie-will-mich-nicht* hatten das Städtchen einen ganzen Winter lang entzückt. Schlussendlich wollte sie. Es kam zu einem Happy End, und drei Jahre nach dem Verlust seines Vaters hatte Liam nun einen Stiefvater.

Soweit Kieran wusste, hatte Julian sich seinen Pflichten als Stiefvater mit derselben Ernsthaftigkeit gewidmet, mit der er jeder neuen Herausforderung begegnete, und vielleicht darum allen Widrigkeiten zum Trotz Liam für sich eingenommen. Wahrscheinlich half es – Kieran hatte den angespannten Julian in seinem Wagen vor dem Surf and Turf vor Augen –, dass Julian sich im Moment einen feuchten Kehricht um seinen Stiefsohn zu scheren schien.

Sean hatte Kieran und Ash schon ausgemacht. Er lief los und sagte etwas zu Olivia. Sie hatte unbewegt und mit gesenktem Gesicht am Kai gesessen. Ihr Kopf schoss nach oben, und sie erhob sich langsam, aber Ash machte drei große Schritte und war schon bei ihr. Wortlos wandte sie sich um und legte ihren Kopf an seine Schulter. Aus dem Zucken ihres Rückens schloss Kieran, dass sie weinte. Ash umarmte sie und wartete ab.

»Was ist mit Liam?«, fragte Kieran leise, als er an Bord kletterte.

»Er ist mit Sarah auf der Wache. Julian hat einen Rechtsanwalt aus Hobart beauftragt.«

Kieran wartete darauf, dass er weitersprach, aber Sean wandte sich wieder mit leerem Blick dem Wasser zu. Ash redete beruhigend auf Olivia ein, die eine gedämpfte Antwort gab.

»Bist du so weit in Ordnung?«, wollte Kieran von Sean wissen.

»Ja. Weiß nicht.« Er fuhr sich mit einer Hand übers Gesicht. »Gott, das ist alles so schrecklich. Was reden sie in der Stadt?«

»Nichts Besonderes.«

»Ja, klar.« Sean wandte sich erneut dem Wasser zu. »Das kann ich mir vorstellen.«

Kieran warf Olivia einen Blick zu, die ihre Augen mit einem Taschentuch trocknete. Ash fuhr ihr mit der Hand beruhigend über den Rücken.

»Sie hatte ihre Yogamatte vergessen«, informierte Ash leise Kieran, und Olivia hob ihren Blick.

»So hast du Bronte gefunden?«, fragte Kieran.

Olivia nickte. »Mum hatte schlecht geschlafen, und deswegen haben wir uns für den frühen Kurs entschieden. Meistens haben sie zu wenig Matten, also sind wir auf dem Weg bei mir vorbeigefahren. Mum hat im Wagen gewartet – o mein Gott! Kannst du dir *vorstellen*, wenn sie mit mir gegangen wäre und das hätte mitansehen müssen?« Bei dem Gedanken verzog sie das Gesicht. »Ich wollte nur kurz rein und gleich wieder raus, aber Brontes Schlafzimmertür stand offen, was mir komisch vorkam, weil es noch so früh war. Und im Haus war nichts von ihr zu hören, also ...«

Olivia verstummte. Die einzigen Geräusche kamen vom Wasser, das gegen die Boote schlug, und in der Ferne schrien Möwen.

»An der Klinke der Hintertür konnte ich sehen, dass sie nicht verschlossen war. Also bin ich nach draußen gegangen, um nachzusehen, ob sie einen Kaffee trinkt.« Olivia starrte auf das zerknüllte Taschentuch. »Ich habe sie gleich am Wasser liegen sehen. Sie trug immer noch ihre Uniform. Sie muss die ganze Nacht dort gelegen haben.«

Stille trat ein.

»Liv.« Seans Stimme klang beruhigend, während er immer noch das Wasser im Blick hatte. »Hat Renn gesagt, wovon sie ausgehen?«

»Nein.« Olivia schüttelte den Kopf. »Aber auf der Wache habe ich einen der Cops aus Hobart sagen hören, dass sie glauben, Bronte hätte mindestens fünf oder sechs Stunden dort gelegen. Ich nehme an, das ist der Grund, warum ...« Olivia sah Sean an, der ihren Blick nicht suchte. »... sie mit Liam reden wollten.«

»Verstehe.« Ein Schatten zog über Seans Gesicht. »Haben sie sonst nach jemandem gefragt, oder ging es nur um Liam?«

»Sie wollten wissen, ob Bronte einen Freund hatte. Ich habe ihnen von dem Typen erzählt, den sie am Anfang des Sommers öfter getroffen hat.« Sie blickte Ash an. »Weißt du noch, der Tourist? Marco irgendwas. Ich konnte mich an seinen Nachnamen nicht erinnern.«

»Der spanische Kerl, der so laut im Bett war?« Ash schüttelte den Kopf. »Ich hätte mich nicht mal an seinen Vornamen erinnert. Komplett vergessen.«

Die Art, wie Ash das sagte, verriet Kieran, dass er sich ziemlich gut an den Mann erinnerte.

»Er war aus Portugal, nicht aus Spanien.« Olivia schaute nach unten. »Ist wahrscheinlich egal, er ist sowieso seit Wochen weg.«

»Kann es sein, dass der Kerl irgendwas mit den Geräuschen zu tun hat, die Bronte nachts gehört hat?«, überlegte Kieran. »Vielleicht wollte er vorbeikommen, um sie zu besuchen, ihr Ärger zu machen?«

Sean schaute herüber, aber Olivia runzelte die Stirn und schüttelte den Kopf.

»Ich glaube, er war schon weg, bevor das losging. Die Cops waren allerdings sehr interessiert daran, warum Bronte es nicht gemeldet hat. Oder ich. Ich meine, Gott ...« Sie rieb sich die Augen. »Ich habe gesagt, ich wünschte natürlich, ich hätte es getan.«

Ash legte die Stirn in Falten. »Du hast nichts Falsches getan, Liv.«

»Wirklich nicht?« Eine Windböe fuhr durch den Yachthafen, Masten schaukelten und pfiffen. »Wenn ich dort gewesen wäre ...«

Ash schüttelte nachdrücklich den Kopf. »Nein, wenn du letzte Nacht dort gewesen wärst, wer weiß, was dann passiert wäre.«

»Vielleicht wäre gar nichts passiert.«

Sie schwiegen alle drei. Kieran hörte die Stege ächzen, während die Schiffe hin und her schaukelten. Hinter den Bäumen war das Backsteingebäude der Polizei zu sehen.

»Bleibst du Samstagabends immer bei deiner Mutter?«, fragte er.

»In letzter Zeit. Wenn ich nicht arbeite, gucken wir einen Film oder machen sonst was. Morgens geht es dann zum Yoga.«

»Also gibt es Leute, die wissen, dass das üblich ist?«, fragte Kieran. »Dass Bronte allein zu Hause war?«

Olivia wurde sehr still. »Ja, das könnte sein.«

»Das ist bekannt, Liv.« Seans Stimme wurde fast vom Wind weggetragen. Er drehte sich nicht um, als er sprach. »Die meisten Leute hier kennen dich und wissen das.«

Olivia starrte ihn mit versteinerter Miene an. Dann blinzelte sie heftig. »O mein Gott! Ich wünschte, ich hätte ...«

»Stopp.« Ashs Stimme klang entschieden. »Hör sofort damit auf.«

Olivia wurde still, aber Kieran ahnte, was sie dachte. Was wäre wenn? Er selbst hatte solche Gedanken zur Genüge, und sie führten niemals zu etwas Gutem.

»Ash hat recht«, sagte er, und Olivia schaute hoch. »Ich weiß, dass du es weißt, Liv, aber es ist wahr. Ich meine, Mia und ich saßen letzte Nacht zwanzig Minuten lang auf einer Bank. Wenn wir anschließend den Strand entlanggelaufen wären, anstatt ...«

Kieran hielt inne und erinnerte sich an den Heimweg.

»Was?«, sagte Sean.

»Wir haben ein Auto gesehen. Letzte Nacht. Es fuhr viel zu schnell, nicht weit von Fisherman's Cottage entfernt.«

»Was für eine Marke?«, fragte Sean, aber Kieran hörte die wahre Frage laut und deutlich: *War es Liams fünf Jahre alter Holden?* Kieran wusste nicht, wie die richtige Antwort lautete.

»Ich bin mir nicht sicher«, sagte er wahrheitsgemäß.

Sean schaute finster drein. *Er weiß auch nicht, wie die richtige Antwort lautet,* dachte Kieran.

»Du solltest Sergeant Renn darüber informieren.« Ash hatte das betont beiläufig gesagt, und Sean warf ihm einen irritierten Blick zu. Er musterte seinen Freund und versuchte, dessen Ton einzuschätzen. Ash gab vor, nichts zu merken. Kieran blickte von einem zum anderen. Auch er verstand Ash nicht, was ungewöhnlich war. »Ja«, sagte er. »Das werde ich.«

Als Sean sich mit geneigtem Kopf wieder dem Horizont zuwandte, wusste Kieran, dass er nachdachte. Schließlich öffnete er den Mund. »Passt mal auf, Jungs, Liam ...«

Er wurde von Olivias Handy unterbrochen. Sie warteten ab, während sie dranging, zuhörte und dabei hin und wieder nickte.

»Okay. Danke.« Sie sah besorgt aus, als sie auflegte. »Das war Chris Renn. Er braucht mich drüben im Haus.«

Ash blickte sie an. »Warum?«

»Keine Ahnung. Er klang ...« Olivia schüttelte den Kopf. »Ich weiß nicht. Ich sollte besser gehen.«

»Moment«, sagte Sean, als sie aufsprang. »Wegen Liam ...«

Er wartete, bis sie ihn alle ansahen.

»Liam würde so etwas nicht tun, okay? Niemals.«

Olivia stand händchenhaltend mit Ash da, wobei beide es vermieden, Sean direkt in die Augen zu schauen. Die ohnehin schon merkwürdige Stimmung hatte sich zur Befangenheit gesteigert. Sean blickte Kieran an.

»Du hast gehört, wie Liam und Bronte sich gestern Abend unterhielten, richtig? Kein Streit oder Geschrei. Hat Liam irgendwas gesagt, was wie ein Warnsignal klang?«

Er wartete, bis Kieran den Kopf schüttelte.

»Wenn also Renn oder sonstwer fragt, kannst du ihnen das bitte sagen?«

Kieran zögerte. »Ich kann natürlich erzählen, was ich gehört habe. Doch ich habe nicht wirklich …«

»Aber du hast sie gehört. Ich meine, wenn Liam auffällig oder aggressiv gewesen wäre, dann hättest du es gemerkt, oder? Aber da war nichts. Du hast gestern Abend selbst gesagt, dass alles in Ordnung wäre. Ich bitte dich nur darum, dass du das der Polizei sagst. Kumpel? Bitte?«

Der Wind ließ die Schiffe wieder schaukeln und pfeifen, als Kieran seinen Freund anschaute und dabei Liam vor Augen hatte.

Nicht den Liam von gestern Abend, mürrisch in seiner fetttriefenden Schürze mit Wischmopp in der Hand, sondern den Liam von vor zwölf Jahren. Damals noch ein kleiner Junge in einem schwarzen Hemd, das speziell für diese Gelegenheit gekauft worden war. Tränen waren ihm über die Wangen gelaufen und hatten feuchte Flecken auf seinem Hemdkragen hinterlassen, während man ihm Blumen in die Hand drückte, damit er sie auf den Sarg seines Vaters legte.

»Kieran?«, sage Sean flehentlich. »Wenn die Polizei fragt?«

Kieran versuchte angestrengt, an Liam zu denken, aber seine Gedanken kehrten immer wieder zu Sean zurück. Nicht der Sean auf der Beerdigung allerdings. Ein paar Tage davor. Wie er in Kierans Wohnzimmer stand, sie beide achtzehn, und zum ersten Mal nach dem Sturm von Angesicht zu Angesicht.

Es war ein Unfall, hatte Kieran angesetzt. Irgendwo im Haus, das sich nun zu groß anfühlte, befanden sich Verity und Brian, beide so fremd und aufgewühlt, auch wenn sie nichts sagten. Er hatte sich gezwungen, zu sprechen, obwohl er wusste, dass es nicht genügend Wörter auf der ganzen Welt gab, um das wiedergutzumachen. Wie er es hasste. Wie er sich selbst hasste.

Sean hatte ihn unterbrochen.

Ich weiß, Kumpel, es ist in Ordnung.

Die Erleichterung hatte ihn umgehauen.

Kieran blickte nun Sean an. Sein Freund wartete immer noch.

»Pass auf, wenn die Polizei fragt …« Kieran hörte, wie das Deck stöhnte, als Ash sein Gewicht verlagerte, aber er ignorierte es. Ash wusste, wie die Dinge lagen. Was immer auch sein Problem war, er würde darüber hinwegkommen. »Wenn die Polizei fragt, klar, dann kann ich ihnen das sagen.«

»Danke dir.« Seans Züge entspannten sich ein wenig. »Danke. Wahrscheinlich reicht es nicht aus, um ihn aus der Scheiße zu ziehen, aber es könnte helfen.«

Kieran bezweifelte, dass es auch nur dafür reichen würde. »Kein Problem.«

»Ich weiß, Liam kann ein wenig …« Sean verstummte und zuckte hilflos die Schultern. »Aber ich rechne es dir hoch an, dass du das für ihn tust.«

Ich weiß, Kumpel, es ist in Ordnung.

Es war nicht Liam, für den er es tat, aber Kieran machte sich nicht die Mühe, ihn zu korrigieren.

KAPITEL 9

Kieran hatte das Gefühl, dass Ash und Olivia lieber allein zu Fisherman's Cottage laufen wollten, aber als er etwas zurückblieb, um ihnen das zu ermöglichen, wartete Ash auf ihn.

»Du gehst doch auch hier lang, oder?«

Kieran nickte. Mia hatte ihm eine Nachricht geschrieben, dass sie wohlbehalten im Haus seiner Eltern angekommen war. Obwohl er nichts anderes erwartet hatte, war er doch erleichtert.

Sie verließen Sean, der hastig in seinen Taucheranzug schlüpfte.

»Schaust du dir das Wrack an?«, fragte Kieran überrascht, und Sean zuckte mit grimmigem Gesicht die Schultern.

»Ich glaube nicht, dass die Norweger sich daran stören werden. Mir geht es gut, wirklich«, sagte er, als er sah, wie Kieran die Sauerstoffflaschen betrachtete: »Du kannst sie selbst überprüfen, falls du dich dann besser fühlst.«

Kieran war Ash und Olivia durch den Yachthafen bis zur Straße gefolgt. Niemand schlug den Rückweg am Strand entlang vor.

»Liam also«, sagte Kieran, sobald sie die Straße erreicht hatten. Sand wurde über den Asphalt geweht und knirschte unter ihren Füßen. Sean war auf der *Nautilus Blue* längst außer Sichtweite, dennoch senkte Ash die Stimme. »Die Sache mit Liam …« Ash hielt erneut inne, um seine Worte sorgfältig zu wählen. »Ich verstehe es. Er ist Seans Neffe. Sie stehen sich nahe. Aber lass dich nicht dazu verleiten, etwas über ihn zu sagen, was du nicht willst.«

»Das habe ich nicht vor«, sagte Kieran. »Aber warum? Irgendetwas, das ich über ihn wissen sollte?«

»Nein«, gab Ash rasch zurück und schüttelte den Kopf. »Das will ich damit nicht sagen. Ich meine, Liam ist ein kleines Arschloch, das ist nichts Neues. Doch seien wir mal ehrlich. Wir alle waren dabei, als der Sturm uns traf, wir alle wissen, welche schlimmen Sachen hier mitspielen. Also ja, Sean hat wahrscheinlich das Recht, dich um einen Gefallen zu bitten, und vielleicht verdient er ihn auch.«

Sie kamen um eine Kurve, und etwas weiter oben konnte Kieran den ersten Blick auf Fisherman's Cottage erhaschen. Am Himmel darüber kämpften Möwen gegen den Wind. Zwei Polizeiautos parkten auf der Straße davor.

»Was immer damals passiert ist, ist passiert«, sagte Ash. »Nichts kann das ändern. Also lass dich nicht in etwas verwickeln, bei dem dir unwohl ist.« Eine winzige Pause. »Ihr beide, ja?«

Kieran konnte nicht anders. Er warf einen Seitenblick auf Olivia. Sie zeigte keine Reaktion, aber sie hatte sich schon immer besser unter Kontrolle als Ash.

Es war ein langer Morgen gewesen. Aus dem Stand fielen ihm fünfzig gute Gründe ein, warum Olivias Schultern und Nacken so verspannt aussahen. Er kannte sie nicht gut genug, um zu erraten, was sie dachte. Das war allerdings nicht immer so gewesen, und Kieran fragte sich zum ersten Mal seit Jahren, wie viel sein guter Freund Ash eigentlich über den Tag des Sturms wusste.

•

Es war ein großartiger Sommer gewesen. Das Abschlussexamen unter Dach und Fach, hatten Kieran und Sean sich in Festivitäten mit viel Alkohol gestürzt. Das gute Wetter hatte eine Menge Touristen angelockt, einschließlich zahlreicher gelangweilter weiblicher Teenager, die sich durchaus ein paar Orte vorstellen konnten, wo sie lieber wären als mit Mama und Papa auf Urlaub in Tasmanien. Kieran betrachtete es als persönliche Verpflichtung, diesen Mädchen eine gute Zeit zu bereiten, und wenn auf einem Campingplatz oder in einem gemieteten Ferienhaus laute Musik erklang und getrunken wurde, war Kieran meistens dabei und betrachtete sowohl den Sonnenuntergang als auch den Sonnenaufgang mit glasigen Augen.

Ash natürlich auch, obwohl er längst von der Schule abgegangen war. Wenn die Schüler der Sekundarschule das zehnte Schuljahr absolviert hatten, musste jeder, der auf die High School wollte, seinen Ausweis für den Bus hervorziehen und die folgenden beiden Jahre zum nächsten College pendeln.

Ash, während der ersten zehn Schuljahre mühelos im obersten Drittel seiner Klasse, hatte sich mit seinem Vater beraten und beschlossen, dass die tägliche neunzigminütige Busfahrt zur nächsten Schule etwas für Idioten war, die nichts Besseres zu tun hatten. Niemand konnte ihn davon abbringen, und damit war seine schulische Ausbildung beendet.

Aber es war gut, wie es war, hatte Ash in den letzten Jahren gesagt – vielleicht etwas zu oft. Am ersten Morgen war er mit einem Grinsen im Gesicht erschienen, um dem Bus von Kieran und Sean hinterherzuwinken. Dann hatte er sich umgedreht und seinen Job bei einer Baumschule angetreten, herausgefunden, dass er darin ziemlich gut war, und begonnen, auf eigene Kappe als Gärtner zu arbeiten. Er verdiente Geld. Keine Reichtümer, aber mehr als Kieran und Sean. Das Beste aber war die Freiheit, wie Ash fand. Die Tage verbringen, wonach einem der Sinn steht. Vielleicht hat er recht, hatte Kieran gedacht, und dennoch schien ihm der Sinn an den meisten Tagen danach zu stehen, abends an der Bushaltestelle herumzulungern und darauf zu warten, dass seine Freunde aus der Schule zurückkehrten.

Für Kieran hatte sich der Sommer des Sturms ein wenig nach Wiedervereinigung angefühlt, nachdem sie alle das Klassenzimmer endlich hinter sich gelassen hatten. Jeder von ihnen hatte gearbeitet. Ash hatte ein paar Ideen für seine eigene Firma ausgebrütet und den Garten seiner Großmutter mit Volldampf in ein Vorzeigeobjekt verwandelt. Kieran und Sean hatten wie jedes Jahr für ihre älteren Brüder gearbeitet. Finn und Toby verstanden keinen Spaß, wenn es ums Tauchgeschäft ging, und es war keine leichte Arbeit. Minilohn für maximale Plackerei, pflegte Kieran sich – nicht ganz ernst – bei Verity zu beklagen.

Olivia war auch da gewesen. Unten am Strand in ihrem Badeanzug. Trank ein Bier aus dem Kühlschrank auf einer Hausparty am Freitagabend, war so erleichtert wie alle anderen auch, die anstrengende Busfahrt zum College hinter sich zu haben. Man hatte sie häufig gesehen, aber nicht mit ihnen zusammen. Während Kieran und Ash eine Vorliebe für die abenteuerlustigen Mädchen hegten, die in Hütten mit Seeblick oder auf dem Campingplatz wohnten, bevor sie zwei Wochen später aufs Festland zurückkehrten, hegten Olivia und ihre Freundinnen eine Vorliebe für Jungs, die nicht so waren wie Kieran und Ash.

Für Sean hatte sie allerdings Zeit.

Manchmal, wenn Kieran von irgendeiner durchgesessenen Couch aufblickte, auf der er gelandet war, und versuchte, sich an den Namen des Mädchens zu erinnern, mit dem er sich gerade unterhielt, sah er am anderen Ende der Party Olivia und Sean am Küchentresen lehnen und sich leise unterhalten. Kieran schaute dann zu Ash hinüber, der mit demselben verwunderten Blick lediglich den Kopf schüttelte.

»Ich verstehe es nicht«, hatte Ash mehr als einmal gesagt. »Steht sie wirklich auf diese Scheue-Jungfrau-Nummer, oder was?«

Kieran hatte gegrinst. »Keine Ahnung, Kumpel.«

»Ich meine, sieh ihn dir an. Und dann schau sie an.«

»Ja, ich habe Augen.«

»Dann erklär mir mal, was hier vor sich geht.«

Kieran lachte. »Kann ich nicht.«

Das stimmte allerdings nicht. Wenn Kieran darüber nachdachte – und er ertappte sich erstaunlich oft dabei –, lag die Antwort auf der Hand. Olivia und Sean waren Freunde. Sie hatten im letzten Schuljahr zusammen ein paar Kurse besucht und bei mehreren Projekten ein Team gebildet. Dazu hatte gehört, dass Sean einmal einen ganzen Nachmittag in Olivias Schlafzimmer verbrachte – über den er trotz ausführlicher Befragung durch Ash aufreizend wenig verlauten ließ.

»Genug«, hatte Ash ein paar Wochen später und mehr als ein paar Drinks zu viel gesagt und seine Flasche auf einen klebrigen Tisch gestellt. »Ich werde sie retten.«

Und er hatte es versucht, war zu ihr hinübermarschiert und hatte einen schweren Arm um Sean gelegt, bevor er ihm das Wort abschnitt. Niemand außer Ash selbst war überrascht, dass Olivia ihn so lange ignorierte, bis er gezwungen war, mit puterrotem Gesicht das Feld zu räumen und sich den Rest des Abends wütend mit seinem Bier zu unterhalten.

»Du und Olivia, ihr seid wie eine Eins, Kumpel. Du bist jetzt offiziell eines von den Girls«, hatte Ash am nächsten Tag fallen lassen und damit einen winzigen Anflug von Triumph auf Seans Miene vertrieben.

Sean hatte Kierans Blick gesucht, der jedoch vorgab, mit seinem Handy beschäftigt zu sein, weil ihm die Situation nicht ganz geheuer war. Danach stand Sean auf Partys meist allein herum, und alle waren glücklich.

•

Als sie sich Fisherman's Cottage näherten, sah Kieran, dass in den dort geparkten Polizeiautos niemand saß. Absperrband war zwischen die Torpfosten gespannt worden, und ein uniformierter Beamter stand Wache. Abgesehen davon waren keine weiteren Aktivitäten zu bemerken. Was immer auch vor sich ging, spielte sich wohl im Inneren des Hauses oder unten am Strand ab, vermutete Kieran.

»Meint ihr, ich muss wieder rein?« Olivia zögerte, als sie sich dem Cottage näherte.

»Keine Ahnung«, sagte Ash. »Kann sein.«

Alle verlangsamten den Schritt und blieben in einiger Entfernung vom Haus stehen.

»Liv, hey«, sagte Ash mit sanfter Stimme und wandte sich ihr zu. »Alles wird gut.« Als Olivia nicht darauf reagierte, griff Ash nach ihrer Hand.

•

Die nächste Begegnung zwischen Kieran und Olivia fand mehrere Wochen später statt, als der Sommer sich schon dem Ende zuneigte. Ausnahmsweise war Kieran nicht todtraurig, dass die Temperaturen fielen und die Touristen abreisten. Seine Examensnoten waren eingetroffen und annehmbar, wenn auch nicht sonderlich beeindruckend, und in wenigen Wochen würde er nach Sydney ziehen, wo er einen Studienplatz an der Uni bekommen hatte.

Es war ein warmer, träger Tag gewesen, als Kieran den Klippenpfad zum Aussichtspunkt hochlief. Oben hatte er nahe am Abhang gestanden und nach unten geschaut. Dort sah er einen schmalen Streifen Sand, der zu den Höhlen führte. Der Pfad nach unten war nicht amtlich gekennzeichnet, hätte es aber durchaus sein können. Der Trampelpfad wurde häufig benutzt und war auch ohne Ausschilderung deutlich erkennbar.

Die Meeresoberfläche über der *Mary Minerva* war unbewegt, als Kieran nach unten stieg. Am Ende einer Felsnase, die fast komplett unter Wasser lag, stand das Denkmal mit seiner Figurengruppe für das untergegangene Schiff dem Wrack zugewandt und glänzte in der Sonne.

Auf dem Meer war kein Betrieb. Es war zu früh in der Saison für Wracktaucher und selbst wenn, wusste Kieran, dass sein Bruder an diesem Tag nicht mit dem Boot hinausfahren würde. Finn und Tobys Antrag auf eine zusätzliche Höhlentour hatte monatelang auf dem Schreibtisch der Gemeindeverwaltung gelegen, bis ihm überraschend stattgegeben wurde. Nach dieser guten Nachricht kraxelten sie dort unten umher, um Routen mit unterschiedlichen Schwierigkeitsgraden anzubieten, die das Labyrinth der Gänge gut zur Geltung brachten.

Kieran wusste nicht, warum deswegen so viel Aufhebens gemacht wurde. Das Betreten der Höhlen war eigentlich verboten, aber sie alle waren im Lauf der Jahre oft genug dort gewesen, um zu wissen, welche Wege zu den Höhlen führten, die durch Schächte eine natürliche Beleuchtung aufwiesen, und welche in Engpässen und Sackgassen endeten, die unterhalb des Meeresspiegels lagen. Finn wollte jedoch die Anfängerroute ändern, Toby war anderer Meinung, und da beide zu einem Treffen bei ihrem Steuerberater geladen waren, hatten sie Kieran damit beauftragt, beiden Routen zu folgen und an den Abzweigungen Fotos zu machen.

Nachdem Kieran seine Aufgabe in etwa vierzig Minuten erledigt hatte, trat er zurück ins helle Licht des leeren Strandes, warf sein Handtuch und seinen Rucksack in den Sand und sprang ins Wasser. Ausnahmsweise hatte er sich einfach nur treiben lassen und in den strahlend blauen Himmel geschaut. Da er allein war, genoss er die Ruhe, bis er hörte, dass sich jemand vom Klippenpfad näherte. Er kam auf die Füße, wischte sich das Salzwasser vom Gesicht und hielt nach der Gestalt Ausschau.

Olivia.

Sie trug Shorts und ein T-Shirt und hatte sich die Haare hochgebunden. Sie war allein. Sie sah ihn im Wasser, verlangsamte kurz den Schritt, lief dann weiter nach unten zum Strand. Kieran watete zur Küste, sich plötzlich sehr bewusst, dass Wasser von seiner nackten Brust tropfte, der das Trainingsprogramm für die Fußballsaison, das er über den ganzen Sommer hinweg im Sportstudio absolviert hatte, keinesfalls geschadet hatte.

Olivia fand das auch, hoffte er, da er ein winziges Zucken um ihre Augen bemerkte, als sie ihre Sonnenbrille abnahm.

»Hey.«

»Hey.«

»Ich bin gestern zufällig Sean begegnet.« Sie sah sich flüchtig auf dem menschenleeren Strand um. »Er meinte, ihr Jungs wärt heute Nachmittag hier unten.«

»Momentan nur ich. Er musste seiner Mutter bei irgendwas helfen.«

»Das nennst du also arbeiten?« Olivia lächelte mit Blick auf Kierans Handtuch und sein nasses Haar. »So einen Job hätte ich auch gern.«

Kieran grinste. »Ich habe Feierabend.«

»Die Höhlenrouten prüfen?«

»Nur die leichten. Hat Sean es dir erzählt? Unsere Brüder wollen da Touren anbieten.«

»Ja. Er meinte, er würde sie mir zeigen, wenn ich vorbeikäme. Ich bin schon an der Uni, wenn die echten Touren starten.«

»Verstehe. Na ja, heute ist er nicht da.«

»Oh.« Olivia zögerte. Sie schaute aufs Wasser, hob eine Hand, beschirmte die Augen und betrachtete das Denkmal für die *Mary Minerva*. »Von hier aus wirkt es anders.«

Kieran folgte ihrem Blick bis zu den entferntesten Felsbrocken, die sich aus den Höhlen bis in die See zogen. Ganz an der Spitze standen die drei lebensgroßen eisernen Statuen Wache. *Die Überlebenden.*

Seit an Seit blickten sie in die Ferne, unempfindlich gegen die Elemente, ihre starren Gesichter immerfort dorthin gewandt, wo die *Mary Minerva* unter den Wellen versunken lag.

»Ich verstehe, warum Leute sie mögen, aber ich fand sie immer irgendwie abweisend«, meinte Olivia.

»Ach ja?« Kieran musterte die drei Figuren. *Die Überlebenden* waren von überallher zu sehen, von den Klippen wie von der See aus. Sie waren groß genug, dass sie sogar bei Sturmflut und Unwetter niemals ganz vom Wasser bedeckt wurden. Heute waren sie jedenfalls nicht in Gefahr. Sie standen knietief im Wasser und wachten über den trägen Ozean.

»Vielleicht ist es einfach nur ihr Name und das Wrack.« Olivia zuckte die Schulten. »Alles ziemlich traurig.«

»Weißt du, dass sie ursprünglich gar nicht so hießen?«, fragte Kieran.

Olivia sah ihn an. »Nein. Wirklich?«

»Sie hießen *Trio in Eisen*, aber dann hörte jemand vom Gemeinderat von ihnen und hatte die tolle Idee, sie hier aufzustellen. Also haben sie dem Künstler etwas mehr dafür bezahlt, den Namen zu ändern, sie in diese Richtung zu platzieren und zu behaupten, es wäre zum Gedenken an das Schiffsunglück.«

»Machst du Witze?« Olivia lachte.

»Nein, mein Bruder hat es mir erzählt. Er hat es zufällig herausgefunden, als er haufenweise Anträge für die Taucherlaubnisse einreichen musste. Wahrscheinlich haben sie gedacht *Die Überlebenden* ist griffiger.«

»Gute Idee«, sagte sie. »Den Touristen erzählt das aber keiner, oder?«

»Es ist komisch, ich mag die Figuren irgendwie lieber, seit ich das weiß«, meinte Kieran. »Dass sie fast ein ganz anderes Leben in einem sonnigen Park gehabt hätten, anstatt hier zu landen. Es macht sie so …« Er zuckte die Schultern und kam sich plötzlich wie ein Trottel vor. »Ich weiß nicht, so menschlich.«

Olivia blickte ihn an, und etwas wie Überraschung huschte über ihr Gesicht.

»Ja«, sagte sie schließlich und wandte sich wieder *Den Überlebenden* zu. »Ich verstehe, was du meinst.«

Sie standen nebeneinander und beobachteten die einsetzende Flut.

Kurz drauf sah Olivia ihn erneut an. »Sean kommt also gar nicht?«

»Nein.« Kieran bückte sich und schlüpfte in sein T-Shirt, wobei der Stoff ein wenig an seinem feuchten Oberkörper klebte. Als er sich erhob, lagen ihre Augen immer noch auf ihm, das Haar in der Sonne glänzend, die Beine lang in ihren Shorts. Ihr Gesichtsausdruck änderte sich nicht, aber da glühte ein Funke von etwas Neuem in der frischen Seeluft über dem verlassenen Strand.

Vielleicht nicht ganz neu, musste Kieran sich eingestehen. Etwas, das schon eine ganze Weile da gewesen war, von seiner Seite aus jedenfalls. In der Schule und im Bus und bei all diesen alkoholschwangeren Partys. Ein Knistern, das er verspürte, wenn Olivia in der Nähe war.

Kieran nahm den Klippenpfad ins Visier. Er war so leer wie der Strand, niemand dort. Kein Sean. Kein Ash. Ausnahmsweise nur er und Olivia. Die Höhlen lagen jenseits des Strandes, kühl und einladend.

»Ich könnte dich herumführen«, sagte er. »Wenn du willst.«

Kieran wartete ab. Er merkte, dass er den Atem anhielt, und atmete aus.

Olivia beobachtete ihn immer noch. »Ja.« Sie lächelte bedächtig. »Dann los.«

KAPITEL 10

Olivia blieb am Gartentor zu Fisherman's Cottage stehen und nannte dem Beamten, der draußen Wache stand, ihren Namen. Er gab ihr ein Zeichen, zu warten, und ging hinein. Kurz darauf öffnete sich die Haustür, und Sergeant Renn trat heraus.

Seine Glatze war mit einer Schirmmütze bedeckt und ließ ihn weniger wie den Rausschmeißer aussehen, für den man ihn durchaus hätte halten können. Mit kaum vierzig sah er in Kierans Augen aus wie ein Mann, der von allem die Nase voll hatte. Es war eine Schande, dachte Kieran. Als Chris Renn vor zwölf Jahren in Evelyn Bay angekommen war, wirkte sein Enthusiasmus für die Polizeiarbeit in der Provinz echt und nicht lediglich routiniert.

Er hatte den ganzen Sommer über im Schlepptau des damaligen Sergeanten Geoffrey Mallot verbracht – ein brummiger alter Knabe, der eine mit einem großväterlichen Zwinkern erteilte Ermahnung jedem Strafzettel oder einer Anzeige vorzog. Mallot hatte die Tage bis zu seiner Pensionierung auf einem Kalender rot abgestrichen, der für alle sichtbar auf der Wache hing. Er war glücklich, Constable Renn sämtliche dringlichen Fälle von Graffiti, Vandalismus und gelegentlichen Diebstählen von Portemonnaies am Strand zu überlassen. Und Renn seinerseits war glücklich gewesen, zu gehorchen.

Wie Kieran wusste, fand jedermann in Evelyn Bay, dass es ein Glück war, Chris Renn zu haben. Er schien ausreichend kompetent und ambitioniert zu sein, um auch irgendwo anders Erfolg zu haben, hatte ihnen aber versichert, dass er die Leute wie den Ort einfach mochte. Vor ein paar Jahren hatte man befürchtet, ihn zu verlieren, als es mit einer Frau in Launceston ernst wurde, aber Renn war immer noch da, und sie war nicht zu ihm gezogen, also nahm Kieran an, dass die Beziehung in die Brüche gegangen war.

Inzwischen allerdings wirkte der Sergeant einfach nur müde. Er sah Kieran, Ash und Olivia am Tor von Fisherman's Cottage stehen und hob das Absperrband an.

»Bitte nur du, Olivia. Fürs Erste«, sagte er und hob eine Hand, als Ash ihr folgen wollte.

Ash sah aus, als überlegte er, zu protestieren, doch Olivia schüttelte den Kopf. »Geht in Ordnung.«

Sie duckte sich unter das Band, und Renn wandte sich dem Haus zu.

»Hey, Chris«, rief Kieran, und der Beamte blieb stehen. »Ich habe letzte Nacht ein Auto gesehen.«

»Ach ja?« Renn kam ein paar Schritte zurückgelaufen. »An der Beach Road?«

Kieran nickte. »Ein Stück weiter. Es kam von dort und fuhr Richtung Stadt.«

»Um welche Zeit?«

»Gegen etwa halb zwölf.«

»Marke und Modell? Farbe?«

»Vierradantrieb. Ein Holden vielleicht.« Kieran dachte nach, aber am lebhaftesten hatte er das Licht und den Lärm in Erinnerung. Renn wartete immer noch auf seine Antwort. »Tut mir leid. Es fuhr ziemlich schnell. Mia hat es allerdings auch gesehen.«

»Okay. Erinnere dich an so viel wie möglich. Bei Gelegenheit holen wir uns eure Aussage.« Renn wandte sich wieder an Olivia. »Fertig?«

Renns Ton war neutral, und es war nichts Auffälliges an der Art, wie er auf die Vordertür wies, die er für Olivia offen hielt.

Aber irgendwo tief in Kierans Überlebensinstinkten schrillte eine Alarmglocke. *Vorsicht.*

Eine Hand schon auf dem Absperrband, hielt auch Olivia kurz inne, und Kieran fragte sich, ob auch sie es spürte. Dann straffte sie sich und folgte Sergeant Renn in das Haus, wo Bronte gelebt hatte – bis gestern.

•

Die Flut setzte ein, langsam, aber stetig, als Kieran Olivia über den Strand führte. Die Südhöhle war die abgelegenste der beiden, aber er mochte sie am liebsten.

Kieran hüpfte über die Wasserlache am Eingang, reichte dann Olivia die Hand, um ihr hinüberzuhelfen. Sie nahm sie, während sie die Schwelle vom gleißenden Licht in die kühlen, dunklen Schatten überquerte.

»Wow«, japste sie, als er seine Lampe einschaltete und sie entlang einer der Routen führte, die er erst vor etwa einer Stunde abgelaufen war. Die Felsen über ihnen wölbten sich größtenteils über Kopfhöhe, manchmal auch etwas darunter. Der feuchte Sand, der einen weichen, breiten Pfad bildete, erneuerte sich rasch. Ihre Fußabdrücke verschwanden fast so schnell, wie sie erschienen waren.

»Es ist wirklich schön«, staunte Olivia, als sie stehen blieben und dicht nebeneinander an den Felswänden die natürlichen Muster bewunderten, die Ebbe und Flut über Millionen Jahre hinweg geschaffen hatten.

Kieran musste ihr recht geben Es war immer wunderschön, auch wenn er dieser Tage selten innehielt, um alles auf sich wirken zu lassen. Er nahm sich Zeit für die Führung und gab Olivia die Möglichkeit, die Höhle in Ruhe zu erkunden.

»Was ist da unten?«, fragte Olivia, als sie zu einer Abzweigung kamen, wo Kieran sie nicht nach rechts, sondern energisch nach links führte.

»Sackgasse ganz am Ende.« Er leuchtete mit der Lampe den düsteren Pfad entlang. Von ihrem Standpunkt aus sah der Stollen genauso aus wie alle anderen auch. »Geht allerdings ziemlich weit nach unten. Man kann ein gutes Stück laufen, bevor man umkehren muss.«

»Bist du schon mal da unten gewesen?«

»Ja, einmal.« Versehentlich, als er nicht aufgepasst hatte.

Kieran konnte sich gut an die plötzliche Panik erinnern, als ihm klar geworden war, dass er den falschen Abzweig genommen hatte. Finn hatte ihn mehrfach genau davor gewarnt. Kieran wusste alles über die äußerst verzweigten Stollen, die einen erstaunlich tief nach unten führen konnten. Die Decke über Kierans Kopf hatte sich augenblicklich niedriger angefühlt, dunkel und dräuend. Er hatte auf die Uhr geschaut und war bei dem Versuch ins Schwitzen gekommen, exakt die Minuten zu berechnen – Stunden in Wahrheit –, die ihm blieben, bis die Flut heranrauschte.

Er konnte an nichts anderes mehr denken als an Finns Warnung: *Wenn du bei einsetzender Flut noch hier drin bist, kommst du nicht wieder raus.*

Mutterseelenallein in ungewohnter Umgebung hatte Kieran sich gezwungen, ruhig weiterzuatmen, sich dann sehr vorsichtig um 180 Grad gedreht und war langsam losgegangen. Beim Anblick des ersten Streifens Tageslicht – buchstäblich am Ende des Tunnels – war er losgerannt, beschämt wegen seiner Furcht, obwohl das Adrenalin ihn immer noch durchströmte.

»Da unten gibt es sowieso nicht viel zu sehen«, sagte er zu Olivia und zog die Lampe zurück. »Diese Route hier ist besser.«

Sie waren dem Pfad zwischen den Felsen gefolgt, bis sie schließlich das Meer hörten und wieder durch den weit geöffneten Schlund der Höhle nach draußen traten.

»Wieder da«, sagte Kieran. »Gesund und munter.«

»Vielen Dank.« Olivias Wangen leuchteten rot, und ihre Augen strahlten. »Das war toll.«

»Gut, oder? Bist du nie da unten gewesen?«

»Nein, meine Mutter meint, dass es aus irgendeinem Grund verboten ist.«

Kieran zuckte die Achseln. »Bei Flut willst du da nicht drin sein, aber jetzt ist es in Ordnung.«

»Verstehe.« Olivia hatte gelächelt, als sie so nebeneinander in der schummrigen Höhle standen, während eine Brise vom Strand her sie wärmend streifte. »Jetzt ist es ziemlich gut.«

Und Kieran, der sich ungern zu viele Gedanken machte, hatte dies als Aufforderung genommen und sie geküsst. Sie hatte ihn zurück geküsst, und nach ein, zwei Minuten nahm er ihre Hand und führte sie tiefer in die Höhle, wo ein flacher Gesteinsbrocken aus der Wand ragte und einen lauschigen Felsvorsprung bildete.

Wie einigen anderen Mädchen in diesem Sommer auch hatte er ihr gezeigt, wie man dort hinaufkletterte, und sie hatten, allen Blicken entzogen, auf dem Handtuch gesessen und sich weiter geküsst, während das Nachmittagslicht hereinströmte. Innig und ungestört waren sie dort oben geblieben, bis Kieran irgendwann einen Blick auf seine Uhr warf.

»Wir sollten besser gehen. Die Flut kommt bald.«

Er hatte ihr nach unten geholfen und war, als sie heraustraten, ein wenig überrascht gewesen, wie schmal der Strand geworden war. Die Zeit war schneller vergangen, als er gedacht hatte. Draußen standen *Die Überlebenden* bis zur Hüfte im Wasser.

Kieran und Olivia kletterten gemeinsam den Klippenpfad hoch. Oben blieb Olivia stehen und blickte nach unten auf den versteckten Strand.

»Wirst du allen deinen Fußballkumpels davon erzählen?«

»Nein.«

»Wirklich?«

»Nicht, wenn du es nicht willst«, versprach Kieran. »Ich weiß, dass Ash und die anderen ziemliche Volltrottel sein können, aber so bin ich nicht.«

»Aber …« Olivia zog die Stirn in Falten.

»Was?«

»Kieran …« Sie musterte ihn. »Du bist wie sie.«

Er öffnete den Mund, um ihr zu widersprechen, aber etwas in der Art, wie sie das gesagt hatte, ließ ihn verstummen.

»Nun«, sagte er schließlich. »Ich werde es trotzdem niemandem erzählen.«

Und zu seiner eigenen Überraschung hatte er sich daran gehalten.

•

Kieran und Ash standen hinter dem polizeilichen Absperrband am Gartentor und beäugten Fisherman's Cottage. Ein uniformierter Beamter war herausgekommen, um etwas aus den Einsatzfahrzeugen zu holen, und hatte die Tür offen stehen lassen.

Kieran erblickte einen hellen Flur, der vermutlich in die Küche und ins Wohnzimmer führte. Das Wenige, was er vom Haus ausmachen konnte, sah sauber und aufgeräumt aus.

Nach allem, was Olivia erzählt hatte, schien sie drinnen keinerlei Anzeichen von Gewalt oder einer Auseinandersetzung bemerkt zu haben. Kieran stellte sich den Grundriss des Hauses vor. Brontes Schlafzimmerfenster ging zum Strand. Die Hintertür, die durch den kleinen Hof auf den Sand führte. Was hatte Bronte nach draußen gelockt?

Irgendwo im Haus hörte er Sergeant Renns tiefe Stimme.

Es gab nur eine kurze Replik. Olivia.

Kieran konnte nicht verstehen, was sie sagten.

•

Kieran und Olivia hatten sich ein zweites Mal bei den Höhlen getroffen, scheinbar zufällig. Kieran hatte den ganzen Tag am

leeren Strand herumgehangen und schließlich sogar als Recht-
fertigung für seine Bummelei eine Routenkarte für Finn und
Toby angelegt. Er hatte erleichtert aufgeatmet, als Olivias son-
nenbeschienener Kopf über die Klippe lugte. Er hob die Hand,
sie winkte zurück. Beide lächelten, als sie hinabstieg.

Zwei Tage später hatte er Sean und Ash im Surf und Turf verlassen und war losgejoggt, um sie alleine zu treffen. Hinter dem
Gemeindezentrum hatte er sie außer Sichtweite in eine Nische
geführt und geradeheraus gefragt, wann sie ihn das nächste Mal
treffen könne.

Tags darauf waren sie wieder auf dem Felsvorsprung gewesen, und Olivia hatte die Stelle entdeckt, wo Ash vor ein paar
Monaten seinen Namen in die Felswand geritzt hatte. Sie fuhr
mit dem Finger darüber und hob eine Augenbraue, aber Kieran
hatte nur die Achseln gezuckt.

Der Felsvorsprung war eigentlich Ashs Entdeckung gewesen.
Er hatte ihn im letzten Sommer inmitten eines stürmischen
Versuchs aufgespürt, irgendein Mädchen von der Eisdiele dazu
zu bewegen, sich für ihn auszuziehen. Es hatte funktioniert,
wie ein grinsender Ash Kieran später anvertraute. Es gab eine
unausgesprochene Vereinbarung, nach der sie es Sean gegenüber nicht erwähnten, der einem mit seiner Zurückhaltung bei
solchen Dingen den Spaß vermiesen konnte.

Als er auf dem flachen Felsen für Olivia sein Handtuch
ausbreitete, war Kierans einzige Sorge, dass Ash unerwartet
mit einer potenziellen Eroberung im Schlepptau auftauchen
könnte. Ash hatte einige Zeit bei seinem Vater und dessen
Freundin verbracht – nicht die Freundin, wegen der er Ashs
Mutter verlassen hatte – und war deshalb seit seiner Rückkehr
äußerst übellaunig.

Aber glücklicherweise tauchte nie ein ungebetener Gast an
der Höhlenöffnung auf, jedenfalls nicht in diesen Wochen, und
Kieran und Olivia hatten die Höhle ganz für sich allein.

Bis zum Tag des Sturms war es fast schon zur Gewohnheit

geworden, dass Kieran wartete, bis Olivia auf dem Klippenpfad erschien. Er hockte am Höhleneingang und war froh, seinen Pullover und ein zusätzliches Handtuch mitgebracht zu haben, da der Wind über den Strand peitschte. Auf dem Meer war kein Bootsverkehr, als er sich erhob, um sie zu küssen. Er wusste, dass die *Nautilus Black* heute nicht hinausfuhr. Starke Winde waren vorhergesagt. Finn und Toby würden das Schiff brav im Hafen liegen lassen.

»Ich kann nicht lange bleiben«, sagte Olivia. »Meine Mutter hat morgen Geburtstag. Gabby will, dass wir ihr einen Kuchen backen.«

»Kein Problem. Sieht sowieso nach Regen aus.« Der eben noch blaue Himmel war schon von dunklen Wolken durchzogen, die gut gefüllt schienen und tief hingen. In der Höhle hingegen war es gemütlich warm, weil die Felsen die Hitze der Mittagssonne gespeichert hatten.

Als sie gut geschützt vor den Elementen auf ihren Felsvorsprung kletterten, warf Olivia noch einmal einen Blick auf den Strand. Das Wetter sah nicht gut aus.

»Sollen wir es heute lieber lassen?«

»Nein«, hatte Kieran gesagt. »Bleib, bitte.«

Und er hatte sie wieder geküsst, und sie hatte ihn zurück geküsst, und danach hatte er kaum den Regen wahrgenommen, der eingesetzt hatte, als sie in der behaglichen Wärme ihres Unterschlupfs auf den weichen Handtüchern lagen. Als es draußen zu blitzen begann, war es einfach nur romantisch, und Kieran hatte noch gedacht – später musste er darüber fast lachen –, dass ihm dieser Tag immer in Erinnerung bleiben würde.

Er war überrascht, als er sich schließlich aufsetzte und feststellte, wie finster der Himmel war. Ein Blick auf die Uhr. Es war nicht einmal so spät. Er schaute hinüber zu Olivia und sah, wie sie nach unten starrte.

»O mein Gott«, sagte sie.

Da war etwas in ihrer Stimme, das ihn innehalten ließ. Er folgte ihrem ausgestreckten Zeigefinger unter den Felsvorsprung. Auf dem Boden der Höhle wurde der ganze Sand von einer geschlossenen Wasserdecke verdunkelt.

•

Ash stützte sich auf einen Torpfosten vor Fisherman's Cottage, beugte sich über das Absperrband und zupfte gedankenverloren etwas Unkraut aus, das neben dem Zaun wuchs.

»Tut mir leid«, sagte er und warf das Grün auf den Boden, als der uniformierte Beamte an der Tür ihn mit einem finsteren Blick bedachte. »Meine Güte, was dauert denn so lange?«

Kieran schaute auf die Uhr. Es dauerte gar nicht lange, aber er wusste, was Ash meinte. Es machte einen nervös, einfach nur so dazustehen und nicht zu wissen, was vor sich ging.

»Bronte schien nett zu sein«, sagte Kieran, um die Stille zu füllen. »Soweit ich es beurteilen kann.«

»Ja, das war sie. Schon gut, beruhige dich, Mann ...« Ash hatte sich vorgebeugt, um ein weiteres Kraut auszureißen, ließ es aber fallen, als der Polizist Anstalten machte, einzugreifen. Ash drehte dem Haus den Rücken zu und lehnte sich an den Zaun. »Mit Bronte konnte man Pferde stehlen. Es war ganz unkompliziert mit ihr. Entspannt, irgendwie«, stellte er klar. »Ich weiß, dass sie Liv ein bisschen auf die Nerven ging, aber nicht mit Absicht. Ich meine, Liv hat ihre eigenen Baustellen, all das mit ihrer Mutter. Es war nicht immer nur Bronte, auch wenn Liv das meint.« Ash warf ihm einen Blick zu. »Erzähl Olivia nicht, dass ich das gesagt habe.« Kieran schüttelte den Kopf und musste lächeln. Ash wandte sich wieder dem Haus zu, während sein eigenes Lächeln sich langsam verflüchtigte.

»Ich weiß, dass es anders ist, wenn man mit jemandem zusammenwohnt, aber ich fand, Bronte war schwer in Ordnung.« Er runzelte die Stirn. »Liam mochte sie sehr. Was immer Sean auch denkt, der Kleine stand auf sie, das war nicht zu übersehen.«

»Und wie stand Bronte zu ihm?«

Ash streckte den Arm aus und fuhr mit einem Finger über das Absperrband, an der Stelle, wo es um einen Pfosten gewickelt war. »Wer weiß?«

•

Olivia wies auf das grünschwarze Wasser auf dem Höhlenboden, das rasch anstieg und ungehalten gegen die Wände schäumte. Dieser Anblick war das Letzte, an das Kieran sich deutlich erinnern konnte. Alles andere waren nur Bruchstücke.

Er erinnerte sich daran, mit den Füßen voran vom Felsvorsprung gesprungen zu sein und an den Schock, weil das Wasser nicht, wie vermutet, knöcheltief war, sondern ihm bis über die Knie reichte. *Vorwärts, vorwärts*, hatte er gedrängt und ungläubig beobachtet, wie Olivia wertvolle Sekunden damit verschwendete, nach oben zu greifen und sich die wasserdichte Tasche mit ihren Handys zu schnappen.

Verdammt, lass doch, musste er gesagt haben, denn er erinnerte sich, dass sie ihn erstaunt anblickte.

Machst du Witze? Auf keinen Fall. Sie riss die Augen auf.

Aber nein, Kieran machte keine Witze. Er konnte an nichts anderes als an Finns Warnung denken.

Wenn du bei einsetzender Flut noch hier drin bist, kommst du nicht wieder raus.

Kieran hatte nach Olivias Arm gegriffen, und gemeinsam waren sie durch die ölige Schwärze gewatet. Die Erleichterung, die sie verspürt hatten, als sie die frische Luft erreichten, verpuffte augenblicklich, als sie ins Tageslicht traten, das mehr nach Nacht aussah. Der Strand war verschwunden. Der Wellenkamm erreichte seine Brust. Regen brannte auf seiner Haut, und das Meer peitschte gegen die Felsen.

Die dunklen Münder der beiden Höhlen schienen riesige Wassermengen einzuatmen und wieder auszuspeien. Die Strömung klammerte sich an Kierans Beine und versuchte, ihm die Füße wegzureißen. Er wischte sich das Wasser aus den Augen und bemühte sich, herauszufinden, wie man den Klippenpfad erreichen könnte, der sie weg vom Strand und in Sicherheit bringen würde. Er konnte ihn nicht ausmachen. Alles schien anders auszusehen.

»Scheiße, Kieran, pass auf.« Olivias Stimme wurde abgeschnitten, und er hatte die Augen gegen den hämmernden Regen auf offener See zusammengekniffen. Die See lag weit offen da, wie ihm klar wurde. Da war nichts mehr zwischen ihnen und dem Horizont, und mit einem Mal wusste er, warum sich alles so falsch anfühlte.

Es gab keine *Überlebenden* mehr.

Wo sie sicher und solide mit allzeit erhobenem Kopf hätten stehen sollen, tobte nur ein zorniger Ozean vor einem grauschwarzen Horizont. Die Figuren standen unter Wasser, gänzlich verschluckt vom Seegang. Kieran hatte so etwas noch nie gesehen. Die Angst, die in ihm gebrodelt hatte, stark, dunkel und tief, brach sich nun Bahn.

»Wir müssen höher kommen.«

Er hatte Olivias Hand ergriffen. Der untere Teil des Klippenpfades stand unter Wasser, aber sie kämpften sich halb schwimmend, halb watend dorthin vor, wo er sich befinden musste. Olivia verlor als Erste den Halt, und Kieran hörte ihr Keuchen, als sie unterging. Er nahm die andere Hand zur Hilfe und zog sie nach oben, bis sie puterrot und japsend wieder auftauchte. Kurz darauf geriet er selbst ins Straucheln, und die Welt wurde augenblicklich verschluckt.

Von der See wurde er in die eine Richtung gezerrt, von Olivia in die andere, und nun war es an ihm, sich durch die Wasseroberfläche nach oben zu kämpfen, zurück ins Sturmgeheul. Sie arbeiteten sich weiter vor, wobei Kieran im Kopf die Schritte zählte, bis er spürte, dass der Sand von Felsgestein abgelöst wurde. Er war wie benommen vor Erleichterung. Sie hatten den Pfad gefunden.

Kieran nutzte die nächste rücklaufende Welle, legte einen Arm um Olivias Taille und schob sie nach oben. Sie kletterte höher, wobei ihre Beine eine Blutspur dort hinterließen, wo sie gegen den Fels schrammten. Sie lag flach auf dem Bauch, schützte ihr Gesicht gegen den trommelnden Regen und streckte sich nach unten, um ihm zu helfen. Sie schrie etwas, was Kieran im pfeifenden Wind nicht verstand. Er konnte sie nicht erreichen. Das Wasser versetzte ihm einen Schlag, und als er wieder etwas sehen konnte, war er weit weg.

Olivia hatte die wasserdichte Tasche von ihrem Handgelenk gelöst, sie aufgerissen und telefonisch Hilfe geholt. Kieran war nicht klar, ob er sich wirklich daran erinnerte oder ob seine Erinnerung nur durch die späteren Erzählungen heraufbeschworen wurde. Wegen einer Sturmbö hatte er nur Fetzen seines Namens gehört und versucht, zur Quelle des Schreies zu schwimmen. Unmöglich.

Die Wellen waren gewaltig. Er wurde nach oben geschleudert, dann wieder so weit in die Tiefe gezerrt, dass er nicht mehr wusste, in welche Richtung er sich vorkämpfen musste, um nach oben zu gelangen. Er hätte nicht sagen können, wie lange er unter Wasser war. Lange genug jedenfalls, dass seine Lungen so leer waren wie noch nie.

Und dann, plötzlich, spürte er Felsgestein, wo vorher nichts als Wasser gewesen war. So hart und brutal schoss es auf ihn zu, dass er mit den Zähnen klapperte. Als das Wasser sich zurückzog, lag Kieran immer noch mit der Brust nach unten, das Gesicht auf festem Grund. Atemlos und blutend hatte er den Kopf gehoben und Olivia gesehen, die ihm etwas zurief und wild gestikulierte.

»Nach oben! Oben! Höher!«

Kieran war mühsam auf die Beine gekommen, hatte jeden

Muskel seines Körpers, den er den ganzen Sommer über im Sportstudio trainiert hatte, angespannt und begonnen, zu klettern. Er zog sich bis zu einer zerklüfteten Stelle in der Felswand hoch, unterstützt vom Ausläufer einer Welle, die ihn eine Sekunde früher und einen Meter tiefer erneut zurückgerissen hätte.

Nach Luft japsend und mit rasendem Herzen klammerte er sich an den Felsen und zog sich weiter in die Felsspalte hinein. Etwas höher konnte er das Ende des Klippenpfades ausmachen, aber es fühlte sich Millionen Meilen entfernt an. Er hatte weder Kraft noch Mut, sich zu bewegen. Mit brennenden Augen und schmerzenden Lungen lag er immer noch flach ausgestreckt, als er auf dem Wasser etwas Farbiges aufblitzen sah. Es dauerte, bis ihm klar wurde, was er dort sah.

Es war das Boot seines Bruders.

Die *Nautilus Black* war kaum zu erkennen, als sie sich ihren Weg durch die tosenden Wellen bahnte. Jenseits des gesunkenen Wracks und des Punktes, wo *Die Überlebenden* stehen sollten. Auf die Klippen zu.

Finn ist hier. Das war Kierans einziger klarer Gedanke. Finn war gekommen. Und trotz Schmerz, Kälte und Luftnot hatte Kieran sich in diesem Augenblick sicher gefühlt.

KAPITEL 11

Finn hatte Kieran alles Wichtige beigebracht. Wie man schwimmt, wie man Fußball spielt, wie man trinkt. Wie man mit anderen Männern spricht. Wie man mit Mädchen spricht. Die Leute mochten Finn. Sie mochten Kieran, weil er sie an Finn erinnerte, aber Finn war das Original.

Finn Elliot brachte als junger Mann Sporttrophäen nach Evelyn Bay und, als er älter war, Touristendollars. Finn war der Typ Mann, der ins Surf and Turf ging und sich nie einen Drink kaufen musste, was er aber tat, oft sogar, denn Finn war auch der Typ, der eine Runde ausgab.

Finn hatte auf der Straße den Tempomacher gegeben, als Verity für den Halbmarathon trainierte, und jeden Herbst die Leiter herausgeholt, um Brian dabei zu helfen, das Laub aus der Regenrinne zu fischen. Und er stand brusttief im eisigen Ozean und zeigte Kieran, wie er seine Freestyle-Technik auf offener See verbessern konnte.

Sechsundzwanzig Jahre lang war Finn für die Menschen in seinem Leben da gewesen, und dann war er nicht mehr da.

Kieran konnte sich nicht erinnern, wann er Finn das letzte Mal gesehen hatte, und dafür war er dankbar. Wenn Kierans Erinnerungen daran, wie er die Höhle verlassen hatte, verwaschen waren, liefen sie nahezu von dem Moment an ins Leere, als er das Boot entdeckte. Es gab keine medizinischen oder psychologischen Gründe dafür – da hatte die Ärztin in Hobart im Krankenhaus recht –, weil er körperlich genesen war.

Was geschehen war, als er sich an den Felsen klammerte, während die Wellen unter ihm tosten, wusste Kieran nur aus Erzählungen. Die *Nautilus Black*, von Finn und Toby wegen ihrer Stabilität und Manövrierfähigkeit und all der Eigenschaften erworben, die bei rauer See wichtig sind, hatte Pech gehabt. In einem buchstäblich perfekten Sturm der Ereignisse hatte sie quer zu einer sich brechenden Welle gestanden und war ins Schlingern geraten.

Obwohl das Meer mit aller Kraft wütete, war das Schiff nicht gleich gesunken. Die natürliche Auftriebskraft des Katamarans hatte es oben gehalten und mit einer schrecklich entblößten Unterseite trunken durch die grünen Wellen torkeln lassen.

Genau genommen war Toby noch nicht einmal ertrunken. Er war gegen den Bootsrumpf geschleudert worden, wobei ein Teil seines Schädels zerschmettert wurde. Gesicht nach unten war er im Meer gestorben, ohne auch nur einen Tropfen Wasser zu schlucken. Tot mit dreißig. Zurück blieben seine Frau Sarah, sein Sohn Liam und sein Bruder Sean.

Finn allerdings war ertrunken. Als das Boot kenterte, hatte sich seine Rettungsweste verfangen und ihn unter Wasser eingeklemmt. Letztendlich befand sich Finn eine Stunde lang unter der Meeresoberfläche, von denen nur die ersten vier Minuten zählten.

Kieran müsste sich daran erinnern können, wenn er es wollte, hatte man ihm mehrfach gesagt. Seine bruchstückhafte Erinnerung sei ein Abwehrmechanismus, kein physisches Problem. Er aber wolle sich nicht erinnern, und deswegen könne er es nicht. Kieran widersprach nicht, aber er glaubte es auch nicht. Denn an manches erinnerte er sich äußerst deutlich.

Die Gesichter seiner Eltern auf dem Gang des Krankenhauses, beispielsweise. Kieran hatte sie durch das Beobachtungsfenster gesehen und versucht, der im dringlichen Flüsterton geführten Unterhaltung nicht zu lauschen, die damit endete, dass

Verity Kierans Behandlungszimmer allein betrat. Kieran hatte die offene Tür fixiert, aber Brian war nicht erschienen.

Er erinnerte sich daran, wie er später nach Hause kam. Der Schock beim Anblick der verwüsteten Stadt, die noch immer unter Sturmschäden litt. Die dubiose und beunruhigende Frage nach Gabrielle Birchs Verbleib. Brian, der sich zuerst stundenlang, später tagelang in sein Arbeitszimmer verkroch. Die Geräusche von unterdrücktem Weinen im Haus.

Kieran hätte viel dafür gegeben, sich an diese Dinge nicht zu erinnern, aber er tat es.

Ash hatte am zweiten Tag nach Kierans Rückkehr bei ihnen geklingelt, und die beiden hatten schweigend zusammengesessen, mit leerem Blick in den Fernsehapparat gestiert, unfähig, zu denken oder etwas zu sagen. Aber Ash war weiterhin gekommen und hatte bei seinem vierten Besuch Sean mitgebracht.

»Es war ein Unfall …« Kieran hatte Sean gegenübergestanden in dem Haus, das sich zu groß anfühlte. Brian hatte sich im Arbeitszimmer eingeschlossen, Verity schlief viel. Seans Blick war durch das Wohnzimmer gewandert, in dem er tausendmal gewesen war und an dem gerahmten Foto von Finn hängen geblieben. Finn lächelnd und glücklich und so tot wie Seans Bruder Toby.

Kieran suchte noch nach Worten, als Sean ihm Einhalt gebot.

»Ich weiß, Kumpel. Es ist in Ordnung.«

Die Erleichterung hatte ihn umgehauen.

»Es war ein Unfall«, hatte Sean mit ruhiger Stimme wiederholt, die klang, als müsse er sich selbst überzeugen. Ihm schien es fast ebenso wichtig zu sein wie Kieran. »Der Sturm war viel schlimmer, als wir alle dachten.«

Mit Sean war es nie wieder wie früher gewesen, aber das traf auf alles und jeden zu. Kieran war dankbar, dass sie noch miteinander sprachen.

Niemand wusste, dass auch Olivia unten in den Höhlen gewesen war. Das war Kieran erst im Krankenhaus klar geworden.

Inzwischen schien es sinnlos, sie mit hineinzuziehen. Sie war diejenige, die Hilfe angefordert hatte, aber im Trubel der Ereignisse hatte man angenommen, dass sie sich auf dem Klippenpfad befand, als sie Kieran im Wasser entdeckt hatte. Später dann, wenn normalerweise Fragen nach den genaueren Umständen aufgekommen wären, überlagerte die Sache mit Gabby Birch alles andere, und jede Frage, die man Olivia stellte, drehte sich ausschließlich um die Suche nach ihrer vierzehnjährigen Schwester.

Kieran hatte Olivia mehrfach eine SMS geschickt und versucht, sie anzurufen, aber sie hatte nicht geantwortet. Kieran war nicht sonderlich überrascht gewesen. Was hätte er ihr schon sagen können, wenn sie sich gemeldet hätte?

Für Finn und Toby wurde ein Doppelbegräbnis abgehalten, weil die Trauergemeinde fast identisch war. Olivia war nicht gekommen, aber Kieran hatte auch das nicht überrascht. Schließlich war in der Zwischenzeit Gabbys Rucksack gefunden worden.

•

Die Tür von Fisherman's Cottage blieb geschlossen. Olivia war immer noch drinnen. Ash zog sein Handy hervor und schaute nach der Uhrzeit.

»Denkst du, da ist was …« Er hielt inne, als zwei Männer um die Ecke des Hauses kamen. Überrascht stellte Kieran fest, dass einer von ihnen Julian Wallis war, der entspannter dreinblickte, als noch kürzlich vor dem Surf and Turf. Sein Pokerface war zurück, als er einem Polizisten, der mit einer Kamera hantierte, die Sicherheitsmaßnahmen zeigte.

»Riegelschlösser an den äußeren Türen«, erklärte Julian.

»Haben Sie die eingebaut oder waren die schon da, als Sie das Haus gekauft haben?«, wollte der Beamte wissen.

Ein Zögern. »Die waren schon da.«

Er machte sich eine Notiz. »Wie lange gehört Ihnen das Haus schon?

»Sechs Jahre.«

»Haben Sie irgendwann in dieser Zeit die Schlösser ausgetauscht?«

»Nein. Ich meine ...« Julian blickte zu Boden. Er fuhr sich mit der Hand durch sein graues Haar. »Hätte ich das müssen?«

»Ich will es nur abhaken.« Der Beamte gab ihm ein Zeichen fortzufahren.

Julian riss sich zusammen und wies nach oben. »Da oben befindet sich auch eine Sicherheitsleuchte. Bewegungsmelder. Habe ich persönlich angebracht.«

»Der örtliche Polizist meinte, dass die Birne kaputt war«, stellte der Beamte nüchtern fest und machte ein Foto. Julian setzte ein demonstrativ unschuldiges Gesicht auf und schaute nach oben. »Die Mädchen haben es nicht gemeldet. Ich hätte eine neue angebracht, wenn ich das gewusst hätte.«

Der Beamte hob nur die Kamera und schoss ein weiteres Foto. Mit zusammengekniffenen Augen blickte er auf den Bildschirm.

»Gut«, sagte er. »Warten Sie hier. Ich frage nach, ob der Sergeant noch etwas braucht.«

Julian verfolgte, wie der Mann durch die Eingangstür seiner Immobilie trat und fuhr sich mit einer Hand übers Gesicht. Er wandte sich um, gab vor, Ash und Kieran erst jetzt zu bemerken, kam daraufhin zu ihnen herüber und lehnte sich schwer auf den Zaun.

»Wie geht es Liam?«, fragte Ash.

»Du hast es also gehört? Dass er Bronte nach Hause gefahren hat?«

»Wie alle anderen auch.«

»Nun, das ist alles, was er getan hat, falls das jemanden interessiert.« Julian seufzte. »Es geht ihm nicht gut. Sarah ist bei ihm. Ihr geht es auch nicht allzu gut.«

»Nein.«

»Das haben sie nicht verdient.« Julian mied Kierans Blick. »Keiner von ihnen. Ich würde sagen, sie haben genug hinter sich.«

Nur ein Hauch von Vorwurf schwang mit, aber es war ein Ton, auf den Kieran heftig ansprang. Er erwiderte nichts, ließ lediglich seine Gefühlsregung an- und abschwellen und langsam dahinschwinden, wie sein letzter Therapeut es ihm geraten hatte. Derweil spähte er die Straße lang, wo er in der Ferne deutlich das Haus seiner Eltern ausmachen konnte. Mia wartete dort auf ihn, und er verspürte das dringende Bedürfnis, ihr nah zu sein. Er stieß sich vom Zaun ab, hielt aber inne, als Olivia aus dem Cottage trat. Sie hielt ein paar Gegenstände umklammert, und ihre Miene drückte Besorgnis aus.

Sergeant Renn füllte die Türöffnung hinter ihr aus. Er bemerkte Julian und winkte ihn herbei.

»Auf ein Wort, Kumpel.«

»Natürlich. Kein Problem.« Gehorsam lief Julian zu Renn. Sie verschwanden im Cottage, und die Tür schloss sich wieder.

»Alles in Ordnung?« Ash streckte die Hand nach Olivia aus. »Was wollten sie?«

»Ich weiß es nicht genau.« Sie wirkte leicht durcheinander. »Er hat dasselbe gefragt wie heute Morgen. Sachen über Bronte. Worüber hat sie gesprochen? Was hat sie gemacht, wenn sie nicht auf Arbeit war? Wer hat sie hier im Haus besucht? Aber es hörte sich an, als suche er nach etwas Bestimmtem.«

»Beispielsweise?«

»Keine Ahnung, aber ich glaube nicht, dass ich ihm helfen konnte.«

»Was hast du ihm gesagt?«

»Alles, was mir einfiel. Dass sie eine Zeit lang einen Freund hatte, Marco. Dass sie viel draußen war, um sich für ihre Kunst inspirieren zu lassen. Dass sie Seegras und alle möglichen Fundstücke mit nach Hause brachte.« Olivia hielt inne, als der Schatten eines Polizisten im Fenster erschien und dann wieder verschwand. »Chris fragte, ob irgendwas fehlt.«

»Und?«, sagte Kieran.

»Alle meine Sachen sind da. Brontes Geldbörse und ihr Handy liegen auf der Anrichte. Und das Geld für die Miete auf dem Kühlschrank ist auch noch da. Aber ...« Sie streckte die Hände aus, um ihnen eine Schachtel Antibabypillen und ein Kästchen mit Kontaktlinsen plus Lotion zu zeigen. »Das ist alles, was ich mitnehmen durfte. Chris hat es sich genau angeschaut. Und sie sind immer noch in ihrem Zimmer. Ich glaube, sie suchen etwas.«

Ash fuhr sich mit der Zunge über die Zähne. »Und er hat nichts verlauten lassen?« Er fixierte seine Freundin. »Irgendeinen Hinweis?«

Olivia hatte viele Monate ihres achtzehnten Lebensjahres damit verbracht, so zu tun, als würde sie nicht bemerken, dass der neue junge Constable heillos in sie verknallt war. Sie hatte sich nie etwas anmerken lassen, und auch der damals siebenundzwanzigjährige Chris Renn hatte sich wie ein Profi bemüht, es zu verbergen, doch sein roter Kopf sprach Bände.

»Nein, hat er nicht.« Olivia warf einen Blick auf das Haus und schien unsicher zu sein, was sie davon halten sollte.

Alle drei zuckten zusammen, als die kleine Tür geöffnet wurde und Julian wieder heraustrat. Kieran entdeckte Chris Renn im Flur. Er telefonierte. Als er merkte, dass Kieran ihn beobachtete, stieß er die Tür zu.

Julian kam den Pfad entlang und duckte sich unter dem Absperrband.

»Hör zu, Liv, es ist eigentlich selbstverständlich, aber mach dir keine Sorgen wegen der Miete. Falls du danach immer noch bleiben willst ...« Julian bewegte seinen Kopf merkwürdig ruckartig in Richtung Polizeiauto, »... dann finden wir schon eine Lösung.«

»Danke, Julian.«

Kurzes Innehalten. »Du hast mir nicht gesagt, dass die Birne der Sicherheitsleuchte kaputt war.« Er versuchte, nicht vorwurfsvoll zu klingen, was ihm nicht gelang.

»Ich dachte, Bronte hätte es erwähnt.«

»Hat sie nicht.«

»Oh.« Olivia rieb sich die Augen. »Ich weiß nicht, was ich sagen soll, Julian. Du weißt, wie sie war.«

»Ja, sicher.« Er riss sich zusammen. »Tut mir leid. Ist einfach jetzt schon ein verdammt langer Tag. Bist du inzwischen bei Ash gut untergekommen?«

Olivia schüttelte den Kopf. »Meine Mum hätte gerne, dass ich bei ihr bleibe.«

»Verständlich. Ich muss los. Also gut, ruf mich an, wenn du irgendwas brauchst, ja? Zögere nicht, okay?«

Sie nickte und Ash legte einen Arm um sie.

»Lass uns gehen«, sagte Ash und wandte sich dann an Kieran. »Bis bald, Kumpel.«

»Ja.« Kieran sah ihnen hinterher.

Er hatte Ash nie von seinen Verabredungen mit Olivia erzählt, oder dass sie am Tag des Sturms mit ihm zusammen gewesen war. Ob Olivia es ihm gebeichtet hatte, hing, wie er annahm, davon ab, wie nah sich die beiden standen. Kieran konnte das nicht einschätzen.

Auch er machte sich auf den Nachhauseweg und winkte Julian zu. »Bis dann.«

»Bis dann«, sagte Julian. »Und sag mal, geht's deinem Vater gut? Nach gestern Nacht?«

Kieran blieb stehen. »Was?«

»Ich hoffe, er war nicht allzu durcheinander. Ich war es, der ihn diesmal aufgelesen hat.« Julian bemerkte Kierans Verwunderung und machte ein besorgtes Gesicht. »Tut mir leid, ich dachte, Verity hätte es dir erzählt. Brian ist wieder mal draußen herumgewandert.«

»Herumgewandert? Wieder?« Kieran blickte ihn erstaunt an. »Wie lange geht das schon?«

»Weiß nicht genau«, sagte Julian. »Aber gestern war er unterwegs.«

»Wo?« Kieran hatte den Flur des elterlichen Hauses am heutigen Morgen vor Augen. Der Besen an der Wand. Der Sand auf den Dielen. Schlagartig verspürte er einen überwältigenden Drang, sofort nach Hause zu laufen.

»Er ist hier die Straße langgegangen, kurz nach Mitternacht, als ich nach Hause fuhr.«

Kieran wusste nicht, was er sagen sollte. »Verstehe.«

»War nur Zufall, dass ich ihn gesehen habe. Ich habe die vierteljährliche Gehaltsabrechnung gemacht, deswegen hat es gedauert, bis die Kasse abgerechnet war, sonst hätte ich ihn verpasst. Ich habe Verity angerufen und ihr Bescheid gesagt. Dein Vater steigt heutzutage nicht zu jemandem ins Auto, den er nicht wiedererkennt, also ...« Julian schüttelte den Kopf. »Na ja, du weißt, wie es ist. Also bin ich ihm die Straße lang hinterhergefahren, bis deine Mutter kam und ihn abgeholt hat.«

»Verstehe«, wiederholte Kieran. »Danke.«

»Kein Problem. Ich wollte nicht, dass ihm etwas zustößt.«

In den Fenstern des Cottage sah Kieran die Umrisse von Polizeibeamten. Als er sich wieder umdrehte, wurde seine nicht ausgesprochene Frage, ob er diese Information weitergegeben hatte, vom offenkundigen Schuldgefühl auf Julians Zügen beantwortet. Sicher hatte er es getan.

»Ich habe es ihnen gleich gesagt.« Julian hatte seine Gedanken gelesen und fuhr leise fort: »Ich kenne deine Leute seit Jahren, ich will euch sicher keine Probleme machen, aber ...« Julian sah erschöpft aus. »Ich kenne Liam sein ganzes Leben lang. Ich liebe den Jungen wie meinen eigenen Sohn. Sarah ist am Boden zerstört. Wir alle wollen, dass diese Sache geklärt wird. Und nicht nur wegen Liam, auch für Bronte.«

Als Kieran schwieg, zuckte Julian die Schulter.

»Ich meine es ernst. Bronte war ein gutes Mädchen, die Kunden mochten sie und ihre Kollegen auch. Wir wollen, dass der Bastard, der das getan hat, gefunden wird, bevor er es aufs Festland schafft. Falls er da nicht schon längst ist. Im Ernst, die Cops verschwenden mit Liam nur ihre Zeit.«

Es war wie ein Echo dessen, was Sean zuvor gesagt hatte. Kieran schwieg. Etwas weiter die Straße entlang entdeckte er Julians silberfarbenes Allradfahrzeug. Das Surfboard war noch auf dem Dach befestigt.

»Das ist der einzige Grund, warum ich den Polizisten überhaupt von deinem Vater erzählt habe«, sagte Julian. »Damit sie wissen, dass in der letzten Nacht vielleicht noch andere Leute unterwegs waren. Leute, die man nicht unbedingt gesehen hat, verstehst du?«

»Ich weiß nicht, ob Chris Renn daran erinnert werden muss, wie seine Stadt bei Nacht aussieht«, sagte Kieran.

»Vielleicht nicht, aber es ist nicht er, der hier das Sagen hat, oder?«, erwidere Julian. »Sie haben irgendeine Frau aus Hobart geschickt.«

Durch das Fenster meinte Kieran Sergeant Renn zu erkennen, der sich mit einem anderen Beamten unterhielt. Aus der Entfernung schwer zu sagen, aber Renn schien sie durch das Glas zu beobachten.

»Und wer weiß«, sagte Julian. »Vielleicht kann dein Vater ihnen etwas erzählen, was hilft?«

Verärgert blickte Kieran ihn an. »Hast du gesehen, in welcher Verfassung er in letzter Zeit ist?«

»Das habe ich, ja«, sagte Julian betont. »Und du?«

»Danke der Nachfrage.«

»Es tut mir leid.« Julian klang zerknirscht. »Aber wenn die Polizei wegen Liam Zeit verschwendet, dann hilft das niemandem.«

»Okay.« Kieran seufzte. »Renn wird sich einen Reim drauf

machen. Zweifelhaft, ob meine Familie sie überhaupt gekannt hat.«

Julian sagte nichts, aber sein Gesichtsausdruck ließ Kieran verstummen.

»Was? Sie hat meiner Mum dabei geholfen, den Schuppen auszuräumen, ein einziges Mal.«

Julian nickte. »Euer Haus hat einen ziemlich großen Schuppen. War nicht an einem Tag erledigt.«

Kieran starrte ihn an. »Das solltest du den Cops auch noch erzählen.«

Keine Antwort. Er hatte es schon getan.

Kieran wollte etwas hinzufügen, als sein Telefon leise, aber penetrant klingelte. Er schaute nach. Mia. Die Voicemail sprang an, und gleich danach begann es wieder zu klingeln.

»Ich muss los.« Kieran machte sich auf den Nachhauseweg.

»Grüß mir die Familie.«

Kieran drehte sich auf dem Absatz um. »Ist das dein Ernst?«

»Ja, ist es.« Julians Hand verweilte auf dem Gartentor von Fisherman's Cottage. »Was immer hier auch passiert ist, hat mit uns nichts zu tun, mit dir oder sonst irgendjemandem an diesem Ort. So sehe ich das.«

Kieran gab keine Antwort, sondern marschierte einfach los.

»Wir müssen aufeinander achten, nicht uns gegenseitig beobachten.« Julians Stimme hinter ihm wurde schwächer.

Kieran war nicht sicher, ob er ihm zustimmte oder nicht. Aber auf dem Nachhauseweg dachte er die ganze Zeit darüber nach.

KAPITEL 12

Mit Audrey auf dem Arm öffnete Mia die Haustür, bevor Kieran Gelegenheit dazu hatte.

»Die Polizei ist hier«, sagte sie mit gedämpfter Stimme.

»Gerade? Ich habe Chris Renn eben noch im Cottage gesehen ...«

»Nicht die örtliche. Aus Hobart.«

Die Frau wartete im Wohnzimmer und wirkte zwischen den Umzugskisten ein wenig fehl am Platz. Sie war in Zivil und machte eine ernste Miene. Die Hände hinter dem Rücken verschränkt, studierte sie ein gerahmtes Familienfoto, das noch an der Wand hing. Brian, Verity, Finn und Kieran am Strand vor ihrem Haus, ein einziges Lachen und Sonnenschein und Umarmen. Die Beamtin sah auf, als Kieran eintrat, und gab ihm die Hand.

»Detective Inspector Sue Pendlebury.« Sie war groß, und ihr dunkles Haar war von grauen Strähnen durchzogen. »Ich habe grade erklärt ... oh, wunderbar. Vielen Dank«, unterbrach sie sich, als Verity mit einem Tablett voller Kaffeebecher ins Zimmer kam, Brian im Schlepptau. »Wie Sie sich sicher denken können, bin ich wegen Bronte Laidler hier.«

»Verstehe«, sagte Kieran, während Verity mit einer Geste bat, Platz zu nehmen. Alle folgten, außer Mia, die an der Tür stehen blieb und Audrey wiegte.

»Wissen Sie schon, was passiert ist?«, fragte Kieran, als Sue Pendlebury ihre Tasse entgegennahm.

»Genau das wollen wir herausfinden.« Sie trank einen Schluck. »Haben Sie Bronte gut gekannt?«

»Ich kannte sie gar nicht«, erwiderte er. »Mia und ich haben sie gestern zum ersten Mal gesehen.« Er zögerte. »Ist sie ertrunken?«

»Wir nehmen an, dass Bronte ertränkt *wurde*.« Pendleburys Stimme blieb beherrscht, als sie diese Unterscheidung traf. »Sie hatte einige Abschürfungen, die darauf hinweisen, dass sie unter Wasser gedrückt wurde.«

Audrey wimmerte, und Mia beruhigte sie. Verity wischte einen Milchtropfen vom Kaffeetisch.

»Wie schrecklich«, sagte sie leise.

»Sie hätte nicht allein da draußen am Strand sein sollen«, ertönte aus dem Sessel in der Ecke unvermittelt Brians Stimme. Alle wandten sich ihm zu, und er blinzelte überrascht ob der Aufmerksamkeit.

»Entschuldigung?«, sagte Pendlebury.

»Ich habe ihr gesagt, sie sollte nicht da draußen sein. Nicht bei der Sturmwarnung.«

Verity atmete mit einem energischen Kopfschütteln aus.

»Er meint jemand anderen«, erklärte sie Pendlebury rasch, die nach einem kurzen Stutzen ihren unverwandten Blick von Brian abwandte. »Es gab hier einen großen Sturm. Vor Jahren. Daran denkt er. Tut mir leid. Es geht ihm nicht gut, beachten Sie ihn nicht.«

Pendlebury nickte nachdenklich. Sie warf einen Blick auf ihre Notizen. »Ich habe gehört, dass Bronte mehrmals hier war. Beim Saubermachen geholfen hat, nicht wahr?« Ihre Augen wanderten zu den gestapelten Umzugskisten.

»Den Schuppen aufräumen«, sagte Verity. »Sie hat dies und jenes für eine Skulptur mitgenommen, an der sie arbeitete. Wir hatten jede Menge Krimskrams. Ich habe ihr gesagt, sie soll sich bedienen.«

»Was hat sie genommen?«

»Ein bisschen Draht, glaube ich. Etwas Leinenstoff, der von der Renovierung der Terrasse vor ein paar Jahren übrig war.« Verity schüttelte den Kopf. »Ich weiß nicht genau, es waren wirklich nur Reste.«

»Und haben sie sich überhaupt unterhalten? Entschuldigung …« Pendleburys Telefon vibrierte leise auf dem Kaffeetisch. Auf dem Display flackerte ein Foto von ihr an der Seite eines grauhaarigen Mannes und eines Jungen und Mädchens in ihren Zwanzigern auf. Sie drückte eine Taste und drehte das Handy um. »Tut mir leid. Also, Bronte. Hat sie mit Ihnen über ihr Leben hier gesprochen? Jungs? Arbeit? Wie sie die Stadt findet?«

»Sie war Feuer und Flamme für ihre Kunst«, sagte Verity. »Und ihre Großmutter in Canberra ist dement. Sie hat ein bisschen davon erzählt und wie das für sie war. Bronte sagte, dass sie sich sehr nahestanden.«

Pendlebury warf einen Blick auf Brian, der sie von seinem Sessel aus immer noch beobachtete, wandte sich dann aber wieder Verity zu.

»Hat Bronte ihnen nicht ein paar von den Objekten gezeigt, an denen sie arbeitete?«, wollte Pendlebury wissen. Es hörte sich an, als wäre sie an Veritys Antwort ernsthaft interessiert. Kieran hätte nicht sagen können, ob ihr Interesse echt oder nur gut gespielt war, aber so oder so ging sie sehr geschickt vor, fand er. Pendlebury strahlte die Art von natürlicher Offenheit aus, die einen dazu veranlasste, sich einen Stuhl zu schnappen und ihr alles zu erzählen. Kieran verschränkte die Arme und lehnte sich zurück.

»Sie hat mir ein paar Zeichnungen gezeigt, die sie von Orten hier gemacht hat«, sagte Verity. »Sie waren hübsch, fand ich jedenfalls. Sie war eine richtige Künstlerin.«

»Sie war keine Künstlerin.« Brian blickte finster. »Sie war noch auf der Schule.«

»Brian, nein. Wir reden jetzt von Bronte«, sagte Verity knapp und wandte sich wieder Pendlebury zu. »Tut mir leid. Es war ziemlich schlimm.«

Pendleburys Augen blieben auf Brian gerichtet. »Was glaubt er, von wem die Rede ist?«

»Niemand«, sagte Verity gleichzeitig mit Kieran, der »Gabby Birch« sagte.

Sie wechselten einen Blick.

»Gabby Birch wie Olivia Birch?«, fragte Pendlebury und zog die Augenbrauen hoch, als beide nickten. Sie machte sich eine Notiz, sah dann wieder auf. »Tut mir leid, wer ist Gabby?«

•

Wer war Gabby? Gabby Birch war Olivias jüngere Schwester und Mias beste Freundin, und fast alles, was Kieran über sie wusste, stammte von diesen beiden. Gabby war vier Jahre jünger als er und so schüchtern, dass er noch nicht einmal genau hätte sagen können, wie ihre Stimme geklungen hatte.

An warmen Sommerabenden, wenn Gabby von ihrer Mutter geschickt wurde, um Olivia vom Strand oder aus dem Surf and Turf oder von einem anderen Ort, wo sie mit ihren Freunden abhing, nach Hause zu holen, tauchte Gabby gewöhnlich allein auf, um hochrot und kaum hörbar ihre Nachricht zu stammeln.

Gabby war ein Mädchen, das normalerweise gänzlich unbemerkt ihre Teenagerjahre durchlebt hätte, wäre sie nicht im Alter von zwölf Jahren innerhalb eines Sommers zum Ebenbild ihrer älteren Schwester geworden. Ihr Gesicht verlor seine kindlichen Konturen und zog stattdessen ungläubige Blicke an. Groß und wohlproportioniert, wie sie war, konnte man sie und Olivia, beide im Neoprenanzug und mit langen, hochgebundenen Locken, nur schwer unterscheiden.

Sie war sehr ansehnlich, was Ash mit deutlich drastischeren Worten kundtat, sobald Gabby sich am Strand ihres Neoprenanzugs entledigte. Olivia, die sich in Hörweite befand, boxte ihn deswegen so hart gegen die Schulter, dass Kieran mitbekam, wie schmerzhaft es war. *Sie ist dreizehn, sei nicht so widerlich.* Aber Ash hatte recht.

Kieran hatte sich nie die Mühe gemacht, mit Gabby zu reden, aber er kannte ein paar Typen, die es versucht hatten, nachdem sie bei Olivia abgeblitzt waren. Zeitverschwendung allemal, denn Gabby machte dann dicht, als wolle sie sich in Luft auflösen und zog eingeschüchtert von dannen, um Mia zu finden, ihre beste und einzige Freundin. Die beiden verkrochen sich zur Mittagszeit gewöhnlich in eine Ecke der Bibliothek, wo sie miteinander flüsterten, lasen und Pferde zeichneten.

Gabby Birch war das Mädchen, das im Sturm gestorben war, zuvor jedoch war sie drei Tage lang das Mädchen gewesen, das vermisst wurde. Und davor vierzehn Jahre lang das Mädchen, das anscheinend von ihrer Familie geliebt wurde und ihr Bestes tat, ansonsten mehr oder weniger unsichtbar zu sein.

Kieran betrachtete Pendlebury mit ihrem Notizbuch.

»Gabby war Olivias Schwester«, sagte er. »Aber sie ist vor zwölf Jahren gestorben.«

»Wie?«

»Sie ist ertrunken.«

»Wirklich?« Pendleburys Augenbrauen gingen ein wenig in die Höhe.

»Es geschah während eines Sturms.« Verity macht ein finsteres Gesicht, als Pendlebury den Stift zückte und etwas in ihr Notizbuch schrieb. »Es war ein Unwetter. Niemand war darauf eingestellt. Unser Sohn ist auch ertrunken. Und ein weiterer junger Mann, Toby Gilroy.«

»Liams Vater«, fügte Kieran hinzu.

»Das tut mir sehr leid«, sagte Pendlebury in einem Ton, als meine sie es wirklich ernst. Respektvoll hielt sie kurz inne und schlug erst dann eine neue Seite auf. Nicht ohne Mitgefühl, aber wie eine Frau mit viel Arbeit und wenig Zeit. Sie nahm Verity ins Visier.

»Man hat mir erzählt, dass Ihr Mann ... Sie, Mr Elliott ...
Man hat Sie gestern gegen Mitternacht in der Nähe der Beach
Road gesehen.«

»Warum fragen Sie danach?«, mischte sich Brian mit Vehe-
menz ein. Er wandte sich an seine Frau. »Warum fragt sie schon
wieder danach? Ich war doch auf der Wache und habe erzählt,
was passiert ist.«

Kieran merkte, wie Verity versteinerte, als Pendlebury sich
nach vorn beugte.

»Mr Elliott ...«

»Nein«, sagte Brian. »Ich lasse es nicht zu, dass Sie in mein
Haus kommen und meine Frau belästigen. Wir haben unseren
Sohn verloren. Ist das nicht genug? Ich habe es Ihnen schon
gesagt: Ich habe sie gegrüßt. Ihr gesagt, dass sie nach Hause
gehen soll, weil der Sturm naht. Ich habe das alles schon auf der
Wache erzählt ...«

»Er war gestern Nacht draußen«, unterbrach Verity ihn. Sie
hatte die Maske der Hilfsbereitschaft fallen lassen und war nun
auf der Hut. »Ein paar Minuten. Er ist durcheinander. Er ver-
tritt sich die Füße. Ich kann ihn nicht vierundzwanzig Stunden
beaufsichtigen.«

Pendlebury fasste sie ins Auge. »Wie lange genau war er draußen?«

»Nicht lange. Ich habe geschlafen, und so um viertel nach
zwölf kam ein Anruf von Julian Wallis, ihm gehört das Surf
and Turf und Fisherman's Cottage. Er sagte, Brian wäre auf der
Straße. Ich habe mir etwas übergeworfen und bin losgegangen,
um ihn zu holen. Sie waren nur fünf Minuten entfernt ... da
lang.« Sie wies demonstrativ in die entgegengesetzte Richtung
von Fisherman's Cottage.

»Der Anruf hat Sie aufgeweckt? Also wissen Sie nicht genau,
wann ihr Mann das Haus verlassen hat?«

Eine kurze Stille trat ein. »Nein.«

»Geht er oft raus?«

»Es kommt ein paarmal im Monat vor.«

»Hat man ihn jemals eher am Strand als auf der Straße gefunden.«

Verity zögerte. »Letzte Nacht war er auf der Straße.«

»In Ordnung.« Pendlebury klang verständnisvoll. Kieran fragte sich erneut, ob das wohlüberlegte Taktik war. »Sehen Sie, ich möchte nichts unterstellen. Ich weiß, dass Sie das annehmen, aber momentan versuche ich nur, eine möglichst klare Vorstellung davon zu bekommen, was geschehen ist. Es kann sein, dass die Person, die bei Bronte war, gestört wurde, den Ort vielleicht eilig verlassen musste.«

»Wie kommen Sie darauf?« Verity war nun auf der Hut.

Pendlebury zögerte, aber Kieran glaubte zu wissen, warum. Er war sich ziemlich sicher, dass es Verity auch so ging. Warum würde jemand vor aller Augen eine Leiche liegen lassen, wenn man sie mit wenigen Schritten den Gezeiten des Ozeans übergeben konnte? Jeder, der bei Verstand war, würde eine solche Gelegenheit nutzen, dachte Kieran. Niemand im Zimmer blickte Brian an.

»Die Spuren im Sand legen eine Unterbrechung nahe«, erklärte Pendlebury sachlich, und Verity nickte nur. Beide taten so, als würde das einen Sinn ergeben.

»Wie auch immer«, fuhr Pendlebury fort. »Bisher hat sich niemand gemeldet, der etwas gesehen hat. Wenn ihr Mann also hierzu etwas beitragen kann, wäre das jetzt ein guter Zeitpunkt.«

Kieran spürte, wie Verity mit sich rang.

»Nun, fragen Sie ihn«, sagte sie schließlich. »Wozu das auch immer gut sein soll.«

Pendlebury versuchte, Brian in die Augen zu schauen. Er reagierte nicht.

»Mr Elliott«, sagte sie. »Ich möchte Sie nach gestern Abend fragen. Verstehen Sie mich? Haben Sie gestern Abend Bronte Laidler gesehen?«

»Ich habe das schon bestätigt. Ich habe ihr gesagt, dass ein Sturm im Anzug ist.« Brians flackernder Blick festigte sich mit einem Mal, und zum ersten Mal, seit Kieran zu Hause war, hatte er das Gefühl, sein Vater wäre klarer im Kopf. Brians Blick belebte sich und blieb, als er schließlich ein Ziel fand, an Mia hängen, die immer noch mit Audrey in der Tür stand.

»Ihr solltet mit Mia hier reden«, sagte Brian. »Sie haben gestritten. Mia war auch mit ihr am Strand. Ihr solltet mit ihr ein Wörtchen reden, wenn ihr mit allen redet.«

»Um Gottes willen, Dad ...«, begann Kieran, als Mia schon den Kopf schüttelte.

»Nein, ich war nicht ...«

Sie verstummten beide. Kieran wandte sich an Brian.

»Mia war am Strand mit Gabby, Dad, nicht mit Bronte. Und das ist viele Jahre her. Sie und ich waren letzte Nacht hier. Wir haben niemanden am Strand gesehen.«

Pendlebury schaute Mia an. »Stimmt das?«

Mia nickte. Audrey strampelte in ihren Armen, warf den Kopf hin und her, und Mia umklammerte sie fester. Pendlebury blätterte in ihren Notizen.

»Entschuldigung, nur um das zu verstehen ...« Sie sah auf und runzelte die Stirn. »Was genau ist mit Gabby Birch geschehen?«

KAPITEL 13

Es war eine gute Frage. Im Lauf der Jahre war sie oft gestellt worden, und Kieran war wie jedermann im Ort äußert vertraut mit den letzten Aktivitäten von Gabby Birch, vierzehn Jahre alt.

Am Tag, als der Sturm auf Evelyn Bay treffen sollte, war Gabby morgens um neun von ihrer Mutter Patricia geweckt worden, die zu ihrer samstäglichen Schicht im städtischen Krankenhaus aufbrach. Gabby hatte versprochen, aufzustehen, lag aber eine Stunde später immer noch im Bett, als ihre achtzehnjährige Schwester Olivia aus dem Sportstudio zurückkehrte. Gabby gab ihrem Handy die Schuld für ihr spätes Aufstehen, weil es auch ihr Wecker war. Zwei Tage zuvor war es von Trish konfisziert worden, nachdem ein Lehrer ihr mitgeteilt hatte, dass Gabby während des Unterrichts E-Mails schrieb. Gabbys beste Freundin Mia erhielt bei sich zu Hause die gleiche Strafe.

Gabby hatte eine Schale Müsli gegessen, während sie mit Olivia über den Geburtstag ihrer Mutter am nächsten Tag sprach. Seit der Scheidung ihrer Eltern vor sechs Jahren war es schon Tradition, dass die Mädchen für ihre Mutter einen Geburtstagskuchen backten. Damit er am nächsten Tag zur Verfügung stand, würden sie ihn am Nachmittag in Angriff nehmen, solange Trish auf Arbeit war. Ihre Großmutter hatte in einem großen Hotel in Port Osborne einen Tisch zum Lunch reserviert.

Olivia bot sich an, im Supermarkt vorbeizugehen und Geburtstagskarten zu kaufen, aber Gabby sagte, sie wolle lieber eine basteln. Olivia erzählte der Polizei später, wie empört Gabby gewesen war, dass man ihr das Handy weggenommen hatte. Sie hoffte, dass eine durch die Geburtstagsfeier mild gestimmte Trish sich verpflichtet fühlen würde, es ihr zurückzugeben.

Beide Mädchen wussten, dass der Wetterbericht Regen vorhergesagt hatte.

Olivia verließ gegen Mittag das Haus, um einzukaufen und einen Spaziergang zum Klippenpfad zu machen, während Gabby zu Hause blieb, was nicht ungewöhnlich war.

Was genau Gabby zwischen 12 Uhr mittags und 14 Uhr unternahm, blieb ungewiss. Sie rief niemanden vom Festnetzanschluss an, und niemand hatte sie das Haus verlassen sehen. Eine Geburtstagskarte mit dem Text »Herzlichen Glückwunsch zum Geburtstag, Mutter!« in Glitzertinte wurde später in ihrem Zimmer gefunden. Um 13:27 Uhr benutzte sie den Laptop ihrer Mutter, um sich im Internet einzuloggen, was ihr ebenso wie das Handy streng verboten worden war. Heimlich surfte sie dreiundzwanzig Minuten durch soziale Medien. Dann schnappte sie sich ihren rosa gestreiften Rucksack mit dem Känguru als Schlüsselanhänger, füllte ihn mit Büchern aus der Leihbücherei, die zurückgegeben werden mussten, und ging die acht Minuten zum Haus ihrer Freundin Mia zu Fuß.

Die beiden Mädchen verließen Mias Haus zusammen und liefen weitere zwölf Minuten zur Evelyn Bay Community Library. In diesem Sommer hatten sie dort einen eintägigen Schreibkurs gemacht und wollten an ihren Kurzgeschichten arbeiten. Sie gaben ihre Bücher zurück, liehen sich neue aus und begannen mit dem Schreiben. Nach etwa einer Stunde hörte die Bibliothekarin von ihrem Tisch aus etwas, das sich wie ein gedämpfter Streit anhörte, und bat sie, leise zu sein.

Das »asiatische Mädchen«, hatte die Bibliothekarin später Constable Renn berichtet, hatte Tränen in den Augen und packte ihre Sachen, während es so aussah, als wolle das »große Mädchen« sie dazu überreden, zu bleiben. Anscheinend erfolglos, denn beide verließen kurz darauf die Bibliothek zusammen, aber – da war sich die Bibliothekarin nicht ganz sicher – sie schienen nicht miteinander zu sprechen. Sie hatte die beiden beim Rausgehen noch gewarnt, dass Regen erwartet würde. Auf dem Heimweg waren sie an Gabbys Haus vorbeigekommen, das ruhig und leer wirkte, wie Mia den Polizisten Mallot und Renn erzählte, als sie an der Reihe war, auf der Wache ihre Aussage zu machen. Sie waren nicht stehen geblieben und stattdessen zum Strand gelaufen.

Warum?, hatte Renn gefragt. *Weil sie sich gestritten hatten?*

Sie hatten sich nicht gestritten, darauf hatte Mia bestanden. Gabby hatte Mia ihre ehrliche Meinung über ihre Kurzgeschichte gesagt, und Mia hatte es sich zu Herzen genommen. Sie wollte nicht bei Gabby zu Hause einkehren, also war Gabby ihr gefolgt. Damals schien das alles wichtig zu sein.

Nach Mias Angaben waren Gabby und sie ein wenig den Strand entlangspaziert und hatten beobachtet, wie dunkle Wolken am Horizont aufzogen. Inzwischen fand Mia es zu kühl. Sie wollte nach Hause, bevor der Regen einsetzte. Gabby versuchte, sie zu überreden, noch ein wenig zu bleiben, aber Mia hatte sich ihren Rucksack voller Bücher genommen und sich verabschiedet. Sie hatte Gabby zurückgelassen, die allein im Sand saß.

Sie waren nicht im Streit auseinandergegangen, gab Mia gegenüber Mallot und Renn an. Dem wurde von Mias eigener Mutter widersprochen, die, wie später jemand zufällig mitbekam, einer Freundin anvertraute, dass sie nach einer verregneten Verlobungsparty nach Hause gekommen war und ihre Tochter »aufgelöst« in ihrem Zimmer vorfand. Mia ihrerseits hatte darauf bestanden, dies sei nicht der Fall gewesen. Sie wäre einfach nur müde gewesen und zunehmend beunruhigt wegen des Sturms, der nun draußen wütete.

Offiziell wurde Gabby an diesem Tag nur noch einmal gesichtet, dreißig Minuten später um 15:30 Uhr. Sie wurde gesehen, wie sie mit fliegenden Haaren und gestreiftem Rucksack auf den großen, flachen Felsen stand, die vom Strand ins Wasser ragten. Dann zogen die Wolken heran, und die Wellen begannen anzuschwellen und auf eine Art zu tosen, wie man es selten, wenn überhaupt jemals, an diesem Küstenstreifen erlebt hatte, und Gabby Birch wurde nie wieder gesehen.

Ein Strom von Menschen mit durch den Sturm verursachten Verletzungen überflutete Evelyn Bays überfordertes Krankenhaus kurz nach siebzehn Uhr. Die schwersten Fälle wurden nach Hobart gebracht, einschließlich Kieran. An einem sechzig Kilometer langen Küstenstreifen brach innerhalb von neunzig Minuten das Telefonnetz zusammen. Die Straßen waren menschenleer. Die Verkehrsteilnehmer wurden zuerst aufgefordert, dann gewarnt und schließlich gezwungen, bei diesen Wetterverhältnissen zu Hause zu bleiben. Das Krankenhaus blieb überlaufen, da schon behandelte Patienten wie Olivia keine andere Wahl hatten, als dort auszuharren. Die Leichen zweier einheimischer Männer, die man aus dem Wasser in der Nähe der Höhlen geborgen hatte, lagen mit Tüchern bedeckt im Zimmer Nr. 2.

Und so konnte Patricia Birch erst am nächsten Morgen nach einer Doppelschicht in Begleitung ihrer Tochter Olivia das Krankenhaus verlassen.

Erschöpft und angeschlagen kamen sie zu Hause an, nur um festzustellen, dass Gabbys Bett unberührt war.

An sämtliche Türen der Nachbarschaft wurde geklopft, Schulfreunde wurden befragt, und als es immer noch kein Lebenszeichen des Mädchens gab, setzte man eine Suchaktion in Gang. Freiwillige halfen dabei, die Trümmer der verwüsteten Stadt zu durchkämmen, während Boote das Wasser absuchten. Eine Handvoll Plakate mit der Aufschrift »Gesucht« wurden gedruckt, aber im allgemeinen Chaos nicht aufgehängt. Vielleicht glaubte insgeheim niemand daran, dass Gabby verschollen war.

Alle wussten, wo sie war, es war nur eine Frage der Zeit, bis die See sie freigab.

Die Suche dauerte zwei lange Tage. Am Morgen des dritten Tages wurde Gabbys rosa gestreifter Rucksack an Land gespült.

·

Kieran und Verity gaben Pendlebury die Kurzversion. Das Mädchen, der Strand, der Sturm, das Verschwinden, der Rucksack. Die Trauer, die die Gemeinde mit der Familie teilte, und die Fragen, die zwangsläufig offen blieben. Sämtliche Informationen standen in irgendwelchen Akten, falls es Pendlebury interessierte. Mia hockte im Lehnstuhl neben der Tür und hielt ihre kleine Tochter im Arm. Sie sagte fast nichts.

Als sie fertig waren, tippte Pendlebury ihren Kugelschreiber gegen ihr Kinn. Sie warf einen Blick auf Brian, der sie von seiner Ecke aus beäugte.

»Gibt es einen besonderen Grund, warum Mr Elliott denkt, dass ich wegen Gabby hier bin und nicht wegen Bronte?«

»Nein.« Verity zuckte nicht mit der Wimper. »Er ist nur durcheinander.«

Kieran schaute überrascht drein und spürte, dass hinter ihm auch Mia sich ein wenig verspannte. Keiner von ihnen korrigierte Verity. Aber Kieran war unwohl dabei. Sie hatten Pendlebury schon gesagt, dass sich die Einzelheiten über Gabbys Verschwinden in den Akten befanden. Wenn sie auch nur ein klein wenig neugierig war, würde sie zwei Minuten brauchen, um herauszufinden, was Verity nicht erwähnt hatte. Kieran kämpfte mit sich, atmete dann einmal tief durch. Verity drehte den Kopf, ihre Blicke trafen sich, und er schloss den Mund. Vielleicht war es Pendlebury nicht so wichtig. Sie hatte genug zu tun.

Die Beamtin stellte noch einige Fragen, und sie beantworteten sie so gut sie konnten – wie Bronte im Meer Audreys Hütchen hinterhergelaufen war, wie Kieran und Mia einen

Wagen gesehen hatten, der so schnell fuhr, dass Mia sich nicht mal sicher war, welche Farbe er hatte, wie sie beide fanden, dass Bronte im Surf and Turf »gut drauf« war, falls die Meinung von zwei Menschen, die sie gar nicht kannten, überhaupt zählte.

Schließlich schlug Pendlebury mit einem Wort des Dankes ihr Notizbuch zu und erhob sich. Sie ging zur Tür, zog drei Visitenkarten hervor und gab jeweils eine davon Kieran, Mia und Verity. Sie griff nach einer vierten, blickte Brian, der immer noch in seinem Sessel saß, kurz an, steckte sie aber zurück in ihre Brieftasche.

»Rufen Sie mich an, wenn Ihnen noch etwas einfällt oder Ihnen etwas zu Ohren kommt«, sagte die Polizistin.

Sie nickten im Gleichtakt und schauten ihr hinterher, wie sie den Pfad zum Tor entlanglief. Verity wartete, bis sich die Beamtin in sicherer Entfernung auf dem Bürgersteig vor dem Haus befand, bevor sie die Tür schloss. Im Wohnzimmer hörte Kieran, wie sein Vater etwas vor sich hin murmelte. Verity ignorierte ihn und ging in die Küche. Kieran und Mia folgten ihr und beobachteten, wie sie das Teewasser aufsetzte. Dann lehnte sie sich gegen das Spülbecken und betrachtete im Fenster ihr Spiegelbild. Sie beugte sich vor, öffnete den Kühlschrank und überflog dessen Inhalt. Kieran wusste, dass sie ihren Atem kontrollierte. Einatmen, zwei-drei-vier und ausatmen, zwei-drei-vier. Als sie sich aufrichtete, war ihre Miene so unbewegt wie ein See.

»Wir werden uns heute Abend etwas zu Essen bestellen.« Behutsam schloss Verity die Kühlschranktür.

»Warum hast du Pendlebury nichts über Dad und Gabby erzählt?«, fragte Kieran.

Der Kessel pfiff, und Verity stellte vier Becher bereit.

»Ich fand das nicht wichtig.«

»Mum ...«, setzte Kieran an. »Es ist sehr wichtig.«

Keine Antwort.

»Mum …«

»Ich bin nicht taub, Kieran.«

Verity goss einfach ein, während das ausströmende Wasser dampfte.

»Sie wird es herausfinden.« Mia streichelte den Kopf ihrer Tochter. »Ich werde nicht diejenige sein, die es ihr erzählt, Verity, aber irgendjemand wird es tun. Selbst wenn sie nicht in die Akten schaut, was sie aber tun wird, nehme ich an.«

»Nun, dann kümmere ich mich darum, wenn es so weit ist. Wenn überhaupt.« Mit einem leisen Klacken stellte Verity ihren Becher ab. »Ich meine, damals wurde alles geklärt.«

Da hat Verity recht, dachte Kieran, ein weiterer Grund, es nicht zu verschweigen.

Fakten waren Fakten. Einer davon war, dass Brian Elliott Gabbys Lehrer gewesen war. Und Kierans und Seans, Ashs, Olivias, Mias. Als einziger Sportlehrer der hiesigen Mittelschule hatte er irgendwann einmal jedem einzelnen Schüler über das Fußballfeld hinweg oder quer durch die Sporthalle Anweisungen zugebrüllt.

Am Tag des Sturms hatte Brian Gabby am Strand entdeckt. Sie stand allein auf den Felsen und starrte auf die Wellen. Ein Fischer, der noch einmal schnell mit seinem Hund Gassi ging, hatte mitbekommen, wie Brian mit dem Mädchen sprach, dessen langes, braunes, Lockenhaar wild wehte. Brian hatte das nie geleugnet.

Brian war in der Stadt gewesen, um sich ein neues Fahrradschloss zu kaufen, und befand sich auf dem Heimweg, wie er später Sergeant Mallot und Constable Renn auf dem Revier erklärte. Er hatte es eilig und hoffte, dem Regen zu entkommen, der schon aufzog.

Gabby war ihm schlicht aufgefallen, weil der Strand ansonsten menschenleer war. Er hatte sie beim Namen gerufen, und sie hatte sich umgedreht, ihn erkannt und schüchtern gewinkt. Dann war Brian Elliott über den Sand zu ihr gegangen.

»Was wollte die Polizei wissen?«, hatte Verity gefragt, als Brian von der Wache zurückkehrte. Kieran hatte dies zufällig mitbekommen, da die Stimme seiner Mutter leise und sanft von der hinteren Veranda in sein Schlafzimmer gedrungen war.

Brian Antwort klang gedämpft, und Kieran hatte sich vorgestellt, wie er auf einem der Strandstühle saß, den Kopf in die Hand gestützt. »Sie haben gefragt, was ich ihr gesagt habe.«

Die Felsen, auf denen Gabby gestanden hatte, wurden bei schlechtem Wetter rutschig. Brian hatte sie darauf aufmerksam gemacht und vor dem aufziehenden Regen gewarnt. Hier war sie nicht sicher. Sie sollte zurück an den Strand kommen.

Gabby hatte das eingesehen, also half Brian ihr über die Felsen hinweg, bis sie auf sicherem Sand stand.

»Dieser nervige neue Polizist ...« Brians Stimme war immer noch gedämpft. »Der junge. Wie ist sein Name? Ben?«

»Chris Renn.« Veritys Stimme war wegen des Rauschens des Ozeans schwer zu verstehen gewesen.

»Er hat gefragt, ob ich sie angefasst hätte, als ich ihr geholfen habe, Herrgott.« Brian seufzte schwer. »Ich habe das bejaht, einmal am Ellenbogen, und das nur, weil sie fast reingefallen wäre, verdammt.«

»Was hat er darauf geantwortet.«

»Er hat nichts gesagt.« Brians Worte waren jetzt klarer verständlich. »Gott, ich hoffe, sie taucht bald auf.«

»Ja«, sagte Verity. »Das hoffe ich auch.«

Beide waren verstummt.

»Was hast du der Polizei sonst gesagt?«, hatte Kieran nach einer Weile seine Mutter wieder vernommen.

Brian hatte Gabby gefragt, ob alles in Ordnung sei, und sie hatte mit Ja geantwortet. Im Nachhinein hatte sie vielleicht ein wenig gedrückt gewirkt, aber nicht so sehr, dass man sich Sorgen machen musste. Brian trug Gabby auf, nach Hause zu gehen, bevor der Sturm ausbrach. Gabby hatte gesagt, sie würde sich bald auf den Weg machen.

Der junge Constable Renn hatte mitbekommen, dass Brian in der Nähe wohnte. Hatte Brian ihr vorgeschlagen, sie nach Hause zu fahren?

Nein, sagte Brian.

Hatte Brian darüber nachgedacht? Schließlich waren die Wolken grau und schwer.

Nein, es verstieß gegen die Richtlinien der Schule, Schüler im Auto mitzunehmen.

Auch in einem Sturm?

Sogar dann. Davon abgesehen, hatte der Regen noch nicht eingesetzt, wie Brian richtig bemerkte. Und niemand konnte wissen, wie schlimm es werden würde.

Was passierte dann, hatte Renn gefragt?

Nichts.

Brian hatte sich verabschiedet und Gabby auf dem Sand neben den Felsen stehen lassen, mit wehendem Haar und Rucksack über der Schulter. Er war allein nach Hause gegangen. Er hatte niemanden gesehen und war von niemandem gesehen worden, hatte das leere Haus aufgeschlossen und war damit offiziell die letzte Person, die zugegeben hatte, Gabby Birch lebend gesehen zu haben.

KAPITEL 14

Wenn man angesichts der Tode von Finn Elliott und Toby Gilroy überhaupt so etwas wie einen Silberstreif am Horizont entdecken wollte, dann war es der Zeitablauf.

Als die Nachricht sich verbreitet hatte – und sie hatte sich rasch verbreitet –, dass die *Nautilus Black* gekentert war, gehörten Verity und Brian zu den Ersten, die die Klippen erreichten. Sie hatten sich gegen den Wind gestemmt, Hände auf den Mund gepresst, während Regen über ihr Gesicht strömte. Sie hatten mitangesehen, wie das Boot kieloben in den Wellen torkelte, und selbst, als er von einem Erstretter behandelt wurde, konnte Kieran den Puls ihrer stillen Fürbitte hören: *Bitte, bitte, bitte.*

Die Minuten vergingen. Finn taucht nicht wieder auf.

Schließlich hatte Verity sich die Augen zugehalten. Brian schien nicht wegschauen zu können, während die Rettungsaktion unter der Leitung von Julian Wallis sich durch die Dünung kämpfte und wegen der Wetterbedingungen bald wieder abgebrochen wurde. Für ein gutes Ende war es schon zu spät, doch unten im Wasser hätte Julian die verzweifelten Beobachter oben auf den Klippen sehen können. Brian und Verity, die sich immer noch an eine Hoffnung klammerten, von der beide wussten, dass sie längst nicht mehr bestand. Tobys Eltern Kevin und Anne, die von ihrem Haus am anderen Ende der Stadt hierhergeeilt waren. Ihr anderer Sohn Sean war ebenso dabei wie Tobys Frau Sarah. Sie alle standen ebenso ratlos wie ungläubig beieinander. Tobys Kopfwunde war auf eine fast groteske Weise ausgewaschen worden, und durch die reflektierenden Sicherheitsstreifen seiner Rettungsweste hatten sie ihn die ganze Zeit im Blick, wie er kopfüber in den Wellen trieb. Schlussendlich wurden die Leichen der beiden Männer ebenso geborgen wie das Boot, und das war mehr, als zu erwarten war.

Kieran vermutete, dass Sergeant Mallott und Constable Renn in den Tagen nach Gabbys Verschwinden den zweifachen Todesfall bei den Höhlen untersucht und beschlossen hatten, Brian bei der Befragung über sein letztes Zusammentreffen mit dem Mädchen nicht allzu sehr zu bedrängen. Wo immer auch Gabby sich mehr als eine Stunde, nachdem sie zum letzten Mal am Strand gesehen worden war, aufgehalten hatte, sie war nicht bei Kierans Vater, der mit einem Dutzend Einheimischen auf den Klippen stand und zusah, wie sein ältester Sohn ertrank.

Kieran musste immer noch daran denken, als er an diesem Abend zusammen mit Verity das Surf and Turf betrat. Er und Mia hatten den Nachmittag damit verbracht, die Schränke im Flur zu säubern, während Verity versuchte, Brian vom Helfen abzuhalten.

»Brian, setz dich hin, ich bitte dich«, hatte Verity im Wohnzimmer geknurrt und den Fernsehapparat lauter gestellt.

Es war ruhig im Surf and Turf, als Kieran die Tür aufstieß. Von Julian keine Spur, weder vorne noch hinten in der Küche, aber Kellnerin Lyn grüßte mit einem Nicken. Sie leerte ein Tablett und schlängelte sich dann an den meist leeren Tischen zu ihnen durch. Sie trug dieselbe orangefarbene Unform mit dem Aroma von Zigarettenqualm wie am Morgen.

»Das Baby ist nicht dabei?« Sie schaute enttäuscht auf Kierans leere Arme, und er schüttelte den Kopf.

»Wir wussten nicht genau, ob ihr geöffnet habt«, sagte Verity, als sie die Karte mit Gerichten zum Mitnehmen zur Hand nahm.

»Julian wollte nicht, aber ich nehme an, er hatte das Gefühl, es wäre besser so.« Lyn wies mit dem Kopf auf die wenigen Tische, die mit einer Handvoll Polizisten besetzt waren, dabei den einen oder anderen, den Kieran von Fisherman's Cottage wiederzuerkennen glaubte. Sie wirkten gedrückt. Sergeant Renn saß am Kopfende eines Tischs, trank Kaffee und sprach mit einem Beamten neben sich. Detective Inspector Pendlebury war nicht bei ihnen.

An einem dritten Tisch am Fenster saßen zwei weitere Männer. Kieran hätte den Attraktiveren der beiden sogar ohne den Hauch von Make-up und den unpassenden Anzug erkannt, dessen Hosenaufschläge längst feucht und sandig waren. Der Reporter erschien schon auf dem Bildschirm des örtlichen TV-Senders, seit sein Haar noch natürlich dunkel gewesen war. Er scrollte durch sein Handy. Ihm gegenüber gähnte ein etwas bequemer in Flanell gekleideter Kameramann und schaute auf die Uhr. Sie mussten die Zeit bis zur Liveschalte um 22 Uhr totschlagen, vermutete Kieran.

»Eben haben sie Janice Manning vor dem Supermarkt interviewt«, sagte Lyn. »Ich weiß nicht, was die ihnen erzählen soll, sie ist doch erst seit den späten Neunzigern hier. Egal ...« Sie notierte ihre Bestellung. »Kommt so schnell wie möglich. Sind natürlich ein bisschen unterbesetzt in der Küche, und ich bin allein hier draußen.« Sie warf einen Blick zur Tür. Die Straße draußen lag im Dunkeln. »Julian hat mich gebeten, einzuspringen, die beiden Mädchen, die heute auf dem Dienstplan standen, haben abgesagt.«

»Wirklich?«, sagte Verity. »Und dir macht das nichts aus?«

Lyn zuckte die Schultern. Sie vermied es, in Richtung Küche zu schauen, wo Liam normalerweise arbeitete.

»Muss meine Miete bezahlen wie alle anderen auch. Und ich will ja nichts sagen ...« Sie holte tief Atem und leckte sich die Lippen, »... aber der Junge ist ein ziemliches Früchtchen. Bloß weil das hier seinem Stiefvater gehört, stolziert er herum und glaubt, er kommt ungestraft davon mit Mo...« In letzter Sekunde hielt sie inne. »... mit allem. Du solltest mal hören, wie der manchmal mit mir redet. Und Julian unternimmt nichts. Verwöhnt ihn, gibt ihm immer wieder eine Chance. Und Liam war ganz hin und weg wegen Bronte, sogar als sie sagte, dass sie nicht interessiert sei.«

»Hat sie das?«, fragte Kieran. »Hast du das von ihr gehört?«

»Nicht direkt, aber ich weiß, dass sie es so gesagt hätte. Ein Mädchen wie sie wäre nicht an Liam interessiert. Sie hatte einen Freund, eine Zeit lang jedenfalls, ausländischer Typ, aber immerhin. Liam fand das gar nicht gut, das kannst du mir glauben.« Ihr Blick überflog einige der besetzten Tische. »Der Polizei habe ich das auch gesagt.«

Verity schaute ernst drein. »Da bist du vielleicht ein bisschen zu voreilig, Lyn.«

»Manchmal weiß man es einfach, findest du nicht?« Lyn nuckelte am Ende ihres Kugelschreibers, als wäre er eine Zigarette. »Ich habe einfach so ein Bauchgefühl. Weißt du, was heute Morgen mein erster Gedanke war, als wir hörten, dass er es war?« Sie machte eine dramatische Pause und wartete ab, bis Kieran und Verity den Kopf schüttelten. »Ich habe gedacht: Ja, das passt.«

Kieran wusste nicht, was er sagen sollte. »Verstehe«, sagte er schließlich.

Lyn hatte etwas mehr Enthusiasmus erwartet, doch sie wurden durch die Klingel an der Durchreiche gerettet. Verity blickte missbilligend und schüttelte den Kopf, als Lyn sich entfernte.

»Bin gleich zurück«, sagte sie und ging in Richtung Toilette.

Kieran trat einen Schritt zur Seite, machte dem Kameramann Platz, der nach draußen ging, um eine Zigarette zu rauchen, und schlenderte zum Schwarzen Brett. Zwischen den üblichen Zetteln für private Klavierstunden und Yoga hatte man eine Sammlung für Bronte begonnen. Oder zumindest für ihre Familie, vermutete Kieran. Der Ausdruck des grobkörnigen Farbfotos ihres Mitarbeiterausweises war an das Brett geheftet worden.

Sie lächelte und hatte die Augen ein wenig zu weit aufgerissen, als wäre sie vom Blitzlicht überrascht worden. Auf dem kleinen Tisch darunter stand eine Sammelbüchse. Die Kerze daneben, deren schwarzer Docht traurig und verschrumpelt aussah, war ausgeblasen worden.

Kieran zog das bisschen Kleingeld, das er bei sich hatte, aus der Tasche und steckte es hinein. Die Büchse fühlte sich ziemlich leer an, aber sie konnte noch nicht lange dort stehen, und Lyn hatte recht, es waren einfach nicht so viele Leute da. Bei ihrem Gang in die Stadt war alles noch ruhiger gewesen als sonst. Er und Verity hatten ein paar Männer gesehen, die mit ihren Hunden Gassi gingen. Keine Frauen allerdings, und Kieran wurde klar, keine anderen außer Verity, die sich verzweifelt nach etwas Abstand von Brian sehnte.

Es war Kieran schlicht nicht in den Sinn gekommen, nicht nach draußen zu gehen. Er hatte angeboten, Audrey mitzunehmen, und überrascht registriert, dass Mia in die einsetzende Dunkelheit geblickt und gezögert hatte.

»Meinst du wirklich, du solltest gehen?«

»Ja, warum nicht?«

»Ich weiß nicht, es wird schon dunkel. Vielleicht lieber nicht, bis wir sicher wissen, was passiert ist.«

»Vielleicht, aber ...« Er zuckte die Achseln. »Ich meine, wer immer Bronte das angetan hat, der ist nicht hinter Kerlen mit Babys her, oder?«

Mia schwankte, zuckte dann ebenfalls mit den Schultern. »Woher sollen wir das wissen?«

»Weil ...« Weil es einfach so ist, dachte Kieran. Er wusste das aus demselben Grund, aus dem Mia es wusste. Weil das Leben so war. Weil erwachsene Männer, was immer ihnen sonst auch zustoßen mochte, nicht erwürgt in der Brandung aufgefunden wurden. Kieran hatte aus demselben Grund kein Problem damit, sich durch Evelyn Bay zu bewegen, aus dem er niemals darüber nachdachte, Abkürzungen durch unbeleuchtete Parks zu nehmen oder an Tempo zuzulegen, wenn er abends auf dem Asphalt Schritte hinter sich hörte. Aus demselben Grund, aus dem er auf dem Heimweg am Abend zuvor die Route den dunklen Strand entlang gewählt hätte, wohingegen Mia sich nach einem einzigen Blick gesträubt hatte. Kieran wusste nicht, was Bronte zugestoßen war, aber dreißig Jahre Erfahrung sagten ihm, dass ihm das nicht bevorstehen würde. Mia wusste das auch. Sie fand jedoch, dass Audrey zu Hause bleiben sollte.

Kieran studierte erneut das Foto von Bronte. Er erinnerte sich daran, dass nach dem Sturm an derselben Stelle ein Foto von Finn und Toby gehangen hatte, darunter eine ähnliche Sammelbüchse.

Kieran hatte das Bild noch genau vor Augen: Finn und Toby legten sich gegenseitig den Arm um die Schultern, eine ungeöffnete Flasche Champagner in der Hand, und hinter ihnen die glitzernde *Nautilus Black*, als sie die Eröffnung ihrer Agentur für Tauchreisen feierten. Kieran war sechzehn gewesen und nicht mit auf dem Bild, als Brian das Foto schoss. Es war ein guter Tag gewesen, wie er sich erinnerte.

Das Foto hatte fast ein Jahr lang am Schwarzen Brett gehangen, bis Julian es taktvoll und nach Absprache mit der Familie entfernte. Kieran fragte sich, wie lange das Foto von Bronte aus Canberra hier wohl hängen würde. Wahrscheinlich kürzer.

Kieran ging zu Verity, die von der Toilette zurück war und mit einem anderen Kunden an der Kasse plauderte. Der Mann wandte sich um, und Kieran erkannte den Mann mit dem Laptop, der an diesem Morgen erfolglos ins Surf and Turf wollte. Keine gefaltete Zeitung mehr in der Hand, aber die lederne Umhängetasche für den Computer baumelte wieder vor seiner Brust.

»Kieran«, sagte Verity und winkte ihn herbei. »Das hier ist G. R. Barlin.«

»Wirklich?«, sagte Kieran, während er beim Händeschütteln allmählich das Gesicht zuordnen konnte. »Wir haben uns heute

Morgen schon getroffen. Tut mir leid, dass ich Sie nicht erkannt habe.«

»Einfach nur George, das reicht. Und keine Sorge,« er winkte ab. »Wer erkennt schon einen Schriftsteller?«

Kieran zögerte. »Keine Ahnung.«

»Niemand.«

»Oh.« Kieran sah es nun auch. G. R. Barlins Kinn war deutlich weniger schneidig und sein Blick nicht annähernd so durchdringend wie das Umschlagfoto seines Buches einen Glauben machen wollte, aber die mürrisch-abwesende Miene bekam er ganz gut hin.

»George ist von Sydney hier runtergezogen«, sagte Verity.

»Ach«, meinte Kieran, »den Sommer über?«

»Nein.« In seiner Stimme lag der Hauch Widerwille eines Menschen, dem eine Frage schon oft gestellt worden war. »Voll und ganz. Ich renoviere das Wetherby House.«

»Ach.« Das Haus von Ashs verstorbener Großmutter. »Den Garten auch?«

»Das ganze Anwesen. Es war nötig«, fügte George leicht entschuldigend hinzu.

Ob das stimmte oder nicht, konnte Kieran nicht beurteilen, aber es erklärte immerhin Ashs unverhüllte Feindseligkeit.

Jedermann war erstaunt gewesen, als Ash erklärte, sein eigenes Geschäft für Landschaftsbau aufzuziehen. Und niemand, wahrscheinlich wiederum Ash eingeschlossen, hatte das anfangs sonderlich ernst genommen. Doch er hatte die Ärmel hochgekrempelt und das ganze Frühjahr und den Sommer über im Haus seiner Oma gegraben und gepflanzt und den ausgedehnten Garten um das Kalksteingebäude herum zu einem blühenden Aushängeschild gemacht. Kieran und Sean hatten im selben Sommer auf dem Deck der *Nautilus Black* herumgelungert, mit Touristen geplaudert und waren ins Wasser gesprungen, bevor sie am Wetherby House vorbeigingen, nur um Ash mit gekrümmtem Rücken und verschwitztem Gesicht vorzufinden.

Hätten Sean und Kieran sich mit so einer Knochenarbeit plagen müssen, wären sie mächtig sauer gewesen, aber Ash machte es schlicht nichts aus. Ihm gefiel, was er tat, und er entschuldigte sich nicht dafür. Am Ende hatte das Anwesen prächtig ausgesehen. Ashs Großmutter hatte ihm als Dank für die monatelange Plackerei einen Kuchen gebacken, und er, Kieran und Sean hatten gefeiert, indem sie sich am Strand die Kante gaben.

Ganze drei Wochen war der Garten wunderschön gewesen, dann hatte der Sturm zugeschlagen. Ashs Arbeit war zerstört worden, Neuanpflanzungen herausgerissen, Bäume und Büsche entwurzelt. Aber Ash war am nächsten Tag schon wieder dort gewesen, hatte dort gehockt und geschwitzt, um das Chaos zu beseitigen. Erfolgreich, hatte Kieran gedacht, aber offensichtlich nicht erfolgreich genug, um den hohen Ansprüchen von G. R. Barlin Genüge zu tun.

Kieran nahm nun den Autor genauer unter die Lupe. Aus der Nähe betrachtet war er jünger, als Kieran gedacht hätte, wenn man die Anzahl seiner Veröffentlichungen berücksichtigte. Anfang vierzig höchstens. Er trug eine weite Strickjacke, die so eingetragen-rustikal wirkte, wie nur teure Stücke das können. Kieran fragte sich, ob er sie speziell für seinen Umzug an die tasmanische Küste gekauft hatte. Es war die Art von Bekleidung, die ein Schriftsteller als passend für einen solchen Ort empfinden würde: über das Meer als Muse sinnieren, während einem frische Salzluft ins Gesicht wehte. Und George Barlin wäre nicht der erste Kreative, der in Evelyn Bay nach einer nebulösen Inspiration suchte.

»Warum haben Sie sich für diesen Ort entschieden?«, fragte Kieran.

George zuckte die Achseln. »Nostalgie, wahrscheinlich. Ich war hier mit meinen Eltern im Urlaub und bin im Lauf der Jahre mehrfach zurückgekehrt. Habe es immer gemocht. Und es scheint kein schlechter Platz zum Arbeiten zu sein.«

»Schreiben Sie an etwas Neuem?«, fragte Kieran.

»Ja.« George klopfte mit einem übertriebenen Augenrollen auf die Umhängetasche mit dem Laptop. »Immer im Hamsterrad. Aber ich spreche nicht so gerne über meine Arbeit, falls es Ihnen nichts ausmacht.«

»Ganz und gar nicht.« Kieran unterdrückte ein Lächeln. Er war einmal mit Mia bei einer Lesung von G. R. Barlin in Sydney gewesen. Der Schriftsteller hatte zusammen mit zwei Autorinnen auf dem Podium gesessen und den Großteil der Redezeit für sich in Anspruch genommen. »Nun, meine Partnerin wird sich ärgern, Sie verpasst zu haben«, sagte Kieran. »Sie ist ein großer Fan.«

Das stimmte, und auch Kieran mochte seine Bücher. Es war die Art von Thrillern, die man am Flughafen kauft, am Hotelpool verschlingt und im Hotelzimmer liegen lässt, um den Koffer leichter zu machen. Sie wurden stapelweise verkauft.

Lyn eilte herbei, um Georges Kreditkarte durchzuziehen, und bekam gerade noch den letzten Satz mit.

»Mit dem süßen Baby bin ich überrascht, dass Mia überhaupt noch Zeit zum Lesen bleibt. Ich würde die jedenfalls nicht haben.«

»Keine große Leseratte?«, fragte Kieran.

Lyn verzog das Gesicht. »Ich habe schon mal ein Buch gelesen. Nicht mein Ding.«

»Du solltest eines von George lesen«, sagte Verity. »Sie sind sehr gut.«

»Das habe ich gehört. Allerdings nur die frühen.« Lyn blickte den Autor mit einem leutseligen Lächeln an, als erwarte sie eine Bestätigung. »Kümmere dich nicht um den Rest. Das meinte jedenfalls Fiona.«

»Fiona?« George bemühte sich, betont gleichmütig zu klingen, was Lyn entging.

»Aus der Gärtnerei? Sie schneidet diese Hecken in Tierform, wissen Sie?«

»Ach ja, stimmt.« George steckte die Kreditkarte wieder in seine Brieftasche und ließ sie geräuschvoll zuklappen. »Nun ja, schade, dass sie es so empfindet. Und ich hingegen habe ihr kreatives Talent immer sehr geschätzt.«

Lyn kniff ein wenig die Augen zusammen, als ahne sie etwas hinter Georges Lächeln. Sie wurde von einem der Polizeibeamten abgelenkt, der ihr ein Zeichen gab, Wasser nachzufüllen, und machte sich auf den Weg.

»Würde ich allerdings bei der Gärtnerei vorbeigehen und Fiona sagen, dass ihre Heckentiere nicht zu erkennen sind, wäre *ich* das Arschloch«, murmelte George, als er seine Laptoptasche richtete. »Wie auch immer, nett, Sie kennenzulernen.« Er schüttelte Kierans Hand. »Schöne Grüße an Ihre Partnerin. War das die Frau, die heute Morgen mit Ihnen zusammen war?«

»Ja.«

George nickte und blickte an Kieran vorbei auf das improvisierte Gedenken an Bronte auf dem Schwarzen Brett. Kieran fiel ein, dass Bronte dem Schriftsteller am Abend zuvor ein Glas Wein serviert hatte und dass es ihr gelungen war, ihm ein Lächeln zu entlocken, während er konzentriert über seinem Laptop brütete.

»Was für eine schreckliche Geschichte«, sagte George. »Arme Bronte. Unfassbar.«

»Kannten Sie Bronte gut?«, fragte Verity.

»Nur von hier«, sagte George. »Aber ich bin ziemlich oft hier. Haben Sie je eine ihrer Zeichnungen gesehen?«

»Ein paar davon. Und sie hat mir eine kleine Skulptur aus Draht gezeigt, an der sie arbeitete. Sie schien sehr gut zu sein.«

»Das fand ich auch. Und es war ihr ernst damit, was im kreativen Bereich selten ist. Sie war beharrlich, ging recht professionell an alles heran.« Georges Mundwinkel senkten sich. »Ich hätte nie gedacht, dass hier so etwas passiert.«

»Vor ein paar Jahren hätte ich das auch nicht«, sagte Verity. »Das ist wohl der Preis, wenn die Touristen einfallen. Bei all dem Kommen und Gehen weiß man nie, wer so alles in der Stadt ist.«

So viele Leute waren es nun auch nicht, dachte Kieran. Vor ein paar Wochen im Sommer vielleicht, als zwei von drei Passanten Fremde waren. Aber nicht zu dieser Jahreszeit mit den vielen leeren Tische, den geschlossenen Geschäften und freien Parkplätzen.

Kieran nahm an, dass George, der sich in dem ruhigen Restaurant umsah, ähnliche Gedanken hegte. Schließlich fiel sein Blick auf den Tisch der Polizeibeamten.

»Ich habe gehört, dass sie Liam Gilroy wieder zur Befragung einbestellt haben«, sagte George leise. Er warf einen Blick auf Lyn an der Küchendurchreiche. »Sie wird selig sein. Glaubt, die Polizei habe den richtigen gefunden.«

»Und was glauben Sie?«, fragte Kieran interessiert.

»Ich?« George zögerte. »Ich glaube, in einer zivilisierten Gesellschaft wäre es gut, die Entwicklungen abzuwarten.« Er nahm das Handy in seiner Hand hoch. »Trotz allem, was die Schreibtischdetektive von EBOCH uns glauben machen wollen.«

»Die Seite der Online Community?«, sagte Verity. »Ich dachte, dass niemand sie groß nutzt.«

»Nun, inzwischen wird sie sehr wohl genutzt. Dennoch bin ich sicher, dass die Polizei weiß, was sie tut ...«

Neugierig geworden, hatte Kieran sein eigenes Handy gezückt, um die Seite der Community aufzurufen, sah aber mit Schrecken, dass acht verpasste Anrufe von Mia eingegangen waren. Er nahm das Handy ans Ohr, hielt aber, einen Finger schon über der Rückruftaste, inne. George war verstummt und richtete seine Aufmerksamkeit auf Sergeant Renn am Tisch der Polizeibeamten.

Kieran folgte seinem Blick. Renn sprach leise in sein Handy. Während Kieran ihn beobachtete, zog er die Augenbrauen hoch, fasste ebenso unverwandt wie unmissverständlich Verity ins Auge und wandte dann fast genauso schnell den Blick wieder ab. Renn beendete den Anruf. Einen Moment lang saß er einfach nur da, raffte sich dann auf und kam auf sie zu. Der Fernsehreporter sah auf – nichts zu sehen außer Renn, gemächlich wie immer, Kaffeetasse immer noch in der Hand – und wandte seine Aufmerksamkeit wieder dem Handy zu. Renn blieb genau vor Verity stehen. Er trank einen großen Schluck Kaffee, während der Kameramann von seiner Rauchpause zurückkehrte. Sie wartete einfach ab. Renn schwieg, bis der Mann außer Hörweite war.

»Tut mir leid, Verity.« Seine Stimme war leise. »Es geht um Brian.«

KAPITEL 15

Es war noch früh, als Kieran am nächsten Morgen den Klippenpfad erreichte. Audrey war munter, ihre Augen strahlten, als sie vor seiner Brust auf und ab hüpfte. Ein Beutel mit Windeln hing über seiner Schulter. Kierans Kopf fühlte sich matschig und schwer an. Es hatte lange gedauert, bis er, Mia und Verity fähig waren, ins Bett zu gehen, und sogar Kieran hatte gefühlt Stunden wach gelegen.

Er und Verity hatten ihr bestelltes Essen im Surf and Turf liegen lassen und waren Sergeant Renn nach draußen gefolgt, wo er sie die drei Minuten bis zu Fisherman's Cottage gefahren hatte. Sie hatten sich unter dem polizeilichen Absperrband an der Eingangspforte geduckt und waren den Weg am Haus vorbei zum dunklen Strand gelaufen. Kieran hörte Schreie und das Kreischen seiner Tochter. Mia war schon auf dem Sand, eine zornige Audrey in ihren Armen.

»Tut mir leid«, sagte Mia. »Ich habe versucht, ihn aufzuhalten. Tut mir wirklich leid.«

Kieran hatte sich zuerst um die beiden gekümmert und war dann Verity zum Meeresufer hinterhergejagt.

Brian schwamm immer noch im Meer. Sein T-Shirt durchbrach die Oberfläche, während er mit kräftigen, selbstsicheren Schwimmzügen durch das schwarze Wasser schoss. Das Absperrband für die Stelle, wo man Bronte gefunden hatte, flatterte hinter ihm wie Seegras.

Zwei junge Polizeibeamte, deren Schuhe samt Strümpfen

fein säuberlich nebeneinander im Sand standen, staksten bis zu den Achseln ins Wasser. Kieran erreichte gerade das Ufer, als er sah, dass einer von ihnen seinen Vater einholte. Brian heulte auf und schlug mit den Armen um sich, während der zweite Mann half, ihn aus den Wellen zu ziehen. Brian hatte gekämpft und die beiden Cops unter Wasser gezogen, während Verity höchstpersönlich ihre Schuhe auszog und schnurstracks hineinwatete, Kieran knapp hinter ihr. Die Beamten hielten sich zurück, als er und Verity Brian erreichten. Die drei hatten im eiskalten Wasser geschaukelt, während Verity Brians Hand unter Wasser hielt und ihm sanft etwas ins Ohr flüsterte.

Am Ende ließ Brian es zu, dass er hinausgeführt wurde. Kieran und Verity brachten ihn zum Strand, wo der Mond wie ein groteskes Schattenbild der *Überlebenden* ein Figurentrio auf den Sand warf. Brian hatte sich gleich am Meeresufer mit ausgestreckten Armen und Beinen flach auf den Rücken geworfen, als genieße er das Wetter. Kieran legte sich mit klappernden Zähnen neben ihn.

Auf seinem Weg ins Wasser war Brian durch einige Blumengebinde für Bronte getapst. Bänder und Zellophanpapier lagen verstreut wie totes Meeresgetier herum, und Kieran sah, wie Mia mit Audrey auf dem Arm sich bemühte, sie einzusammeln und neu zu arrangieren. Er wusste, dass er ihr hätte helfen sollen, blieb aber lieber in der Nähe seines Vaters und lauschte Brians unregelmäßigen Atemzügen, unterbrochen nur von den spitzen Schreien seiner Tochter. Als er den Kopf wandte, sah er etwas entfernt Verity sitzen. Die Bluse klebte ihr am Rücken, sie hielt den Kopf gesenkt. Kieran wusste nicht, ob sie zitterte oder weinte oder beides gleichzeitig.

Kieran hatte das Gefühl gehabt, sich nie wieder bewegen zu können, doch schließlich hatte sich Sergeant Renn neben ihn gehockt und leise vorgeschlagen, dass es vielleicht eine gute Idee wäre, sich auf den Weg zu machen, bevor die Fernsehleute aus dem Surf and Turf Lunte rochen. Dann zog er weiter, um seinen Bericht zu schreiben.

Erst später im Haus fiel Kieran die Rötung an Mias Kiefer und eine Quetschung am Arm auf. Er hielt ihren Arm unter eine Lampe.

»Was ist passiert?«

»Das ist nichts. Lass uns zu Bett gehen.« Sie wirkte jedoch immer noch mitgenommen, in ihren Augen glitzerten nicht vergossene Tränen.

»Aber ...«

»Es ist alles in Ordnung. Ich habe es dir schon gesagt. Ich habe versucht, ihn aufzuhalten, nur ...«

Mia zog ihren Arm aus seiner Umklammerung. »Lass mich einfach nicht mehr mit ihm allein, okay?«

Kieran stürmte nun voran, während die Ozeanbrise über die Klippen fegte und an seinen Kleidern zerrte.

Als der Morgen heraufzog und Mia die Augen aufschlug, hatte er ihr vorgeschlagen, im Bett zu bleiben und noch ein wenig zu dösen.

»Wir haben ihr noch nicht einmal angeboten, sie auf dem Heimweg zu begleiten.« Mia hatte geschwollene Augen, und Kieran fragte sich, ob sie in der Nacht geweint hatte.

»Wem?« Kieran konnte nicht folgen. »Bronte?«

Mia nickte. »Im Surf and Turf am Samstagabend. Wir haben Olivia gefragt, ob wir auf sie warten sollen, nicht aber Bronte. Wir sind an ihrem Zimmer vorbeigekommen. Wir hätten sie nach Hause bringen können.«

Sie schauten einander lange an, und schließlich rutschte Mia näher und kuschelte sich an ihn. Kieran versprach, diesmal mit Audrey spazieren zu gehen. Mia protestierte nicht, sondern schloss wortlos die Augen.

Im Flur hörte er Verity in der Küche. Sie murmelte etwas vor sich hin und hielt inne, als Kieran eintrat. Sie saß vor Brian und rieb seine Arme mit Sonnencreme ein, wie sie es früher beim kleinen Kieran getan hatte. Kieran wusste nicht, was Verity gesagt hatte, aber Brians Gesichtsausdruck zufolge hatte sein Vater kein Wort verstanden.

»Mia hat Quetschungen von gestern Abend. Sie ist verletzt.«

Verity kniff die Augen zusammen. Ihre Handinnenflächen glänzten, während sie die Creme einmassierte.

»Schlimm?«

»Nicht schlimm, aber sie sollte überhaupt nicht verletzt sein.«

»Selbstverständlich nicht. Es tut mir sehr leid.«

»Meine Gott, ich brauche keine Entschuldigung.« Kieran blickte seinen Vater an. »Was ich sagen will, ist, dass er außer Kontrolle gerät. Mia hatte Audrey bei sich.«

»Er hat das sicher nicht so gemeint.«

»Das weiß ich, aber …«

»Aber was?«, zischte Verity, während ihre Hände weiter auf dem Arm ihres Mannes lagen. »Aber was, Kieran? Er hat es nicht so gemeint, schau ihn dir an.« Sie hob seine Hand an. Gehorsam wie ein Kind streckte er sie aus. »Er weiß nicht, dass er irgendetwas getan hat. Also was willst du? Glaubst du, dass er bestraft werden muss? Für etwas, wovon er noch nicht einmal weiß, dass er es getan hat? Denkst du, das ist fair?«

Verity hatte seinen Vater fixiert, bis er den Blick abwandte. Brian rührte sich nicht.

Kieran hatte ihr keine Antwort gegeben. Er wusste nicht, was er denken sollte.

Er erreichte nun eine Abzweigung vom Klippenpfad und blieb stehen. Rechts ging es zum Aussichtspunkt hoch und links befand sich ein schmiedeeisernes Tor, der Hintereingang zum Friedhof von Evelyn Bay. Kieran spürte, wie Audrey sich regte und ein wenig gegen seine Brust strampelte. Wenn schon nicht ihn, hatte der Spaziergang wenigstens sie ein wenig beruhigt.

Er lief in Richtung Tor. Es stand offen, daneben ein Schild mit der Information, dass der Friedhof bei Sonnenuntergang geschlossen wurde. Zu seiner eigenen Überraschung trat er ein. Der Kiesweg war sehr gepflegt, mit prächtigen Stauden zu beiden Seiten. Ashs Arbeit, nahm Kieran an. Er hatte schon eine Weile den Wartungsvertrag. Es sah anders aus als in Kierans Erinnerung, aber er war auch seit Finns und Tobys Beerdigung nicht mehr hier gewesen. Er hatte es sich mehrfach vorgenommen. Ohne Erfolg.

Kieran folgte dem Pfad und musste beschämt feststellen, dass er sich nicht erinnern konnte, wo sich das Grab seines Bruders befand. Die Beerdigung war ihm präsent, Teile davon zumindest, doch falls er sich die Lage der Grabstätte gemerkt hatte, konnte er sich jetzt nicht daran erinnern. Er wusste nicht einmal, wo er anfangen sollte. Bei den vielen Generationen von Einwohnern, die hier die Ewigkeit erwarteten und jeweils unterschiedliche Vorlieben für die Lage ihres Grabes hatten, wies der Friedhof keine nachvollziehbare Ordnung auf. Kieran wusste, dass er zusammen mit seinen Eltern im Auto zu Finns Beerdigung gefahren war, eine Fahrt in stiller Trauer immer dem Leichenwagen hinterher, und er wandte sich dem Haupttor im Westen zu.

Er kam nicht weit. Der Eingang war noch nicht in Sicht, als etwas im Wind Flatterndes seine Aufmerksamkeit erregte. Er erkannte die Farben sofort und blieb stehen.

Eine Hand schützend auf Audreys Rücken gelegt, verließ Kieran den Kiesweg und lief über das akkurat gemähte Gras, bis er sich vor einem Grab befand. Ein Fußballschal in den Vereinsfarben von Evelyn Bay war sorgfältig um den Grabstein gewickelt worden. Er war nicht neu, sah aber so getragen und sauber aus wie etwas, das jahrelang immer wieder in der Maschine gewaschen wurde. Kieran streckte die Hand aus und schob den Schal zur Seite, um den Namen auf dem Grabstein zu lesen.

Toby Gilroy.

Eine längst vergessene Erinnerung stieg an die Oberfläche, lebendig und kristallklar. Liam Gilroy in seinem nagelneuen

Begräbnisanzug, der einen Fanschal auf den Sarg seines Vaters drapierte. Kieran fragte sich, ob es sich um denselben Schal handelte, nach Hause geholt, gewaschen und von Liam in den letzten zwölf Jahren immer wieder zurückgebracht. Unwillkürlich zuckte seine Hand zurück, und Audrey kreischte wegen der ruckartigen Bewegung empört auf.

»Oh, gut. Du bist es nur.«

Überrascht von der Stimme, drehte Kieran sich um, wobei seine Finger von der Berührung des Wollschals immer noch kribbelten. Er benötigte einen Moment, um die Person zwischen den Grabsteinen zu entdecken.

Olivia. Ihre Haare wehten im Wind, sie trug Jeans und einen rostfarbenen Pullover, von dem Kieran annahm, dass sie ihn von ihrer Mutter ausgeliehen hatte.

»Ich habe nach Ash gesucht und dann jemanden gehört.« Sie klang etwas nervös, und Kieran erinnerte sich an die fast menschenleeren Straßen gestern Abend und die Kellnerinnen, die nicht zur Schicht erscheinen wollten.

»Sind nur wir zwei«, sagte er, als Olivia nähertrat und sich vorbeugte, um in das Babytuch zu schauen.

»Das ist also Audrey. Wow.« Olivias Haar schlug gegen seine Schulter, und sie richtete sich auf und trat einen halben Schritt zurück. »Sie ist sehr süß.«

»Danke.« Er ließ den Blick über den stillen Friedhof schweifen. »Ist Ash hier irgendwo?«

»Ich dachte, er hätte das gesagt. Er geht allerdings nicht ans Telefon.« Ein Schatten zog über ihr Gesicht. »Wahrscheinlich ist er mit einem Kunden zusammen. Was machst du hier?«

»Keine Ahnung.«

»Nicht Finn besuchen?«

»Offen gestanden, weiß ich nicht, wo sein Grab ist.«

»Oh.« Sie runzelte die Stirn. »Ich bin mir auch nicht ganz sicher. Ash könnte es dir wahrscheinlich sagen. Falls er wieder auftaucht.«

Ash würde es sicher wissen, dachte Kieran, und das nicht nur, weil er hier arbeitete. Ash und Finn waren stets prima miteinander ausgekommen, besonders, nachdem Ash von der Schule abgegangen und über Tag häufig in der Stadt herumgestreunt war. An Wochenenden wanderte Finn manchmal hier hoch und er und Ash redeten über alles, was in der Stadt vor sich ging, während Kieran die Schulbank drückte. Alles von Steuererleichterungen für Kleinunternehmer bis hin zur Ankunft von jungen Touristinnen. Kieran saß dann da und schaute zu und redete mit, wenn er konnte.

»Vielleicht muss ich einfach suchen.« Kieran hielt zwischen den Grabreihen Ausschau. »Mir ist es ziemlich peinlich, dass ich nicht weiß, welches es ist.«

»Das muss dir nicht peinlich sein«, sagte Olivia, als sie losgingen. »Ein Besuch hier hilft nicht jedem. Sieh dir meine Mutter an. Sie wollte nie, dass etwas für Gabby aufgestellt wird.«

»Gar nichts?«, fragte Kieran überrascht.

»Nein. Kein Grabstein, keine Plakette …« Olivia nickte, als sie an einer Erinnerungsbank vorbeikamen. »Nicht einmal so etwas. Gar nichts. Wir sprechen nie über Gabby.«

»Warum nicht?«

»Weiß ich nicht genau. Ich fände es gut, aber ich habe auch gelesen, dass das Aufwärmen der Vergangenheit bei manchen mehr Schaden anrichtet als zu helfen. Zerstört ihre Schutzmechanismen. Hängt von der Person ab, nehme ich an.«

»Wirklich?«, Kieran hatte das so noch nie gehört, aber spontan kam ihm Verity in den Sinn. Wie sie ständig mit ihren Therapiebüchern, den Online-Selbsthilfegruppen und ihrer Selbstoptimierung beschäftigt war. Das spröde Gesicht ihres ewigen, verzweifelten Strebens nach innerer Gelassenheit.

»Also lasse ich Mum jetzt ihren Willen«, sagte Olivia. »Es geht ihr allerdings nicht gut. Sie kämpft immer noch damit, zu akzeptieren, was geschehen ist.«

»Immer noch?«

»Ich glaube vor allem deswegen, weil Gabby nie gefunden wurde.«

»Ja.« Kieran zögerte. »Aber …«

»Nein, ich weiß«, sagt Olivia, als sie links abbogen und an einigen jüngeren Gräbern vorbeikamen. »Es ist absurd. Ich sage nicht, dass sie glaubt, Gabby sei in ihren Zwanzigern und spaziere durch irgendeine Stadt auf dem Festland …« Sie machte eine winzige Pause, in der Kieran sich fragte, ob Trish Brown tief im Innersten nicht genau das dachte. »Aber Mum hat sich vor dem Sturm schon ständig Sorgen um Gabby gemacht. Weil sie immer schon älter aussah … Die Leute haben manchmal vergessen, dass sie erst vierzehn war.«

Sie bogen in die nächste Reihe ein und lasen im Vorbeigehen die Namen.

»Wahrscheinlich hilft es nicht gerade, dass sie sich am Ende nicht gut verstanden«, sagte Olivia und spielte mit den Ärmeln des geliehenen Pullovers. »Das ganze Trara, als Mum ihr Telefon einkassiert hat. Gabby war wirklich aufgelöst. Und dann steht eine Mutter mit dem Wissen da, dass ihre Tochter kein Telefon hatte, als sie verschwand. So etwas verfolgt dich, nehme ich an. »Oh, schau …« Olivia wies auf einen einfachen grauen Grabstein am Ende der Reihe. »Ist er das?«

Ja, dachte Kieran, als sie nähertraten, um die Inschrift zu lesen. Das war er. Finn Elliott, sechsundzwanzig Jahre, geliebter Sohn und Bruder. Zu früh von uns gegangen.

Auf diesem Grab lagen keine Blumen oder Fußballschals, aber es wirkte, als hätte jemand – Ash wahrscheinlich oder vielleicht Verity – Unkraut gejätet und es in Schuss gehalten. Kieran stand da und betrachtete die Erde, unter der sein Bruder lag. Er hatte Finn geliebt. Er vermisste ihn noch immer. Er blickte hoch auf Finns Grabstein und wartete darauf, etwas zu fühlen. Etwas *mehr* jedenfalls, als er tagtäglich fühlte.

»Mach dir keine Sorgen darüber. Meine Mutter würde dir

beipflichten«, sagte Olivia, nachdem sie eine Weile gewartet hatten. Sie saß auf einer Bank in der Nähe und beobachtete ihn. »Ein Grab zu besuchen ist nicht für jeden das Richtige.«

Er trat zurück und setzte sich neben sie. Ihre Kleidung flatterte im Wind. Kieran griff in seine Tasche und schüttelte das Fläschchen für Audrey.

»Sie hat sogar versucht, sich umzubringen.« Olivia klang gefasst.

»Deine Mutter?« Kieran schaute zu ihr hinüber. »Mist, Liv. Tut mir leid. Das ist hart.«

»Ja. Deswegen musste ich zurückkommen. Aber erzähle es nicht weiter.« Sie seufzte, während Kieran den Kopf schüttelte. »Ich glaube, dass ein paar Leute es sowieso vermuten. Mum tut so, als wäre es ein Versehen gewesen. Sie behauptet, sie hätte sich bei der Dosierung vertan, aber sie nimmt seit zwölf Jahren Schlaftabletten, und das ist ihr noch nie passiert.«

»Wann war das?«

»Ein paar Monate nach dem Zehnjährigen. Ich glaube, die Erinnerung war zu viel – der Jahrestag kommt und geht, und nichts hat sich geändert.«

Kieran hatte den zehnten Jahrestag ebenfalls als schwierig empfunden und vermutete, dass auch Verity damit zu kämpfen hatte, obwohl sie es nicht zugeben wollte. In dem Jahr war es ihm nicht möglich gewesen, nach Evelyn Bay zu kommen und seither auch nicht.

»Brontes Eltern sollen heute eintreffen«, verkündete Olivia aus heiterem Himmel. Sie hatte auf die Grabsteine gestarrt. »Sie waren auf einer Kreuzfahrt und mussten zurückfliegen.«

»Hast du sie schon einmal gesehen?«

»Bei ihrem Einzug. Sind beide Beamte aus Canberra. Ziemlich hohe Tiere, glaube ich. Ihre Mutter war in diesem Komitee, das die Regeln für den Export von Fisch und Meeresfrüchten verschärft hat, erinnerst du dich? Es hat einen Rückstau verursacht, und eine Zeit lang konnten viele Fischer ihren Fang nicht loswerden.«

Kieran schüttelte den Kopf. »Glaube nicht.«

»Egal, jedenfalls habe ich Bronte geraten, es hier nicht an die große Glocke zu hängen«, sagte Olivia. »Ihre Eltern schienen nett zu sein, wenn auch sehr … tüchtig. Der Himmel weiß, wie sie sich jetzt fühlen.«

»Neuigkeiten von der Polizei?«

»Nein.« Olivia rutschte nervös hin und her. »Aber sie waren schon früh am Morgen wieder im Haus.«

»Haben Sie gesagt, warum?«

Sie schüttelte den Kopf. »Ich habe gehört, dass sie die Nachbargärten überprüft haben. Die Mülltonnen durchstöbert.«

»Wirklich. Suchen sie etwas?«

»Offensichtlich, aber ich weiß nicht, was. Ich habe Renn gestern Abend darauf angesprochen, als er anrief, um nachzufragen, wie viele Schlüssel wir hatten. Er wollte mir nichts sagen. Nur Ausflüchte. Sagte, es wäre das übliche Verfahren.«

»Vielleicht stimmt das ja.«

»Vielleicht.« Olivia pulte an ihrem Fingernagel herum. »Ash sagt, ich soll vorsichtig sein. Er meint, sie glauben, ich weiß etwas, was ich ihnen verheimliche.« Sie blickte Kieran an. »Dem ist nicht so, damit das klar ist.«

»Habe ich auch nicht angenommen.«

Es war so still, dass Kieran in der Ferne die Möwen hören konnte.

»Wenn es so wäre«, sagte Olivia, »würde ich es ihnen sagen. Bronte hat mich ein bisschen an Gabby erinnert.«

»Wirklich?«

»Ja. Nicht vom Aussehen her natürlich, und nicht einmal ihre Art. Eher …« Olivia dachte kurz nach. »Ich finde, sie gehörten beide zur Sorte Mädchen, die das Gefühl haben, allen gefallen zu müssen. Es ist wie diese Sache mit Liam.«

»Was ist damit?«

»Ich meine, Sean hat recht …« Olivia zuckte die Schultern. »Liam und Bronte sind ganz gut miteinander ausgekommen. Sie hat sich nie über ihn beklagt, aber sie war ziemlich feinfühlig, was die Gefühle von anderen angeht, und Liam kann recht … heftig sein. Andere Mädchen würden sich das vielleicht nicht gefallen lassen, aber Bronte hätte sich Sorgen gemacht, ihn zu verletzen. Kann sein, sie hat ihm klar gemacht, dass sie nicht interessiert ist, aber vielleicht zu dezent.« Olivia blickte zu Boden. »Und manche Typen verstehen nur ein lautes, entschiedenes Nein. Manche nicht einmal das.«

»Meinst du, Liam ist einer von diesen Typen?«

»Ich glaube ja, ein bisschen jedenfalls.« Olivias Mund war eine gerade Linie, als sie ihre Worte abwägte. »Dass er Bronte nach Hause fuhr, macht mir Sorgen. Wir wohnen so nah, dass es unnötig war, was mich vermuten lässt, dass er darauf *bestanden* hat, und das fühlt sich nie gut an …«

Olivia stutzte, als ihr Handy eine SMS meldete. »Scheiße, das ist schon wieder Julian.«

»Was will er denn?«

»Keine Ahnung. Er bittet mich, ihn anzurufen.« Olivia erhob sich. »Ich muss sowieso zurück. Ash ist offensichtlich nicht hier.«

Kieran wischte Audrey den Mund ab und setzte sie in das Tragetuch. »Ich mache mich auch auf die Socken.«

»Gehst du nach unten?«

»Nein.« Er tätschelte Audrey. »Wir spazieren noch ein bisschen weiter. Das wird sie beruhigen.«

»Wann fahrt ihr zurück nach Sydney?«

»Nächste Woche.«

»Glückspilze.«

Sie gingen los.

»Meinst du, du wirst dich hier auf Dauer einrichten müssen?«, fragte Kieran.

»Ich fürchte, dass ich keine große Wahl habe. Nicht, nachdem das mit Bronte passiert ist. Ich glaube kaum, dass das Mutters Erholung beschleunigt.«

»Wenigstens hast du Ash.«

»Ja.«

Als sie nichts weiter sagte, musterte Kieran sie, und Olivia musste wegen seines Gesichtsausdrucks lachen.

»Was?«

»Nichts.« Er zuckte die Achseln. »Alles in Ordnung mit euch, oder?«

»Ja, alles okay, Es ist nur … wenn ich hierbleibe, dann fühlt es sich an wie …« Olivia blieb am Friedhofseingang stehen und seufzte. »Ich weiß nicht. Endstation oder so etwas. Es ergibt keinen Sinn mehr, meinen Masterabschluss zu machen. Oder dass ich in Melbourne so hart gearbeitet habe. Nicht, wenn ich mich hier mit Ash niederlasse, einen Schwung Kinder produziere und sie jeden Samstag zu Julian in die Jugendgruppe der Rettungsschwimmer schicke, während ich kellnern gehe. Das hätte ich auch gleich nach dem Schulabschluss haben können.« Der Hauch eines Lächelns. »Nicht, dass ich damals etwas mit Ash zu tun gehabt hätte.«

»Nein.« Kieran hörte das schnelle Ein- und Ausatmen seiner Tochter. Sie fühlte sich warm und fest an seiner Brust an. »Aber jeder kann sich ändern.«

»Ja, das stimmt. Und Ash ist …« Kieran wartete gespannt darauf, was ihr an Ash vor zwölf Jahren so gefallen hatte.

»Es macht Spaß mit ihm«, sagte sie. »Mehr als früher. Und er ist wirklich gut zu Mutter. Ich muss ihm nichts erklären, er versteht das schon … alles irgendwie.«

Die Wörter waren vage bis zur Bedeutungslosigkeit, aber Kieran verstand genau. *Er weiß über uns Bescheid.*

Sie warf ihm einen Blick zu. Er nickte. *Verstanden.*

»Wie auch immer …« Olivias Telefon piepte, und sie zog die Stirn in Falten. »Ach, du meine Güte. Julian schon wieder. Ich muss los. War nett, dich zu treffen.«

»Dich auch, Liv.«

Mit einem Winken drehte Olivia sich um und lief den Weg entlang. Kieran schaute ihr hinterher, bis sie außer Sichtweite war. Zwölf Jahre – lange her und ganz nah.

KAPITEL 16

Oben auf dem Aussichtspunkt machte Kieran Rast, um zu Atem zu kommen. Audrey strampelte irritiert gegen seine Brust. Sie mochte den beruhigenden Rhythmus eines flotten Schrittes, und Kieran hatte ihr vom Friedhof bis zur Spitze des Hügels hinauf diesen Gefallen getan. Jenseits der Klippen lag die See ruhig in der schwachen Morgensonne. Weiter draußen ankerte die *Nautilus Blue*, aber Kieran konnte an Bord keine Bewegung ausmachen.

Ash wusste also über ihn und Olivia Bescheid. Das war interessant, und wäre es nur wegen der Tatsache, dass er es nie erwähnt hatte. Das allein schon war der Beweis seiner Veränderung, wie Kieran fand. Der alte Ash hätte nicht genügend Selbstdisziplin gehabt, den Mund zu halten.

Mia wusste es.

Kieran hatte es ihr sechs Monate nach ihrem Wiedersehen erzählt, an dem Abend, der Finns einunddreißigster Geburtstag gewesen wäre. Er hatte einen frustrierenden Anruf von Verity über sich ergehen lassen, bei dem sie ein halbe Stunde miteinander gesprochen hatten, ohne etwas zu sagen. Wenigstens war seine Mutter ans Telefon gegangen, was man von Brian nicht behaupten konnte. Verity hatte behauptet, er sei außer Haus. Das hörte sich nicht nach Brian an. Nicht am Geburtstag seines verstorbenen Sohnes.

Kieran und Mia hatten im Bett gelegen, und er hatte sich die ganze Geschichte von der Seele geredet.

»Du und Liv«, hatte sie gesagt, als er zu Ende war.

Er hatte dort gelegen, ihrem Atem gelauscht und der Wärme auf den Laken nachgespürt.

»Ist das ein Problem?« Er hatte sich an sie gekuschelt und sie bang angeschaut.

»Nein.« Ihm war ein Stein vom Herzen gefallen. Sie schwieg aber immer noch.

»Sicher?«

»Ja, aber …« Mia wandte ihm auf dem Kopfkissen ihr Gesicht zu. »Gabby hatte es im Gefühl.«

»Wirklich?«

»Ich denke schon. Sie meinte, dass zwischen euch etwas lief, das hat sie mir erzählt. Ich habe ihr gesagt, dass ich das nicht glaube.«

»Aber spielt das noch eine Rolle?«, hatte Kieran noch einmal gefragt. »Es ist so lange her. Das spielt doch keine Rolle mehr, oder?«

»Jetzt nicht. Nicht für mich. Es ist nur …« Mia schob eine Hand unter ihren Kopf und starrte zur Decke. »Ich habe ihr nicht geglaubt. Für Gabby kann es also eine Rolle gespielt haben.«

Kieran ließ seinen Blick übers Meer schweifen und fuhr mit der Hand über die hölzerne Sicherheitsabsperrung. Sie war kurz nach den Vorfällen errichtet worden, und es war erstaunlich, wie sehr es den Aussichtspunkt veränderte.

Der Platz lag einsam da wie eh und je, aber die massive Bank, das hüfthohe Geländer und die aufgestellten Informationstafeln gaben allem den Anschein von Überwachung. Das traf nicht zu, wie Kieran wusste. Sergeant Mallott und Constable Renn hatten die Strafe für unerlaubtes Betreten nur kurz vollstreckt, um die örtlichen Gepflogenheiten zu ändern und die Teenager auf der Suche nach einem ruhigen Plätzchen von den Höhlen ins bewaldete Hinterland zu verscheuchen. Psychologisch war die Barriere eine gute Abschreckung. Hier gibt es nichts zu sehen, sagte sie. Bleib auf dieser Seite des Geländers.

Es war allerdings eine komplette Illusion. Der Pfad hinunter zum Strand und zu den Höhlen mochte überwachsen sein, aber er war immer noch sichtbar. Kieran nahm ihn in Augenschein. Er musste nicht einmal über die Barriere steigen. Er lief einfach bis zum Ende der Absperrung, schob etwas wucherndes Gestrüpp beiseite, und schon stand er oben auf dem Pfad.

Audrey begann, in ihrem Tragetuch zu quengeln, warf den Kopf hin und her und nötigte ihn, weiterzugehen. Kieran konnte die Brandung hören und einen winzigen Streifen Sand sehen. Die Höhlen sah er nicht.

Seit Finns Tod war er Dutzende Male am Aussichtspunkt gewesen, aber selten über die Absperrung gestiegen. Niemals mit Mia zusammen, nur manchmal, wenn er allein war. Dann kam ihm dieser Tag vor vielen Jahren in den Sinn, als er genau diesen Pfad betreten hatte, *Die Überlebenden* schon tiefer im Wasser als gewöhnlich, und Sturmwolken am Horizont, die sich langsam sammelten.

Kieran stieg den Pfad hinunter, wobei er Audreys Köpfchen abstützte. Er ging es langsam an, doch seine Muskeln übernahmen sofort das Kommando. Im Gehen versuchte er – was er im Laufe der Jahre schon oft versucht hatte –, diesen Tag anders zu sehen. Es gab Umstände, die für ihn sprachen. Er wusste das. Er konnte sie aufsagen, während er den Pfad hinablief, den er ebenfalls auswendig kannte.

Er war erst achtzehn gewesen.

Die enge Kurve bei dem scharfkantigen Felsen.

Ihm war nicht klar gewesen, wie schlimm der Sturm wüten würde.

Der glatte Felsbrocken, mit dem Gefälle dahinter.

Niemand war klar gewesen, wie schlimm der Sturm wüten würde.

Der erste Ausblick auf die Höhlen.

Er hatte Olivia wirklich gemocht und sie einfach nur sehen wollen.

Die letzten, schmalen Stufen, bevor der Pfad zu Ende war.

Finn und Toby waren erfahren genug, um ihre eigenen Entscheidungen zu fällen.

Der Sand.

Es war ein Unfall gewesen.

Nichts von alldem spielte jedoch eine Rolle.

Kieran befand sich nun auf vertrautem Boden. Draußen standen *Die Überlebenden* knietief im Wasser. Die Höhlen in seinem Rücken waren gähnende schwarze Löcher. Vielleicht hatte er deswegen so wenig bei Finns Beerdigung gefühlt, dachte Kieran. Denn was immer er sich auch sagte oder wie oft er sich auch sagte, dies wäre wirklich das letzte Mal, endete er doch immer wieder hier unten. Zurück am selben Ort. Wo Finn immer noch tot war, und es war immer noch Kierans Schuld.

Er nahm ein Geschrei wahr, das ausnahmsweise nicht von Audrey kam. Um die Klippen protestierten die Seevögel gegen ihre Anwesenheit, indem sie über ihren Köpfen kreisten und herabschossen. Erst jetzt bemerkte Kieran, dass die Seeschwalben nisteten und deshalb ebenso ängstlich wie aufgeregt ihre Jungen bewachten. Damals, als Kieran den ganzen Sommer über auf- und abgestiegen war, hatten die Vögel hier selten ihre Nester gebaut. Seit die Absperrung stand, waren sie an Besucher nicht mehr gewöhnt.

Kieran drehte ab und überquerte den Strand zur Südhöhle, wo er und Olivia seinerzeit die Tage verbracht hatten, bis die Flut kam. Er lief hinein, nicht sonderlich weit, nur ein paar Schritte. Von seinem Standpunkt aus sah er den Umriss des Felsvorsprungs.

Kieran war jedes Mal verblüfft, wie nah er am Eingang lag. Er ging hinüber. Es war ganz gewiss derselbe Vorsprung, denn Kieran konnte sehen, wo Ash seinen Namen eingeritzt hatte.

Kieran streckte den Arm aus und fuhr mit dem Finger die Buchstaben lang. Er hatte fast vergessen, dass sie das alle getan hatten. Den Schlüssel herausziehen und seinen Namen für immer in den vom Meer aufgeweichten Felsen ritzen, jedes Mal, wenn sie etwas Neues in den Höhlen entdeckt hatten. Nur Sean wollte es ihnen ausreden – mit absehbarem Ergebnis. Sogar er war am Ende eingeknickt und hatte dem Druck von Kieran nachgegeben und seinen Namen am Ausgangspunkt einer Route eingeritzt, die sie in der Nordhöhle erkundet hatten. Sean hatte sich für den Rest des Sommers mies gefühlt, was Kieran damals reichlich übertrieben fand. Doch wenn er jetzt die Buchstaben betrachtete, immer noch lesbar, mehr als eine Dekade, nachdem sie sich im Fels verewigt hatten, konnte Kieran nicht glauben, was für ein Armleuchter er gewesen war. Er erinnerte sich daran, wie er sich eingeredet hatte, dass es eine gute Idee war, mehr sogar, vollkommen akzeptabel.

Er lehnte sich mit dem Rücken an die Felskante und wandte sich dem Leuchten zu, das vom Eingang schimmerte. Das Meer und der Himmel waren strahlend blau, und er konnte Seans Katamaran ausmachen, der ein wenig oberhalb des Liegeplatzes der *Mary Minerva* sanft in den Wellen schaukelte.

Kieran beobachtete das Schiff eine Weile, während die Taucherflagge im Wind flatterte. In all den Jahren hatte er sich nicht überwinden können, es zu betreten, nicht einmal, um seine Eltern bei einer Gedächtniszeremonie zum ersten Jahrestag von Finns und Tobys Tod an Bord zu begleiten. Sean jedoch hatte nie aufgehört, hinaus zu segeln. Zwei Jahre nach dem Sturm hatte Kieran ihn ungläubig gefragt, wie er sich im selben Gewässer aufhalten könne, in dem sein Bruder gestorben war. Sean hatte darüber so lange nachgedacht, bis Kieran ein schlechtes Gewissen bekam.

»Es ist wie ein Blase«, sagte Sean schließlich, als Kieran schon glaubte, er würde nicht antworten. »Irgendwie ziehe ich einen Kreis darum herum, lasse dort alles zurück und versuche, weiterzumachen, als wäre nichts geschehen. So wird es etwas einfacher.«

Sie hatten nie wieder darüber gesprochen, aber als Sean das nächste Mal Kieran fragte, ob er mit hinausfahren wolle, willigte er ein. Es war fast so schlimm gewesen wie befürchtet, und er hatte die ganze Zeit über kaum ein Wort herausgebracht, aber wenigstens hatte er es getan, und danach war es leichter.

Kieran stieß sich von der Gesteinskante ab und warf einen letzten Blick auf den Felsvorsprung. In seiner Vorstellung befand er sich stets deutlich tiefer im Innern der Höhle. In Wirklichkeit war der Eingang weit näher als in seiner Erinnerung. Es gab keinen Grund, dass er den Sturm, der so schnell aufgezogen war, nicht bemerkt hatte. Keine Entschuldigung möglich.

Er schlenderte mit seiner Tochter zurück an den Strand und schirmte ihre Augen ab, als sie in die Sonne blinzelte. Kieran wühlte in der Tasche nach ihrem Baumwollhütchen, dem Hütchen, das Bronte ihnen gegeben hatte. Seine Hände griffen ins Leere. Er hatte es wohl zu Hause vergessen, und er musste plötzlich an Mia denken, die sich immer noch mit Verity und Brian im Haus seiner Eltern befand.

Lass mich einfach nicht mehr mit ihm allein, okay?

Kieran zückte sein Handy. Keine Nachricht, keine verpassten Anrufe. Dann schaute er Audrey an.

»Was meinst du, Kleines, Zeit zurückzulaufen zur Mama?«

So oder so blickte Audrey sorglos in die Welt, also machte Kieran sich auf den Weg.

Er verlangsamte seinen Schritt, als er am Eingang zur Nordhöhle vorbeikam.

Er hatte sie nie so sehr wie die Südhöhle gemocht, zu viele Krümmungen und Windungen für seinen Geschmack. Finn und Toby jedoch hatten sie tauglicher gefunden und dort viele Stunden verbracht, um Routen zu planen. Sie hatten buchstäblich überall ihre Spuren hinterlassen, und Kieran entdeckte einige Stellen, wo Finn und Toby ihre Namen eingeritzt hatten. Er trat näher, um sie sich genauer anzusehen, als Audrey entschied, jetzt wirklich genug zu haben. Kieran sang ihr ein kleines Lied vor, das sie manchmal mochte, aber das machte die Sache nur schlimmer. Seine Tochter verzog das Gesicht, lief rot an und begann, zu brüllen. Ihre Töne wurden von den Höhlenwänden zurückgeworfen und hallten im Innern wider.

»Schon gut, wir gehen ja.« Kieran wandte sich um und blieb abrupt stehen.

Einen Augenblick lang, in der kleinen Stille, die entstand, als seine Tochter zwischen zwei Schreien Atem holte, meinte er, eine Bewegung wahrzunehmen.

Nein. Er blickte in die Dunkelheit. Keine Bewegung. Etwas war plötzlich still geworden. Die gespannte Wachsamkeit eines Tieres. Kieran spitzte die Ohren, seine Hand fest auf Audreys Rücken gelegt. Er starrte in das schwarze Loch. Er hörte nichts als ihre Schreie und sah nichts als Schwärze, und dennoch war da dieses überwältigende Gefühl von etwas, das still im Dunkeln ausharrte.

»Hallo?«

Kierans Ruf wurde hohl und flach zurückgeworfen. Geräusche, das wusste er, konnten sich in den Höhlen ganz unterschiedlich verhalten. Manchmal wurden sie tief in die Stollen gesaugt, ein anderes Mal durch Sackgassen oder Wasserpfützen gedämpft. Momentan aber konnte Kieran nichts und niemanden hören als sie beide. Keine Bewegung. Keine Antwort. Nur das gähnend schwarze Loch.

Und dennoch spürte er ein kaltes Prickeln, was nicht von der kühlen Ozeanbrise verursacht wurde. Über den Klippen kreischten die Vögel erneut auf. Er marschierte über den Strand und kletterte, den Arm fest um sein Kind gelegt, den Klippenpfad sehr viel schneller hoch, als er ihn hinabgestiegen war.

•

Als Kieran etwas außer Puste oben ankam, sah er sofort, dass er mit Audrey nicht allein war. Er ließ sich Zeit, wieder zu Atem zu kommen. Die andere Person starrte ihn abweisend an, ebenfalls nicht glücklich, ihn hier anzutreffen.

»Hi«, sagte Kieran zurückhaltend.

Die breiten Schultern hochgezogen und mit Blick aufs Meer, saß Liam auf der Absperrung und ließ die Beine baumeln.

»Warst du gerade da unten?« Liams Augen waren leicht gerötet und feucht, aber es könnte einfach nur am Wind gelegen haben.

»Ja.«

»Man soll da unten nicht rumlaufen.«

»Ich weiß.«

»Die Vögel nisten. Du erschreckst sie.« Er wandte sich mürrisch um. »Mein Vater hat mir immer die Seevögel erklärt.«

»Oh, na dann ...« Kieran trat vom Trampelpfad auf den ausgewiesenen Aussichtspunkt. »Tut mir leid.«

»Sonderregeln für dich, was?«

»Mein Baby war ...«

Liam sah herüber.

»... unruhig«, vervollständigte Kieran den Satz und wand sich innerlich wegen der lahmen Ausrede.

Liam rollte die Augen und wandte seine Aufmerksamkeit wieder der See zu. Er saß so nah am Ende der Absperrung, dass Kieran etwas nervös wurde. Die Klippen waren ein berüchtigter Ort für Selbstmörder, falls zwei in zwanzig Jahren einen solchen Ruf verdienten.

Kieran beobachtete, wie Liam auf der Kante balancierte, und räusperte sich.

»Willst du zurück in die Stadt?«, fragte er. »Ich gehe auch da lang.«

Liam ließ ein verächtliches Lachen hören. »Ich springe schon nicht, falls du dir Sorgen machst.«

»Mache ich nicht«, log Kieran.

»Es ist noch nicht mal Flut.« Liam wandte sich nun um, und diesmal schaute er Kieran direkt in die Augen. »Das ist die wahre Gefahrenzone, nicht wahr?«

Kieran antwortete nicht. Er zwang sich dazu, in ihm den Jungen mit sieben zu sehen, der einen Fußballschal auf den Sarg seines Vaters legte. Wie anders wäre Liam jetzt, wenn nichts von alldem geschehen wäre und er in der Familie groß geworden wäre, die ihm zugestanden hätte? Seine Großeltern – Sean und Tobys Mutter und Vater – hatten sich auf ihre leise, zurückhaltende Art stets um ihn gekümmert. Sie hatten es nach Tobys Tod in Evelyn Bay mit seinen allgegenwärtigen traurigen Erinnerungen zwei Jahre lang ausgehalten, bis sie den Kampf aufgaben und nach Queensland in eine Stadt zogen, wo das Meerwasser so warm und unbewegt war, dass man es kaum wahrnahm. Kieran wusste, dass auch Sean eine Weile überlegt hatte, sie zu begleiten, aber in der Zwischenzeit war das Tauchgeschäft wieder in Gang gekommen und stand kurz davor, Profit zu machen. Seans Eltern hatten versprochen, jedes Jahr zurückzukehren, um Sohn und Enkel zu besuchen, aber es war nur zu einem einzigen tränenreichen Besuch gekommen. Danach waren alle Beteiligten der Meinung, dass es besser war, die Reise nach Evelyn Bay nicht zu wiederholen. Kieran dachte immer noch daran, als Liam das Wort ergriff.

»Hast am Ende das Mädel gekriegt, was? Die Chinesin, die hier lebte?«

Überrumpelt von diesem plötzlichen Themenwechsel zuckte Kieran mit den Augen. »Mia? Sie ist eigentlich halb aus Singapur.«

»Süß«, sagte Liam in einem Ton, bei dem Kieran am liebsten Audrey vorsichtig aufs Gras gebettet und Liam übergangslos einen Kinnhaken verpasst hätte. Stattdessen stand er ganz still da und atmete tief durch.

»Ich gehe dann mal«, versuchte er es noch einmal. *Sieben Jahre alt. Fußballschal. Sarg.* »Kommst du mit?«

Liam überlegte, und zu Kierans Überraschung nickte er. »Ja, okay.«

Er schwang seine Beine über die Brüstung und sprang herunter. Als sie nebeneinander liefen, wurde Kieran klar, dass sie beide gleich groß waren, Liam vielleicht sogar etwas größer. Eigentlich nicht überraschend, Toby war groß gewesen, und Liam war kein Kind mehr.

Sie liefen schweigend nebeneinander und erst bei der Abzweigung Richtung Friedhofstor spürte Kieran, dass Liams Blick dorthin schweifte.

»Fragst du mich nicht, was Samstagnacht passiert ist?«, sagte er.

»Willst du das denn?« Das Eisentor stand offen, dahinter war immer noch kein Mensch.

»Alle anderen scheinen das zu wollen. Ich musste auf die Wache.«

»Habe ich gehört.«

»Na ja.« Liam kickte ein Steinchen weg, das vor ihnen den Pfad hinabkullerte. »Das ist der Dank dafür, wenn man nett sein will. Ich hätte sie nicht nach Hause fahren müssen. Ich hätte sie zu Fuß gehen lassen können. Aber das habe ich nicht gemacht, nicht wahr? Nicht so, wie manche anderen.«

»Welche anderen?«

»Wer auch immer. Keine Ahnung. Die Arschlöcher vom Sommer. Der spanische Typ, der hier immer rumhing.«

»Du meinst Brontes Freund?«

»Der war nicht ihr Freund«, sagte Liam abschätzig. »Sie mochte ihn noch nicht mal sonderlich.«

»Woher weißt du das?«

»Sie hat gemeint, der würde sich verpissen, sobald das Wetter schlechter wird, und sie hatte recht. Genau wie bei den anderen verdammten Touritypen, die versucht haben, sie zu beeindrucken.«

Liam hatte Buch geführt, so viel war klar. Kieran hätte darauf gewettet, dass er genau wusste, mit wem Bronte in diesem Sommer Zeit verbracht hatte.

Inzwischen hatten sie den Friedhof hinter sich gelassen. Der Pfad vor ihnen war leer. Nur das Knirschen unter ihren Schuhen und die Wellen, die sich unter ihnen brachen, waren zu hören. Im Gehen beobachtete Kieran, wie Liam mit düsterer Miene den Kopf hängen ließ.

»Und weiter?«, fragte Kieran. »Was ist passiert?«

Liam sah auf. Ein eigenartiges Lächeln zog über sein Gesicht. »Wusste ich doch, dass du fragen wirst.«

KAPITEL 17

Liam kniff die Augen zusammen, weil ein Windstoß von der See her Staub und tote Blätter über den Pfad wehte. Endlich aufgefordert, seine Version der Geschichte zu erzählen, wirkte er nun merkwürdig zögerlich.

»Ich habe Bronte schon früher nach Hause gefahren.« Er rieb sich mit dem Finger am Auge. »Ziemlich oft.«

»Jede Woche?«

»Nein, ich meine, ich habe ihr das normalerweise angeboten. Es sind – was? – zwei Minuten Umweg für mich. Aber es war so nah, und meistens wollte sie lieber zu Fuß gehen.« Liam zuckte die Schulter. »Die Samstagsschicht ist aber lang, also hab' ich es ihr manchmal angeboten, und sie hat okay gesagt.«

Eine Schicht, und das nicht jede Woche. Kieran fragte sich, was genau Liam unter »ziemlich oft« verstand.

»Und diesen Samstag hat sie okay gesagt?«, fragte er.

»Ja. Wir hatten uns unterhalten. Über dich, um genau zu sein.« Liam warf ihm einen Blick zu. »Ich wusste nicht mal, dass du zurück bist, und dann tauchst du einfach so auf.«

»Verstehe.« Kieran kämpfte gegen den Wunsch an, sich zu entschuldigen. Er musste sich in seiner Heimatstadt nicht anmelden.

»Egal, ich habe Bronte erzählt, was damals passiert ist. Sie war sehr verständnisvoll.« Liam wirkte plötzlich verlegen. »Ich weiß nicht, wir steigen also in mein Auto, machen ein bisschen Musik, fahren zu ihrer Wohnung ...«

Der harmlose Ton war nicht zu überhören. Liam ließ es wie ein Date klingen.

»... ich habe draußen geparkt. Sie hatte ein Buch, das sie mir leihen wollte ... irgendwas von G. R. Barlin, dem Arschloch, das hier überall rumhängt. Aber sie sagte, ich soll es lesen, also bin ich mit ihr gegangen, um es zu holen.«

»Sie hat dich reingebeten?«

»Ja, hat sie.« Liam klang defensiv. Entweder hatte Bronte ihn wirklich hereingebeten, oder er glaubte, dass sie es getan hatte.

»Verstehe.«

»Sie fand das Buch, und wir haben uns ein paar Minuten unterhalten. Aber ich musste am nächsten Morgen früh ins Sportstudio, also bin ich los.«

Nie und immer. Kieran hätte fast gelacht. Nie und nimmer war Liam an einem Samstagabend nach elf in der Wohnung eines Mädchens, das er mochte, und hatte dann freiwillig die Zelte abgebaut, damit er am nächsten Morgen fit fürs Sportstudio war. Kieran wusste nicht genau, was passiert war, aber für ihn gab es nicht den geringsten Zweifel daran, dass es so nicht abgelaufen war. Und mehr noch, er war sich ziemlich sicher, dass auch Sergeant Renn das wusste.

»Worüber habt ihr euch denn unterhalten?«, fragte er stattdessen.

»Brontes Kunst in der Hauptsache. Sie hat den ganzen Sommer über an diesem Küstenprojekt gearbeitet. Sie sagte, sie hätte da ein paar neue Ideen, die sie ausarbeiten wollte.«

Da ist sie, dachte Kieran. Die höfliche Entschuldigung. *Ich habe noch eine Menge zu arbeiten.* Begleitet wahrscheinlich von Gähnen und einem aufgesetzten bedauernden Lächeln, während ihre eine Hand auf der Türklinke lag.

»Und was dann?«, fragte er.

»Hab ich doch gesagt«, sagte Liam. »Ich bin los. Musste früh ins Sportstudio.«

»Wie lange warst du in ihrer Wohnung?«

»Ganz kurz nur, zehn Minuten vielleicht. Dann bin ich los.«
Liam blieb stehen und musterte Kieran. Der Pfad unter ihren
Füßen bestand inzwischen aus Asphalt. Sie hatten fast das Städt-
chen erreicht. »Aber du weißt das ja. Du hast mich gesehen.«

»Wann?« Liam warf ihm einen misstrauischen Blick zu.

»Am Samstagabend. Du bist die Beach Road langgegangen.
Ich bin an dir vorbeigefahren.«

Kieran erinnerte sich an die aufgeblendeten Scheinwerfer,
die um die Kurve schossen, an den Fahrtwind eines Wagens, der
zu schnell durch die Nacht raste.

»Du warst das also?«

»Ja, hast du mich nicht erkannt? Ich habe dich gesehen.«

»Und Mia?«

Eine winzige Pause. »Ja, euch beide.«

Liam starrte Kieran an, als der versuchte, sich zu besinnen.
Konnte das Auto Liams weißer Holden gewesen sein? Er erinnerte sich daran, dass er seinen Arm nach Mia ausgestreckt
hatte. Er hatte das Aufheulen des Motors gehört und die Rück-
lichter in der Dunkelheit verschwinden sehen. Er war sich
nicht sicher.

»Du erinnerst dich doch?« Liam blickte jetzt finster drein.
»Ich weiß, dass du dich erinnerst. Du hast meinem Onkel Sean
erzählt, dass du einen Wagen gesehen hast.« Frustriert fuhr er
sich mit der Hand durchs Haar. »Das war meiner, als ich von
ihrem Haus wegfuhr.«

»Hat Sean dir erzählt, dass ich ein Auto gesehen habe?«

Liam zögerte. »Erst nachdem ich schon gesagt hatte, dass ich
dich auf der Straße gesehen habe.«

Kieran wusste nicht, ob er ihm glauben sollte oder nicht.
Er vergegenwärtigte sich Seans Gesicht tags zuvor am Hafen.
Er war sich nicht sicher, wie weit Sean gehen würde, um sei-
nem Neffen zu helfen. Ziemlich weit wahrscheinlich.

Liam beobachtete ihn immer noch. »Wenn die Cops dich fragen ...«

»Das haben sie schon, und sie waren auch im Haus meiner Eltern.«

»O ja. Klar.« Etwas zog so schnell über Liams Gesicht, dass Kieran es nicht deuten konnte. »Dein Vater ist in der Nacht auch draußen rumgelaufen, nicht wahr?«

Kieran schwieg. Etwas lag in der Luft und Liam atmete tief ein.

»Pass auf«, sagte Liam. »Ich habe den Cops schon gesagt, dass ich gefahren bin, also ...«

»Ich weiß nicht, ob ich dir helfen kann, weil ich Chris Renn bereits erzählt habe, dass ich mich in Bezug auf den Wagen nicht an viel erinnern kann«, sagte Kieran. »Was die Wahrheit ist.«

»Du kannst ihm erzählen, dass du dich jetzt erinnerst. Oder du bittest deine Freundin, es ihm zu sagen.«

»Ich werde Mia um gar nichts bitten.«

»Dann musst du es tun«, sagte Liam. »Bitte.«

Er klang jetzt anders. Unter seinem Draufgängertum schimmerte Angst durch, pur und nackt.

»Pass auf«, versuchte Liam es noch einmal, als Kieran nicht antwortete. »Ich habe Bronte nichts getan. Ehrlich. Ich habe sie abgesetzt und bin wieder gefahren. Das ist alles. Diese Nachbarin hat sie später am Strand reden hören, nicht wahr? Das ist doch der Beweis. Ich habe das nicht getan, was alle sagen. Ich ...« Liam beobachtete ihn gespannt. »Ich würde das nicht tun, klar? Ich mochte sie.«

Sie blickten einander an, dann schüttelte Kieran den Kopf. »Ich muss los.«

Im Gehen spürte er Liams Augen immer noch im Rücken.

»Warte«, rief Liam plötzlich.

»Was?«

»Vermisst du deinen Bruder noch?«

Kieran blieb stehen. Die Frage klang aufrichtig, und bevor er etwas dagegen unternehmen konnte, hatte er sich umgedreht. »Ja, das tue ich.«

»Ich vermisse meinen Vater sehr.« Liam klang jetzt sehr gefasst. »Sean vermisst ihn auch. Das solltest du wissen.«

»Ich weiß das.«

»Meine Mum und Julian sagen, dass es ein Unfall war. Sie denken, dass mein Vater auch geholfen hätte, wenn er gewusst hätte, was passieren würde. Und ich weiß, dass auch Finn gestorben ist, also sollte niemand dir deswegen Vorwürfe machen.« Liams Gesicht wurde von etwas gleichzeitig Hartem wie Weichem durchzuckt. »Aber du hast irgendwie mein Leben ruiniert, weißt du?«

»Ja.« Sie standen einander gegenüber, und Kieran spürte eine seltene Anwandlung von Verbindung. »Es hat mein Leben auch ruiniert, falls dir das hilft.«

Es war eines der ehrlichsten Gespräche, das er seit Jahren geführt hatte.

Liam blickte ihn lange an. »Nein«, sagte er schließlich. »Das tut es nicht.«

Er drehte sich um und ging davon, während Kieran nichts blieb, als ihm hinterherzuschauen.

•

Kieran stand immer noch dort, wo Liam ihn verlassen hatte, als das Handy in seiner Tasche piepte. Er zog es hervor. Eine Nachricht von Mia.

Wo bist du?

Er schrieb ihr zurück und kurz darauf kam ihre Antwort.

Ich hole dich ab. Ich muss hier mal raus.

Alles in Ordnung?, schrieb er, erhielt aber keine Antwort mehr.

Er fuhr mit der Hand über Audreys weichen Kopf. »Sollen wir die Mami suchen, ja?«

Kieran machte sich auf den Weg in die Stadt und lief in die Richtung, aus der er Mia vermutete. Der Klippenpfad war längst zur asphaltierten Straße geworden und führte durch ein

Wohngebiet, das inzwischen als das historisches Viertel des Ortes galt, im frühen neunzehnten Jahrhundert aber ihr Zentrum gewesen war. Die Sandsteinhäuser standen frei und waren von ausgedehnten Gärten umgeben, um den fehlenden Meerblick auszugleichen.

Besonders vor einem der Häuser verlangsamte Kieran seinen Schritt. Auf dem Weg nach oben war er schon daran vorbeigekommen, nun aber blieb er stehen, um es genauer in Augenschein zu nehmen. Das Wetherby-Haus. Das ehemalige Haus von Ashs Großmutter und nun das Heim von G. R. Barlin.

Es gehörte zu den größeren Häusern, die von der Straße zurückgesetzt standen. Ein kleiner Bagger, dessen Firmenzeichen mit Schmutz bedeckt war, parkte untätig in der Einfahrt. Sein Zweck aber war klar. Das letzte Mal, als Kieran das Haus gesehen hatte, war es von einem prächtigen Meer aus standortgerechten Bäumen, Pflanzen und Blumen umgeben. Nun war der Garten von Gräben und umgepflügter Erde durchzogen.

Kieran lehnte sich über den Zaun und wäre an Ashs Stelle genauso erbost gewesen. George Barlin glaubte vielleicht, dies wäre eine Instandsetzung, aber es sah aus wie nach einem Bombenangriff. Es wirkte, als würde der Garten systematisch zerstört werden. Die nördliche Partie war schon aufgerissen worden, und nach den diversen Markierungen, die an ausgewachsenen Pflanzen und Büschen angebracht waren, würden diese bald folgen. Kein Wunder, dass Ash stinksauer war. Im Innern des Hauses regte sich etwas, und Kieran sah den Schriftsteller am Küchenfenster. Heute trug er einen anderen weiten Pullover und presste ein Telefon ans Ohr. In der anderen Hand hielt er einen Stapel Papiere und gestikulierte beim Reden.

Während Kieran ihn beobachtete, wandte George sich dem Fenster zu und hielt inne, als er Kieran am Zaun entdeckte. Ihre Augen trafen sich über den ruinierten Garten hinweg. Sie starrten einander an, bis Kieran eine Hand hob. George antwortete mit einem halbherzigen Gruß, und mit einer unsichtbaren Drehung seines Handgelenks schlossen sich die Jalousien, und er war aus dem Sichtfeld verschwunden.

Kieran trat vom Zaun zurück und zog sein Handy hervor. Der Anblick des Schriftstellers hatte ihn an etwas erinnert. Er rief eine Suchseite auf und gab *Evelyn Bay Online Community Hub* ein.

Es war schlimmer als erwartet. Umständlich baute sich ein Forum auf, dessen Abstände und Schriften nicht für den Handybildschirm geeignet waren. Schwer leserliche blaue Buchstaben auf grünem Grund verkündeten: *Willkommen bei EBOCH! Schauen Sie auf eine virtuelle Tasse Kaffee und einen Plausch vorbei!* Gepixelter Dampf stieg von der Illustration einer Tasse auf.

Und viele Menschen hatten sehr wohl vorbeigeschaut, da hatte George Barlin recht. Den ganzen letzten Monat über waren etwa ein Dutzend Kommentare eingegangen, in der Hauptsache zu den üblichen Problemen mit Touristen, die in den Wohngebieten ihren Müll entsorgten. In den sechsunddreißig Stunden seit Brontes Tod jedoch hatte es mehr als dreihundert Eintragungen gegeben.

Kieran scrollte sich durch. Die Mehrzahl derjenigen, die ihre Meinung kundtaten, waren funkelnagelneue Mitglieder der Seite. Einige hatten ein winziges Profilfoto hochgeladen, die meisten hingegen hatten sich damit nicht aufgehalten. Sie versteckten sich hinter einer anonymen grauen Silhouette. Viele hatten ein Pseudonym gewählt, doch einige Namen kannte er. Juliet Raymond beispielsweise, die an manchen Tagen Kierans Babysitterin gewesen war. Sie war eine der vielen, die sich darüber beschwerten, »dass man sich hier nicht mehr auf die Straße trauen kann«. Theresa Hartley, die ehemalige Musiklehrerin der High School und Mias alte Klavierlehrerin, schrieb, dass ihre Enkelin in Canberra dieselbe Uni besuchte wie Bronte Laidler.

Meaghan sagt, dass alle Studenten am Boden zerstört sind, schrieb Theresa. SurfGirl93 hatte den Beitrag ebenso wie neununddreißig andere Nutzer mit einem *like* versehen. *Danke*, hatte Theresa ihren eigenen Kommentar kommentiert.

Es gab Dutzende von Posts über Bronte. Wie sie jemandem im Surf and Turf, der seine Börse vergessen hatte, das Geld für eine Tasse Kaffee erlassen hatte. Wie sie einem kleinen Mädchen ein reizendes Bild von einem Hundebaby auf eine Serviette gezeichnet und es ihr anschließend geschenkt hatte. Die Komplimente hörten sich echt an, fand Kieran, nicht oberflächlich. Niemand in Evelyn Bay hatte Bronte jenseits ihrer orangefarbenen Uniform und ihres geschäftsmäßigen Lächelns wirklich gekannt.

Erstaunlich wenig wurde auf Liam Bezug genommen. Eine gute Handvoll Kommentare erwähnten »jemanden«, mit dem die Polizei gesprochen hatte, aber es schien allgemein Zurückhaltung dabei zu herrschen, den ersten Stein zu werfen. Kieran überflog die Einträge, während er nach unten scrollte. Das war etwas mehr als nur Loyalität Liam gegenüber, entschied er. Alles in allem spürte er ein fast kollektives Bedürfnis, dass der Junge aus dem Ort es nicht gewesen sein sollte. Dutzende Touristen wurden erwähnt, Besucher vom Festland, dubiose Fremde. Offensichtlich war jeder besser als einer der ihren.

Allerdings waren nicht alle so zurückhaltend.

Liam Gilroy, schrieb ein anonymer grauer Avatar. *Ist jemand ernsthaft überrascht?*

Warum? Hatten mehrere andere daraufhin gefragt.

Kieran scrollte sich durch sämtliche Reaktionen, aber der Urheber hatte geschwiegen.

»Da seid ihr beiden ja.«

Kieran sah auf. Mia kam mit einem kleinen Winken auf ihn zu. Es scheint ihr deutlich besser zu gehen als am Morgen, dachte Kieran. Als sie sich über die Babytasche beugte, um Audreys Kopf zu streicheln, registrierte er auch erleichtert, dass die Quetschung sich nicht so schlimm entwickelt hatte, wie befürchtet.

»Alles in Ordnung zu Hause?«

»Ich denke schon. Dein Dad scheint sich an nichts zu erinnern. Er ist allerdings ruhiger.«

»Das ist gut, nehme ich an.«

Mia wischte etwas Spucke aus Audreys Mundwinkeln. »Wie war dein Morgen?«

»Wir haben Liam getroffen.«

»Wirklich?« Mia sah auf. »Hat er etwas gesagt?«

»Ja.« Kieran brachte sie mit Liams Version der Ereignisse von Samstagabend auf den Stand. »Er behauptet, es wäre sein Auto gewesen, das auf der Beach Road an uns vorbeigerast ist.«

»Stimmt das denn?« Mia runzelte die Stirn.

»Er behauptet es. Kannst du dich erinnern? Es müsste der weiße Holden gewesen sein.«

Sie dachte nach, schüttelte dann den Kopf. »Ich weiß es einfach nicht.«

Als sie sich umwandten, um zurück zum Stadtzentrum zu gehen, fiel auch Mia ins Auge, was einmal der Garten des Wetherby House gewesen war.

»Gott, schau dir das an«, rief sie. »Gehört das immer noch Ashs Familie?«

»Nein. Aber du wirst nie erraten, wer jetzt hier wohnt.«

»Wer?«

»G. R. Barlin.«

»Nein! Wirklich?« Mia wandte sich wieder dem Haus zu, wobei sich auf ihrem Gesicht eine neu erworbene Wertschätzung für invasive Gartengestaltung abzeichnete. »Woher weißt du das?«

»Ich habe ihn kennengelernt. Er war gestern Morgen ebenfalls im Surf and Turf. Der Kerl mit dem Laptop.«

»Meine Güte, natürlich«, keuchte Mia. »Er kam mir zwar bekannt vor, aber so aus dem Nichts bin ich nicht darauf gekommen.« Sie runzelte die Stirn. »Er sieht seinem Foto nicht mehr sehr ähnlich. Ich bin überrascht, dass ihn überhaupt jemand erkennt.«

Kieran lächelte. »Passiert wohl auch nicht. Du wirst aber wahrscheinlich eine zweite Chance bekommen. Mum und ich sind ihm gestern Abend zufällig im Surf and Turf begegnet und er hat Audrey und mich gerade dabei ertappt, wie wir ihm hinterherspionierten.«

»Um Gottes willen.« Mia boxte ihn spielerisch in den Arm, aber sie lächelte nun wirklich. »Jetzt wird er nicht mehr unser bester Freund sein wollen.«

Kieran musste lachen. »Ich bin mir allerdings nicht so sicher, ob er das vorhatte.«

»Warum nicht? Wir sind lustig.«

»Das sind wir nun wirklich nicht. Jedenfalls nicht dieser Tage.«

Mia lächelte und nahm das Haus mit den geschlossenen Jalousien genauer ins Visier. »Ich hätte gestern Abend darauf kommen können, dass er es war. Er kam früher gewöhnlich im Sommer her.«

»Ja, das hat er erwähnt«, sagte Kieran. »Woher weißt du das?«

»Ich habe vor Jahren an einem seiner Schreibkurse teilgenommen. Erinnerst du dich nicht?«

Kieran erinnerte sich jetzt, hatte aber nicht zwei und zwei zusammengezählt. »Das war hier? Ich dachte, das wäre nach eurem Umzug in Sydney gewesen.«

»Nein, der Workshop fand hier statt. Damals war er noch ein unbekannter Journalist.« Ihr Lächeln verflüchtigte sich. »Gabby hat auch teilgenommen, kurz vor dem Sturm.«

»Verstehe, natürlich.« Kieran lehnte sich neben sie an den Zaun.

Mia fixierte das Haus, aber die Jalousien in der Küche blieben härtnäckig geschlossen. »Wie ist er denn so?«, wollte sie wissen, unfähig, ihre Neugier zu verbergen.

»Weiß nicht«, sagte Kieran. »Scheint in Ordnung zu sein. Nimmt sich vielleicht ein bisschen wichtig. Ash ist jedenfalls kein Fan.«

»Nein, wohl kaum.« Mia pflückte ein Blatt von einem der wenigen übrig gebliebenen Bäume. Der Markierung nach zu urteilen, die an seinen Stamm befestigt war, schien er für die Fällung vorgesehen zu sein. »Das ist wirklich ganz schön brutal. Gott, wenn Gabby hier wäre, es würde sie so traurig machen.«

»Wirklich?«

»Ja, sie ist so gerne hier vorbeigelaufen. Häufiger sogar noch, als Ash sich darum gekümmert hat. Man sah, dass der Garten voller Winkel und Verstecke war. Wir haben ihn den Märchengarten genannt und so getan, als wäre er verzaubert.« Mia schüttelte den Kopf. »Das ist wahrscheinlich einer der tausend Gründe, warum wir auf der Schule so beliebt waren.«

Sie ließ das Blatt zu Boden fallen, und es wurde weggeweht, während sie sich umwandten und auf das Ortszentrum zuliefen.

»Ich habe übrigens zufällig Olivia getroffen«, sagte Kieran, als sie die Hauptstraße erreichten. Das Surf and Turf war wieder geöffnet, er sah Licht in den Fenstern. Er suchte die Straße ab, um die Überwachungskamera auszumachen, die Liam und Bronte am Samstagabend aufgenommen hatte. Er entdeckte sie hoch an einem Laternenpfahl.

»Geht es Liv gut?«

»Eigentlich nicht. Sie hat erwähnt, dass Bronte sie ein wenig an Gabby erinnerte.«

»Oh Gott, wirklich?«

»Beides wohl Menschen, die es immer allen recht machen wollten. Ein zu weiches Herz, vielleicht.«

Mia legte die Stirn in Falten. »Vielleicht.«

Kieran blickte sie überrascht an. »Findest du nicht?«

»Nein, wahrscheinlich nicht. Zumindest, was Gabby betrifft. Es ist nur ...« Mia dachte einen Moment nach. »Wenn jemand stirbt, ist es ziemlich einfach, sich nur an die guten Dinge zu erinnern, nicht wahr? Besonders, wenn sie jung sterben. Ich meine, Gabby war meine Freundin, aber sie konnte auch …« Mia zögerte diesmal. »… etwas schwierig sein. Zweifelsohne.«

»Wie denn?«, fragte Kieran.

»Sie konnte kleinlich sein.« Mia war offensichtlich unbehaglich zumute. »Häufig gegenüber Olivia. Sie hasste es, übergangen zu werden, was ihr ziemlich oft passierte. Also hat sie Olivia manchmal die Stimmung vermiest oder sie davon abgehalten, etwas ohne sie zu unternehmen. Es war nicht böse gemeint, sondern hauptsächlich aus Eifersucht.«

»Das wusste ich nicht.«

»Na ja, es war nicht einfach für sie, eine Schwester wie Olivia zu haben. Liv hatte alle diese Freunde, und Gabby musste sich die meiste Zeit mit mir abgeben.« Mia zuckte die Schultern. »Gabby stand sich aber auch selbst im Weg. Sie konnte ganz schön unreif sein. Wir beide, ehrlich gesagt.«

Sie liefen weiter, und sowohl die Tankstelle als auch der gedrungene Backsteinbau des Polizeireviers kamen in Sicht.

»Aber es war nicht Gabbys Fehler.« Mia klang nun schuldbewusst. »Körperlich war sie so früh entwickelt, und mit einem Mal erregte sie so viel Aufmerksamkeit. Sie hat nie richtig gewusst, wie sie damit umgehen soll.«

»Olivia hat das erwähnt. Hörte sich an, als wäre das hin und wieder vorgekommen.«

»Hin und wieder? Die Männer haben Gabby *ununterbrochen* angestarrt, im Ernst. Wir konnten in unserer Schuluniform stecken, wir konnten buchstäblich mit Spielzeug spielen – ein Brettspiel oder so etwas –, und es machte keinen Unterschied. Wenn sie sich damals also ein bisschen kindisch und nervig benommen hat, dann war das auch eine Art, damit klarzukommen.«

»Typen von hier haben sie angestarrt?«, fragte Kieran mit finsterem Blick. »Wer denn?«

»So, wie sie aussah? Ziemlich jeder.«

Sie öffnete den Mund, als wollte sie noch etwas hinzufügen, hielt aber inne. Sie hatten das Polizeirevier erreicht. Die gläserne Eingangstür stand offen. Auf der Schwelle sprach Sergeant Renn mit Sue Pendlebury. Schwer zu sagen, ob sie kamen oder gingen, aber beide unterbrachen ihr Gespräch, als sie Kieran und Mia bemerkten. Renn wandte sich wieder Pendlebury zu, sprach aber so leise, dass sie ihn nicht verstehen konnten. Dann richteten beide Beamte sich auf, und Renn winkte herüber.

Kieran warf Mia einen Blick zu. »Ich gehe mal zu ihm und frage, was er will.«

Er lief schon los, als Sue Pendlebury ihr Kinn hob.

»Sie beide«, rief sie. »Vielen Dank.«

Sie musterte Kieran, schaute vorbei an ihm auf Mia, drehte sich dann um und verschwand im Revier.

KAPITEL 18

Die Umzugskartons, die sich hinter den Glastüren der Polizeiwache stapelten, erinnerten Kieran an zu Hause, allerdings eine deutlich effizientere Version.

Die Umzugsvorbereitungen mussten jedoch jäh unterbrochen worden sein, wie Kieran bemerkte, als er zusammen mit Mia den Beamten den Flur entlang folgte. Ein großer, vergilbter Stadtplan von Evelyn Bay war anscheinend von der Wand genommen und dann als Hilfe für die Kollegen aus Hobart nachlässig wieder aufgehängt worden. Das helle Rechteck auf der Wand zeigte genau, wo er sich befunden hatte. Einige Beamte, die Kieran nicht kannte, sahen kurz auf, als sie vorbeiliefen, und wandten sich dann wieder ihrer Arbeit zu.

»Die Kaffeemaschine ist leider nicht mehr hier«, entschuldigte Renn sich, als er sie in sein Büro führte und ihnen mit einer Geste zwei ramponierte Stühle anbot. »Aber wir können einen Pulverkaffee machen, wenn ihr wollt.«

»Kann ich Ihnen nicht verdenken«, kommentierte Pendlebury lächelnd das einträchtige Kopfschütteln von Kieran und Mia. Sie beachtete den vierten Stuhl in der Ecke nicht, blieb stehen und lehnte sich mit der Hüfte an einen Aktenschrank.

»Gut. Wir werden euch wahrscheinlich nicht lange aufhalten.« Renn saß an dem Schreibtisch, der das Reich von Sergeant Geoff Mallott gewesen war. Wahrscheinlich war es buchstäblich derselbe, dachte Kieran, als sein Blick die zerkratzte

Oberfläche streifte, während er Audrey aus dem Tragetuch hob und sie Mia übergab.

Kieran fragte sich, ob auch Chris Renn die Tage bis zu seiner Pensionierung zählte, freiwillig oder gezwungen, wie Sergeant Mallott im Sommer vor dem Sturm. Im Licht der sirrenden Neonleuchte sah Renn älter aus als gestern Morgen. Kieran hoffte, dass die Arbeit für das Transportunternehmen seines Bruders besser für ihn enden würde als Mallots Pensionierung. Nur sechs Monate, nachdem er seine Uniform an den Nagel gehängt hatte, war der alte Polizist auf seinem Sofa einem Herzinfarkt erlegen.

Renns Stuhl quietschte, als er einen Plastikbehälter mit Handys, Sonnenbrillen und Uhren beiseiteschob, um Platz zu schaffen.

»Was Leute alles liegen lassen, wie?«, sagte er, als er Kierans Blick bemerkte. Er öffnete sein Notebook und bewegte die Maus, um den Computer in Gang zu setzen. Kieran hörte, wie er mühsam hochfuhr.

»Also gut. Samstagabend.« Renn wandte sich um und blickte sie an. »Möchte nur ein paar Dinge überprüfen. Ihr beiden seid vom Surf and Turf über die Beach Road nach Hause gelaufen.«

Kieran und Mia nickten.

»Um wie viel Uhr seid ihr am Fisherman's Cottage vorbeigekommen?«

»Ich bin mir nicht sicher, vielleicht so gegen halb zwölf?« Kieran blickte Mia fragend an. Sie wiegte Audrey auf den Knien und nickte knapp.

»Habt ihr davor ein parkendes Auto gesehen?«

Sie wechselten erneut einen Blick. Kieran versuchte, sich das Strandhaus und die Straße vorzustellen, wie sie im dämmrigen Mondlicht lagen. In seiner Erinnerung war die Straße leer, aber er wusste nicht, ob er sich an letzten Samstagabend oder an einen der Dutzende Abende erinnerte, an denen er dieselbe Strecke gelaufen war.

»Ich habe kein parkendes Auto gesehen«, antwortete Mia. Kieran, immer noch ein wenig unentschieden, nickte. Er hörte das Klicken von Pendleburys Kugelschreiber und ein dünnes Kratzen auf Papier.

»Lichter im Cottage«, sagte Renn. »Waren sie an oder aus? Habt ihr das mitbekommen?«

An, dachte Kieran, zog seine Erinnerung aber sofort in Zweifel. Er war nicht sicher, ob er zweimal hingeschaut hatte.

»Ein paar Lampen waren an, glaube ich.« Mia runzelte die Stirn. »Genügend, dass man den Eindruck hatte, jemand wäre noch wach.«

Erneutes Kratzen auf Papier. Renn wartete geduldig, bis Pendlebury ihm ein so dezentes Zeichen gab, dass Kieran es verpasste.

»Und ihr hattet offensichtlich beschlossen, die Straße entlangzugehen und nicht am Strand, nicht wahr? Irgendein besonderer Grund?«

»Es war dunkel. Mir war das nicht geheuer.« Mia wiegte Audrey. »Die Straße ist besser beleuchtet.«

Pendlebury machte sich nicht die Mühe, das aufzuschreiben. Sie fand offensichtlich, die Antwort verstehe sich von selbst. Renn tippte sie dennoch in seinen Computer.

»In Ordnung.« Renn sah auf. »Der Wagen, der so schnell die Beach Road entlangfuhr, er kam mit Sicherheit aus der Richtung von Fisherman's Cottage und fuhr in Richtung Stadt?«

Endlich konnten beide voller Überzeugung nicken.

»Gut. Liam Gilroy sagt, dass er es war. Er sagt ...« Renn tippte auf seiner Tastatur und las dann vom Bildschirm ab: »Er gibt an, dass er so gegen 23:30 Uhr Fisherman's Cottage verlassen hat und zurück in die Stadt gefahren ist – in hohem Tempo – und dann hat er euch gesehen und noch etwas Gas gegeben, um dich, Kieran, zu erschrecken.« Der Beamte blickte hoch. »Ich weiß, dass wir das schon besprochen haben, aber kann einer von euch sich bei dem Fahrzeug an sonst noch etwas erinnern?«

Kieran zögerte. Er spürte, dass Mia ihn musterte. Er versuchte, sich auf Samstagabend zu konzentrieren, auf die Straße, aber die Bilder waren von etwas anderem überlagert. *Du hast irgendwie mein Leben ruiniert.*

»Es könnte Liams Wagen gewesen sein«, sagte Kieran.

Er spürte, wie Mia sich neben ihm überrascht regte und ihn gemeinsam mit Renn anblickte.

»Gestern meintest du, du wüsstest es nicht«, sagte er.

»Nein, aber …« Kieran zuckte die Schultern. »Ich meine, ich bin mir ziemlich sicher, dass es ein Wagen mit Allradantrieb war und dass er eine helle Farbe hatte. Wir sind gegen halb zwölf an der Beach Road entlanggelaufen, wie Liam gesagt hat. Wenn Sie mich also fragen, ob es Liam Gilroys weißer Holden gewesen sein könnte, dann ja. Wenn er sagt, er war das, dann kann ich nicht mit Sicherheit das Gegenteil behaupten.«

Eine kurze Stille trat ein, dann kratzte Pendleburys Kugelschreiber wieder über das Papier.

Renns Finger lagen ruhig auf der Tastatur. Er wandte sich an Mia.

»Und was hast du von dem Wagen gesehen?«

Mia legte Audrey in den anderen Arm. »Ich kann mich nicht erinnern, wie er ausgesehen hat. Beides kann sein.«

Pendlebury hatte aufgehört, zu schreiben, und tippte gedankenverloren mit dem Kuli auf ihren Notizblock.

»Liam hat angegeben, dass er nicht wusste, dass Sie zurück in der Stadt sind, und dass er deshalb ein wenig perplex war, Sie am Samstagabend im Surf and Turf zu sehen«, sagte sie. »Wessen Idee war es, sich dort zu treffen?«

»Ash hat das vorgeschlagen«, sagte Kieran.

»Und es war nur ein ganz normales Wiedersehen?« Mit erhobenem Stift blickte die Polizistin Mia an. »Sie wollten keine weiteren Freunde dazu einladen, Mia?«

»Nun, Olivia sollte kommen. Ich habe eigentlich zu niemandem sonst Kontakt gehalten. Ich bin weggegangen, als ich vierzehn war, und davor habe ich in der Hauptsache nur mit Gabby rumgehangen.«

»Waren Sie und Gabby Birch also enge Freundinnen?«

»Natürlich.« Mia runzelte die Stirn. »Wir waren beste Freundinnen.«

»Sicher, es ist nur so: Wenn man Teenager kennt, dann ist das nicht immer dasselbe«, sagte Pendlebury. »Das ist ein schwieriges Alter.«

Das stimmte. Kieran dachte an Ash und Sean und wie die Balance zwischen ihnen sich über die Jahre stetig verändert hatte. Als Kinder hieß es lange Zeit einfach nur Kieran und Sean, und dann hatte es sich in diesen langen, verrückten High School-Sommern angefühlt, als sei stets Ash an seiner Seite gewesen. Jetzt waren es Ash und Sean, die sich täglich sahen und Kieran nur sporadisch trafen.

»Was arbeiten Sie übrigens, Mia?« Pendleburys Frage überraschte Kieran. Aus einem Grund, den er nicht ganz verstand, befremdete ihn die Art, wie sie Mia dabei ansah.

»Momentan nichts.« Mia fischte ein Taschentuch heraus, um Audrey die Nase zu putzen. »Hausfrau und Mutter.«

»Und davor?«

Eine Pause. »Ich habe für eine Biotech-Firma in Sydney in der Immunologieforschung gearbeitet.«

»Eindrucksvoll.«

Mia zuckte die Schultern. Sie redete nicht viel darüber, hauptsächlich, weil sie die Arbeit vermisste und es sie schmerzte, daran zu rühren, wie Kieran wusste. Er konnte es ihr nicht verdenken. Die Tinte auf ihrem Vertrag war kaum trocken gewesen, als der Jahrestag des Sturmes kam und sie beide ein wenig selbstmitleidig ein paar von *Mias Mischungen* zu viel genossen hatten. Ob Mias Erbrechen am nächsten Tag die Wirkung der Pille gemindert hatte oder nicht, würden sie nie erfahren, jedenfalls kam neun Monate später Audrey zur Welt. Und sie waren glücklich. Kieran konnte das, ohne zu zögern, sagen.

Sie hatten sich zusammengesetzt, sämtliche Möglichkeiten besprochen und eine bewusste Entscheidung getroffen. »Und was ist mit Ihnen?« Pendlebury wandte sich an Kieran.

»Sportphysiotherapie.«

»Auch beeindruckend«, sagte sie, aber er merkte, dass sie es nicht so meinte. Sie richtete sich auf. »Nun gut. Ich denke, wir sind hier fürs Erste fertig.« Sie warf Renn einen Blick zu, der wie zur Bestätigung seinen Stuhl vom Tisch schob.

Mia erhob sich ebenfalls, ein wenig zu schnell, denn Audrey gab etwas Speichel von sich und sabberte sie voll.

»Ich zeige ihnen die Toiletten«, sagte Pendlebury. »Die befinden sich beim Ausgang.«

»Ich weiß, wo die sind.« Mia klang kurz angebunden. »Ich bin nicht zum ersten Mal hier.«

»Natürlich«, sagte Pendlebury versöhnlich. »Ich bringe Sie trotzdem. Dort stehen überall Kisten und Kasten herum. Ich möchte nicht, dass Sie stolpern.«

Kieran schaute ihnen hinterher, drehte sich dann wieder zu Renn um, der seinen Computer herunterfuhr.

»Lass uns draußen warten, ein bisschen frische Luft schnappen.« Renn blickte auf sein Handy. »Ich muss sowieso zu Fisherman's Cottage rüber.«

Kieran folgte ihm durch den Flur und die Glastüren. Als sie draußen waren, lehnte Renn sich ans Mauerwerk. Er fuhr sich mit einer Hand über den Kopf.

»Du bist niemandem etwas schuldig, weißt du.«

Kieran war überrascht. Renn schaute dabei nicht ihn an, sondern beobachtete die Tankstelle nebenan. Ein blauer Wagen war an der Zapfsäule vorgefahren.

Kieran wusste nicht, was er sagen sollte, also schwieg er.

»Wie viel Druck Liam auch auf dich ausüben mag«, fuhr Renn fort, »oder, was das anbetrifft, dein lieber Freund Sean, du bist ihnen zu nichts verpflichtet.«

»Ich weiß, aber das tun sie nicht.«

»In Ordnung.«

Renn schwieg, und Kieran kam unwillkürlich die Beerdigung in den Sinn. Ausnahmsweise dachte er nicht an Liam oder Finn oder Toby. Stattdessen hatte er Renn vor Augen – den jungen, frischgebackenen Constable Renn – wie er die Särge anstarrte. Seine Uniform war sorgfältig gebügelt gewesen, aber da war etwas an ihm, was ihn zerzaust und beschädigt hatte wirken lassen, wie alles in Evelyn Bay. Kieran konnte sich nicht erinnern, dass Constable Renn an diesem Tag viel gesagt hatte. Aber Kieran erinnerte sich ohnehin nicht an vieles, was an diesem Tag gesagt worden war.

»Als ich hier unter Sergeant Mallott anfing ...« Renn blickte Kieran immer noch nicht an. »Nun, Geoff hatte so seine ganz eigene Art, die Dinge anzugehen, wie du ja weißt. Was ich also sagen will ...«

Er hielt erneut inne. An der Zapfsäule der Tankstelle hatte die Frau mit dem blauen Wagen getankt und war hineingegangen, um zu bezahlen.

Renns Augen folgten ihr. »Ich will sagen, dass ich weiß, wie es ist, wenn man das Richtige sagen soll. Und ich weiß, dass es manchmal schwer ist, herauszufinden, was genau das Richtige ist. Besonders, wenn man gebeten wird, jemandem zu helfen, dem man vertraut, wie seinem Boss ...« Renn warf Kieran einen Blick zu. »Oder seinem Kumpel, beispielsweise.«

Kieran zuckte die Schultern. »Du hast mich nach dem Auto gefragt, und ich habe dir gesagt, was ich weiß.«

»Gut, geht in Ordnung so. Nur ...«

Er hielt inne, als die Glastüren der Polizeiwache sich öffneten und Mia herauskam, gefolgt von Sue Pendlebury.

»Okay?«, fragte Kieran, und sie nickte. Er blickte die Beamten an. »Können wir dann los?«

»Natürlich. Geht nach Hause.« Renn klang plötzlich wieder ganz förmlich. »Ich gehe in diese Richtung ...«

»Mia?«

Sie alle blieben beim Klang der Stimme stehen und wandten sich um. Der Ruf war von der Tankstelle gekommen, und Kieran sah, dass die Fahrerin des blauen Autos mit den Schlüsseln in einer Hand an der Fahrertür stand. Mit der anderen Hand beschirmte sie ihre Augen.

»Mia?«, rief die Frau erneut und kam zu ihnen herüber. »Du bist es.«

Mia erkannte sie schneller als Kieran. »Trish? Wie schön, dich zu sehen.«

Kieran hatte Patricia Birch nicht mehr aus der Nähe gesehen, seit Gabby verschwunden war. Sie hatte nie einer ihrer Töchter ähnlich gesehen.

Wenig überraschend war Trish Birch in den letzten zwölf Jahren älter geworden, doch Kieran kam sie auf eine Weise gealtert vor, die schwer zu beschreiben war. Ihre Frisur war immer noch der adrette Bubikopf, glänzend und vielleicht ein wenig heller als in seiner Erinnerung. Sie hatte etwas zugenommen und diesen leicht weggetretenen Blick einer Frau, die auf Schlaftabletten schwor. Irgendetwas um ihre Augen war ebenfalls anders. Kieran hatte Trish vor dem Sturm nicht besonders gut gekannt, aber er hätte wetten können, dass diese Schwerfälligkeit, die ihm nun auffiel, früher nicht da gewesen war. Für ihn sah das sehr nach Kummer aus, besonders nach altem Kummer. Die Sorte, die einen bleibend zeichnet wie Ringe einen Baumstamm. Brian und Verity hatten das auch.

»Wie geht es dir, Mia?«, sagte Trish. Kurze Pause. »Und ich habe von deinem Baby gehört. Glückwunsch!«

»Danke.« Mia drehte den Oberkörper, um ihr Audrey zu zeigen. Trish blickte hinab, aber ihr Blick ging sofort wieder hoch zu Mia.

Mia, die einmal genauso alt gewesen war wie Gabby. Die zusammen Hausaufgaben gemacht hatten, jeweils bei der anderen übernachtet hatten, bei ihnen gegessen hatten. Mia, die inzwischen so alt war, dass sie ein eigenes Kind hatte. Ein Leben lebte.

Kieran konnte fast sehen, wie ein dringliches *Was wäre, wenn* um Trishs Kopf schwirrte. Unvermittelt sprach sie Pendlebury an.

»Sie haben noch nicht herausgefunden, was mit Bronte passiert ist?«

»Nein.« Sue Pendlebury schüttelte den Kopf. »Aber das werden wir.«

Ein Hauch von Skepsis zog über Trishs Gesicht. »Sind Sie sich da sicher?«

»Ich bin sicher, dass wir alles tun, was in unserer Macht steht.«

Trishs Blick wanderte zu Sergeant Renn. Kieran fiel auf, dass er sein Bestes tat, um ihrem Blick standzuhalten, aber er schien sich anstrengen zu müssen. Kieran konnte es ihm nicht verdenken. Auch ihm fiel das nicht leicht.

»Weil es derselbe Strand ist, nicht wahr«, sagte Trish mit fester Stimme. Eine Feststellung, keine Frage. Gabbys Name schwebte unausgesprochen in der Luft.

»Mrs Birch.« Pendlebury wählte ihre Worte sorgfältig. »Wenn Sie sich Sorgen machen, dass es eine Verbindung gibt zwischen dem, was am Samstag geschehen ist, und dem, was ihrer Tochter zugestoßen ist, dann wiederhole ich, dass ich jederzeit ...«

Trish schüttelte schon den Kopf. Sie ließ ein kleines, müdes Lachen hören.

»Sie müssen mir nicht sagen, was die Verbindung ist. Das weiß jeder. Es ist derselbe Strand. Dieselbe Jahreszeit. Derselbe Polizeibeamte sogar. Ich bin also sicher, dass der Sergeant hier Ihnen alles über die Tage damals erzählen kann. Was geschehen ist und was nicht.« Sie blickte Renn unverwandt an. »Er weiß das.«

Pendleburys Augen glitten, kurz und nur einmal, in Renns Richtung. Audrey, die die Spannung fühlte, begann, zu weinen. Ihr Geschrei erfüllte die Luft. Trish streckte eine Hand aus und streichelte ihren Kopf.

»Mrs Birch«, sagte Pendlebury. »Wenn Sie hereinkommen wollen und ...«

»Ich habe eine Verabredung.« Trish ließ ihre Hand sinken. »Aber es war schön, dich zu sehen, Mia. Pass auf dich auf!« Sie drehte sich um und hielt vor den Beamten kurz inne. Sie presste die Lippen aufeinander, doch schlussendlich konnte sie sich nicht zurückhalten. »Nehmen Sie es diesmal einfach ernst.«

KAPITEL 19

Olivia wartete mit verschränkten Armen vor Fisherman's Cottage. Kieran sah, wie sie die kleine Ansammlung von schon verwelkenden Blumengebinden betrachtete, die vor dem Torpfosten lagen, während eine Brise das Zellophanpapier flattern ließ. Sie richtete sich auf, als sie eine Bewegung wahrnahm, und schien überrascht zu sein, Kieran und Mia zu sehen, die sich zusammen mit Sergeant Renn näherten.

Keiner von ihnen hatte etwas gesagt, als sie Trish Birch hinterhersahen, wie sie zurück zur Tankstelle lief. Sie war losgefahren, und Renn hatte den Wagen nicht aus den Augen gelassen, bis er außer Sicht war. Schließlich hatte er sich an Kieran gewandt: »Dann mal los.« Er nickte Pendlebury zu. »Bis später.«

»Ja«, hatte sie schlicht geantwortet und sein Gesicht dabei gemustert. »Bis später.«

Den ganzen Weg bis zu Fisherman's Cottage hatte Renn kein Wort gesprochen. Nun zog er einen Schlüsselbund aus der Tasche, duckte sich unter dem Absperrband und ging zur Vordertür, um sie aufzuschließen.

»Sie lassen dich wieder rein?«, sagte Mia zu Olivia, als sie am Gartentor stehen blieben und beobachteten, wie Renn nach dem passenden Schlüssel suchte. »Das ist gut.«

»Nur um meine Kleidung und ein paar Sachen zusammenzusuchen. Und Julian hat mich gebeten, ihm Brontes Schlüssel von der Arbeit mitzubringen. Sie sollte diese Woche die Frühschicht machen, deswegen hat sie einen der Schlüssel für die Hintertür.« Olivia trug dasselbe zusammengeborgte Outfit wie am Morgen und fingerte nervös am Ärmel ihres Pullovers. »Chris sagt, dass sie Brontes Eltern Gelegenheit geben wollen, das Haus zu sehen – falls sie es wünschen, nehme ich an –, und dann kann ich vielleicht zurück.«

Olivia sah nicht aus, als wäre sie versessen darauf, dachte Kieran, als Renn die Tür öffnete und im Haus verschwand.

»Wenn du rein darfst, meinst du, das heißt, dass sie gefunden haben, wonach sie suchten?«, fragte Kieran.

»Keine Ahnung. Vielleicht.« Olivia schüttelte den Kopf. »Oder sie glauben, dass es sich nicht im Haus befindet.«

Renn erschien wieder in der Tür. »Du kannst loslegen, Liv.«

Olivia umfasste den Torpfosten, ging aber keinen Schritt weiter. Kieran folgte ihrem Blick auf die Blumen zu ihren Füßen, dann in den dunklen Flur.

»Sollen wir mitkommen?«, fragte Mia und erhob die Stimme, als Olivia nickte. »Chris? Sorry, ist es in Ordnung, wenn wir mit ihr gehen?«

Renn musterte Olivia und überlegte. Er warf einen Blick auf Kieran, der abgesehen von Audrey in ihrem Tragetuch mit leeren Händen dastand, und Mia, die nur eine kleine Windeltasche trug.

»In Ordnung«, sagte er. »Ihr schnappt euch, was ihr braucht, Liv, aber ich muss es auflisten, bevor ihr geht.«

Renn wich zur Seite, und Kieran betrat den kühlen, dunklen Flur.

»Kommt rein«, sagte Olivia. Küche und Wohnzimmer im Cottage waren einladend und fühlten sich an, als wären sie unter anderen Umständen sehr gemütlich, aber sogar Kierans ungeübtem Blick fiel auf, dass beide Zimmer durchsucht worden waren. Es sah aus, als hätte jemand sich bemüht, die Sachen wieder an ihren ursprünglichen Platz zurückzustellen, doch obwohl er nie hier gewesen war, wusste Kieran, das alles ein wenig verstellt war. Die Kissen auf dem Sofa schienen nicht in ihrer üblichen Reihenfolge zu stehen, und der gesamte Inhalt des Bücherregals sah chaotisch aus.

Sogar jetzt noch ließ Renn einen aufmerksamen Blick durchs Zimmer schweifen. Was immer er und Pendlebury und die anderen Beamten gesucht hatten, sie hatten es noch nicht gefunden, da war Kieran sich sicher. Sie mussten allerdings überzeugt davon sein, dass es sich nicht im Haus befand, sonst hätten sie Olivia nicht eingelassen, ganz zu schweigen von ihm und Mia. Auch schien Renn sich keine Sorgen zu machen, dass sie in ihren Hosentaschen oder Mia in ihrer kleinen Tragetasche etwas mitgehen lassen würden. Es handelte sich also wahrscheinlich um nichts Kleines.

Was war es? Er konnte es nicht lassen, sich ebenfalls umzuschauen, obwohl er sich dessen bewusst war, dass ihm irgendein fehlendes Objekt nicht einmal auffallen würde, wenn er darüber stolperte.

Olivia blickte sich kaum um, sondern lief direkt ins Schlafzimmer. Mia folgte ihr und setzte sich auf die Bettkante, während Olivia eine Schublade öffnete und damit begann, Unterwäsche auf einer Truhe zu stapeln. Kieran blieb in der Halle, er wollte ihnen ein wenig Raum lassen.

Renn spähte kurz hinein, um nachzusehen, was Olivia machte, und verzog sich sofort wieder. Er ging zur Hintertür, schloss sie auf und trat auf die Veranda. Mit verschränkten Armen stand er im Türrahmen und betrachtete ausgiebig die Blumengebinde in Ufernähe. Kieran entdeckte zwei Kamerateams. Die Typen vom Surf and Turf gestern Abend und ein neues zweiköpfiges Team. Beide interviewten einen Mann, der auf irgendetwas im Meer wies, während er versuchte, seinen Hund davon abzuhalten, die Blumen zu fressen.

Kieran wandte sich ab und blickte geradewegs in das letzte Zimmer, das vom Flur abging. Das hintere Schlafzimmer. Im Haus seiner Eltern war das sein Zimmer. In Fisherman's Cottage hatte Bronte hier gewohnt. Die Tür stand weit offen. Keine Privatsphäre für die Toten, dachte Kieran.

Sogar vom Flur aus konnte er ausmachen, dass Brontes Zimmer sich durch eine Art von Kargheit auszeichnete, die verriet, dass seine Bewohnerin keinen längeren Aufenthalt geplant hatte. Ein Doppelbett mit grünweißem Bettbezug nahm den meisten Platz ein, daneben eine Kleiderstange, an der nur eine einzige Reihe von Kleidern und Oberteilen hing. Am Ende baumelte eine Ersatzuniform des Surf and Turf, die sich grell gegen ihre Privatkleidung abhob, die größtenteils schwarz und grau war. Ein mannshoher Spiegel stand gegen die Wand gelehnt, auf dem Boden davor lagen ein Haarglätter und Täschchen mit Make-up. Das einzige Fenster in Brontes Zimmer ging über den Strand und den Ort, wo man sie gefunden hatte, hinaus aufs Meer.

Unter dem Fenster stand ein Tisch. Brontes Kunstlabor, dachte Kieran. Es war der einzige unaufgeräumte Fleck im ganzen Zimmer, die Tischplatte war übersät mit diversen Stiften, die in Bechern standen, kleinen Farbtöpfen und einem Haufen Notizbücher mitsamt Schreibpapier. Obenauf lagen ein dickes Skizzenbuch und eine professionell aussehende Stablampe. »Sean Gilroy« stand in Versalien auf einer Seite geschrieben. Kieran betrachtete die Lampe und den Tisch und stellte sich Bronte in diesem Zimmer in der Nacht vor, wie sie es sich mit geschlossenen Jalousien gemütlich gemacht hatte und dann draußen Geräusche vernahm.

Wie sie sich vom Bett oder Tisch erhob, nach der Stablampe griff, zum Fenster ging. Kieran versuchte, sich vorzustellen, was Bronte als Nächstes getan hatte. Hatte sie das Licht ausgeschaltet und seitlich an den Jalousien nach draußen gelinst, damit sie besser in die Nacht schauen konnte? Oder hatte sie die Jalousien hochgezogen und, von hinten erleuchtet, tapfer dort gestanden, als sie den Lichtkegel der Lampe auf das richtete, was immer auch am dunklen Strand auf sie wartete?

Kieran hatte sie nicht gut genug gekannt, um das zu entscheiden.

Er wandte sich vom Schlafzimmer ab und ging durch den Flur zur Hintertür. Renn sah auf, als er nach draußen trat.

»Olivia hat gesagt, Bronte hätte manchmal nachts Geräusche gehört?« Kieran sprach leise, um Audrey nicht aufzuwecken.

Renn seufzte. »Ja.«

»Irgendeine Idee, was das war?«

»Nein.« Renn rieb sich die Augen und wandte sich wieder dem Strand zu. »Du weißt doch, wie es hier ist. Hätte alles sein können. Hund, ein anderes Tier, alles. Ein Mensch. Wer weiß.«

Er schien ziemlich angeschlagen zu sein. Kieran wusste nicht, ob es die Tatsache war, sich hier im Haus zu befinden, oder der Anblick der Beileidsbezeugungen im Sand oder das Treffen an der Tankstelle mit Trish Birch. *Nehmen Sie es diesmal einfach ernst.* Vielleicht schlicht die Untersuchung an sich. Kieran vermutete, dass jeder, der Pendlebury als Schatten neben sich hatte, bemüht wäre, alles genau nach Vorschrift zu erledigen. Kieran wandte den Kopf und warf noch einen Blick in Brontes Zimmer.

»Meinst du, es ist in Ordnung, wenn ich Seans Stablampe mitnehme?«, fragte er. »Er braucht sie für das Wrack.«

»Die gelbe?«, meinte Renn und starrte weiter auf den Strand. »Ja, die kannst du ruhig nehmen.«

»Danke.« Kieran ging zurück und musste in der plötzlichen Dunkelheit des Flurs die Augen zusammenkneifen. Als er in Brontes Zimmer trat, konnte er Mias und Olivias Stimmen aus dem größeren Schlafzimmer hören.

»Bronte hat mir das Buch geliehen.« Olivia klang gedämpft. »Sie sagte, es wäre eines ihrer Lieblingsbücher.«

»Ja, von mir auch. Es ist verfilmt worden.«

»Ach ja, habe ich gesehen. Er war gut.«

»Ja, das Buch ist aber trotzdem besser«, sagte Mia, und Kieran hörte, wie Buchseiten umgeblättert wurden. »»*Für*

Bronte mit Dank für deine Inspiration, George Barlin.‹ Waren die Freunde? Ich habe von ihm nichts als seine Unterschrift bekommen. ›Mit besten Wünschen!‹ Dabei war die Schlange zum Signieren nicht mal lang.«

»Freunde? Nein, das glaube ich nicht«, sagte Olivia. »George muss zwanzig Jahre älter sein als sie. Ich glaube, er kannte sie einfach nur aus dem Surf and Turf.«

»Ist seine Frau mitgekommen?«

»Er ist nicht verheiratet, oder? Er kommt mir jedenfalls nicht verheiratet vor. Er ist immer allein.«

»Oh, stimmt.« Stille trat ein, und Kieran wurde klar, dass Mia ihr Handy gezückt hatte. »Nein, du hast recht. Hier heißt es, dass er und seine Frau sich letztes Jahr getrennt haben. Wie traurig! Vielleicht erklärt das den Umzug ans Meer. Ich glaube, sie waren ziemlich lange zusammen.« Mia hielt inne. »Sie haben sich kennengelernt, als sie bei einer Zeitung in Sydney ein Volontariat machten, und haben eine fünf Jahre alte Tochter. Letztes Jahr getrennt. Freundschaftlich, blablabla. Er schwadroniert in seinem Artikel über gegenseitigen Respekt und dass er sich in kreativer Hinsicht nie so frei gefühlt habe.«

»Das sollte er besser seinem Laptop sagen«, meinte Olivia, und Kieran hörte, wie eine Schublade geöffnet und geschlossen wurde. »Er scheint ziemlich viel Zeit damit zu verbringen, darüber zu sinnieren.«

»Wow, sie hat schon einen neuen«, sagte Mia. »Hat sich seine Tochter geschnappt und ist mit ihrem Verlobten in die USA gezogen.«

»Ganz schön schnell.«

»Ja«, sagte Mia. »Wenn man zwischen den Zeilen liest, von wegen gegenseitigem Respekt, scheint er das auch zu finden.«

Kieran ging zu Brontes Tisch. Er zog zwischen dem Künstlerbedarf die Stablampe hervor und stutzte. Neben der Lampe lagen eine kleine Drahtschere und die winzige skelettartige Skulptur eines Flusskrebses. Er war aus Kupferlitze geformt. Er nahm ihn vorsichtig hoch, um ihn zu betrachten. Der Draht stammte vermutlich aus dem Schuppen seiner Eltern. Bronte hatte diese kleine Kreatur mit unglaublichem Geschick zum Leben erweckt. Er fragte sich, wie viele Stunden sie wohl damit verbracht haben musste, und wurde plötzlich sehr traurig.

»Ash kann George allerdings nicht ausstehen.« Olivias Stimme drang durch den Flur an sein Ohr. »Es ist bei der Arbeit manchmal ein bisschen heikel, wenn sie beide da sind.«

»Wegen des Gartens?«, wollte Mia wissen.

»Ja«, bestätigte Olivia. »Ich kann das verstehen. Ash hat sich wirklich sehr angestrengt, das Haus von seiner Oma zu kaufen, aber sie brauchte eine bestimmte Summe, um ihr Altersheim bezahlen zu können. Am Ende haben sie es nicht hingekriegt. Dann kommt George und kann es sich leisten, wogegen nichts einzuwenden ist. Aber als Ash zu Ohren kam, dass er den Garten aufreißt, suchte er das Gespräch mit George – beruflich, versteht sich – und bat ihn, darüber nachzudenken, vielleicht einen Teil stehen zu lassen. George lehnte ab, also bot Ash ihm an, einen Teil der Gartengestaltung persönlich zu übernehmen, aber George wollte einen Gärtner aus Hobart beschäftigen. Preisgekrönt«, seufzte Olivia. »Ash tut mir leid, aber ihm sind die Hände gebunden. Das Haus gehört George. George bemüht sich, es ihm nicht unter die Nase zu reiben, und er war auf der Arbeit immer höflich mir gegenüber. Ich bin mir allerdings nicht sicher, ob er so etwas erwartet hat, als er hierherzog.«

»Aber er muss gewusst haben, auf was er sich einlässt«, sagte Mia. »Kleinstadtleben. Er ist ja nicht zum ersten Mal hier. Ich habe Kieran eben erzählt, wie Gabby und ich einmal im Sommer an seinem Schreibseminar teilgenommen haben.«

»George hat so etwas mal bei der Arbeit erwähnt, aber Mum war bei mir, und deshalb bin ich nicht weiter darauf eingegangen. Ich hatte sowieso das Gefühl, dass er sich nicht an Gabby erinnert, jedenfalls nicht sonderlich gut.«

»Wahrscheinlich nicht. Die Gruppen waren ziemlich groß. Es war so eine Art Freie Schule. Workshops für einen Tag. Also nahmen auch Touristen und Gott und die Welt teil.« Mia lachte auf. »Und wir waren vierzehn Jahre alte Mädchen, die Geschichten über einen Ponyhof schrieben. Ich habe nie gesehen, dass G. R. Barlin wegen meiner Geschichten das Gesicht verzogen hat, aber es kann ganz gut sein.«

Eine Schranktür knallte, und Audrey begann, im Schlaf zu strampeln, als Kieran Schritte im Flur hörte.

»Chris?« Olivias Stimme kam nahe von der Hintertür. »Ich bin hier fertig. Ich habe meine Tasche dagelassen, falls du reinschauen willst. Ich muss nur noch Brontes Schlüssel für die Arbeit finden, wenn das in Ordnung ist?«

Noch ein Knall. Diesmal die Tür mit dem Fliegengitter. Renn trat ein. »Da waren ein paar Schlüssel in ihrem Schreibtisch, falls du weißt, wonach du suchst.«

»Danke. Oh …« Olivia erschien in der Tür von Brontes Zimmer und sah überrascht aus, Kieran hier zu finden. »Was machst du denn hier?«

Er wiegte Audrey im Arm und wies mit dem Kopf auf die Stablampe. »Renn meinte, das geht in Ordnung.«

»Gut.« Olivia trat an den Tisch. Es gab drei Schubladen, und sie zog die erste auf. Kieran hörte, wie Mia und Renn sich im Flur unterhielten, aber er konnte sie wegen Audreys Gebrabbel nicht verstehen.

Kieran legte den Flusskrebs aus Draht wieder an seinen Platz. Bronte hatte noch eine ähnliche Skulptur begonnen, war aber nicht weit genug gekommen, um zu entscheiden, was es hätte werden sollen. Sie lag verbogen und unfertig neben dem großen Skizzenbuch. Immer noch Audrey wiegend, zog er das Buch näher zu sich heran.

»Das solltest du dir anschauen. Ich glaube, es war ihr wichtig, dass Leute ihre Arbeit sehen. Sie war wirklich gut.« Mit gesenktem Kopf durchwühlte Olivia die Schubladen. »Sie hat hart gearbeitet. Ich weiß nicht, warum ich deswegen so rumgezickt habe.«

Kieran warf ihr einen Blick zu. »Das hat sie bestimmt nicht so empfunden.«

Olivia rang sich ein schmales Lächeln ab. »Ich an ihrer Stelle hätte es aber.« Sie zog einen Schlüsselbund heraus, nahm ihn genauer in Augenschein, warf ihn in die Schublade und schloss sie wieder. Sie öffnete die nächste, und nachdem Kieran kurz gezögert hatte, zog er einen Stuhl heran und setzte sich. Audrey strampelte in ihrem Tragetuch, und er nahm sie heraus und setzte sie auf seine Knie, während er das Skizzenbuch öffnete.

Olivia hatte recht gehabt, als sie gesagt hatte, dass Bronte sich in den verschiedensten Kunstformen versucht hatte. Soweit er sehen konnte, wirkte das Buch, als habe sie hier ihre Ideen ausprobiert. Die Seiten waren ganz aufgequollen von Farbe und Kleber. Er fand sowohl Dutzende Entwürfe des Drahtkrebses als auch Skizzen für einen Seedrachen. Auf einigen Seiten befanden sich auch Aquarelle des Küstenausschnitts vor Brontes Fenster. Wohl als Gedankenstütze hatte sie außerdem Fotos zu verschiedenen Tageszeiten gemacht und die Fotos zwischen die Seiten geschoben.

Offensichtlich zeichnete Bronte ausgesprochen gern, und in seinen Augen machte sie das gut. Kieran blätterte durch die Skizzen von Evelyn Bays Stadtzentrum und Szenerien, die er von seinen Spaziergängen auf dem Klippenpfad und vom Aussichtspunkt wiedererkannte. Sie hatte auch Menschen gezeichnet, Kieran blätterte eine Seite um, und Julian blickte ihn an, ganz kantig das Gesicht. Auf der nächsten Seite befand sich ein junger Naturbursche, den Kieran nicht kannte. Ein Foto, das in den Buchrücken geklemmt war, zeigte ihn mit dunklem Haar und Dreitagebart. Er war muskulös und trug lediglich Boardshorts. Bronte hatte sich bei ihrer Zeichnung nur auf das Gesicht konzentriert.

»Ist das ihr portugiesischer Freund?«, fragte Kieran.

Olivia warf einen kurzen Blick darauf. »Marco? Ja, das ist er. Sean hat übrigens seinen Nachnamen ausgegraben. Er und Bronte waren einmal zusammen schnorcheln, und deswegen ist er auf der Rechnung aufgetaucht.« Olivia schloss auch diese Schublade und öffnete die letzte. »Meine Güte, wo sind die nur?« Sie wies mit dem Kopf auf Audrey. »Sie hat sich da übrigens irgendwas geschnappt.«

Kieran blickte auf seine Tochter, die verdächtig ruhig geworden war. Sie hatte ein schwarzes Elektrokabel ergattert, das sich über die Tischplatte schlängelte, und versuchte, es mit ihrer pummeligen Hand festzuhalten, um es sich in den Mund zu schieben.

»Nein, Audrey, tut mir leid.« Kieran griff nach dem Kabel. »Was hast du da überhaupt?«

Das Kabel war ungewöhnlich, etwas dicker als eine Telefonschnur und mit einem merkwürdig geformten Ladegerät am losen Ende. Irgendwo hatte er so etwas schon einmal gesehen. Er fuhr mit den Fingern das Kabel entlang und versuchte, es einzuordnen, als er es Audrey wegnahm. Sie hielt das andere Ende fest, und er musste es aus ihrer Faust befreien. Audrey schrie wütend auf.

»Was hat sie denn?«, fragte Mia, die wegen des Geschreis zur Tür geilt war.

»Ein Ladegerät, glaube ich.«

Kieran schob das Kabel zur Seite, setzte Audrey auf sein anderes Knie und wandte sich wieder dem Buch zu. Noch mehr Zeichnungen. Wie Kellnerin Lyn den Tisch abwischte. George Barlin, der wirklichkeitsnäher getroffen war als auf seinem Autorenfoto. Olivia mit gesenktem Kopf.

Kieran wollte Olivia gerade die Zeichnung zeigen, als ihm auf der gegenüberliegenden Seite ein vertrautes Gesicht ins Auge fiel. Verity. Mit erhobenem Kinn starrte sie ins Nichts. Sie war sich offensichtlich ihrer Pose nicht bewusst. Kieran betrachtete seine Mutter. Beunruhigend, sie in dieser Umgebung zu entdecken, im gemieteten Zimmer eines toten Mädchens. Die Ähnlichkeit war frappierend, fand Kieran. Unmöglich, die Verlorenheit in Veritys Augen zu übersehen. Wann die Zeichnung wohl angefertigt worden war, fragte er sich, und unter welchen Umständen? Er konnte sich nicht vorstellen, dass Verity freiwillig posiert hatte, aber als er durch eine Handvoll loser Vergleichsfotos stöberte, die in der Rückseite des Umschlags steckten, zeigten diese nur Landschaften. Der Strand, die Stadt, der Aussichtspunkt. Keine Gesichter.

Vielleicht hatte Bronte Menschen aus der Erinnerung gezeichnet, oder sie hatte die Fotos weggeworfen, wenn sie fertig war. Das Foto ihres portugiesischen Freundes hatte sie allerdings behalten, was immer das zu bedeuten hatte.

Kieran blätterte noch ein wenig in den Seiten, und die Porträts wurden von Aquarellen der Küste abgelöst, neben denen weitere Vergleichsfotos steckten. Er betrachtete die Darstellungen des Strandes und dachte daran, wie er Bronte zum ersten Mal am Meeresufer gesehen hatte. Offensichtlich hatte sie nach Einfällen gesucht. Er erinnerte sich daran, wie sie Seegras in der Hand hielt, wie sie sich danach gebückt hatte.

Audrey quengelte wieder auf seinem Knie und versuchte immer noch, das elektrische Ladegerät zu erreichen.

»Um Himmels willen, Audrey.«

Kieran versuchte das Kabel zusammenzurollen, aber es war unter dem Tisch eingestöpselt. Er wollte es beiseiteschieben, hielt aber inne, weil er eine Idee hatte. Nach kurzem Überlegen bückte er sich zur Fußbodenleiste und zog es aus dem Stecker.

Neben ihm angelte Olivia mit einem erleichterten Seufzer die Schlüssel aus der Schublade.

»Endlich.« Sie hielt sie triumphierend in die Höhe und warf dann einen Blick auf Kieran, der das Ladegerät in der Hand hielt. »Alles okay?«

»Ja«, sagte er, war aber neugierig geworden. Er stand auf

und ließ seinen Blick erneut über Brontes spärliche Besitztü-
mer schweifen. Das Bett, die Kleiderstange, die Truhe mit den
Schubladen, der Tisch, der an die Wand gelehnte Spiegel, das
kleine Bücherregal. Nicht viel Stauraum, und dennoch machte
das Zimmer den Eindruck, so auf den Kopf gestellt worden zu
sein wie der Rest des Hauses. Mehr noch sogar, was nicht überraschend war. Die Polizei war hier vermutlich besonders gründlich gewesen.

Kieran wickelte sich das Kabel um die Hand und hielt es weiterhin außerhalb von Audreys Reichweite, sehr zu ihrer Enttäuschung. Er fand keine Spur von dem, wonach er suchte, aber
das musste nicht viel zu bedeuten haben. Der Vollständigkeit
halber nahm er Audrey fest in den Arm und beugte sich hinab,
um unter dem Bett nachzuschauen. Einige Schuhpaare standen dort in Reih und Glied, daneben ein abgeschabter Koffer.
Spuren im Staub ließen darauf schließen, dass die Polizei hier
schon nachgeschaut hatte.

»Was machst du da?« Olivias Stimme klang eigenartig. Kieran sah hoch. Das Tageslicht, das durch das Fenster einfiel, ließ
ihr Gesicht im Schatten.

Mia erschien in der Tür. »Was gibt's?«

Kieran richtete sich wieder auf und runzelte die Stirn. Er
streckte seine Hand aus, die nun staubig von der Berührung
mit dem Boden war. Das schwarze Ladegerät baumelte in seiner Hand.

»Am ersten Tag, als wir sie am Strand gesehen haben«, sagte
er, »hatte sie da nicht eine Kamera?«

KAPITEL 20

Kieran zeigte ihr das Ladegerät für die Kamera. Olivia warf einen Blick darauf und nahm dann Brontes Tisch in Augenschein, wo das schwarze Kabel nur mit einem Ende eingestöpselt gewesen war. Dann streckte sie die Hand aus, nahm es von Kieran entgegen und wickelte es sich bedächtig um die Hand.

»Moment.« Olivia klang seltsam ruhig, als sie sich an Mia vorbeidrängte und durch den Flur ins Wohnzimmer ging, wo Sergeant Renn die Reisetasche vor sich hatte und den Inhalt in seinem Notizbuch vermerkte. Schwer, bei so einer Tätigkeit, nicht heimlichtuerisch zu wirken, fand Kieran, und Renn war keine Ausnahme, wie er sich so rasch aufrichtete, als sie eintrat.

Das Kabel in der ausgestreckten Hand ging sie auf ihn zu.

»Ist es ihre Kamera, Chris? Ist es das, wonach ihr sucht?«

Renns Augen glitten zum Ladegerät, dann zu Olivias Gesicht. Er antwortete nicht gleich, nickte jedoch nach einer Weile knapp. *Ja.*

»Glaubst du, dass jemand die Kamera an sich genommen hat?«, fragte sie sehr leise. »Die Person, die ihr das angetan hat?«

Ein kaum sichtbares Schulterzucken diesmal. *Vielleicht.*

»Und warum?«, fragte sie. Diesmal reagierte Renn gar nicht.

»Warum hast du mich nicht gefragt? Chris? Du hättest mich einfach fragen können, wo sie ist.«

»Das haben wir, Liv«, erwiderte Renn schließlich.

»Nein. Nein, du hast mich gefragt, ob etwas fehlt.« Olivia hörte sich an, als wäre sie gerne wütend, es reichte aber nur noch für Betrübnis.

»Das ist eine sehr allgemeine Frage, nicht? Ich meine, Bronte bewahrte ihren ganzen Kram in diesem Zimmer auf.« Sie betrachtete das Ladegerät in ihrer Hand. »Sie musste all ihren Kram in ihrem Zimmer aufbewahren, weil ich sie in der ersten Woche angemacht habe, weil sie ihre Sachen überall im Haus herumliegen ließ.«

Bei dieser Erinnerung kniff Olivia die Augen zusammen.

»Ich habe alle deine Fragen beantwortet, Chris, so gut ich konnte«, sagte sie schließlich, nachdem sie ihre Augen wieder geöffnet hatte. »Sollte ich etwas vergessen haben, dann war es, weil ich nach Hause gekommen bin, um mir meine Yogamatte zu schnappen und eine tote Bronte vorgefunden habe.«

Sergeant Renn sah sie an, und Kieran erinnerte sich an die roten Flecken, die früher auf seinem Hals erschienen waren. Davon konnte nun keine Rede mehr sein, aber sein Gesichtsausdruck war weicher geworden.

»Ja, du hast recht«, sagte er besänftigend. Er wies mit dem Kopf auf ihre Reiseasche. »Ich helfe dir, die Sachen zur Wache zu bringen, und beauftrage jemanden, dich zu deiner Mutter zu fahren.«

»Ich wollte bei Ash vorbeischauen.«

Renn strich sich übers Kinn und dachte wahrscheinlich an Trish Birch vor der Polizeiwache. »Es steht mir nicht wirklich zu, Liv, aber ich könnte mir vorstellen, dass deine Mutter dich nötiger braucht.«

Erneuter Missmut zog über Olivias Gesicht, und sie beugte sich hinab, um ihre Tasche zu schließen.

Als sie alle gemeinsam aus dem Gartentor traten, stapfte Sean die Straße entlang. Er warf den Kopf herum, als er an Renn und Olivia vorbeiging, die schon in Richtung Stadt liefen, und verlangsamte seinen Schritt. Sie grüßten ihn, blieben aber nicht stehen.

»Was ist passiert? Ist Liv okay?«, fragte Sean, als er vor Fisherman's Cottage auf Kieran und Mia traf. Er sah aus, als käme er direkt aus dem Wasser, die Haut noch feucht, wo sie das T-Shirt berührte. Die *Nautilus Blue* war wohl zurück im Yachthafen. Sean bemerkte seine Stablampe in Kierans Hand und schaute verwundert hoch. »Was ist denn los?

»Die gute Nachricht ist, dass du die hier zurückbekommst.« Kieran drückte ihm die Lampe in die Hand und erzählte von der fehlenden Kamera. Bei seinen Worten zog Sean die Stirn in Falten.

»Glaubt die Polizei, dass sich darauf etwas befindet?«

Kieran zuckte die Schultern. »Renn hat sich bedeckt gehalten. Für mich sah es so aus, als wäre Bronte mehr am Zeichnen interessiert gewesen als am Fotografieren.«

»Ja, so habe ich das auch gehört.« Sean betrachtete das Haus. »Und was hat das nun zu bedeuten?«

Kieran sah seine Sorge, doch in seinen Augen flackerte noch etwas anderes auf. Eine Abwägung. *Was bedeutet das für Liam?*

»Keine Ahnung, Kumpel«, sagte Kieran aufrichtig.

»Hat Renn sonst noch etwas gesagt?

»Er hat fast gar nichts gesagt«, meinte Mia. »Ich bin ziemlich sicher, dass er Liv gegenüber das mit der Kamera nur zugegeben hat, wegen der Dinge, die ihre Mutter zuvor gesagt hatte. Trish hat ihn vor der Wache zur Rede gestellt. Es ging darum, dass sie diesmal die Sache ernst nehmen sollen. Ich glaube, sie denkt immer noch, dass er und Sergeant Mallott nicht genug für Gabby getan haben.«

Mit sorgenvoller Miene fingerte Sean an der Stablampe. »Ich fand, dass sie die Sache mit Gabby ernst genommen haben. Sah alles ziemlich gründlich aus, wenn man bedenkt …« Er hielt verlegen inne und mied Kierans Blick. »Wenn man alles andere in Betracht zieht, was bei dem Sturm los war.«

»Ja, sie haben es ernst genommen«, sagte Mia mit harter, tonloser Stimme. »In den Tagen, bevor man Gabbys Tasche gefunden hat, musste ich mit meinen Eltern drei Mal auf die Polizeiwache.«

»So oft?« Sean wirkte überrascht. »Warum?«

»Weil die Bibliothekarin erzählt hat, dass Gabby und ich uns gestritten hätten.«

»Habt ihr? Worüber?«

»Nichts«, log Mia. »Wir haben uns nicht gestritten.«

Sie schaute Kieran nicht an und er sie nicht. Dieses Gespräch hatten sie schon in den ersten Monaten ihrer Beziehung am Jahrestag des Sturms und von Gabbys Verschwinden geführt. Sie waren auf Kierans Studentenbude gewesen und hatten versucht, sich so normal wie möglich zu verhalten, wurden aber immer einsilbiger, je länger der Tag sich hinzog. Mia hatte gekocht und schließlich das Messer, mit dem sie auf dem Schneidebrett arbeitete, geräuschvoll fallen lassen.

»Ich habe der Polizei nicht die Wahrheit gesagt«, sagte sie. »Damals, als sie wissen wollten, worüber Gabby und ich uns gestritten haben.«

Die Wörter schienen aus dem Nichts zu kommen, aber Kieran wusste, dass es den ganzen Tag über in ihr gegärt hatte, wahrscheinlich schon seit Jahren. Er sah von der Couch hoch und wartete ab, überrascht, aber irgendwie auch nicht. Der Tag des Sturms war so surreal, dass ihn nichts mehr wirklich überraschen konnte.

Mia holte Atem. »Wir haben uns über dich gestritten.«

»Über mich?« Also konnte man ihn doch noch überraschen.

»Ich habe so blödsinnig …« Mia rollte die Augen. »Ich weiß nicht, ich habe wie ein Schulmädchen für dich geschwärmt. Es war absurd. Du hast mich überhaupt nicht wahrgenommen damals …«

»Mia, ich habe …«

»Nein.« Sie hob die Hand, um ihm das Wort abzuschneiden. »Hast du nicht. Und genau so sollte es auch sein. Ich war vierzehn, und du warst achtzehn. Absolut in Ordnung so. Aber alle Mädchen in unserem Jahrgang kannten dich – dich und Ash natürlich –, und ich habe Gabby erzählt, dass ich für dich *schwärme*. Dann, in der Bibliothek am Tag des Sturms …«

Mia fuhrwerkte mit dem halbherzig geschnittenen Gemüse herum.

»Gabby wollte herausgefunden haben, dass du etwas mit Olivia hattest. Und ich war so eifersüchtig, total blöd, weil du mich nicht mal auf dem Radar hattest.« Sie seufzte. »Aber es lag teilweise auch an der Art, wie Gabby es mir gesagt hat. Angeblich waren wir beste Freundinnen, aber sie war so *schadenfroh*. Als ob sie wüsste, dass es mich verletzt, es aber nicht abwarten konnte, es mir unter die Nase zu reiben.«

Mia begann wieder, zu schneiden.

»Wie auch immer, ich habe ihr gesagt, dass ich ihr nicht glaube, obwohl ich es tat. Sie wurde sauer, ich wurde sauer. Ich wollte nach Hause. Sie folgte mir. Man konnte mir ansehen, dass ich verärgert war, und sie verbrachte die halbe Zeit mit Beteuerungen, dass sie die Wahrheit gesagt hatte, und die andere Hälfte damit, sich zu entschuldigen. Und letztendlich hatte sie recht. Du hast mir selbst gesagt, dass du dich mit Olivia getroffen hast.«

Kieran erhob sich und trat neben sie. »Tut mir leid.«

Mia war sich mit dem Handrücken über die Augen gefahren. »Nein, das ist nicht deine Schuld. Und es war nicht Gabbys Schuld. Ich bin einfach traurig, weil es das letzte Mal war, dass ich sie gesehen habe. Ich wünschte, es wäre anders gewesen.«

»Warum hast du es nicht der Polizei erzählt?«

»Weil ich vierzehn war. Und meine Eltern waren bei der Befragung die ganze Zeit dabei, was mir peinlich war. Und ich wusste, wenn ich die Wahrheit gesagt hätte, hätte meine Mutter sich Sorgen gemacht, weil ... du weißt schon ...« Mia zuckte die Schultern. »Keine der Mütter in Evelyn Bay war damals ein großer Fan von dir und Ash.«

Kieran hatte sich Mias Mutter vorgestellt, würdevoll, zurückhaltend, sehr liebenswürdig. »Ich dachte, Nina mag mich?«

»Tut sie«, sagte Mia. »Jetzt.«

Kieran kam dies in den Sinn, als er Mia vor Fisherman's Cottage stehen sah. Das Zellophan der Blumengebinde knisterte. Das Haus sah wieder unbelebt aus.

»Aber als wir damals nach Gabby suchten, hat die Polizei sich mit unglaublich vielen Leuten unterhalten«, sagte Sean. »Ich meine, wie oft hat man deinen Vater verhört, Kieran?«

»Mehrmals, glaube ich«, sagte Kieran schnell. Er wollte sich nicht wieder damit befassen. »Liv hat gesagt, dass ihre Mutter ziemliche Probleme hatte, sich mit den Tatsachen abzufinden. Vielleicht ist es nur das, was Trish gemeint hat.«

»Okay, doch meine Güte ...« Ein Schatten zog über Seans Gesicht. »Ich weiß, dass sie eine Menge durchgemacht hat, aber willkommen im Club. Wir alle mussten uns mit Dingen abfinden, die uns nicht geschmeckt haben.« Er schöpfte Atem. »Tut mir leid. Das kam reichlich hart raus.« Er schüttelte den Kopf, als müsse er ihn wieder frei bekommen, und blickte Kieran an. »Geht ihr beiden nach Hause? Ich war eigentlich auf dem Weg zu eurem Haus.«

»Wirklich?«, fragte Kieran.

Sie gingen los.

»Deine Mutter hat mich angerufen. Sie sagte, sie sortiert gerade aus und hat ein paar Rettungswesten, die sie loswerden will.«

Kieran stellte sich die Schränke mit all dem Krempel vor, der noch unverpackt war. »Ja, es geht bald los.«

Sean antwortete nicht. Er war in Gedanken verloren und starrte beim Laufen vor sich hin. Schließlich holte er tief Luft.

»Hör zu, Kumpel. Tut mir leid, dass ich dich das fragen muss, aber hat Renn irgendwas wegen dieser Kamera gesagt oder über Liam?«

Kieran zögerte. »Sie haben uns nach Liam gefragt. Vorhin auf der Wache. Renn und Pendlebury.«

Sean sah auf. *Und?* Unausgesprochen hing die Frage in der Luft.

»Ich habe gesagt, dass es sein Wagen hätte sein können am Samstagabend.« Kieran spürte, wie Mia ihn beäugte. »In Richtung Stadt, so, wie Liam es ausgesagt hat.«

»Und das war alles? Mehr wollten sie nicht wissen?«

Kieran schaute ihn nicht an. »Mehr nicht.«

»Okay. Danke, Kumpel«, sagte Sean leise. Es schien, als wolle er noch etwas hinzufügen, er blieb jedoch stehen, als sie das Haus von Kierans Eltern erreichten.

Während sie eintraten, kniete Verity vor einem Küchenschrank und füllte einen Karton.

»Oh, ich hole eben die Rettungswesten«, rief sie, als sie Sean sah. Sie verschwand nach draußen und hatte sie über den Arm geworfen, als sie zurückkehrte.

»Danke«, sagte Sean. »Ich habe noch ein paar davon, aber die pfeifen nach dem Sommer schon auf dem letzten Loch. Die Westen sind also willkommen.«

»Gut, dass du zu tun hast«, sagte Verity. »Demnächst kann man wieder ins Wrack vordringen, oder?«

»Ja, so langsam«, sagte Sean. »Die ersten Kunden kommen in ein paar Wochen.«

»Gott, ich habe es da unten geliebt, als ich jünger war«, sagte Verity. »Brian auch. So haben wir uns kennengelernt.«

»Wirklich?«, sagte Sean, und Mia schaute ebenfalls interessiert auf. Kieran wartete einfach ab. Im Lauf der Jahre hatten er und Finn die Geschichte schon oft gehört.

»Ja.« Verity lächelte und sah ganz verändert aus. Kieran wurde klar, wie lange er sie nicht mehr so gesehen hatte. »Ich wusste, wer Brian war, ich hatte ihn hier und da gesehen. Aber dann fuhr eine Gruppe von uns auf irgendeinem geliehenen Boot zur *Mary Minerva* raus, und da draußen habe ich ihn näher kennengelernt. Wir haben uns unterhalten, sind zusammen getaucht, und dann haben wir uns später wieder am Ufer getroffen.« Verity lächelte unwillkürlich. »Wir sind immer wieder zusammen da rausgefahren. Sogar, wenn wir nicht tauchen waren. Wir ankerten neben dem Wrack, schwammen rüber zu den Höhlen und verbrachten den ganzen Tag am Strand.«

Kieran erinnerte sich daran, wie Finn und er in der Küche gestanden und sie sich genau diese Geschichte angehört hatten.

»O Gott, bitte. Ich flehe dich an. Es ist jetzt gut.« Finn hatte gutmütig die Augen verdreht, als Verity und Brian über den Tisch hinweg selig lächelten. »Niemand muss wissen, dass ich an diesem Strand oder sonstwo gezeugt worden bin, vielen Dank.«

»Du nicht.« Brian hatte gegrinst und Kieran umarmt, der aufgestöhnt hatte, während Finn lachte.

Verity betrachtete nun die gebrauchten Rettungswesten in Seans Händen.

»Brian liebte das Wasser da draußen«, sagte sie. »Wir haben Free Diving gemacht. Nicht ums Wrack herum natürlich, aber dort, wo es seichter ist.«

»Ernsthaft?« Sean lachte. »Das ist ziemlich extrem. Nicht mal ich mache das.«

»Nein.« Veritys Lächeln verschwand, und sie stieß mit dem Schuh gegen eine der Umzugskisten. »Nun ja, das war eine andere Zeit.«

Ein dumpfes Poltern, gefolgt von einem gebellten Kraftausdruck, drang aus Brians Arbeitszimmer. Verity warf einen Blick zur Tür. Als sie sich wieder umwandte, sah sie zehn Jahre älter aus.

»Du solltest kommen«, sagte Sean überraschend, und alle blickten ihn an. »Morgen. Komm morgen mit zum Tauchen. Die Wetterbedingungen sind gut. Ich fahre sowieso raus, und es wäre gut, ein paar Leute mit nach unten zu nehmen. Macht einen Übungsgang. Kommt alle mit.«

Kieran sah, wie Mia, die sich mit Atmen unter Wasser noch nie hatte anfreunden können, den Kopf schüttelte. Sean blickte ihn und Verity an. »Dann ihr beiden. Schaut es euch noch einmal an, bevor ihr wegfahrt.«

»Nun …« Verity nahm wieder Brians Tür ins Visier. »Ich könnte abklären, ob der Kurzzeitpfleger verfügbar ist, aber …« Kieran sah, dass sie in Versuchung geraten war.

Ein weiteres Poltern war zu hören, und der inzwischen nur allzu bekannte Schatten zog über Veritys Gesicht. »Nein, es ist wohl keine sehr gute Idee. Trotzdem vielen Dank.«

»Ja, keine Ursache.« Sean zuckte die Schultern. »Gib mir Bescheid, wenn du …«

Er verstummte, als die Tür sich quietschend öffnete. Als hätte er ihre gebündelte Aufmerksamkeit gespürt, trat Brian heraus. Er blieb in der Küchentür stehen. Eine ganze Palette unterschiedlichster Emotionen zog bei ihrem Anblick über sein Gesicht. Verwirrung, Verärgerung und etwas, das in Kierans Augen sehr nach Furcht aussah. Sein Vater wusste nicht, wer sie waren oder was hier gespielt wurde, und er hatte Angst. Sein Gesichtsausdruck jedenfalls zeigte Unsicherheit. Sein Blick war auf Audrey gerichtet, die von Mias Arm zurückstarrte und nicht wusste, ob sie in Tränen ausbrechen sollte oder nicht.

»Alles in Ordnung, mein Lieber?« Verity versuchte leicht und unbeschwert zu klingen, was ihr aber nicht gelingen wollte.

Brian deutete mit dem Zeigefinger. »Was ist das für ein Baby?«

»Das ist Audrey, unser …«

»Nein, ich meine, was tut es hier?«

»Brian …«

»Ich verstehe das nicht.« Ratlosigkeit lag auf seinen Zügen. »Ich dachte, dieses Mädchen von Finn hat sich am Ende doch entschlossen, nicht weiterzumachen.«

Verity sah aus, als hätte man ihr ins Gesicht geschlagen. Sie presste die Lippen aufeinander und schüttelte ruckartig den Kopf.

»Audrey ist das Kind von Kieran und Mia.« Veritys Stimme klang hohl. »Unser Enkelkind. Sie besuchen uns.«

Brian starrte Audrey noch eine Weile an und gab dann einen irritierten Laut von sich. Er winkte ab und schlurfte zurück in sein Arbeitszimmer. Das leise Klicken der Tür hallte durch die Küche.

•

Kieran wusste, dass das Wasser kalt war, aber er hatte schon vor einer Weile aufgehört, es wahrzunehmen. Das Wasser reichte ihm bis zum Hals, seine Zehen konnten sich zwischen den einzelnen Wellen gerade noch im Untergrund festkrallen. Es wurde schnell dunkel, als der Abend einbrach. Kieran ließ sich von der nächsten Welle hochheben und trat Wasser. Er war mit langen, kräftigen Zügen geschwommen, bis er müde wurde, konnte sich aber nicht dazu aufraffen, aus dem Wasser zu steigen.

Nachdem Brian wieder in seinem Arbeitszimmer verschwunden war, hatte Sean seine Rettungswesten und die Stablampe an sich genommen und sich erhoben.

Verity, die mit glasigen Augen auf den Tisch stierte, kniff die Augen zusammen. »O Sean, es tut mir leid. Er ist sehr ...«

»Kommt zum Tauchen«, hatte Sean sie unterbrochen. »Bevor ihr wegzieht. Jederzeit. Du weißt, wie es da unten ist.« Ein kleines Lächeln. »Man hat nicht mehr so viel Gelegenheit, sich über andere Dinge Sorgen zu machen.«

»Danke dir. Ich denke darüber nach«, hatte sie gesagt und geklungen, als würde sie es wirklich erwägen. Kieran hatte Mia im Schlafzimmer alleingelassen. Sie las noch einmal G. R. Barlings Roman, den sie auf seinem Bücherregal gefunden hatte, während sie versuchte, Audrey zum Schlafen zu bewegen. Er hatte sich ein paar Umzugskartons geschnappt und systematisch damit begonnen, den Plunder von jedem einzelnen Regal im Wohnzimmer abzuräumen. Nach einer Weile hatte er gehört, wie Verity in der Küche ebenfalls mit Kartons hantierte. Aus dem Arbeitszimmer seines Vaters drang kein Laut.

Kieran arbeitete schnell und entscheidungsfreudig. Umzugskarton oder Mülleimer, Umzugskarton oder Mülleimer. Papierstapel verstaute er, ohne einen Blick darauf zu werfen. Er hatte schon einmal den Fehler gemacht, zu genau hinzuschauen. Das war zwei Jahre nach Finns Tod gewesen. Kieran hatte nach seiner Geburtsurkunde gesucht. Stattdessen war ihm ein Arbeitsblatt in die Hände gefallen, das Brian nur zur Hälfte ausgefüllt hatte, offenbar für ein psychologisches Beratungsgespräch.

Kierans erste Reaktion war totale Verblüffung gewesen, dass Brian sich überhaupt in irgendeine Art von Therapie begeben hatte. Er fragte sich, ob Verity ihn dazu gedrängt hatte oder ob – sehr viel wahrscheinlicher – Brians Trauer sich physisch niedergeschlagen hatte. Eine Zeit lang war es Kieran ähnlich ergangen mit anhaltenden Kopfschmerzen und Magenproblemen, die ansonsten keine körperliche Ursache zu haben schienen und die auf keine Behandlung ansprachen. Außer wenn sein Körper ihn im Stich ließ, hätte Brian Elliott niemanden in seinen Kopf schauen lassen, so viel war Kieran klar.

Das Arbeitsblatt war mit »Vertraulich« überschrieben gewesen, daher hatte Kieran es von vorn bis hinten durchgelesen. Er konnte nicht genau sagen, wie die Aufgabenstellung gelautet hatte, aber Brian hatte seine Gedanken in zwei Spalten aufgeteilt.

Kieran war erst achtzehn, hatte Brian geschrieben. *Kieran war alt genug, um es besser zu wissen. Kieran hat einen Fehler gemacht, Kieran hat seinen Bruder in Gefahr gebracht.*

Die Erörterung zog sich eine ganze Seite lang hin.

Finn hat sich dazu selbst entschieden. Kieran hätte ihn nie in eine solche Lage bringen dürfen. Finn hätte alles getan, um Kieran zu retten. Kieran brauchte seine Hilfe.

Ganz unten auf der Seite das Fazit. *Kieran ist* ...

Brian hatte den Satz nicht beendet. Kieran verbrachte den Rest der Woche damit, das Haus nach der fehlenden zweiten Seite oder einem weiteren Arbeitsblatt abzusuchen, aber wenn Brian seinen Gedanken jemals zu Ende geführt hatte, dann nicht auf Papier.

Kieran ist ... was?

Im Lauf der Jahre war er immer wieder auf diese Frage zurückgekommen.

Kieran hatte sich wieder seiner derzeitigen Tätigkeit zugewandt und war dabei, einen weiteren Ordner in einen Karton zu stecken, als er jemanden kommen hörte.

»Danke, dass du das übernommen hast.« Verity ließ ihre Augen über die fast leeren Regale schweifen.

»Gern geschehen. Kann ich irgendetwas tun, um dir mit Dad zu helfen?«

Verity lächelte freudlos. »Ich denke, da können wir beide nicht mehr viel ausrichten, dummerweise.«

Sie nahm einen Papierstapel zur Hand und blätterte darin. Die Ecke eines Fotos lugte heraus, und sie zog es hervor.

»Was für ein schöner Tag«, sagte sie und hielt es so, dass Kieran die Aufnahme betrachten konnte. »Ich erinnere mich daran, als wir das Foto gemacht haben.«

Finn, Toby und die *Nautilus Black*. Es war nicht exakt das gleiche Foto wie die Aufnahme, die nach ihrem Tod ein Jahr lang am Brett des Surf and Turf gehangen hatte, aber es war ihm sehr ähnlich. Die Anordnung war im Grunde die gleiche – die beiden Männer, Arme umeinander gelegt, der Champagner, die frische Farbe des Bootes, die im Hintergrund schimmerte –, aber es war ein paar Sekunden früher oder später aufgenommen worden, und der Eindruck war im Großen und Ganzen etwas schwächer. Das Lächeln der Männer sah weniger natürlich aus, und Finn war kurz davor, die Augen zuzukneifen. Es hatte nicht die Lebhaftigkeit der anderen Aufnahme, wirkte dadurch aber irgendwie echter. Verity fuhr mit dem Daumen über Finns Gesicht.

»In irgendeinem Album haben wir ein besseres«, sagte sie wie zu sich selbst.

»Hey«, Kieran zögerte, »wovon hat Dad eben geredet? Über Finn und ein Baby?«

Er sah, dass Verity kurz erwog, ihn zu täuschen, aber entweder gab sie die Absicht auf, oder es fehlte ihr die Energie dazu und sie schüttelte den Kopf.

»Ich habe wirklich keine Ahnung. Finn stand deinem Vater immer näher als mir.«

Sie unterbrach sich, als aus Brians Arbeitszimmer ein Scheppern zu hören war. Sie schloss die Augen und atmete mehrmals tief durch. Als sie sie wieder öffnete, war ihr Gesicht angespannt.

»Meinst du, du könntest Sean anrufen?«, fragte sie. »Ihn fragen, ob wir morgen doch zum Tauchen mitkommen können?«

»Klar, wenn du Lust dazu hast.«

Verity ignorierte ein weiteres ominöses Gepolter und legte das Foto mit dem Gesicht nach unten auf den Stapel. »Ja«, sagte sie. »Ich glaube, die habe ich.«

Kieran ließ sich treiben und sinnierte weiter über Verity, Brian und Finn nach, während er verfolgte, wie die Dämmerung hereinbrach. Er befand sich weit draußen, war ein paar Züge zwischen Fisherman's Cottage und dem Haus seiner Eltern hin und her geschwommen.

Die ganze Zeit über hatte er am Strand nur zwei Menschen mit Hunden gesehen, beides Männer. Als er jedoch so auf und ab wogte, bekam er gerade noch mit, wie jemand über einen der Nebenwege eine Abkürzung einschlug. Kieran versuchte, sich möglichst wenig zu bewegen, während er aufmerksam beobachtete. Da war wohl kaum jemand auf Kerle oder Babys aus, sagte er sich, war aber dennoch erleichtert, als er die Person erkannte. Olivias Mutter Trish Birch.

Sie trug dasselbe Kleid wie zuvor, als sie Sergeant Renn vor der Polizeiwache zur Rede gestellt hatte, hielt jetzt aber etwas Sperriges, Graues unter den Arm geklemmt.

Der Strand war leer. Sie schaute nach rechts und links, wobei ihr Blick flüchtig über Kieran streifte, der in der zunehmenden Dämmerung bis zum Kinn im Wasser verschwunden war.

Er beobachtete, wie Trish Birch den Strand überquerte und ihren Weg über die flachen Felsen wählte, die ins Meer führten, dieselben Felsen, auf denen man vor zwölf Jahren Gabby beim aufziehenden Sturm zusammen mit Brian Elliott gesehen hatte. Damals waren die Felsen rutschig gewesen und würden es auch heute sein, dachte Kieran, als die Frau sich ihren Weg bahnte, immer noch das klobige Objekt unter den Arm geklemmt. Was tat sie nur?

Trish erreichte die Felsspitze, und Kieran wollte schon etwas rufen – eine Warnung –, als sie zu seiner Verblüffung das Bündel mit einiger Kraftanstrengung in einem großen Bogen ins Meer beförderte.

Kieran öffnete den Mund und schluckte Salzwasser. Die Einwohner hier warfen nie etwas ins Meer. Er konnte sich nicht erinnern, wann er so etwas zum letzten Mal gesehen hatte. Sogar die Kondolenzsträuße für Bronte waren sorgfältig oberhalb der Flutlinie abgelegt worden, damit die Plastikverpackung nicht ins Meer gezogen wurde. Trish sah dem grauen Etwas hinterher, wie es einige Male im Wasser auf und ab wogte, und trat dann, während Kieran sich immer noch fragte, ob das alles irgendwie ein Zufall war, von der Kante zurück, balancierte über die Felsen und lief geradewegs zurück über den Strand, um auf dem Weg zu verschwinden, auf dem sie gekommen war. Von Anfang bis Ende hatte das alles weniger als eine Minute gedauert, und der Strand war wieder so menschenleer, als wäre sie nie hier gewesen.

Kieran warf sich nun herum und schwamm zur Felsnase. Das graue Objekt war immer noch zu sehen und trieb auf die See hinaus. Er hatte sich entschieden, bevor er noch genau wusste, warum, und teilte nun mit langen Zügen im Freistil das Wasser. Er spürte, wie die Strömung ihn hineinzog, und stellte mit erhobenem Kopf eine Berechnung an, während er sich das Wasser aus den Augen wischte. Das Ding war noch weiter ins tiefe Wasser getrieben. Um ihn herum nahm das Licht stetig ab, und im Osten war der Horizont nur noch ein Silberstreif. Er dachte an Mia und Audrey und wurde langsamer.

Er sah, wie das Objekt immer mehr Wasser aufsog. Es hing tief und schwer im Meer und lugte kaum noch über die Wasseroberfläche hinaus. Ein Versuch, entschied Kieran. Er senkte den Kopf und schoss mit einer kräftigen Beinbewegung vorwärts.

Der Gegenstand war verschwunden, als er die Stelle erreichte. Er atmete tief ein und tauchte ins dunkle Wasser. Seine Lungen schmerzten von der Anstrengung, und er wusste, sobald er unter der Wasseroberfläche war, dass er nicht genügend Luft hatte, um tief zu kommen. Er wollte schon nach oben schießen, zurück zur Oberfläche, als seine Finger etwas berührten.

Eine Tasche. Kieran streckte den Arm aus und konnte einen Riemen fassen, den er mit der Faust fest umklammerte. Er zerrte daran. Die Tasche war schwer und zog an seinem Arm, zog ihn tiefer. Er verstärkte seinen Griff, streckte sein Gesicht nach oben und schlug mit den Beinen aus. Er keuchte, als er auftauchte, trat eine Minute lang Wasser und versuchte, wieder zu Atem zu kommen. Er fuhr mit der Hand über die Tasche, anscheinend eine Art Rucksack. Er fühlte sich an, als würde er jede Sekunde schwerer, und schließlich begann Kieran, sich zurück an den Strand zu kämpfen, stets in Sorge, die Tasche zu verlieren.

Er schleppte die Tasche hinaus und warf sie, Vorderseite nach oben, auf den Sand und sich mit pochendem Herzen gleich daneben. Soviel er im Zwielicht sehen konnte, handelte es sich um

einen gewöhnlichen grauen Rucksack. Außer, dass er klatsch-
nass war, schien er in einem guten Zustand zu sein. Möglicherweise sogar brandneu. Kieran ging in die Knie. Er zögerte eine
Sekunde lang, streckte dann die Hand aus, öffnete den Reißverschluss und schaute hinein.

Er kniff die Augen zusammen und begriff nicht, was er sah.
Die Tasche war mit Steinen gefüllt. Er steckte eine Hand hinein
und zog den obersten heraus. Ein Stein, wie er in jedem Garten und jeder Auffahrt in Evelyn Bay zu finden war. Er betrachtete ihn genauer. Vollkommen unscheinbar. Er warf ihn auf den
Sand und griff wieder und wieder hinein. Bald lag ein kleiner
Haufen Steine vor ihm, und der Rucksack war leer. Kieran tastete ihn ab und suchte in den inneren Taschen und entlang der
Nähte nach etwas. Nichts. Er setzte sich in den Sand und hob
den Rucksack hoch. Es gab kein Namensschild, nichts, was auf
seinen Besitzer hinwies, doch als er ihn umdrehte, hielt er inne.
Auf der Rückseite, sah er etwas, was in dem Zwielicht schwer
auszumachen war. Auf dem blassen, grauen Segeltuch stand etwas mit einem schwarzen Marker geschrieben.

Eine Telefonnummer und zwei Wörter: *Bitte anrufen.*

KAPITEL 21

Kieran stierte die beiden Wörter so lange an, bis sie keinen Sinn mehr ergaben. Dann steckte er sämtliche Steine zurück in den Rucksack und trug ihn den Strand entlang zurück zu der Stelle, wo Badetuch, Handy und Kleidung im Sand vor der Veranda seines Elternhauses auf ihn warteten. Er nahm das Telefon zur Hand, drehte den Rucksack um und wählte die Nummer. Er lauschte wortlos und legte dann bedächtig auf.

Kieran schlüpfte in sein Hemd und ließ sich in Ermanglung einer besseren Idee auf seinem Badetuch nieder, den Rucksack zu seinen Füßen, den klaren Sternenhimmel über sich. Er betrachtete die schnurgerade Linie, wo der tintenblaue Himmel auf die Schwärze des Wassers traf, und dachte nach. Er wusste nicht, wie lange er so verharrt hatte, aber seine Shorts waren fast trocken, als das Handy in seiner Hand piepte.

Kieran wusste nicht genau, was er erwartet hatte, aber als er auf das Display schaute, war es nur eine Nachricht, die ihn daran erinnerte, zwei Minuten lang innezuhalten und alles um sich herum bewusst im Hier und Jetzt wahrzunehmen. Er sollte das jeden Tag so halten, hatte es aber kein einziges Mal geschafft, seitdem sie zurück in Evelyn Bay waren. Er starrte immer noch auf sein Handy und konnte sich nicht entscheiden, ob er es tun sollte oder nicht, als ein Geräusch ihn so erschreckte, dass er zusammenfuhr.

»Hallo«, rief eine Stimme. »In was bist du denn so versunken?«

»Harter Porno.« Kieran wischte über den Bildschirm, als er sich umdrehte und Ash erblickte, der das Gartentor hinter sich schloss und im Sand auf ihn zukam. Ein Sixpack baumelte in seiner Hand.

»In dem Fall hast du bestimmt Zeit für eines hiervon«, meinte Ash und bot ihm eine Flasche an. »Mia hat erzählt, dass du hier draußen bist.«

»Danke.« Kieran nahm das Bier entgegen, und Ash schob mit dem Fuß ein Stück von Kierans Handtuch zurecht, um sich darauf niederzulassen. Die Getränke im Anschlag schauten sie aufs Wasser, wie sie es schon Hunderte Male gemacht hatten.

»Schwimmen gewesen?«

Kieran nickte. »Etwas verdammt Merkwürdiges ist passiert.«

»Ach ja?« Ash hob seine Flasche an die Lippen.

»Ja.« Kieran zog Trish Birchs Rucksack näher zu sich heran und erzählte ihm, was er gesehen hatte.

Ash reagierte einsilbig. »Verstehe.«

»Der Himmel weiß, was sie da macht.« Kieran drehte den Rucksack so, dass er die Aufschrift sehen konnte, die in der Dunkelheit nur schwer zu entziffern war. *Bitte anrufen.* »Das ist Trishs eigene Handynummer. Ich habe angerufen und mir ihre Ansage angehört.« Er lehnte sich zurück. »Also, was hältst du davon? Soll ich das melden? Renn?«

»Also …« Ash fuhr sich mit der Hand über seine Stoppeln. Er schien nicht sonderlich überrascht zu sein. »Besser nicht, falls es dir nichts ausmacht. Trish macht das manchmal.«

Kieran starrte ihn an. »Entschuldige, was genau?«

»Das.« Ash wies auf den Rucksack. »Steckt einen Haufen Steine rein … ja, ich weiß, Kumpel, hört sich verrückt an …« Wegen Kierans Gesichtsausdruck musste er unwillkürlich grinsen. »Tut mir leid, nein, ist überhaupt nicht lustig. Und ich sollte auch nicht verrückt sagen, das ist nicht fair.« Ashs Lächeln verschwand wieder. »Ich wusste allerdings nicht, dass Trish damit wieder angefangen hat. Liv hat nichts davon erzählt, also weiß sie es selbst vielleicht nicht.«

»Aber was macht sie da?«

Ash nahm einen großen Schluck. »Es hat etwas mit Gabbys Rucksack zu tun und wo er gefunden wurde, nachdem sie vermisst wurde. Der Rucksack, der drei Tage später angeschwemmt wurde, gleich neben der Stelle, wo man sie zuletzt gesehen hat.« Ash zuckte die Schultern. »Trish hat sich in den Kopf gesetzt, dass es so nicht gewesen sein kann.«

»Aber so war es doch«, sagte Kieran. »Er wurde dort gefunden.«

»Ja, aber Trish meint, dass er versenkt wurde.«

Eine lange Stille trat rein.

»Sie glaubt, dass Gabbys Rucksack versenkt wurde?«

»Genau«, sagte Ash. »Absichtlich. Ich nehme an, damit man ihn im Wasser finden sollte und die Suche abgeblasen wurde.«

»Machst du Witze?«

»Nein.«

Kieran schaute den stockfinsteren Strand entlang. Er konnte die Stelle nicht mehr ausmachen, wo er Trish Birch gesehen hatte. Dieselbe Stelle an der Gabby vor zwölf Jahren zum letzten Mal von Brian gesehen worden war und wo ihr rosa gestreifter Rucksack nass und voller Bücher nach drei Tagen Suche gefunden worden war. Kieran wandte sich wieder Ash zu.

»Versenkt von wem?«

»Wer weiß?« Ash zuckte die Schultern. »Das ist die große Frage, nehme ich an.«

»Hat Trish mit Renn darüber gesprochen?«

»Ja, hat sie. Ich meine, ich weiß das alles nur von Liv. Aber es hat schon vor einer Weile begonnen, so um den zehnten Jahrestag herum ...«

Kieran erinnerte sich, wie Liv auf dem Friedhof den Jahrestag erwähnt hatte. Was hatte sie gesagt? *Für Mum war es hart.* Zweifelsohne.

»... und ich nehme an, Trish fand, dass Renn sie nicht ernst nahm«, sprach Ash weiter. »Also hat sie begonnen, zu experimentieren, hat Rucksäcke ins Wasser befördert, um zu sehen, was mit ihnen passiert.«

»Und was passiert?«

Ash zuckte die Achseln. »Ich glaube, die meisten verschwinden spurlos. Keine Ahnung also, wie viele sie reingeschmissen hat. Einer allerdings wurde in einem Fischernetz gefunden, und ein anderer hat sich in Mike Tates Schiffsschraube verfangen. Hat ziemlichen Schaden angerichtet, also musste Trish Farbe bekennen. Renn hat das erfolgreich aus der Welt geschafft, irgendwie ...«

»Das kann nicht einfach gewesen sein. Eine teure Reparatur.«

»Sicher, klar, du weißt ja ...« Ash trank den letzten Schluck aus der Flasche. »Renn hatte schon immer ein Auge auf Liv geworfen. Oder vielleicht fühlte er sich schuldig, weil er nicht gleich auf Trish gehört hat, wer weiß. Egal ...« Ash griff sich ein neues Bier. »Er hat Trish jedenfalls das Versprechen abgenommen, es nicht wieder zu tun, aber das war zu der Zeit, als sie ein bisschen schlapp war, wegen der guten, alten Schlaftabletten. Deswegen ist Liv zurückgekommen, um nach ihr zu sehen.«

Kieran warf einen Blick auf den Rucksack. »Meinst du, Trish hat das die ganze Zeit über heimlich gemacht, oder hat sie jetzt erst wieder damit angefangen?«

»Schwer zu sagen.« Ash schüttelte den Kopf. »Meiner Meinung nach hat sie wieder damit angefangen. Die Sache mit Bronte hat alle ziemlich mitgenommen. Hast du das Online Forum gesehen? Die drehen total durch.«

»EBOCH? Ja.«

Kieran hatte sich an diesem Nachmittag noch einmal in die verpixelte Welt des Evelyn Bay Online Netzwerks begeben und gesehen, dass die Stimmung dort immer hitziger wurde. Der

Damm war gebrochen, und Liams Name fand sich immer öfter. Da waren diejenigen, die wollten, dass diese schreckliche Geschichte endlich vorbei wäre, damit sie wieder sorglos vergessen konnten, ihre Haustür abzuschließen, und die anderen, die nicht glauben konnten, dass die Cops ihre Zeit damit verschwendeten, einen Einheimischen zu verdächtigen. Kieran fiel auf, dass Bronte kaum erwähnt wurde.

Er wandte sich wieder an Ash. »Was Bronte zugestoßen ist, muss Trish furchtbar bekannt vorkommen. Aber was will sie mit dem Rucksack beweisen? Dass, wenn sie genügend davon ins Meer wirft, irgendetwas über Gabby zutage kommt?«

»Ich habe keine Ahnung. Etwas in der Art.«

»Wie viele sind an dieser Stelle wieder an Land gespült worden?«

»Nicht so viele, soweit ich weiß.« Ash stieß mit den Zehen gegen den Rucksack. »Aber wir reden hier nicht über wissenschaftliche Experimente, oder?« Er seufzte. »Meine Güte, Liv wird nicht gerade erfreut sein. Vor allem hat sie gedacht, dass Trish vielleicht die Kurve kriegt. Ich denke, sie hat gehofft, dass sie möglicherweise wieder zurück nach Melbourne ziehen kann.«

»Würdest du mit ihr gehen?«

»Meinst du, ich bin erwünscht?« Ganz locker hatte das geklungen, aber Kieran hörte den Hauch einer ernsthaften Frage heraus.

»Weiß nicht«, sagte er aufrichtig.

Ash antwortete nicht sogleich. »Liv ist ein bisschen angepisst, weil ich nicht dabei war, als ihr mit Renn in ihrem Haus wart. Sie sagt, es geht ihr gut, aber die Sache mit Brontes Kamera hat sie ziemlich mitgenommen.«

»Ja, das war eigenartig. Man will wissen, was da drauf ist.«

»Oder wer?« Ash fuhr sich mit der Hand über die Augen. Er klang müde. »Ich wäre für Liv da gewesen, aber ich hatte Kundschaft. Ich konnte die nicht einfach versetzen, sie haben drei Objekte angemietet. Ich brauche ein paar Aufträge über den Winter.«

»Läuft es so weit gut mit der Arbeit?«

»Es ist okay«, sagte Ash, doch sein fehlender Enthusiasmus ließ vermuten, dass es wohl kaum mehr als das war.

»Ich bin vorher am Wetherby House vorbeigekommen.«

Das ließ Ash aufhorchen. »Hast du G. R. Barlins Werk im Garten gesehen?«

»Ja.«

Ash trank einen Schluck Bier, einen großen Schluck diesmal. »Ja«, sagte er schließlich. »Ich weiß nicht, wie ich damit umgehen soll.«

»Du kannst nicht viel ausrichten, oder? Nicht, wenn ihm das Haus gehört.«

Ash antwortete nicht und zuckte nach einer Weile die Achseln. Der Mond war über den Himmel gezogen. Kieran hatte sein zweites Bier ausgetrunken und musste ein Gähnen unterdrücken.

»Ich sollte mich aufmachen.« Ash erhob sich und schlug den Sand von seinen Shorts. »Du musst dich wahrscheinlich um dein Baby kümmern.«

»Gehst du gleich nach Hause?«, fragte Kieran.

»Bald.«

Kieran musterte ihn. »Um nicht auf Sean zu treffen?«

Ash grinste. »Vielleicht. Habe ihn sowieso nicht viel gesehen. Er ist von morgens bis abends beim Wrack und geht dann wohl zu Sarah und Julian, um nach Liam zu sehen. Ist alles nicht einfach. Die Atmosphäre im Haus ist Scheiße. Sean war ...« Ash hielt inne. »Ich weiß gar nicht, wie ich das beschreiben soll.«

»Ich nehme an, er macht sich Sorgen um Liam.«

»Ein bisschen. Aber er weiß wohl auch, wenn es hart auf hart kommt, werde ich Liam nicht in Schutz nehmen.«

Alle Wärme, die der Sand an diesem Tag gespeichert hatte,

war nun verschwunden, und Kieran fröstelte, als er sich erhob. »Warum nicht?«

Ash ließ sich Zeit, gemächlich den letzten Schluck Bier zu trinken. »Liam erinnert mich einfach ein bisschen zu sehr an uns.«

»Ernsthaft?« Kieran dachte an den trotzigen Jungen und war fast ein wenig beleidigt.

»Ja. Findest du nicht?«

»Nein«, setzte Kieran an, sprach aber nicht weiter. Vielleicht.

»Da gibt es ein paar Sachen. Das Fußballzeugs, der Alk, die Mädchen – ist alles genauso wie damals. Du weißt doch, wie es war. Wir hatten sicher eine Menge Spaß und so, aber …« Ash zog die Stirn in Falten und betrachtete seine leere Flasche.

»Richtig.«

Eben weil es Spaß gemacht hatte, dachte Kieran. Warum sonst hätten sie es jedes Wochenende machen sollen? Interessant allerdings, wie der Spaß sich im Rückblick manchmal nach einem guten Stück Arbeit anhörte. Wie der Abend, als Finn Ash dazu gratuliert hatte, erfolgreich ein Mädchen überredet zu haben, ihn mit in ihre Unterkunft zu nehmen. Als er das hörte, hatte Kieran die Hemdsärmel hochgekrempelt, war noch in derselben Nacht zu einer Party auf dem Campingplatz gegangen und hatte mit freudloser Entschlossenheit in einem Geschäft auf Gegenseitigkeit seine Jungfräulichkeit verloren. Das Beste daran war noch gewesen, Ash und Finn davon erzählen zu können.

Oder all die anderen Gelegenheiten, bei denen er wieder mal in der schmuddeligen Küche eines Ferienapartments stand und über die laute Musik hinweg auf ein Mädchen einredete, das ihn kaum interessierte. In der Hoffnung natürlich, dass sie sich nicht nach anderen umschaute, denn dann würde Ash ihn auslachen, und Kieran hätte keine Wahl, als sich zu Sean zu gesellen, der unausweichlich verlegen in einer Ecke herumstand und jedes Mal rot wurde, wenn ein Mädchen ihn auch nur anschaute.

Wie wichtig das damals alles gewesen war, kam ihm in den Sinn, als er am Strand stand. Als ginge es um Leben und Tod.

»Na ja.« Kieran blickte Ash an. »Auch wenn Liam ein kleines Arschloch ist, heißt das nicht, dass er Bronte etwas angetan hat.«

»Nein.« Ash seufzte. »Das sage ich auch nicht. Aber er war immer ein bisschen daneben. Wie er zum Beispiel Liv im Surf and Turf ansieht, wenn er denkt, dass niemand es mitbekommt. Sachen, die er zu ihr sagt. Ich weiß nicht, Sean kriegt das nicht mit. Für ihn ist Liam immer noch der kleine Junge, dem man übel mitgespielt hat und der es schwer hat auf der Welt. Und was Liam auch immer ist ...« Ash schüttelte den Kopf. »*Das* ist er nicht.«

Ein schmaler Lichtstreifen fiel auf den Sand. Über den Strand und den Gartenzaun hinweg entdeckte Kieran die Silhouette von Mia in der Tür. Sie beschirmte die Augen und suchte in der Dunkelheit nach ihm. Sie trat allerdings nicht heraus, wie Kieran bemerkte. Obwohl sie wusste, dass sie beide irgendwo hier draußen waren, wollte sie den Strand nicht am Abend betreten.

»Zieh los, Kumpel.« Ash musterte Trish Birchs Rucksack. »Soll ich den mitnehmen?«

»Ist schon okay. Ich kann den brauchen. Erzählst du Liv davon?«

»Ja, muss ich wohl. Sie wird allerdings nicht glücklich sein.«

Kieran hob den Rucksack an und wog ihn in der Hand. Er erinnerte sich daran, wie er zu ihm hingeschwommen war, wie tief er Luft geholt hatte, um danach zu tauchen. Wenn er ihn nicht hätte packen können, wäre der Rucksack dann ein paar Tage später an den Strand gespült worden?

»Was denkst du über das alles? Meinst du, es könnte sein, dass Trish recht hat?«

Ash fuhr sich mit einer Hand über den Kopf. »Ach, keine Ahnung. Ich will mich da nicht reinziehen lassen. Ich weiß nur, dass es ein verrückter Tag war. Ein Sturm wie der?« Er zuckte die Achseln. »An diesem Tag sind viele Dinge passiert, die nur einmal passieren.«

Diesmal kreuzten sich ihre Blicke, und etwas, das Kieran nicht genau zu deuten vermochte, spielte sich zwischen ihnen ab. Dann blickte Ash auf das Haus und auf Mia, die immer noch wartete.

»Also gut, ich mache mich besser mal auf den Weg.« Ash wandte sich um. Er schaute in die Nacht. »Meine Güte, sie sollten wirklich etwas wegen des Strandes unternehmen. Man sieht ja die eigene Hand nicht vor Augen.«

Kieran verfolgte, wie Ash winkte und losging. Ein paar Schritte nur und er war verschwunden.

KAPITEL 22

Was Kieran an Sydney mit am meisten schätzte, war die Tatsache, dass man keinen Neoprenanzug brauchte. Er stand in Seans Schuppen im Hafen zwischen den Ständern mit Mietausrüstung, kämpfte sich in den Anzug mit seinem dicken Material und fragte sich, wie er das je problemlos hinbekommen hatte. Verity war mit beneidenswertem Geschick in ihren geliehenen Anzug gestiegen, und er hörte lediglich ihre Stimme, als sie sich draußen vor dem Schuppen mit George Barlin unterhielt.

»Ist es in Ordnung, wenn er auch mitkommt?«, hatte Sean gefragt, als Kieran anrief, um ihm mitzuteilen, dass sie das Wrack jetzt doch sehen wollten. »Er wartet schon seit Wochen darauf, nach unten zu kommen.«

»Kein Problem. Er hat doch einen Tauchschein?« Kieran war sich nicht sicher, warum er sich das fragte.

»Nur für außerhalb des Wracks. Wir sollten uns sowieso alle darauf beschränken. Ich weiß noch nicht, ob in diesem Jahr überhaupt jemand ins Wrackinnere will.« Sean hatte gezögert. »Und hör zu, Liam wird auch dabei sein.«

»Verstehe.«

»Er gehört mit zum Geschäft. Er muss fit sein, wenn die Norweger kommen.«

»Ich habe nichts gesagt, Kumpel«, meinte Kieran. »Es ist deine Entscheidung, wen du mit nach unten nimmst.«

»Ja, sorry.« Sean hatte geseufzt. »Er muss auf andere Gedanken kommen. Julian findet, dass er eine Zeit lang nicht im

Surf and Turf arbeiten kann. Und Liam sagte letztens etwas, aus dem ich schließe, dass die Leute ihm das Leben schwer machen, wenn er unterwegs ist. Er leugnet es, hängt aber den ganzen Tag zu Hause bei seiner Mutter rum.«

Kieran hatte erwartet, dass Liam verschlossen wirken würde, war aber dennoch verdutzt, als er sich der *Nautilus Blue* näherte. Liam ließ den Kopf hängen, und seine Bewegungen waren hölzern und langsam. Er hatte beim Verladen der Sauerstoffflaschen kaum aufgeblickt, und wenn doch, zeigte seine Miene einen so weggetretenen Ausdruck, dass Kieran sofort beschlossen hatte, jedes Teil der Ausrüstung, das Liam ihm aushändigte, genau zu überprüfen.

George Barlin hingegen war bester Laune.

»Darauf habe ich den ganzen Sommer gewartet«, hörte Kieran ihn jetzt zu Verity sagen. »Ich will schon seit Jahren zum Wrack runter, hatte aber die Prüfung für die Tiefe noch nicht abgelegt.«

»Ich bin schon eine Weile nicht da unten gewesen«, meinte Verity.

»Wie lange?«

»Ich weiß nicht, lange genug, dass mein Tauchschein sicher abgelaufen wäre, wenn er ablaufen könnte. Ich bin allerdings viel in flacheren Gewässern getaucht. Mein Mann hat ebenfalls Spaß dran gehabt. Sind Sie überhaupt schon einmal bei der *Mary Minerva* gewesen?«

»Auf einem Boot? Nein, aber ich habe die Stelle vom Land aus gesehen. Bin hoch zum Aussichtspunkt gegangen, um mir *Die Überlebenden* anzuschauen. Interessantes Denkmal.«

»Vom Wasser sieht es anders aus als vom Land. Brian und ich sind gewöhnlich einmal im Jahr zu der Stelle gesegelt ...«

Schon einen Arm im Neoprenanzug hielt Kieran inne und lauschte. Das hatte er nicht gewusst.

»Pünktlich einmal im Jahr«, sagte Verity. »Zum Todestag unseres ältesten Sohnes. Er ist leider ertrunken.«

»Ich weiß. Das tut mir leid«, sagte George. »Finn, richtig? Es war tragisch.«

»Ja.« Verity klang ein wenig überrascht, dass George seinen Namen kannte. »Vielen Dank.«

»Ich war im bewussten Sommer auch hier und habe einen Schreibkurs abgehalten. So etwas wie diesen Sturm habe ich nie wieder erlebt«, sagte George. »Seit ich zurück bin, habe ich ein wenig darüber in der Bibliothek nachgelesen. Habe mir alte Fotos und solche Sachen angeschaut. Aber ich kann mich gut erinnern. Es war schrecklich. Sehr übel, davon auf See überrascht zu werden. Liams Vater war auf demselben Boot, nicht wahr?«

»Toby.« Verity sprach so leise, dass Kieran Mühe hatte, sie zu verstehen. »Sie wurden allerdings nicht auf dem Wasser überrascht. Sie erhielten einen Notruf wegen Kieran.«

»So war das?« George war ebenfalls kaum zu verstehen. »Ich wusste, dass Kieran einen Unfall hatte, aber mir war nicht klar, dass beides zusammenhängt.«

»Ja, Finn und Toby sind mit dem Boot rausgefahren, um ihn zu retten.«

»Oh.« George zögerte. »Aber, tut mir leid Verity, ich dachte …«

Kieran konnte nicht länger zuhören. Er zwang seinen anderen Arm in den Wetsuit, zog den Reißverschluss hoch und schloss die Tür des Schuppens so geräuschvoll hinter sich, dass die Stimmen draußen verstummten.

•

Wind und Wellen machten es schwer, sich an Bord der *Nautilus Blue* zu unterhalten, doch als sie die Landspitze umrundet hatten und die Höhlen in der Ferne auftauchten, setzte George sich um.

»Großartig« rief er, als *Die Überlebenden* in Sicht kamen. Gewichtig und aufrecht stand das Trio da, dem das Wasser gegen die Hüften plätscherte.

Unter dem Gewicht seiner Ausrüstung ächzend, kroch George zur anderen Seite des Bootes und zog ein Mobiltelefon aus seinem Rucksack. Sein Arm schwankte, als er versuchte, es mit dem Horizont auf Linie zu bringen, um ein Foto zu schießen.

»Wie viele haben eigentlich den Untergang überlebt?«, fragte George in die Runde.

»Man weiß es nicht genau«, antwortete Verity. Auch sie studierte die Skulptur, als sie näherkamen. »Offiziell zwölf, aber es könnten ein paar mehr gewesen sein.«

»Die Angaben sind unvollständig?«

»Es gab ein paar Männer mit schwebenden Verfahren.« Ein kleines Lächeln erschien auf Veritys Gesicht. »Sie haben es nicht an Land geschafft, um bei ihrem Gerichtstermin zu erscheinen. Und einige andere, die wahrscheinlich Geliebte hatten und sie ihren Frauen und Kindern vorzogen.«

»Wirklich?«, staunte George. »Wie jetzt? Sie verschwanden im Wasser und tauchten als jemand anderes wieder auf?«

»Vielleicht. Wer weiß?«

»Das ist der Grund, warum man niemandem in Evelyn Bay trauen kann«, sagte Liam unverhofft. Kinn in die Hand gestützt, hatte er aufs Wasser gestarrt. Falls das als Scherz gemeint war, kam es nicht so an.

Sean räusperte sich.

»Ich kann das, was Liam sagte, keinesfalls unterschreiben«, sagte Sean betont locker. »Aber wenn du deine Tasche in der Trockenbox verstauen willst, George, werde ich sie in Sicherheit bringen, bevor wir untergehen.«

»Handy auch?«

»Ja, ist der beste Platz. Die Trockenbox ist wasserdicht. Alles ist dort sicher aufgehoben.«

George schoss noch ein paar Fotos und gab ihm dann seine Sachen. Er wandte sich wieder dem Ufer zu.

»Ich frage mich, was den Passagieren der *Mary Minerva* bei diesem Anblick durch den Kopf gegangen ist?«, sagte George. »Das Letzte, was die meisten von ihnen erblickt haben dürften, nehme ich an.«

Kieran folgte seinem Blick zu den Höhlen. Sie öffneten ihre klaffenden Münder zum dünnen Streifen Strand, der nach jeder brechenden Welle weiß aufblitzte. *Die Überlebenden* starrten teilnahmslos zurück. Eine besonders große Welle prallte auf das Denkmal, und die Frau am Ende des Trios verschwand einen Moment lang komplett. Kieran wandte den Blick ab.

Sean kniff die Augen zusammen, während er das Boot steuerte.

»So.« Er stellte den Motor aus. »Da wären wir.«

Nacheinander sprangen sie vom Katamaran ins Wasser. Als Kieran eintauchte, war er sofort dankbar für den Neoprenanzug. Die Wellen, die auf der Oberfläche rau gewesen waren, wurden sanfter, sobald das Wasser über Kierans Kopf zusammengeschlagen war und das Gewicht seiner Ausrüstung leichter wurde.

Einer nach dem anderen stiegen sie hinab, indem sie der Bojenlinie folgten. Liam tauchte als Erster in das trübe Grün hinab und wies ihnen den Weg. George folgte, und dann war Kieran dran. Mit seiner behandschuhten Hand fuhr er die Linie entlang und lauschte dem inneren Zischen und äußeren Getöse seiner Atmung. Irgendwo oberhalb von Kieran befand sich Verity, dahinter kam als Letzter Sean. Kieran atmete ein und wieder aus, als er sich in Richtung Wrack sinken ließ, das in der Tiefe auf sie wartete.

Er spähte durch das wolkig-grüne Wasser und wartete darauf, dass die *Mary Minerva* sich zeigte. Wie eine schnell hingeworfene Skizze eines Schiffes aus der Vogelperspektive tauchten zuerst die skelettartigen Umrisse auf. Im ersten Moment sah sie durch die Maske fast intakt aus, doch als Kieran tiefer tauchte, zeichnete sich ein Nest von verkeilten Balken und zerborstenen Wänden ab. Die Überreste des Schiffes lagen friedlich auf einem Sandbett, zu tief allerdings, als dass Seegras hier hätte wachsen können.

Kieran ließ die Bojenlinie los und ließ sich treiben. Er verfolgte gerade, wie Fische hinein- und herausschwammen, als Verity erschien. In Anzug und Maske hätte er sie fast nicht erkannt. Sie glitt an seine Seite.

»Verity und Kieran bilden ein Paar«, hatte Sean oben bestimmt. »Und George ...« Sean zögerte und warf einen Blick auf den missmutig dreinblickenden Liam. »Du bleibst bei Liam, und ich bewege mich zwischen euch allen.«

Weder Liam noch George hatten bei dieser Einteilung sonderlich erfreut gewirkt, aber nun sah Kieran, wie die beiden Männer sich zusammen vorwärtsbewegten. Das Paar schwamm langsam eine Seite des Wracks entlang, wobei in regelmäßigen Abständen dicke, weiße Blasen ihren Masken entwichen. George besaß vielleicht einen Tauchschein, aber er hatte in Warmwasser trainiert, das sah man sofort. Er hatte den aufrechten Schwimmstil von Tauchern, die an bessere Sichtverhältnisse gewöhnt waren, und anstatt bei einem Frog-Kick zu bleiben, fiel er immer wieder in den Standard-Flossenschlag zurück, der in kaltem Wasser Sediment aufwirbelte, was die Sicht beeinträchtigte.

Kieran und Verity wechselten einen Blick, so gut das mit ihren Masken ging, drehten um und schwammen in die andere Richtung. Sie kamen an Sean vorbei, der in der Mitte der ineinander verkeilten Balken verharrte und etwas mit seiner Stablampe begutachtete. Er hob die Hand, wobei Daumen und Zeigefinger einen Kreis formten. *Okay?* Sie wiederholten die Geste. *Okay.*

Kieran gab die Richtung vor und schwebte neben Verity, als sie sich um den Schiffsbug bewegten, der immer noch gewaltig aufragte. Verity führte mit der korrekten froschartigen Bewegung einen Beinstoß aus und schwamm die Länge des Metalls hoch, indem sie der Kurve folgte. Sie wandte sich um zu Kieran und forderte ihn gestikulierend auf, sich zu ihr zu gesellen.

Was für eine gute Idee von Sean, fand Kieran inzwischen. Das Atmen, die Lebensfreude. Eine eigene Welt. Kein Wunder, dass es Verity gefiel. Es fühlte sich an, als befänden sie sich in einer anderen Realität. Ihm gefiel es auch.

Sie schwammen Seite an Seite, hielten sich ein paar Minuten am Schiffsanker auf, der im Lauf der Jahre vom Rost ganz aufgequollen war. Verity streckte die Hand aus und berührte Kieran am Arm, als ein Fischschwarm unter dem Wrack hervorschoss und vorbeisauste. Kieran spürte eine sanfte Strömung, als sie davonzogen.

Gabbys Rucksack.

Bei der Strömung war ihm der Gedanke gekommen. Kieran hatte früher nie wirklich über den Rucksack nachgedacht, abgesehen von seiner tragischen Bedeutung natürlich. Aber nun dachte er darüber nach. Nachdem der angeschwemmte Rucksack von einer Gruppe Hundeausführer gefunden worden war, hatte man die Suche abgeblasen. Der klatschnasse rosa Klumpen war in der Nähe der Stelle aus dem Wasser gefischt worden, wo man Gabby zum letzten Mal gesehen hatte, bevor der Sturm losbrach, derselbe Sturm, der Bäume gefällt und Häuser zerstört hatte, der durch die Höhlen gebraust war und *Die Überlebenden* komplett verschluckt hatte. Derselbe Sturm, der ein Boot zum Kentern und zwei starken einheimischen Männern den Tod gebracht hatte.

Kieran schwebte oberhalb des Wracks und spürte das Gewicht der Unterwasserströmung gegen seinen Neoprenanzug. Ein Zug und Druck, fest und ausdauernd. Das Wasser tat, was es wollte. In dem Sinn war es ein Zufall gewesen – er würde vielleicht sogar so weit gehen, zu sagen: ein willkommener Zufall –, dass Gabbys Rucksack überhaupt gefunden worden war. Kieran sinnierte beim Schweben darüber nach und verspürte mit einem Mal einen kühlen Schauder, der nichts mit dem Ozean zu tun hatte.

Er schwamm weiter und war so in Gedanken vertieft, dass er einige Sekunden brauchte, um zu merken, dass Verity unvermittelt innegehalten hatte. Sie wies auf etwas im Wasser. Kieran blickte nach oben und machte George aus, der sehr schnell auf sie zuschwamm, wobei seine Flossen Sediment verwirbelten. Alarmiert, schoss Kieran nach vorn, eine Hand schon im Anschlag, um nach seinem Ersatzatemgerät zu greifen, für den Fall, dass George dieses schreckliche Zeichen gab und sich mit der Hand über die Kehle fuhr. *Keine Luft.*

Aber nein, wie Kieran jetzt sah, als sie auf gleicher Höhe waren. George hatte seinen ursprünglichen Atemregler im Mund. Die Luftblasen wurden ganz normal ausgestoßen, wenn auch etwas schnell.

Kieran legt seinen Zeigefinger und Damen zusammen. *Okay?*

Georges Gesichtsausdruck wurde von der Maske verzerrt, aber er drehte seine ausgestreckte flache Hand am Gelenk hin und her. *Irgendetwas stimmt nicht.*

Kieran deutete auf ihn und versuchte herauszufinden, was. *Maske? Sauerstoff?* George schüttelte den Kopf. Er hob die Hand, wobei sein Daumen und der Zeigefinger ein L formten. Plötzlich wurde Kieran klar, was los war. George war allein. Kieran drehte sich um. Am Schiffsheck konnte er nur den Strahl von Seans Lampe ausmachen, der über verkeilte Wrackteile fuhr. Kein anderer Taucher war zu sehen, kein Liam.

George machte erneut das L-Zeichen und wies dann mit dem Daumen mehrmals hektisch nach oben.

Kieran wiederholte die Daumen-hoch-Bewegung, um sicher zu gehen, dass er richtig verstanden hatte. *Liam ist nach oben gestiegen?*

George nickte.

Kieran streckte die flache Hand aus und bewegte sie am Gelenk hin und her. *Irgendetwas stimmt nicht?*

Ja. Eine gespiegelte Antwort. *Irgendetwas stimmt nicht.*

KAPITEL 23

Der Aufstieg fühlte sich wie das längste Auftauchen an, das er je erlebt hatte. Sie hatten Sean herbeigeholt und damit begonnen, langsam nach oben zu steigen. Kieran war klar, dass Sean überlegte, sich abzusetzen und nachrechnete, wie weit er die Sicherheitsstandards dehnen konnte. Er wollte schon los, als Kieran ihn am Handgelenk festhielt. *Nicht. Bleib.* Kieran sah die Anstrengung, die es Sean kostete, das Tempo zu drosseln, aber er tat es, und die vier stiegen zusammen auf. Eine Minute noch. Nur neun Meter.

Liam war auf dem Boot.

Mit hochgezogenen Schultern saß er im Schneidersitz und starrte über das Meer hinweg auf die Höhlen. Er hatte seine ganze Ausrüstung inklusive des Neoprenanzugs abgelegt und zitterte in seinen Shorts mit lediglich einem Handtuch um die Schultern. Er blickte hoch, als sie auftauchten.

»Was ist los?« Sean war der Erste an Bord, sichtlich erleichtert, dass sein Neffe am Leben war, wenn vielleicht auch nicht ganz wohlauf. Sean wartete, aber Liam würdigte ihn keines Blickes.

»Weiß nicht.«

»Du weißt es nicht?«

Kieran hatte Sean selten wütend gesehen, aber jetzt ging es schnell.

»Liam?«, versuchte Sean es erneut. »Hey, hörst du mir überhaupt zu? Was geht hier vor?«

»Wie gesagt, nichts.«

»Nichts?«

»Ich hatte genug, in Ordnung?«

Sean nahm seinen Neffen ins Visier. »Ist das dein Ernst? Du hast dich also einfach so entschieden, aufzusteigen? Hast dir nicht die Mühe gemacht, Bescheid zu geben?«

»George hat mich gesehen.« Er sah den Schriftsteller nicht an, der Liam mit hochgezogenen Augenbrauen ebenfalls aufmerksam musterte.

»Das ist, verdammt nochmal, nicht, was ich gemeint habe«, sagte Sean. »Und George allein zu lassen ist etwas, worüber wir uns noch ausgiebig unterhalten werden.«

»Ja, okay. Ich hab's gehört.« Liam schüttelte den Kopf. »Ich weiß nicht, was ich sagen soll. Ich hatte genug da unten, also bin ich hochgekommen.«

Sean betrachtete ihn, wie er da in seinen Shorts schlotterte. »Bist du überhaupt aufgetaucht, wie es sich gehört?«

Ein knappes Nicken. Der einzige Laut kam vom Wasser, das gegen das Boot schlug.

»Nun gut«, sagte Sean schließlich. »Lasst uns zurückfahren. Wir unterhalten uns später. Hast du sonst irgendjemandem etwas zu sagen?«

Keine Antwort.

»Liam? Meine Güte, du hörst nicht einmal zu …«

»Das tue ich. Tut mir leid. Es ist nur …« Liam zog jetzt die Stirn in Falten und konzentrierte sich auf das Ufer.

»Was? Was ist hier los?«

»Da stimmt etwas nicht da draußen.«

Sean kniff die Augen zusammen. »Unten am Wrack?«

»Nein. Da draußen.« Sie alle folgten Liams Blick zu den *Überlebenden* und den Klippen und den Höhlen dahinter.

»Die Vögel sind die ganze Zeit schon so aufgebracht.« Liams Stimme klang immer noch ausdruckslos. »Immer wieder. Irgendwas macht ihnen Angst.«

George legte den Kopf in den Nacken und kniff die Augen zusammen. Oberhalb der Felsen war der Himmel ruhig und klar.

»Jetzt sieht alles normal aus«, sagte der Schriftsteller.

»Und was weißt du darüber, was bei uns normal ist?« Liam war aufgebracht. »Du weißt noch nicht mal, wie ein korrekter Beinschlag geht.« Er seufzte, schon wieder phlegmatisch. »Jetzt gerade geht es ihnen gut, aber sie regen sich über irgendwas auf.« Er stieß den Kopf in Kierans Richtung. »Es ist letztens passiert, als der sich mit seinem Baby da unten rumgetrieben hat und am Tag davor.«

»Du warst unten bei den Höhlen?« Verity fixierte Kieran mit einem Blick, der ihn sich winden ließ. »Mit Audrey?«

»Ja, aber nur einmal. Und nicht lange.«

Seine Mutter wandte den Blick ab. »Warum das denn?«

»Ich wollte nicht ...« Kieran hielt inne. Er konnte es nicht erklären. »Es war Ebbe. Es war in Ordnung.«

Verity antwortete nicht, starrte ihn aber weiterhin auf eine Weise an, die ihn nervös machte.

»Was, Mum?«, sagte er. »Um Himmels willen. Es ist mein Kind.«

Verity antwortete immer noch nicht. Kieran spürte, wie die anderen ihn beäugten, und wandte sich verärgert ab.

»Vielleicht war es ein Seeadler«, sagte George aus dem Nichts, und alle blickten ihn an. Er zuckte die Schultern. »Der die Vögel beunruhigt. Könnte ein Seeadler in der Nähe gewesen sein, der versucht, an den Nachwuchs zu kommen.«

Liam kniff die Augen zusammen. »Ich weiß nicht.« Er sah sehr müde aus. »Ja, vielleicht.«

Ein Knattern ertönte, als Sean den Motor anwarf. »Herr im Himmel, lasst uns einfach an Land zurückfahren.«

·

War die Fahrt zum Wrack ruhig verlaufen, herrschte auf der Rückfahrt eine andere Art von Ruhe. Die Stimmung war immer noch gedrückt, als sie von Bord gingen.

Sobald sie angelegt hatten, sprang George vom Boot. Er stieg aus seinem Neoprenanzug, zog ein T-Shirt aus seinem Rucksack und verschwand kopfschüttelnd mit einem knappen Dankeschön, das immerhin ansatzweise aufrichtig wirkte, durch das Tor des Yachthafens.

Als Liam den Neoprenanzug an sich nahm, um ihn abzuspülen, wandte Sean sich an Kieran und Verity. »Es tut mir sehr leid«, sagte er und fuhr sich mit einer Hand übers Gesicht. »Wenn ihr bei Gelegenheit noch mal rauswollt ...«

»Alles gut, Sean. Ich wollte das Wrack noch einmal sehen, und das habe ich«, sagte Verity, als sie zum Schuppen gingen, um sich umzuziehen. »Also vielen Dank, wirklich.«

Kieran kam leichter aus seinem Wetsuit heraus, als er hineingekommen war, und dieses Mal war er es, der vor dem Schuppen auf Verity wartete. Immer noch fröstelnd, suchte er sich einen Platz in der Sonne und lehnte sich, plötzlich sehr müde, an eine Wand. Über den Lärm des Wasserschlauchs hinweg, mit dem die Ausrüstung gereinigt wurde, hörte er Seans Stimme.

»... weiß, dass du es gerade schwer hast, aber ...«

Liam ließ daraufhin ein kurzes, hohles Lachen hören. Sean ignorierte das.

»... aber du kannst niemanden allein im Wasser zurücklassen. Es ist so schon schlimm genug, aber wenn du das mit echten Kunden machst, könnte ich das Geschäft verlieren. Oder Schlimmeres.«

Keine Antwort.

»Das ist mir ernst. Liam? Das ist ein echtes Sicherheitsproblem. Du weißt das. Du kannst nicht ...«

»Ich musste nach oben steigen, weil ich da unten nicht bleiben konnte.« Liams Antwort kam so leise, dass Kieran ihn kaum verstand.

»Was meinst du damit?«, fragte Sean.

»Ich hatte Wasser in der Maske und versuchte sie zu reinigen, aber ich habe etwas eingeatmet und ...« Liam hielt inne.

»Das ist doch nichts Neues.« Seans Stimme klang jetzt sanfter. »Wie viele Male ist das passiert? Hunderte Male.«

»Ja, ich weiß, aber diesmal ...« Kurz wirkte es so, als würde Liam nichts weiter sagen. »Als das Wasser in Nase und Mund war, fühlte es sich an, als könnte ich nicht mehr atmen. Ich meine, ich konnte, aber für mich fühlte es sich an, als könnte ich es nicht, verstehst du? Ich habe es nicht ausgehalten da unten. Das ist passiert. In Ordnung? Ich musste atmen, also bin ich aufgetaucht.«

Schweigen.

»Okay«, sagte Sean. »Ist in Ordnung. Du hättest mich allerdings holen sollen. Oder sonst jemanden. Nicht einfach so verschwinden.«

»Ich weiß, aber ...« Liam schien es nun peinlich zu sein. »Ich wusste nicht, wie lange ich es aushalte. Ich hatte Angst, dass ich mir die Maske runterreißen würde.«

Eine Weile herrschte Stille.

»Ist es so schlimm?«, fragte Sean dann.

»Dass Leute meinen, ich hätte ein Mädchen ermordet? Ja, das ist ziemlich schlimm.«

Kieran hörte, wie sich am Vorderausgang etwas regte. Verity war fertig. Dennoch blieb er, wo er war.

»Also gut.« Seans Worte waren nur schwer zu verstehen. »Vielleicht ...« Ein Zögern. »Vielleicht solltest du das im Moment niemandem erzählen.«

Verity lugte um die Ecke.

»Fertig?«, rief sie, so dass er Liams Antwort nicht mitbekam.

»Ja.« Kieran trat vom Schuppen zurück, und gemeinsam verließen sie den Yachthafen. Als sie die Straße erreichten, hoben sie gleichzeitig an zu sprechen.

»Sorry«, sage Kieran. »Du zuerst.«

»Ich wollte nur sagen, dass ich einen Kaffee für deinen Vater hole.« Verity klang munter, aber immer noch kühl. »Offensichtlich kann das Surf and Turf ein wenig Umsatz gut brauchen. Kommst du mit?«

»Ich glaube schon«, sagte Kieran. »Es war übrigens Julian, der den Cops erzählt hat, dass Dad draußen herumgelaufen ist.«

»Ich weiß. Es war auch Julian, der sich um ihn gekümmert hat, bis ich vor Ort war. Nicht zum ersten Mal übrigens.«

»Verstehe«, sagte Kieran, als sie losgingen. »Es tut mir leid, dass ich Audrey zu den Höhlen mitgenommen habe. Du hast vollkommen recht. Ich war oben am Aussichtspunkt und sah, dass Ebbe herrschte und ...« Er blickte sie an.

»In Ordnung«, sagte Verity schlicht. Vor ihnen leuchtete das Schild des Surf and Turf.

»Ich nehme sie nicht wieder mit dorthin.«

»Das ist deine Sache.«

»Mutter ...«

»Wie du schon gesagt hast, Kieran, Audrey ist dein Kind.« Verity sprach mit kühler Gelassenheit. »Aber es würde dir sehr leidtun, wenn ihr etwas zustößt.«

Kieran blieb stehen. Nach ein paar Schritten gab Verity nach und blieb ebenfalls stehen. Sie wandte sich um, und sie standen auf der Straße und sahen einander an.

»Gibt es etwas, das du mir sagen willst, Mutter?«

»Nein, Kieran.«

»Sicher? Über Finn vielleicht?«

»Nein.«

»Für mich fühlt sich das ein wenig aggressiv an.« Er wusste, dass er Verity reizen konnte, wenn er in denselben abgeklärten Ton verfiel, von dem sie so angetan war.

»Nun.« Sie schaute ihm in die Augen. »Tut mir leid, dass du das so empfindest.«

»Mutter ...«

»Kieran.« Verity seufzte schwer. »Bitte nicht, ja? Du hast

recht. Audrey ist dein Kind. Aber wenn ihr etwas zustoßen würde, täte es dir leid. Mehr wollte ich nicht sagen.«

Das stimmte natürlich nicht, aber sie hatte sich schon abgewandt. »Ich hole den Kaffee. Du kannst mitkommen oder es lassen.«

Kieran blickte ihr eine Weile hinterher und folgte ihr dann.

•

Als sie die Tür zum Surf and Turf öffneten, zeigte der große Bildschirm, auf dem normalerweise Sportübertragungen liefen, die Lokalnachrichten. Die Bilder flackerten ohne Ton, während aus den Lautsprechern Musik aus den Achtzigern dröhnte.

Lyn stand in Uniform davor und bearbeitete mit angespannter Miene die Fernbedienung.

»Sie haben heute Morgen ihr Nachrichtenteam geschickt«, setzte sie Kieran und Verity unverzüglich in Kenntnis. »Wollte mal sehen, was es Neues gibt.«

»Sind Brontes Eltern eingetroffen?«, fragte Verity, nachdem sie ihre Bestellung abgegeben hatte.

»Ja, Chris Renn hat sie hierhergebracht. Sie sind nur eine Minute geblieben. Haben nicht viel gesagt.« Lyn wies mit dem Kopf auf das Schwarze Brett, wo neben Brontes Foto eine gedruckte Einladung gepinnt war. »Man hat für heute Abend eine Gemeindeversammlung angesetzt. Da sind sie wohl dabei.«

Kieran ging hinüber. Die Ankündigung betraf den Ablauf der Versammlung in der Bibliothek von Evelyn Bay. Sergeant Renns Unterschrift zierte das Blatt. Kieran betrachtete Brontes Gesicht und hob dann die Sammelbüchse darunter an. Sie war inzwischen deutlich schwerer und bewegte sich kaum.

»Es geht los«, sagte Lyn und wies auf die Fernsehnachrichten. Sie versuchte sich noch einmal an der Fernbedienung, kapitulierte dann aber und gab sich mit der Sendung ohne Ton zufrieden.

Der dunkelhaarige Reporter stand auf dem vertrauten Strandabschnitt vor Fisherman's Cottage und sprach in ein Mikrophon. Die Kamera machte einen Schwenk und zeigte aus respektvoller Entfernung zwei Menschen, die mit kreidebleichen Gesichtern am Ufer standen. Kieran benötigte keine Einblendung, um zu wissen, um wen es sich handelte. Brontes Vater hatte kurzgeschorenes graues Haar und trug einen eleganten Wollmantel über seinen Jeans. Die Frau war klein wie Bronte, aber ihr blondes Haar war in einer sehr geraden Linie an der Schulter abgeschnitten. Beide trugen Dunkelblau. Nicht ganz die Beerdigungsfarbe, aber fast. Brontes Vater rieb sich mit einem zerknitterten Papiertaschentuch die Augen, während seine Frau einen riesigen Strauß rosafarbener Rosen auf den Haufen legte, der am Ufer zusammengekommen war. Der Wind erfasste das Zellophan und blies das Bukett zur Seite, sobald sie es losließ. Brontes Eltern bewegten sich nicht, starrten nur auf den Haufen halb verwelkter Blumen, als könnten sie dort eine Antwort finden.

Das Filmmaterial wurde durch ein Foto von Bronte komplettiert, ein neues Foto, das Kieran vorher nie gesehen hatte. Sie strahlte vor einem gerahmten Gemälde, von dem Kieran annahm, das es von ihr stammte.

Das Bild verschwand, und Sergeant Renn füllte den Bildschirm. Ohne eine Miene zu verziehen, sprach er in die Kamera. Kieran konnte seine Lippen nicht lesen, sich aber denken, was er sagt. *Sollte jemand im Besitz von Informationen …*

»Wirst du zu dieser Versammlung gehen?«, fragte Kieran.

»Absolut.« Lyn drehte den Kopf vom Fernsehapparat weg, als eine Nahaufnahme von Brontes rosafarbenen Rosen erschien. Ihre Augen wanderten in Richtung Küche, wo Liam bis vor Kurzem gearbeitet hatte. »Das will ich keinesfalls verpassen.«

KAPITEL 24

Sie waren früh dran, aber andere waren noch früher gekommen. Die Bibliothek war schon gut gefüllt.

Ashs Hund Shifty war draußen am Fahrradständer angeleint. Kieran kraulte ihn im Vorübergehen. Er erinnerte sich an den Tag, als Ash den Hund gefunden hatte. Er war ausgesetzt worden oder entlaufen und trieb sich am Lieferanteneingang des Surf and Turf herum. Ash hatte sich seiner erbarmt und ihn mit zu sich nach Hause genommen.

Kierans Blick fiel auf eine Ankündigung, die ans Rückgabefach für ausgeliehene Bücher geklebt war und die Besucher darüber informierte, dass das Gemeindetreffen im Veranstaltungssaal stattfinden würde. Das war unnötig. Lautes Stimmengewirr schwirrte zwischen den Regalen umher. Der Saal war fast bis auf den letzten Platz besetzt, als Kieran sich zusammen mit Mia vorarbeitete. Verity und Brian folgten ihnen. Mia sah, dass es nur noch Stehplätze gab, und machte mit dem sperrigen Kinderwagen gleich kehrt.

»Ich stelle ihn im Vorraum ab«, sagte sie, und Kieran nahm Audrey auf den Arm. Mia verschwand mit dem Kinderwagen hinter den Audiobüchern. Kieran ließ seinen Blick durch den Saal schweifen. Brian war ein Platz angeboten worden. Verity versuchte, ihn dazu zu bewegen, ihn anzunehmen. Schließlich erhob sich die Person daneben und gestikulierte in Richtung Verity, sie möge ebenfalls Platz nehmen. Verity war es peinlich, sie nahm aber schließlich dankbar an und griff fest nach Brians

Handgelenk. Kieran nahm Audrey auf den anderen Arm und fand einen Stehplatz in der Nähe der Tür.

Auf der Bühne standen ein Tisch und vier Stühle. Ein Laptop war geöffnet, und Bronte lächelte von zwei großen Fotos, die auf einer Präsentationsleinwand zu sehen waren. Auf dem ersten Bild war sie festlich gekleidet und strahlte, als handle es sich um einen besonderen Anlass. Auf dem zweiten saß sie in Jeans und barfuß auf einer Gartenmauer und hatte den Arm um einen verschlafen aussehenden Golden Retriever gelegt.

Liam war nicht anwesend, wie Kieran aus der allgemeinen Atmosphäre schloss. Sean war allerdings genauso wie Julian gekommen. Sie standen nebeneinander, Rücken an der Wand und mit vor der Brust verschränkten Armen. Der wettergegerbte Mann zu Julians Linken beugte sich vertraulich zu ihm und redete auf ihn ein, während er mit seiner zusammengeklappten Sonnenbrille in die Luft stach, um etwas zu unterstreichen. Das Pärchen daneben stierte nach vorn und gab vor, weder Julian noch Sean zu bemerken.

Julian tat seinerseits sein Bestes, um seine Umgebung zu ignorieren. Mit starrem Blick nickte er hin und wieder, während der Mann unablässig auf ihn einredete. Sean neben ihm ließ den Kopf hängen und massierte seinen Nasenrücken. Kieran versuchte Augenkontakt herzustellen, aber Sean sah nicht auf. Der Saal war zu voll, um sich zu ihm vorzukämpfen, und Kieran stellte zu seiner Schande fest, dass er erleichtert war.

Er spürte eine Bewegung und sah, wie Ash grüßend die Hand hob. Er saß in der zweiten Reihe, hatte einen Arm um Olivias Stuhl gelegt und massierte mit dem Daumen ihre Schulter. Olivias Mutter Trish saß mit durchgedrücktem Rücken auf der anderen Seite. Sie beobachteten still, wie ein Kamerateam sich neben dem Rednerpult einrichtete.

»Hey, weißt du was? Ich habe endlich G. R. Barlin getroffen«, flüsterte Mia, als sie neben ihn glitt. »Ich habe ihn dabei erwischt, wie er seine Bücher in einer Abteilung mit Remittenden signierte. Wir haben allerdings beide vorgegeben, er würde das nicht tun.«

Kieran lächelte. »Du bist sicher äußerst taktvoll gewesen.«

»Ich habe mich für überschwängliches Lob entschieden. Ich wollte sagen, dass ich seine Bücher liebe, und habe versehentlich gesagt, dass ich ihn liebe. Er war sehr charmant.« Mia blickte sich jetzt erst im Saal um, wobei sich ihr Lächeln verlor. »Kein Liam?«

»Nein.«

Kieran entdeckte Lyn ein paar Reihen weiter hinten. Ihre Augen huschten immer wieder zu Julian, dann beugte sie sich zur Seite und flüsterte der Frau neben sich, die ihre Schwester hätte sein können, etwas ins Ohr. Das Gesicht der zweiten Frau verfinsterte sich.

»Entschuldigung. Dürfte ich …?«, ertönte eine Stimme hinter Kieran. Er wandte sich um und entdeckte George Barlin, der sich durch die Reihen schlängelte, und ließ ihn durch.

»Danke.« George trug wieder eine dieser übergroßen Strickjacken. Kieran fragte sich, wie viele davon er wohl besaß. George lächelte Mia an. »Und noch einmal hallo.«

Sollte es ihm peinlich sein, verbarg er es besser als Mia. Mit kritischer Miene musterte George die Reihen der Besucher, die Schulter an Schulter saßen.

»Will sich wohl keiner entgehen lassen, was?«, stellte er trocken fest. »Wenigstens sind die Menschen im wahren Leben ziviler als die im Internet.«

Kieran nickte. »Ich habe gesehen, dass im Forum mächtig Dampf abgelassen wird.«

»Kann man wohl sagen.« George machte ein ernstes Gesicht. »Die Herrschaften sollten sich allerdings in Acht nehmen. Da werden in den Kommentaren ziemlich verleumderische Reden geschwungen. Besonders, weil noch niemand angeklagt wurde.« Er warf einen Seitenblick auf Sean und Julian, die sich kaum bewegt hatten.

»Wird das Ganze moderiert?«, fragte Mia und streckte die Arme aus, um Audrey zu übernehmen, als sie zu quengeln begann.

»Früher haben das ein paar Leute übernommen, Freiwillige hauptsächlich, nehme ich an. Aber da ging es meistens nur um Gebühren und Beschwerden wegen Müll. Falls es momentan gemacht wird, sind sie sichtlich überfordert. Seit Tagen schon gibt es Posts, die man von vornherein nicht hätte erlauben dürfen.«

»Über Liam?«, fragte Mia.

»Manche«, sagte George. »Nicht alle ...«

Er unterbrach sich und trat einen Schritt zurück, als Inspector Pendlebury versuchte, sich einen Weg durch die Menge nach vorn zu bahnen.

»Entschuldigen Sie bitte«, sagte sie und war wegen der erwartungsvoll gedämpften Stimmen plötzlich sehr präsent.

Pendlebury kümmerte das nicht, und sie setzte ihren Weg durch die Menge zu dem Platz fort, wo Olivia saß. Sie nahm Platz und beugte sich über Ashs Stuhl hinweg zu Olivia, um ihr etwas zuzuflüstern. Zusammen mit dem ganzen Saal beobachtete Kieran, wie Pendlebury mit dem Kopf auf die leere Bühne, dann auf die Tür wies, und ihr, vermutlich als höfliche Geste gegenüber Brontes Mitbewohnerin, den Ablauf erklärte. Wie Ash neben ihr verzog Olivia keine Miene. Interessant, dachte Kieran, wie niemand es angenehm findet, vor Freunden und Nachbarn als jemand dazustehen, der der Polizei bei ihren Nachforschungen hilft, ganz gleich wie harmlos das Gespräch auch ist. Kieran warf einen Blick auf Sean, der die Szene wie alle anderen auch beobachtete.

»Die Polizei zensiert das aber inzwischen«, sagte George leise, die Augen immer noch auf Pendlebury gerichtet.

»Das Forum?«, fragte Kieran.

»Ja, soweit ich gehört habe. Inzwischen verschwindet der eine oder andere Post. Aber es gibt immer noch haufenweise verleumderisches Zeug darauf zu lesen. Meine Vermutung ist, dass sie sich darauf konzentrieren, die Sachen zu löschen, die irgendwie in Verbindung mit ihrer Untersuchung stehen.«

»Sachen, die sie für sich behalten wollen?«, fragte Kieran.

»Oder Gerüchte vielleicht?« George zuckte die Schultern. »Wer weiß? Ich habe versucht, den Überblick zu behalten, herauszufinden, was gelöscht wurde, aber es geht zu schnell.«

Kieran konnte nicht anders und zückte das Handy. Mia ebenfalls.

Willkommen bei EBOCH! Schauen Sie auf eine virtuelle Tasse Kaffee und einen Plausch vorbei!

Die Leute taten inzwischen sehr viel mehr als das, wie Kieran feststellte. Ein Streit darüber, ob man das Surf and Turf boykottieren sollte, zog sich über drei Seiten hinweg. Kieran schaute hoch und sah, wie Julians Augen Pendlebury folgten. Das Surf and Turf würde ganz bestimmt überleben. Man musste schließlich irgendwo essen und trinken. Dennoch war die Tatsache, dass überhaupt jemand vorschlug, den Laden zu meiden, besorgniserregend. Kieran wandte sich wieder seinem Handy zu.

Bronte mochte nächtlichen Sex am Strand. Ein anonymer grauer Avatar behauptete das. Er – sie? – kannte jemanden im Fitnessstudio, der – die? – sie im letzten Monat dort unten mit einem Mann gesehen hatte.

Kieran hatte keine Ahnung, ob das stimmte, den Reaktionen nach auch sonst niemand. Er sah sich im voll besetzten Saal um und versuchte, einige der Kommentare einem Gesicht zuzuordnen, wusste aber nicht, wo er anfangen sollte.

Eine Antwort war gelöscht worden.

Der graue Avatar war noch zu sehen, aber der Kasten für den Kommentar war leer. *Blainey82 ist geblockt worden, weil die Richtlinien von EBOCH verletzt wurden.*

Direkt darunter hatte Mias alte Musiklehrerin Theresa Hardley sich entschlossen, das Wort zu ergreifen, indem sie den ursprünglichen Beitrag kommentierte.

Ich glaube keine Sekunde, dass Bronte so war. Meine Enkelin sagt, sie wäre eins der nettesten Mädchen auf der Universität gewesen. Hier der Beweis, hatte sie geschrieben und einen Link auf eine Website hinzugefügt. Ihr Kommentar hatte wiederum ganz unterschiedlichen Widerhall gefunden, von nachsichtig bis wütend. Man setzte Theresa darüber in Kenntnis, dass es durchaus möglich wäre, ein nettes Mädchen zu sein und trotzdem einvernehmlichen Sex an halböffentlichen Orten zu mögen.

Neugierig geworden, klickte Kieran auf Theresas Link. Er führte auf eine Social-Media-Seite, von der Kieran zwar schon gehört, sich selbst aber für zu alt und bequem befunden hatte, um herauszufinden, wie alles dort funktionierte. Es war eine Online-Hommage an Bronte, und ziemlich viele hatten eine Zeichnung gepostet, die Bronte für sie gemacht hatte. *Ich kann es nicht fassen, dass sie nicht mehr unter uns ist*, hatte ein Mädchen geschrieben, dem Nachnamen nach Theresas Enkelin.

Kieran spürte, wie Mia ihn am Arm berührte. Sie studierte immer noch die EBOCH-Seite. Sie hielt den Bildschirm so, dass er ebenfalls lesen konnte, und tippte mit einem Fingernagel auf einen Beitrag.

Brian Elliott wurde in der Nacht am Strand gesehen, als Bronte Laidler getötet wurde. Kieran spürte, wie es eng um seine Brust wurde. Er schaute nach dem Avatar. Anonymes Grau natürlich. Nicht mal ein ordentlicher Chatname, lediglich eine Ansammlung von Zahlen. *Er spaziert nachts herum.*

Nicht doch, lautete eine Antwort darauf. *Er ist dement.*

Er war auch der Letzte, der mit Gabby Birch gesehen wurde, falls jemand sich daran erinnert?

Kieran fühlte sich elend. Er sah, wie Julian am anderen Ende des Saals ebenfalls auf sein Handy starrte und auf den Bildschirm tippte.

»Es kann jeder gewesen sein«, flüsterte Mia, als könne sie seine Gedanken lesen. »Liam wird überall herumerzählt haben, dass dein Vater unterwegs war. Jeder kann das geschrieben haben.«

»Das macht die Sache nicht besser«, meinte Kieran und sah kurz zu Verity hinüber. Sie schien auf Brian einzureden, sitzen zu bleiben.

»Nein, aber …« Mia hielt inne, weil sich hinter ihnen etwas regte und die gesamte Aufmerksamkeit der Versammlung sich jetzt der Tür zuwandte.

Sergeant Renn betrat als Erster den Saal und grüßte Pendlebury mit einem Nicken, wobei keiner von beiden eine Miene verzog. Stille trat ein, und nichts regte sich, so dass es kurz schien, als würde niemand sonst erwartet. Renn wandte sich halb um, dann erschienen Brontes Eltern in der Tür. Pendlebury bahnte ihnen einen Weg, während sämtliche Augen ihnen auf der langen Reise von hinten nach vorne folgten.

Staatsbeamte aus Canberra, hatte Olivia gesagt, und so waren sie auch gekleidet. Seit der Nachrichtensendung hatten sie sich umgezogen und sahen beide aus, als wären sie in frisch gebügeltem Hemd und Hosenanzug zu einem Geschäftsfrühstück unterwegs. Kieran stellte sie sich in ihrem Hotelzimmer vor, wie sie überlegten, was sie anziehen sollten. Wie sie gedankenverloren abwechselnd das wackelige Bügelbrett benutzten. Was konnte man zum Tod einer Tochter sagen? Nichts, lautete die Antwort. Oder alles. Kieran vermutete, dass sie sich für ihre übliche Kleidung entschieden hatten, um wenigstens einen Hauch Kontrolle zu behalten.

Sergeant Renn blieb stehen, bis die anderen drei ihre Plätze eingenommen hatten. Er nahm das Mikrophon zur Hand und fingerte am Einschaltknopf herum.

»Können Sie mich hören?«

Bestätigendes Gemurmel im Saal.

»Gut. Also vielen Dank, dass Sie alle gekommen sind. Ich denke, die meisten von Ihnen kennen mich. Ich bin Sergeant Chris Renn. Ich arbeite seit dreizehn Jahren hier in Evelyn Bay.

Und das ist meine Kollegin aus Hobart …« Er wies zum Ende des Tisches. »… Detective Inspector Sue Pendlebury, die einige von Ihnen sicher schon in den letzten Tagen zusammen mit ihrem Team gesehen haben.«

Renn warf einen Blick auf seinen Notizzettel.

»Sie alle haben von dem tragischen Vorfall gehört, der sich Samstagnacht ereignet hat. Bronte Laidler, die viele von uns von ihrer Arbeit im Surf and Turf kannten, war noch nicht lange hier, aber schnell zu einem vertrauten Gesicht geworden, und ich weiß, wie erschüttert alle sind, wegen dem, was geschehen ist. Heute sind ihre Eltern Nick und Andrea Laidler bei uns, die aus Canberra angereist sind.« Renn wandte sich an das Paar, das mit ausdrucksloser Miene in das Meer von Gesichtern gestiert hatte. Sie zuckten zusammen, als ihre Namen fielen. »Es tut uns sehr leid, dass Sie unter so tragischen Umständen bei uns sind, doch unsere Gemeinde heißt Sie willkommen.« Brontes Vater deutete eine knappe Verbeugung an, während ihre Mutter lautlos etwas mit den Lippen formte. *Danke.*

Renn wandte sich erneut an die Versammlung. »Wir wissen, dass dies eine schwierige Zeit ist, die selbstverständlich viele Fragen aufwirft, aber wir möchten Ihnen versichern, dass wir uns da draußen sehr gründlich umhören, und diverse Spuren verfolgen …«

Irgendwo links im Saal war ein Murmeln zu hören, und Renn kam aus dem Konzept.

»Äh …« Er konsultierte seinen Spickzettel. »Ja, wir verfolgen gründlich …«

»Ich fragte, warum wir Einheimischen belästigt werden, Chris?« Diesmal ließen die Worte nichts an Deutlichkeit vermissen, und alle wandten die Köpfe. Kieran konnte jetzt den Sprecher ausmachen. Ein Mann in den Vierzigern mit dem Körper eines Surfers unter seinem Karohemd. Seine Hand lag auf der Schulter eines etwa dreizehnjährigen Jungen, der nur sein

Sohn sein konnte. Kieran kannte den Mann. Heath soundso. Er leitete zusammen mit Julian den Rettungssportclub.

»Fragen können später gestellt werden, Heath«, sagte Renn nachdrücklich. »Sprich mich später noch einmal an.«

»Ja, okay, aber ich frage mich, warum du deine Zeit mit uns verschwendest, wo wir doch alle wissen, dass derjenige, der das getan hat, längst auf dem Festland ist.« Heath nickte in Richtung Brontes Eltern, die mit versteinerter Miene dasaßen. »Sehen Sie, es tut mir furchtbar leid, was ihrer Tochter zugestoßen ist, glauben Sie mir. Ich habe selbst Kinder.« Heath hob den Arm, der auf der Schulter seines Sohnes lag. »Aber wir … wir alle hier … wir haben das nicht getan. Und ich möchte wissen, Chris, was ich meinem Jungen erzählen soll, wenn er nach Hause kommt und fragt, warum der Dad von seinem besten Freund von der Polizei in die Mangel genommen wird?«

»Wie wäre es, wenn du ihm erzählst, dass das so üblich ist, wenn jemand Opfer einer Gewalttat wurde? Dann nämlich werden Menschen belästigt.« Renn machte sich diesmal nicht die Mühe, ins Mikrophon zu sprechen. Er schaute Heath in die Augen, ließ dann seinen Blick über die Versammlung schweifen. »Also, das hier ist unsere Gemeinde. Meine auch. Und ich freue mich, dass Sie alle gekommen sind, um zuzuhören. Aber können wir uns bitte um ein wenig Respekt bemühen, ja?« Er machte eine Pause und wandte sich dann wieder seinen Notizen zu. »Gut.«

Renn hielt den Rest seiner Vorbemerkungen kurz, und Kieran vermutete, dass er sich sogar kürzer fasste als geplant. Dann war Pendlebury dran. Sie erhob sich, tippte auf die Tastatur ihres Laptops, und eines der Fotos von Bronte verschwand.

»Bitte werfen Sie einen Blick auf die Leinwand.« Sie tippte wieder auf die Tastatur, woraufhin zwei neue Bilder erschienen.

Eine Kamera. Und ein Laptop.

Kieran und Mia wechselten einen Blick – *Auch der Laptop?* – und schauten sofort zu Olivia hinüber. Ihr Hinterkopf blieb vollkommen unbewegt. Ash, teilweise im Profil zu sehen, starrte auf die Leinwand, während seine Hand nun über der Rückenlehne ihres Stuhls baumelte.

»Diese beiden Objekte sind für uns von Interesse«, fuhr Pendlebury fort und wies auf die Bilder. Es handelte sich um Katalogbilder mit Inserts von Markenbezeichnungen. Pendlebury wies mit dem Cursor so lange auf besondere Merkmale, bis sie sicher war, die volle Aufmerksamkeit des Publikums zu haben. »Bitte beachten Sie das Fabrikat, hier und dort, und die Modellnummern, hier und hier. An den Ausgangstüren werden später Flugblätter mit diesen Informationen ausliegen. Ich möchte Sie bitten, eines oder mehrere davon mitzunehmen und sie an die Nachbarn zu verteilen, die heute Abend nicht anwesend sind.«

Pendlebury wandte sich wieder der Leinwand zu. Brontes Eltern starrten vor sich hin.

»Wir glauben, dass diese beiden Objekte Bronte Laidler gehörten«, fuhr sie fort. »Wir haben sie nicht finden können und nehmen an, das sie hier irgendwo entsorgt wurden. Wir bitten Sie, bei sich zu Hause nachzuschauen, in Ihren Mülleimern, Schuppen, in Ihrem Garten, überall, wo jemand diese Objekte in aller Eile hätte beseitigen können.«

Gemurmel allenthalben, was Pendlebury jedoch ignorierte. Kieran vermutete allerdings, dass sie so gut wie alle hier im Saal wusste: Um in Evelyn Bay etwas loszuwerden, musste man nur aus seiner Hintertür treten und fand dort eine Million Liter Wasser vor, die darauf warteten, es aufzunehmen. Allerdings – Kieran konnte nicht anders, als einen Blick auf Trish Birch zu riskieren – nicht immer. Offensichtlich wurde manchmal etwas wieder angeschwemmt.

Pendlebury wies noch auf einige charakteristische Merkmale von Kamera und Laptop hin, wobei sie die Fotos stehen ließ, damit der Kameramann des Fernsehens seine Aufnahmen fertigstellen konnte, während der Journalist sich Notizen machte. Sie wiederholte die Nummer der Hotline, tippte noch einmal auf die Tastatur und die Fotografien von Bronte erschienen erneut.

Sie wechselte einen Blick mit Renn, und dann blickten beide die Laidlers an. Pendlebury beugte sich zur Seite und wechselte ein paar Worte mit ihnen und straffte sich dann.

»Brontes Eltern Nick und Andrea möchten nun etwas sagen. Sie werden keine Fragen beantworten. Sollten Sie Fragen haben oder Informationen, wenden Sie sich bitte später an Sergeant Renn oder mich.«

Pendlebury gab das Mikrophon an Brontes Eltern weiter, die sich erhoben. Mit unbewegter Miene standen sie kerzengerade in ihren gut geschnittenen Anzügen. Brontes Vater war ein Mikrophon sichtlich vertrauter als Renn oder Pendlebury. Als Einziger im Saal trug er Krawatte.

Kieran betrachtete sie, wie sie nebeneinander in dem abgenutzten Gemeindesaal vor den Fotos ihrer verstorbenen Tochter posierten. Fehl am Platz, dachte er, was man durchaus wörtlich nehmen konnte, da sie nicht hierhergehörten. Das ist nicht unser Leben, schienen sie zu denken. Das ist nicht wirklich passiert.

Nick Laidler legte sein Telefon auf den Tisch und tippte kurz auf die Tastatur. Er stand mit gesenktem Kopf da und atmete einmal tief durch, bevor er aufblickte.

»Bronte war unser Kind«, sagte er. Seine Stimme war perfekt auf das Mikrophon und die Größe des Saals zugeschnitten, und er sprach wie jemand, der es gewohnt ist, vor Publikum zu agieren. Ein kurzer Blick auf seine Notizen auf dem Handy. »Sie war ein lebensfrohes, beliebtes Mädchen, das sich zu einer wundervollen, talentierten Frau entwickelte. Bronte war eine begabte Künstlerin und hatte viele Freunde. Sie war ...«

Nick Laidler hielt inne, als seine Frau unerwartet den Arm ausstreckte und ihn am Ärmel zupfte. Er blickte auf sie hinab und dann hoch in ihr Gesicht. Während er sprach, hatte Andrea Laidler ganz regungslos neben ihm gestanden, aber ihre Augen waren unstet gewesen. Sie hatte, wie Kieran nun begriff, jedes einzelne Gesicht in der Menge studiert, eines nach dem anderen. Sie drehte sich zu ihrem Mann und gab ihm zu verstehen, er solle ihr das Mikro reichen. Kieran sah, wie Pendlebury und Renn Blicke wechselten.

Nick senkte den Kopf und flüsterte mit seiner Frau. Ihre Antwort war nicht zu hören, doch sie beharrte auf dem Mikrophon. Diesmal reichte er es ihr und schob sein Telefon zu ihr hin, damit sie seine Notizen lesen konnte.

Andrea Laidler beachtete sie nicht. Sie ergriff das Mikrophon mit der Selbstverständlichkeit von jemandem, der es gewohnt ist, Reden zu halten. Sie heftete ihren Blick auf die Menge.

»Wer war das?«

Die Worte von Brontes Mutter peitschten durch die Luft. Sie wartete ab. Niemand gab einen Ton von sich. Unablässig fuhr ihr Blick die Reihen entlang. Jeder im Saal starrte sie an, aber Kieran sah mehr als einen Anwesenden, der ihrem Blick nicht standhielt.

»Wer war das?«, fragte sie noch einmal. Ihr Mann streckte den Arm aus, berührte nachdrücklich den Bildschirm seines Handys und schob es genau vor sie hin, aber Brontes Mutter konzentrierte sich mit kühlem, forschendem Blick weiter auf den Saal.

Kieran war gewiss nicht der Einzige, der eine tränenreiche, seelenvolle Traueransprache erwartet hatte. Er spürte, wie die Atmosphäre sich verhärtete, als er wie alle anderen auch versuchte, zu begreifen, und mehr oder minder gleichzeitig zum selben Ergebnis kam: Brontes Mutter war nicht traurig. Sie war wütend.

Ihre Hand zitterte, als sie erneut zum Mikrophon griff, aber ihre Stimme war fest.

»Wir wussten nicht genau, warum unsere Tochter über den Sommer hierherkommen wollte, warum sie monatelang bleiben wollte ...« Leichte Gereiztheit im Publikum, und ihr Mann runzelte die Stirn. Andrea Laidler ignorierte beides. »Aber wir liebten Bronte. Sie sagte, es wäre wichtig für ihre Kunst, also haben wir sie dabei unterstützt. Das haben wir immer so gehalten. Und als Bronte hierherkam, tat sie ihr Bestes, um sich anzupassen, und sie wurde willkommen geheißen, größtenteils …«

Die letzte Bemerkung wurde sehr deutlich in Richtung Olivia gesprochen, die in ihren Schoß starrte. Ash legte den Arm enger um sie, und Trish sah schlicht überrumpelt aus. Kieran bekam mit, wie Renn mit Blicken eine unausgesprochene Frage auf Pendlebury abfeuerte, die zuerst zögerte, dann mit einem kaum wahrnehmbaren Kopfschütteln antwortete.

»Bronte war voller Erwartungen, als sie hierherkam«, sagte Andrea Laidler mit angespannter Stimme. »Neugierig auf das Leben. Interessiert. Vertrauensvoll.«

Sie hielt inne, während sie immer noch die Anwesenden fixierte. Erst ein Blick auf George, dann Mia, schließlich Kieran. Er schaute zurück, und als ihre Augen sich trafen, musste er plötzlich an Verity denken. Er sah, wie seine Mutter sich auf ihrem Stuhl mit geöffnetem Mund nach vorne beugte und der Frau lauschte.

»Die letzten Minuten im Leben meiner Tochter waren grauenvoll.« Jetzt zitterten sowohl ihre Stimme als auch ihre Hände. »Ich darf gar nicht daran denken, welche Angst sie ausgestanden hat. Können Sie sich vorstellen, wie das für sie gewesen sein muss? Im Wasser? Sie konnte nicht atmen.«

Brontes Mutter schluckte, und ihre Worte hingen in der Luft. Kieran spürte, wie George neben ihm auf seinem Stuhl hin und her rutschte. Vom anderen Ende des Saales starrte Julian Brontes Mutter an, beinahe überzeugend in seiner Abwehr. Sean hatte das Gesicht in den Händen vergraben.

»Mir ist klar, dass Sie darauf warten, dass ich Sie um ihre Mithilfe bitte«, sagte Andrea Laidler schließlich. »Also werde ich das tun: Bitte! Ich flehe Sie an, wenn Sie etwas darüber wis-

sen, was meiner Tochter zugestoßen ist, bitte melden Sie sich.«
Sie atmete tief ein. »Aber Sie sollten wissen: Ich werde es so
oder so herausfinden. Ich tue nicht so, als wüsste ich, wo ich
beginnen muss, aber ich werde Leute dafür bezahlen. Ermittler. Ich werde unser Bankkonto bis zum Letzten ausschöpfen.
Ich werde eine Hypothek auf unser Haus aufnehmen. Was immer auch nötig ist. Denn ich glaube, dass dieser Mann ...« Andrea zeigte mit dem Finger auf Heath, der aussah, als wolle er
im Boden versinken. »... ich glaube, er hat unrecht. Ich glaube,
dass die verantwortliche Person sich in diesem Saal befindet.
Ich denke, es ist einer von Ihnen.« Stille trat ein. »Vielleicht
auch nicht. Mir ist das egal, mich interessiert nur die Wahrheit.
Wie auch immer, ich werde keinen Stein auf dem anderen lassen. Wenn Sie also hier unter uns sind ...« Sie ließ ihren Blick
wieder durch den Saal schweifen, diesmal nicht so langsam und
bestimmt. »Wenn Sie glauben, es würde schon vorübergehen,
dann können Sie lange warten. Jemand hat Bronte wehgetan.
Ich will wissen, wer. Wenn Sie also nicht wollen, dass jedes
einzelne Geheimnis dieses Ortes herauskommt, empfehle ich
jedem in diesem Saal, den Mund aufzumachen und zu reden.«

Daraufhin ertönte mehr als ein Murmeln. Renn sprang auf.

Andrea Laidler hielt eine Hand hoch, um ihn zu aufzuhalten.
Sie schaute sich noch einmal im Saal um und schüttelte dann
den Kopf.

»Nichts für ungut.« Sie legte das Mikrophon nieder und
sprach nun mit ihrer normalen Stimme. »Ich habe gesagt, was
ich sagen wollte.«

KAPITEL 25

Das Wasser am frühen Morgen war so kalt wie eh und je. Kieran tauchte den Kopf unter und hielt die Luft an. Er schwamm los, kämpfte sich durch die Brandung und hob bei jedem zehnten Zug den Kopf, um nach Audrey zu sehen, die am menschenleeren Strand in ihren Strampelsack verpackt auf seinem Badetuch lag.

Kieran war in der Dunkelheit von den ersten noch halblauten Vorwarnungen aus dem Kinderbettchen aufgewacht und widerstrebend aufgestanden. Er hatte Audrey gefüttert und ihr etwas aus einem Bilderbuch vorgelesen, das auf seinem Vorderdeckel schamlos damit warb, ihr gesamtes geniales Potenzial zu entfalten. Audrey hingegen war wieder eingeschlafen, was in diesem Moment das weitaus bessere Resultat zu sein schien. Damit hätten sie werben sollen. Inzwischen wurde es schon hell, aber das Haus schlief noch. Also hatte Kieran sie eingepackt, sich ein Badetuch geschnappt und war mit ihr an die frische morgendliche Luft gegangen.

Beim Schwimmen ging ihm ununterbrochen die Gemeindeversammlung durch den Kopf. Renn hatte nach der Rede von Brontes Mutter blitzschnell reagiert, das musste Kieran ihm lassen. Sie war kaum zu Ende gekommen, als der Sergeant schon mit zwei flinken Schritten die Bühne überquert und Andrea und Nick mit fester Hand im Rücken durch die Menge zur Tür hinausgeschoben hatte.

Alle anderen hatten länger gebraucht, eine Reaktion, die

sich von einem Grollen zu leisem Aufruhr steigerte. Mia hatte schnell geschaltet und war mit Audrey nach draußen gehastet, um sich den Kinderwagen zu schnappen. Kieran und George hatte dies zu ungewollter Nähe gezwungen, als sie mit mehreren hundert anderen Nachbarn versuchten, sich durch das Nadelöhr der einzigen Tür zu quetschen. Während sie durch die Bücherei in die kühle Nachtluft strömten, verteilten zwei uniformierte Polizisten Flugblätter. Als genügend Platz war, kurz stehen zu bleiben, schaute Kieran sich um und versuchte, Verity und Brian auszumachen.

»So etwas habe ich zugegebenermaßen nicht erwartet.« George betrachtete das Flugblatt mit den Abbildungen von Brontes Kamera und Laptop. »Die sind doch sicher längst verschwunden?«

»Das glaube ich auch.«

»Ich frage mich, ob die Polizei weiß, was darauf zu finden ist. Ich meine, Daten werden gesichert, nicht? Bei mir passiert das manchmal, ob ich es will oder nicht.«

»Wahrscheinlich«, sagte Kieran. »Kommt darauf an, welche Einstellungen sie gewählt hatte.«

Kieran erspähte Brians Haarschopf und sah, wie Verity ihn am Arm führte. Sue Pendlebury half ihr, indem sie unauffällig einen Weg für sie bahnte. Als sie an einem Beamten vorbeikamen, der Flugblätter verteilte, nahm sie mehrere an sich. Eines davon faltete sie penibel der Länge nach und überreichte es Verity. *Bitte schön.* Es war eine scheinbar harmlose Geste, die jedoch etwas Aufdringliches an sich hatte, was Kieran nervös machte.

»Nun, entweder die Polizei weiß nicht, was sich darauf befindet …« George sah vom Flugblatt auf und hinüber zu Pendlebury. »Oder sie wissen es, aber die Bedeutung ist ihnen noch nicht klar.«

Als ob sie den prüfenden Blick gespürt hätte, drehte Pendlebury den Kopf in ihre Richtung. Ihre Augen wanderten von

Kieran zu George, und irgendetwas huschte über ihr Gesicht. Es war fast augenblicklich wieder verschwunden, weil sie gezwungen war, ihre Aufmerksamkeit erneut Brian zuzuwenden. Sue Pendlebury hatte ihm gerade die letzte Stufe hinuntergeholfen, als eine zornige Frau in einem rosa Kunstfaserpullover sie ansprach.

»Ich mache mich mal auf den Weg«, sagte George. Er zögerte dann und wandte sich erneut Kieran zu. »Hören Sie, mein Lieber, es ist vielleicht nicht der richtige Moment, aber da gibt es etwas ...«

Er wurde von etwas hinter Kierans Schulter abgehalten, weiterzureden. Kieran drehte sich um und sah, dass Ash auf ihn zukam. Er hatte die Hundeleine in der Hand und wurde vom Licht aus der Bibliothek von hinten angestrahlt. George entfernte sich.

»Ein andermal«, sagte er und grüßte.

»Hast du Sean irgendwo gesehen?«, fragte Ash und rempelte George im Vorbeigehen leicht mit der Schulter an. Abgesehen davon ignorierte er ihn komplett.

»Nein. Er und Julian haben sich schnell auf die Socken gemacht.«

»Kann man ihnen nicht verdenken, das war verdammt heftig.« Ash schüttelte den Kopf. »Ich sollte auch besser los, Liv wartet. Sie ist ziemlich durcheinander.« Er senkte die Stimme. »Wahrscheinlich nicht die Einzige, nehme ich an. Die Leute sehen ganz fassungslos aus, findest du nicht? Was Brontes Mutter da alles gesagt hat über die Dinge, die rauskommen werden?«

»Ja.« Kieran registrierte verstohlene Blicke überall. Die Atmosphäre vor der Bibliothek war aufgeladen. »Das tun sie.«

»Man fragt sich, warum, oder?«

»Allerdings.«

Kieran beendete seine Bahnen im Meer, hob den Kopf und wischte sich das Wasser aus den Augen. Unter dem rotgoldenen Himmel lag Audrey, sicher eingewickelt in ihre Decke, und schlief fest. Er tauchte noch einmal unter die Oberfläche und spürte die stechende Kälte. Er schwamm ein paar schnelle Züge, wobei seine Muskeln sich lockerten, sobald er seinen Rhythmus gefunden hatte. Diesmal blieb er etwas länger unten, und als er wieder auftauchte, hätte er fast versehentlich Wasser geschluckt. Audrey war, wo er sie abgelegt hatte, aber der Strand war nicht mehr leer. Kieran sah eine Gestalt am Strand, deren Schatten über seine schlafende Tochter fiel.

In Windeseile war er auf den Beinen und kämpfte sich durchs Wasser zum Ufer, wobei er die eisige Luft auf seiner nackten Haut ignorierte.

»Hey!«

Bei seinem Ruf drehte die Gestalt sich um. Kieran wischte sich das Salzwasser aus den Augen und blinzelte, bis das Gesicht Form annahm. Trish Birch.

Er verlangsamte seinen Schritt ein wenig. Trish richtete sich auf und winkte. Sie trat einen Schritt von seiner Tochter zurück. Kieran hetzte nun nicht mehr, sondern watete durch die Brandung. *Alles in Ordnung*, sagte er sich, während sein Herz immer noch raste.

»Hallo«, rief Trish, als er das Ufer erreichte. »Tut mir sehr leid. Ich war ...«

»Nein, mir tut es leid.« Kieran erreichte die beiden und bückte sich nach seinem Handtuch, ein wenig verwundert, warum er es immer noch nötig fand, sich beim Abtrocknen zwischen Trish und sein Baby zu stellen. Audrey schlief friedlich und bekam von alldem nichts mit. »Ich war einfach nur überrascht.«

»Natürlich«, sagte Trish. »Ich wollte nur ...« Sie stockte, während sie sich besorgt umschaute. »Ich meine, denkst du, es ist sicher, sie hier am Strand zu lassen?«

Da ist jemand nicht auf Kerle oder Babys aus, dachte Kieran, obwohl er sich seinem Herzrasen nach zu urteilen nicht so sicher zu sein schien. Er beugte sich hinab und nahm Audrey auf den Arm, die unruhig wurde.

»Ich habe nicht damit gerechnet, dass jemand aufkreuzt«, sagte er.

»Nein. Und es geht mich auch gar nichts an.« Trish lächelte scheu. »Ich habe es immer gehasst, wenn Leute sich in meine Elternpflichten eingemischt haben. Tut mir leid, ich will dich nicht weiter beim Schwimmen stören.«

»Ich wollte sowieso aufhören«, sagte er.

Die Morgenluft hatte Trishs Gesicht einen gesunden Schimmer verliehen, ihr leicht angespannter Blick ließ Kieran jedoch vermuten, dass sie geweint hatte. Der Ozean hatte die rötliche Färbung des Himmels verschluckt. Trishs Augen folgten der Bewegung der Wellen, während sie in die Ferne blickte. Nein, wurde Kieran klar. Nicht blicken. *Absuchen.* Er zögerte.

»Trish, ich habe deinen Rucksack, falls du danach Ausschau hältst. Tut mir leid, ich habe ihn aus dem Wasser gezogen, nachdem du ihn hineingeworfen hattest. Ich wusste nicht, worum es dabei ging.«

»Oh, Olivia meinte, dass du ihn gefunden hast.« Trishs schien es peinlich zu sein, aber immer noch suchte ihr Blick an ihm vorbei das Meer ab. Kieran fragte sich, ob da draußen noch ein weiterer Rucksack unterwegs war. Vielleicht mehr als einer.

»Möchtest du ihn zurückhaben?«, fragte er. »Er ist in unserem Schuppen. Ich kann ihn holen.«

»Nein.« Sie wirkte unschlüssig, fing sich aber. »Nein, ich habe es Olivia versprochen.« Sie lachte verlegen. »Was du wohl von mir hältst? Ich muss dir total verrückt vorkommen.«

»Nein.« Kieran schüttelte den Kopf. Das war nicht der Fall. Als Kieran mit seiner Tochter auf dem Arm so dastand und sich in Trish Birchs Lage versetzte, schien sie ihm ganz und gar nicht verrückt zu sein.

»Nun, ich bin mir nicht sicher, ob andere Leute das auch so

sehen würden, aber danke trotzdem.« Trish streckte eine Hand aus und schob sacht Audreys Decke beiseite, um ihr Gesicht zu betrachten. »Es ändert sich nie, weißt du, auch nicht, wenn sie älter sind. Du würdest dich erschießen lassen für jemanden, der dir am Schultor nicht einmal zuwinkt. Dann plötzlich wird sie dir entrissen und …« Trish zuckte die Schultern. »Nun ja, du warst gestern Abend dabei und hast Brontes Mutter gehört, nehme ich an?«

Kieran nickte.

»So war ich auch«, sagte Trish. »Nicht so wortgewandt oder wohlhabend, aber genauso zornig. Jedenfalls hinter geschlossenen Türen. Ich habe nie den Mut gehabt, so etwas in der Öffentlichkeit zu tun. Ich hatte das Gefühl, ich müsste nett und höflich sein, damit die Leute mir helfen.« Ihre Züge verhärteten sich. »Es hat nicht viel gebracht. Meine Tochter wird immer noch vermisst. Vielleicht hätte ich das alles rauslassen sollen wie Brontes Mutter.«

Bei dem Gedanken sah sie so verstört aus, dass Kieran sich Sorgen um sie machte. Jenseits des Gartenzauns seiner Eltern bemerkte er, dass im hinteren Flur ein Licht eingeschaltet wurde. Jemand war wach.

»Warum kommst du nicht mit auf einen Kaffee, Trish? Ein kleiner Plausch mit Mia. Meine Mutter ist auch da. Du könntest das Baby halten.«

Trish schüttelte schon den Kopf. »Nein, aber vielen Dank, obwohl …«

»Es macht keine Umstände.«

»Es ist besser, wenn ich mich auf den Weg mache. Wirklich. Danke trotzdem.«

Trish warf einen besorgten Blick auf das Haus. »Weiß Verity von den Rucksäcken?«

»Nein«, sage Kieran. »Ich behalte es für mich, wenn du es willst.«

»Danke.« Trish sah erleichtert aus. »Ich bin sicher, dass

deine Mutter mich verstehen würde, aber sie war immer so ...«
Sie überlegte. »... *gefasst*. Sogar nach all dem.«

Kieran dachte an seine Mutter und ihre forcierte Gelassenheit und antwortete nicht. Trishs Augen suchten Audrey.

»Irgendwann wird sie ausgebrannt sein«, sagte sie wie aus dem Nichts. »Brontes Mutter. Jetzt würde sie das nicht glauben, aber so wird es sein. Man kann es nicht für immer beibehalten. Das endet ...« Trish seufzte. »Ich weiß nicht. Sie wird ihre kleinen verrückten Dinge tun – wie wir anderen auch.«

Trish hob den Kopf und ließ den Blick über den immer noch menschenleeren Strand schweifen.

»Ich habe dich lange genug aufgehalten«, sagte sie. »Du musst frieren.«

Sie hatte nicht ganz unrecht. Es war inzwischen fast vollkommen hell. Das Licht im Haus war immer noch zu sehen.

»Bist du sicher, dass du nicht mitkommen willst?«

»Nein, ich werde weiterlaufen.« Sie lächelte Audrey noch einmal an und wandte sich um.

Kieran schaute ihr hinterher.

»Hey, Trish, warte«, rief er, und sie drehte sich um. »Wie oft hast du das mit den Rucksäcken gemacht?«

»Ich mache es nicht mehr, das habe ich Olivia versprochen.«

»Aber bisher?«

Eine lange Pause. »Dutzende Male, genau weiß ich es nicht.«

»Und wie viele sind an der Stelle bei den Felsen wieder angespült worden?«

»Zwei.«

»Zwei.«

»Oder drei.« Sie zuckte die Schultern. »Kommt darauf an, ob man den von Gabby mitzählt oder nicht.«

»Stimmt. Zählst du ihn mit?«

»Manchmal ja, manchmal nein.« Trish wandte den Kopf ab, verlegen, wegen ihres nicht zu verbergenden Kummers. »Ge-

nieße deine Zeit mit der Kleinen. Sie werden schnell groß.«
Wenn du Glück hast.

Die Worte hingen in der Luft, aber sie sprach sie nicht aus, sondern hob zum Abschied nur die Hand. Kieran beobachtete, wie sie den Strand entlanglief, ihr Gesicht wieder dem Ozean zugewandt mit seinem unablässigen Wechsel der Gezeiten.

KAPITEL 26

Mia hatte noch geschlafen, als Kieran sich aus dem Schlafzimmer stahl, aber nun war sie wach. Er traf sie in der Küche an, allein am Frühstückstisch und auf ihr Handy starrend.

»Hallo«, flüsterte sie, als er vom Flur hereinschaute. Eine lastende Stille lag über dem Haus, aber er hatte das Gefühl, dass seine Eltern hinter den geschlossenen Türen schon auf den Beinen waren. Es war gar nicht so einfach gewesen, Brian nach der Versammlung zu überreden, mit nach Hause zu kommen. Eine erschöpfte Verity hatte ihn gleich ins Schlafzimmer verfrachtet, nachdem sie das Haus betreten hatten. Mia musste Audrey füttern, und Kieran hatte sich nur hingelegt, um ein wenig zu ruhen. Als er die Augen öffnete, war es früher Morgen.

»Hast du ein wenig geschlafen?«, fragte er.

»Mehr oder weniger. Ich bin mehrmals wach geworden, weil mir so viel durch den Kopf ging.«

»Was denn?«

Mia hielt ihr Handy so, dass er auf den Bildschirm schauen konnte. Von einem Nachrichtenbeitrag lächelte ihn ein Mädchen an. Nicht Bronte, wie Kieran vielleicht erwartet hätte, sondern Gabby.

»Es ist ein alter Artikel zum zehnten Jahrestag«, erklärte sie, als sie seine Überraschung bemerkte. Sie erhob sich, um Audrey zu übernehmen. »Nichts Besonderes. Ich weiß nicht, es war einfach der ganze gestrige Abend, die Rede von Brontes Mum.«

»Ich habe draußen gerade Trish Birch getroffen«, sagte Kieran.

»Wirklich? Sie hatte nicht schon wieder einen Rucksack dabei, oder?«

»Nein. Aber es hört sich an, als hätte sie im Lauf der Jahre einen ganzen Berg davon ins Wasser geworfen. Sie wusste nicht mal, wie viele.« Kieran machte ein Fläschchen für Audrey fertig und gab es Mia. »Sie meint, dass zwei von ihnen wieder angespült worden sind wie der von Gabby.«

»Zwei.«

»Ja«, sagte er. »Nicht so viel.«

»Aber auch nicht nichts.«

»Stimmt.«

Mia schwieg.

»Was ist los?«, fragte er.

»Nichts, ich war nur in Gedanken.« Mia begann damit, Audrey zu füttern. »Gott, ich war so erleichtert, als Gabbys Rucksack wieder aufgetaucht ist. Ich hatte Angst, dass sie mich und meine Familie Tag für Tag auf die Polizeiwache bestellen, bis … nun ja, wer weiß, wie lange? Als ich hörte, dass sie ihren Rucksack gefunden hatten …« Sie betrachtete wieder Gabbys Foto. »Ich war froh, offen gestanden. Meine Erleichterung, dass es vorbei war, war größer als meine Trauer darüber, was passiert war.« Mias Blick fiel auf ihre Tochter. »Ich meine, was sagt das über mich? Sie war meine beste Freundin.«

Kieran setzte sich neben sie. »Du warst vierzehn Jahre alt. Das heißt gar nichts.«

»Vielleicht.« Mia hörte sich nicht sehr überzeugt an. »Aber …«

Sie hielt inne, als sie die Dielen im Flur knarren hörte. Die Küchentür öffnete sich, und Verity trat ein. Sie hatte dunkle Ränder unter den Augen. Mia wischte über das Display ihres Handys und Gabby verschwand.

»Morgen«, sagte Verity und setzte einen Kessel auf.

»Alles okay mit Dad?«

»Ziemlich unverändert.« Verity griff nach einem Becher und schaffte Platz, um ihn abzustellen. Sie nahm ihre Lesebrille und ein zerknittertes Stück Papier zur Hand. Kieran sah, dass es eines der Flugblätter von der Gemeindeversammlung war. Er verfolgte, wie sie es umdrehte und Brontes vermisste Kamera und ihren Laptop betrachtete. Das Wasser kochte, und Verity legte das Flugblatt beiseite.

»Hey, hat Pendlebury gestern Abend etwas zu dir gesagt?«, fragte Kieran, während Verity kochendes Wasser in ihre Tasse goss.

»Wann?«

»Als sie dir nach dem Treffen mit Dad geholfen hat. Ich dachte, ich hätte euch reden sehen.«

Verity fand einen Löffel und rührte um. »Sie hat nur gefragt, ob wir mit dem Packen weiterkommen.«

»Sonst nichts?«

»Es war ein Dreißig-Sekunden-Gespräch, Kieran.«

Kieran schaute sich zwischen den Stapeln halbgefüllter Kartons um. Jemand – Brian hoffentlich – hatte ein Glas mit Milch in einen Karton zu Kierans Füßen gesteckt. Er sah das umgefallene Glas und einen feuchten gelben Fleck auf der Pappe. Er nahm erneut das Flugblatt mit dem immer noch sichtbaren akkuraten Knick ins Visier.

»Meinst du, sie hat aus einem bestimmten Grund gefragt, Mum?«

»Wieso?« Verity schaute demonstrativ gelassen drein. »Wie ich hörte, hat sie viele Leute alles Mögliche gefragt.«

»Wahrscheinlich«, sagte Kieran. »Aber ...«

Verity wartete einfach ab.

Kieran zuckte die Achseln. »Nach dem Treffen haben viele Leute versucht, mit ihr zu reden, aber sie hatte Zeit genug, dich nach deinem Umzug zu fragen?«

»Oder sie hatte Zeit, sich um einen verwirrten Mann auf

der Treppe zu kümmern und hat dabei ein wenig Smalltalk gemacht.« Verity nahm ihren Kaffee hoch. »Ich nehme meine Yogamatte mit nach draußen, falls einer von euch etwas braucht.«

Kieran und Mia schauten ihr hinterher.

»Sie sollte ein bisschen vorsichtig sein«, sagte er, nachdem die Hintertür ins Schloss gefallen war. Er erhob sich, um unter die Dusche zu gehen. »Wir wollen doch nicht, dass Pendlebury auf irgendwelche Gedanken über Dad kommt.«

Mia wandte sich wieder ihrem Handy zu. »Meiner Meinung nach ist deine Mutter klug genug, das selbst zu wissen.«

Als sie so weit waren, mit Audrey das Haus zu verlassen, war die Morgensonne noch immer schwach. Sie spazierten durch den Ort, um zum Klippenpfad zu kommen, und verlangsamten ihren Schritt, als sie sich dem Wetherby House näherten. Der zerstörte Garten sah noch übler aus, als Kieran ihn in Erinnerung hatte. Weitere Bäume waren gefällt worden, und der Boden in den aufgerissenen Gräben war klumpig und trocken.

Mias Blick fiel auf einen schmutzigen weißen Pick-up, der auf der Straße direkt davor geparkt stand und gleich zwei Parkplätze in Beschlag nahm. Gartenwerkzeuge waren auf der Ladefläche gestapelt.

»Ist das Ash?«, fragte sie und studierte mit zusammengekniffenen Augen das Logo an der Seite. »Will er G. R. Barlin ärgern?«

»Ja, sieht so aus«, sagte Kieran, obwohl er Ash oder seinen Hund nirgends ausmachen konnte. Er und Mia blieben stehen und lehnten sich auf den Zaun von Wetherby House. Kieran war nicht sicher, aber hier herrschte eine Stille, als ob niemand zu Hause wäre.

»Der gute George kann besser schreiben als gärtnern«, sagte Mia und seufzte, als ein Protestschrei aus dem Kinderwagen erklang. »Lass uns weitergehen. Was hat George über den gestrigen Abend gesagt?«

»Er war baff, wie alle anderen auch. Aber Trish Birch war interessant. Sie meinte, dass Brontes Mutter trotz allem, was sie gestern Abend gesagt hat, früher oder später die Luft ausgeht.«

»Wirklich?«, sagte Mia. »Ich weiß nicht, ob das zutrifft. Man kann eigentlich nicht vorhersagen, wie jemand reagiert, nicht wahr? Allerdings glaube ich, dass die Leute erleichtert wären, wenn die Sache schnell geklärt würde. Nicht nur aus den offensichtlichen Gründen. Warst du heute schon auf EBOCH?«

Kieran schüttelte den Kopf. Sie hatten den Klippenpfad erreicht, und er begann, den Kinderwagen die Steigung hinaufzuschieben.

»Die drehen vollkommen durch«, sagte Mia im Gehen. »Sie reden über nichts anderes mehr. Und manche legen schon los und bezichtigen sich gegenseitig aller möglichen Dinge. Anscheinend haben Paul Hannity und Natalie Soundso, die an der Schule gearbeitet haben, schon seit *vier Jahren* eine Affäre. Es wird vermutet, dass ihr Jüngster sein Sohn sein könnte.«

»Wow.«

»Ich weiß. Das hätte ich nie gedacht.«

Als der Friedhof in Sicht kam, verlangsamte Kieran den Schritt. Shifty war am Eingang angebunden und winselte, als sie sich näherten. Kieran blieb stehen, um ihn zu streicheln. Soviel man durch die Tore sehen konnte, war er menschenleer, von Ash kein Lebenszeichen.

»Erwähnt auf der Seite jemand meinen Vater?«, fragte Kieran beim Weiterlaufen.

»Soweit ich weiß, nicht. Das ist immerhin gut.« Mias dunkle Haare wurden ihr ins Gesicht geweht, als sie um eine Ecke kamen. »Hoffentlich beruhigt sich das bald. Es kann sehr verletzend sein, wenn solche alten Geschichten wieder ausgegraben werden. Ich meine, denk an deine Mutter, als Brian das mit Finn rausgerutscht ist, dass er ein Mädchen geschwängert hat. In der Nacht darauf habe ich sie in der Küche angetroffen, und ich glaube, sie hatte geweint.«

»Ja«, sagte Kieran. »Mich wundert es allerdings, dass es sie so hart trifft. Ich meine …« Sie sahen beide gleichzeitig zu Audrey. Kieran lächelte, und Mia zuckte die Schultern. »Jeder kann bei der Verhütung mal einen Fehler machen, deswegen ist man noch kein schlechter Mensch.«

»Nein, natürlich nicht«, sagte Mia. »Aber für Verity schien es ein Schock zu sein. Ich nehme an, es war die unerwartete Erinnerung daran, dass er nicht perfekt war.«

»Ich glaube nicht, dass jemand von uns angenommen hat, Finn wäre perfekt.«

Mia machte ein überraschtes Gesicht. »Doch, das tut ihr auf eine Art.«

»Ach was.«

»O ja, das tut ihr. Ist dir das nicht klar?« Mia war nun aufrichtig verblüfft. »Was ist mit all den Fotos, die normalerweise überall bei euch herumstehen? Finn, der Fußballstar, Finn, der Geschäftsmann, Finn der Tausendsassa.«

»Ja, und? Er war ein toller Typ. Was soll daran falsch sein?«

»Nichts«, lenkte Mia ein. »Überhaupt nichts. Ich kannte ihn nicht einmal sonderlich gut. Ich meine nur, euer Zuhause ist ein kleiner Wallfahrtsort. Und dann die Art, wie ihr über ihn redet. Gut, wenn es hilft, aber …« Sie sah Kierans Gesichtsausdruck, und ihr Ton wurde weicher. »Tut mir leid, ich will deswegen nicht streiten.«

»Nein, klar. Ich auch nicht«, sagte Kieran, der unter dem Gewicht des Kinderwagens ein wenig ins Keuchen geraten war, weil sie fast die Klippenspitze erreicht hatten. »Aber Finn war echt ein guter Typ.«

Noch als er die Worte aussprach, stieg aus dem hintersten Winkel seines Bewusstseins eine vergessene Erinnerung auf. Er konnte sich nicht genau erinnern, wann es vorgefallen war, aber es musste einige Jahre vor Finns Tod gewesen sein, nicht lange, nachdem er und Toby ihr Tauchgeschäft aufgezogen hatten.

Was war passiert? Kieran versuchte, sich an die Einzelheiten zu erinnern. Finn und Toby waren mit einem hiesigen Handwerker in Streit geraten. Irgendetwas über schlampige Arbeit am Boot, was er nicht reparieren oder rückerstatten wollte. Finn und Toby hatten zuerst darum gebeten, dann argumentiert, schließlich gefleht, aber der Mann wollte nicht nachgeben.

Kieran sah Finn noch vor sich, wie er an einem warmen Tag am Strand bei den Höhlen ausspannte, ein paar Wochen, nachdem er und Toby sich entschieden hatten, der Sache ein Ende zu machen. Kieran war damals sechzehn gewesen und hatte, ein wenig benebelt vom Bier und von der Sonne, auf seinem Handtuch gelegen und so gar keine Lust gehabt, zum Boot zurückzuschwimmen. Toby war natürlich dabei gewesen und auch Sean. Ash ebenfalls, wie Kieran glaubte, als er sich Finn ins Gedächtnis zurückrief, wie er da so strahlend in der Abendsonne stand, mit nacktem Oberkörper, Bier in der Hand, ein Grinsen im Gesicht und sie mit einer Geschichte vom Abend zuvor zum Lachen brachte: Wie er sein bestes Hemd angezogen hatte, zum Surf and Turf gegangen war, wo die Freundin des Händlers sich mit ihren Freunden vergnügte, und sie sich einfach so gepackt und in ein freies Bett bei ihrer Freundin verfrachtet hatte.

Am nächsten Tag kannte jeder, der es wissen wollte, diese Geschichte. Der Handwerker war entsprechend sauer gewesen, und alle anderen – Finn, Toby, Ash, Sean vielleicht nicht, aber sogar Brian – hatten gelacht und darin übereingestimmt, dass das Arschloch es schließlich verdient hatte.

Kieran verlangsamte seinen Schritt, als er mit Mia und dem Baby den Klippenweg entlangging und fragte sich – vielleicht zum ersten Mal, wie ihm peinlicherweise erst jetzt bewusst wurde –, was das Mädchen selbst wohl davon gehalten hatte. Vor ihm auf dem Pfad sagte Mia etwas. »Ich meine, Finn war dein Bruder, und natürlich vermisst du ihn. Das ist es, was ich letztens damit meinte, dass trauernde Menschen sich nur an die guten Dinge erinnern. Ihr seid natürlich nicht die Einzigen. Olivia ist auch so. Trish sowieso. Sean mit Toby, Liam natürlich nicht zu vergessen. Brontes Eltern, nehme ich an ...«

Am Aussichtspunkt hielt Mia inne. Sogar hier oben konnten sie das Kreischen von weiter unten hören. Die Vögel schrien wieder.

»Was ist da los?« Mia hielt sich an der Absperrung fest und lehnte sich vor. »So etwas habe ich noch nie gesehen.«

»Die Vögel waren letztens schon so aufgeregt, als ich nach unten gestiegen bin ...« Er hielt inne, weil Mia ihn scharf anblickte.

»Ich wusste nicht, dass du da unten warst.«

»Oh«, sagte er. »Ja.«

»Ich dachte, du hast damit aufgehört.«

Er zuckte die Schultern.

»Warum hast du mir nichts erzählt?« Mia nahm ihn ins Visier.

»Ich weiß nicht«, sagte er. »Tut mir leid. Aber es war Ebbe, und ich hatte für alle Fälle mein Telefon dabei.«

»Es geht nicht um Sicherheit oder nicht nur.« Mia schaute in die Ferne zu den *Überlebenden*, wo oberhalb der Stelle, an der die *Mary Minerva* untergegangen war, die *Nautilus Blue* mit wehender Tauchfahne auf und ab schaukelte. Sie wandte sich wieder Kieran zu. »Ich meine, ist es in Ordnung, wieder hier zu sein?«

»Ja«, sagte er. »Sicher. Es war nicht ...«

Er stockte, und beide drehten sich erneut um, als eine erneute Kaskade misstönender Schreie von den Felswänden hallte. Kieran stemmte sich am Geländer hoch und lehnte sich in der Hüfte weit nach vorn, um über den Felsvorsprung hinweg auf den schmalen Strandstreifen zu spähen, der gerade noch zu sehen war.

»Kannst du sehen wie ...«, setzte Kieran an, als Mia eine Hand hob.

Sie hatte den Kopf geneigt und lauschte, aber alles, was Kieran unter dem Vogelgekreisch hören konnte, war das Rauschen der See. Keiner von ihnen gab einen Mucks von sich. Dann zeigte Mia auf etwas.

Kieran lehnte sich wieder übers Geländer. Zuerst sah er nichts. Dann plötzlich entdeckte er es. Ein Schatten, der dunkel über den Sand flackerte. Dem Winkel und der Position der Sonne nach wurde er von etwas Beweglichem verursacht. Kieran hielt weiter Ausschau. Der Schatten war verschwunden, aber lediglich außer Sicht. Kieran warf Mia einen Blick zu. Jemand hielt sich am Höhleneingang auf.

KAPITEL 27

Audreys Schreie klangen immer gedämpfter, je tiefer er den überwachsenen Pfad hinabstieg.

Mia hatte versucht, ihn aufzuhalten.

»Bitte nicht, Kieran, wirklich. Es ist nicht wichtig, wer dort unten ist.«

Er hatte sich so weit wie möglich über die Sicherheitsabsperrung hinausgebeugt. »Was, wenn sie nicht wissen, wie gefährlich lang die Tunnel sind? Oder keine Ahnung von den Gezeiten haben?«

Mia hatte sich ebenfalls vornübergebeugt und mit zusammengekniffenen Augen in den Wind geschaut. Sie konnten niemanden ausmachen. Verzweifelt hatte sie sich das Haar aus dem Gesicht gestrichen.

»O Gott, ich weiß nicht. Ist es schlimm, wenn ich sage, dass es mir egal ist? Bitte geh nicht. Ich weiß, dass du denkst, was Bronte zugestoßen ist ...«

Wieder ein huschender Schatten, und sie hielten beide inne.

»Weißt du was«, sagte er. »Ich gehe den halben Weg und bleibe auf dem Pfad. Vielleicht kann ich ja von dort etwas sehen.«

Mia hatte sich schließlich einverstanden erklärt. Sie blieb mit Audrey oben und hielt Ausschau. Eine Brise trug Audreys erbarmungswürdiges Jammern herüber, und Kieran wäre fast umgekehrt. Ob das wirklich eine so gute Idee war?

Er legte die Hälfte des Pfades zurück, von wo jedoch der Blick auf die Höhle durch einen vorstehenden Felsblock verstellt war.

Kieran war unschlüssig, stieg dann noch ein Stück weiter hinab. An der Stelle, wo der Pfad eine Kurve machte und den Blick auf das graue, glänzende Wasser darunter freigab, blieb er stehen. Der Schatten war verschwunden, und ein leerer Strand lag vor ihm. Die Vögel kreisten argwöhnisch.

»Wer ist da?«, rief Kieran. Die Felsen warfen seine Stimme zurück.

Das schwache Echo wurde von der See verschluckt. Niemand antwortete.

»Ich habe Sie gesehen.« Seine Worte hallten nach, stolperten über sich selbst, bevor sie verrauschten. »Sie sollten nicht da unten sein.«

Die einzige Antwort war das Rollen der Wellen, die einen schaumigen Saum zurückließen, während sie sich selbst vor und zurück jagten. Dann schienen sämtliche Vögel sich zu wappnen, und auch Kieran spürte den Bruchteil einer Sekunde lang eine Anspannung, bevor er eine Bewegung registrierte.

Ein Schatten, kompakt und schwarz im Sonnenschein, fiel aus der verhüllenden Düsternis der Südhöhle. Jemand trat heraus und kniff die Augen zusammen, weil plötzlich die Dunkelheit durch Tageslicht ersetzt wurde.

Kieran blinzelte, als die Gestalt Form annahm, seufzte dann und zog sein Handy hervor. Er schickte Mia eine Nachricht.

Alles in Ordnung. Es ist Sue Pendlebury. Ich steige nach unten.

»Kieran.« Die Polizistin hob grüßend die Hand, als sie ihn entdeckte. Sie sah ein wenig zerzaust und durchnässt aus, als sie über den Strand kam. Ihr Haar war mit feinem Sand bedeckt. Unter dem Arm trug sie ein Tablet.

»Waren Sie das?« Sie schaute zurück auf die Höhle und runzelte die Stirn. »Die Akustik da drinnen ist ziemlich ungewöhnlich. Die Töne scheinen irgendwie verschluckt zu werden.«

»Ja, das stimmt.« Kieran erreichte die Polizistin nahe der Flutlinie. »Das sind die Tunnel. Schwer zu sagen, woher ein Geräusch kommt.« Er blickte sich um. »Ist Renn hier?«

»Ich bin allein. Sergeant Renn ist bei Brontes Eltern.«

»Wie geht es ihnen?«

»Sie sind guter Dinge, dass wir ihnen die Antwort liefern können, die sie brauchen«, sagte Pendlebury. »So wie ich.«

»Verstehe.« Kieran sah, dass die Aufschläge von Pendleburys Hosen nass waren, und er fragte sich, wie tief sie sich in die Höhle vorgewagt hatte. Die Routen waren mit Lachen, Pfützen und Tümpeln übersät, einige flach, andere trügerisch tief. »Haben Sie da unten nach etwas Besonderem gesucht? Die Flut steigt nämlich ziemlich hoch. Einige der Tunnel befinden sich unterhalb des Meeresspiegels. Wenn man sich verirrt, kann man ertrinken. Es ist gefährlich.«

Pendlebury wies mit dem Kopf aufs Meer. »Eigentlich waren sie es, die ich mir anschauen wollte.«

»*Die Überlebenden?*«

Sie neigte den Kopf, als sie die drei Figuren ins Auge fasste. Kieran wartete ab und verfolgte, wie das Salzwasser gegen die Skulptur schlug.

»Sollen sie glücklich oder traurig aussehen?«, fragte Pendlebury unvermittelt. »Ich meine, feiert man diejenigen, die überlebt haben, oder ist es ein Denkmal für die Opfer?«

»Weiß ich nicht«, sagte Kieran. »Könnte beides sein.«

»Eine Auslegungsfrage?«, überlegte sie und zuckte die Schultern. »Offen gestanden verstehe ich nichts von Kunst. Das ist eher etwas für meinen Mann.«

Kieran sah zu, wie sie das Tablet unter dem Arm hervorzog und einschaltete. Sie hielt es etwa auf Schulterhöhe, wobei ihre Augen zwischen Bildschirm und Denkmal hin und her gingen. Sie hielt es absichtlich so, dass er nicht sehen konnte, was sie betrachtete. Pendlebury warf ihm einen Blick zu.

»Ihre Mutter hätte mir wirklich etwas über die Verwicklung Ihres Vaters in den Fall Gabby Birch erzählen sollen«, sagte sie, während ihre Augen wieder zum Denkmal wanderten. »Oder Sie. Die letzte Person, die das Mädchen vor ihrem Verschwinden gesehen hat? Ich musste das selbst herausfinden, und wenn ich Dinge selbst herausfinden muss ...« Sie hob die Hand und wischte über den Bildschirm. »... frage ich mich, warum?«

Kieran zuckte wegen des plötzlichen Themenwechsels mit den Augen. »Ja, ich weiß. Und Mutter weiß das auch. Es hat allerdings nichts zu bedeuten.«

»Freut mich zu hören«, sagte Pendlebury und starrte weiter *Die Überlebenden* an.

Kieran dachte an Verity heute Morgen in der Küche, die Umzugskiste noch feucht von der Milch, weil Brian versucht hatte, ihr zu helfen, und er spürte das überwältigende Verlangen, beide zu beschützen.

»Hören Sie, wenn Sie denken, meine Eltern hätten etwas mit dem Tod von Bronte zu tun oder mit Gabbys Verschwinden, liegen Sie falsch.«

»Ist das so?« Pendleburys Stimme klang ausdruckslos.

»Ja, das ist doch offensichtlich. Sehen Sie, es ist nicht gerade hilfreich, dass mein Vater in der Nacht draußen war – ich verstehe das, wir alle verstehen das –, aber Sie können nicht fünf Minuten mit ihm verbringen und annehmen, dass er die Geistesgegenwart hätte, einen Laptop und eine Kamera zu verstecken.«

»Das habe ich nicht gesagt, Kieran.«

»Nein, stimmt. Aber worauf haben Sie angespielt letzte Nacht, als Sie sich mit meiner Mutter unterhielten?«

Pendlebury schaltete das Tablet aus. »Hört sich an, als hätten Sie eine Weile darüber nachgedacht.«

»Über die Konsequenzen der immer weiter abnehmenden geistigen Gesundheit meines Vaters? Ja, überraschenderweise denke ich ziemlich oft darüber nach.«

»Nichts für ungut.« Pendlebury musterte ihn, während der Wind ihr Haar zauste. Sie schien etwas zu überdenken. »Also erklären Sie es mir, Sie kommen von hier: Wenn Sie ich wären, wo würden Sie nach Brontes vermisstem Laptop und ihrer Kamera suchen?«

275

»Ich habe wirklich keine Ahnung.« Kieran hielt ihrem Blick stand. »Obwohl George Barlin annimmt, dass Sie längst schon wissen, was sich darauf befindet.«

»Tut er das?«

»Ja.« Kieran wies nachdrücklich mit dem Kopf auf ihr Tablet. »Das tut er.«

Pendlebury wandte sich wieder den *Überlebenden* zu. Eine Wolke lichtete sich, und das graue Meerwasser funkelte wieder.

»Hat George Barlin sonst noch etwas Interessantes gesagt?«

Kieran dachte an George, wie er am Abend zuvor vor der Bibliothek gestanden hatte, als ihr Gespräch von Ashs Ankunft unterbrochen wurde. Er runzelte die Stirn. »Zum Beispiel?«

»Irgendwas? Bin nur neugierig«, sagte Pendlebury.

Kieran hatte das komische Gefühl, dass sie etwas gegeneinander abwägte. Er wartete ab, aber als sie nichts weiter sagte, nickte er Richtung Klippenpfad. »Ich gehe besser wieder hoch. Mia wartet. Sie sollten hier unten eigentlich nicht alleine bleiben.«

Sie wandten sich um und liefen über den Sand.

»Komm Sie oft hierher?«, fragte Pendlebury. »Um an Ihren Bruder zu denken?«

»Nicht so sehr. Ich kann überall an ihn denken.«

»Waren sie sich sehr nah als Brüder?«

»Natürlich. Er fuhr in den Sturm hinaus, um mir das Leben zu retten.«

Pendlebury sah Kieran wieder mit diesem Gesichtsausdruck an, den er nicht entschlüsseln konnte, ließ ihren Blick dann hinaus zur *Nautilus Blue* schweifen, die in der sanften Dünung auf und ab tanzte.

»Liam verbringt allerdings ziemlich viel Zeit da draußen und hilft Sean mit seinem Geschäft, nicht wahr? Fällt ihnen das nicht schwer nach allem, was Toby zugestoßen ist?«

»Da müssen Sie die beiden selbst fragen.« Kieran zuckte die Achseln. »Sehen Sie, wahrscheinlich ist es so, aber das Wrack liegt nun einmal da, wo es liegt. Also lässt sich daran wenig ändern.«

»Und wie es aussieht, haben Sie alle einmal viel Spaß da unten gehabt«, sagte Pendlebury, als sie sich der Nordhöhle näherten. Sogar über den Strand hinweg konnte Kieran die in den Felsen eingeritzten Buchstaben sehen und, als sie sich näherten, auch seinen eigenen Namen klar und deutlich lesen. Erneut loderte wegen seines jüngeren Ichs Unmut in ihm auf.

»Sein Revier markieren, nicht? Wessen Idee war das?« Pendlebury ging schnurstracks zum Höhleneingang und fuhr mit dem Finger über die Buchstaben.

»Wir alle. Ich kann mich nicht erinnern.«

Es war Finns Idee gewesen. Solche Sachen kamen gewöhnlich von ihm. Kierans Handy piepte in seiner Hosentasche, und er schaute nach. Mia.

»Ich gehe zurück nach oben«, sagte er. »Sie sollten mitkommen.«

Pendlebury schwieg. Ohne sich vom Fleck zu rühren, starrte sie in die Höhle. Kieran folgte ihrem Blick, und einen Moment lang war da wieder dieses mulmige Gefühl, dass etwas in der Dunkelheit ausharrte und den Atem anhielt. Ihm wurde eng um die Brust, und er atmete aus. Pendlebury drehte sich unvermittelt um, und die Empfindung hatte sich verflüchtigt. Kieran wusste nicht, ob sie es auch gespürt hatte.

»Lassen Sie Mia nicht warten«, sagte die Polizistin. »Ich bleibe noch ein paar Minuten …« Sie hob die Hand, bevor er protestieren konnte. »Wirklich nur ein paar Minuten. Ich werde nicht auf Erkundungstour gehen, versprochen.«

Sie wollte ihn loswerden, dachte Kieran, als das Telefon in seiner Tasche diesmal klingelte.

»Nun gut«, sagte er. »Aber seien Sie vorsichtig.«

»Immer«, antwortete Pendlebury lächelnd.

Er spürte, dass sie ihm hinterherschaute, als er über den

Strand stapfte und dann den Klippenpfad hinauf. Nach der Hälfte, kurz bevor der Strand außer Sichtweite geriet, drehte er sich um.

Pendlebury hatte sich von den Höhlen abgewandt. Sie hielt wieder ihr Tablet hoch und stand ganz still da, als sie auf *Die Überlebenden* stierte.

KAPITEL 28

Kieran wusste, dass etwas nicht stimmte, sobald er die Haustür aufschloss. Den ganzen Rückweg über hatten er und Mia das Gespräch mit Pendlebury analysiert. Nur am Friedhofstor hatten sie eine kurze Pause eingelegt, um Shifty zu tätscheln. Im Surf and Turf war nicht viel los gewesen, also hatten sie zwei Kaffee zum Mitnehmen bei einer Kellnerin geordert, die Kieran nicht kannte.

Als Kieran mit seiner freien Hand die Tür zum Haus seiner Eltern aufstieß, fühlte es sich sogleich sonderbar an. Die Tür schlug ungehindert auf, und ein Streifen Tageslicht erhellte den Flur. Kierans Schritte hinterließen beim Eintreten ein merkwürdig dumpfes Echo. Mia war gleich hinter ihm.

»Oh«, flüsterte sie.

Der Flur war komplett leer.

Jeder einzelne verbeulte, halbgepackte Karton war verschwunden. Kieran sah die Rechtecke im Staub, wo sie gestanden hatten, und Sand knirschte unter ihren Schuhen. Er hatte sich daran gewöhnt, dass die Eingangstür sich nur zu drei Vierteln öffnen ließ und man sich jedes Mal an einem Stapel Kartons vorbeidrücken musste, wenn man das Haus betrat oder verließ. Jetzt lief er ungehindert hinein, wobei seine Schritte auf den nackten Dielen zu laut klangen.

»Hier drinnen auch«, rief Mia, und Kieran blickte an ihr vorbei ins Wohnzimmer. Die Couch und der Couchtisch standen noch an ihrem Platz, aber der kleine Berg von Kartons, die er persönlich gefüllt hatte, war verschwunden. Brian saß in seinem Sessel am Fenster. Er hatte nach draußen geschaut, wandte aber den Kopf, als er Kieran bemerkte. Er zog die Augenbrauen hoch, als versuche er, einen Gedanken festzuhalten.

»Alles in Ordnung, Dad?« Keine Antwort. Kieran drehte sich zu Mia um. »Was ist …?«

Er hielt inne, und sie beide wandten sich Verity zu, die aus der Küche trat, während sie sich die Hände an einem Spültuch abtrocknete. Ihr Gesicht war gerötet, und das T-Shirt wies unter den Armen Schweißflecken auf.

»Oh«, sagte sie. »Hallo! Schöner Spaziergang?«

Kieran blickte sie erstaunt an. »Wo sind all die Umzugskartons?«

»Ein paar sind im anderen Zimmer, ein paar draußen auf der Veranda gestapelt.«

Kieran wartete, aber sie sagte nichts weiter, faltete nur das Spültuch zusammen. »Um Himmels willen, Mutter«, sagte er. »Was machst du da?«

»Wie sieht es denn aus? Ich schaffe Ordnung.« Verity ging zurück in die Küche, und sie folgten ihr. Auch dort hatte sie schon angefangen, war aber nicht weit gekommen. »Dieses Durcheinander war nicht mehr auszuhalten.«

»Du hast alle diese Kisten selbst getragen, Verity?«, staunte Mia. »Du hättest warten sollen, bis wir zurück sind.«

»Die meisten waren nicht schwer. Nur Kissen und Deko.« Verity setzte den Kessel auf. »Die schwereren konnte ich schieben.«

Weder Kieran noch Mia sagten ein Wort. Als der Kessel pfiff, starrte Verity in den Abfluss. Schließlich drehte sie sich um und blickte sie direkt an.

»Ich habe versucht, mir einzureden, dass dieser Umzug nicht wirklich stattfindet. Aber er findet statt, und es ist nicht hilfreich, ihn zu ignorieren und Dinge aufzuschieben. Schlimm genug, dass wir hier raus müssen, da muss nicht auch noch die

Hälfte meiner Sachen von deinem Vater kaputtgemacht werden, weil er versucht, zu helfen. Ich muss es akzeptieren und das Beste daraus machen.« Sie griff nach dem Kessel. »Also werde ich das von nun an tun.«

Kieran atmete einmal tief durch. Was sie sagte, hörte sich aufrichtig an, aber das war in diesen Tagen bei Verity schwer zu beurteilen. Er warf Mia einen Blick zu, die fast unmerklich nickte.

»Ich mache Audrey fertig«, sagte sie. »Dann werden wir dir hier drin helfen, Verity.«

»Das müsst ihr nicht, ich schaffe das alleine.«

»Wir möchten es aber, Mum«, sagt Kieran. »Deswegen sind wir gekommen, damit du nicht alles alleine machen musst.«

Es wurde ein langer Nachmittag, aber am Ende konnten sie die meisten Oberflächen und Böden wieder sehen. Als der Abend nahte, wollte Kieran sich nur noch ins Bett fallen lassen, und er wusste, dass es Mia auch so ging. Er stöhnte auf, als das Handy mit einer Nachricht von Sean piepte.

»Er fragt, ob wir auf einen Drink ins Surf and Turf kommen?«, sagte er zu Mia. »Er meint, dass dort Totenstille herrscht. Julian macht das Sorgen.«

»Wirklich? Es war heute Mittag ziemlich leer, aber mir war nicht klar, dass es so schlimm ist.« Mia unterdrückte ein Gähnen. »Kommen Liv und Ash auch?«

»Hört sich so an.«

Sie wechselten einen Blick. Audrey, die den ganzen Tag über unruhig gewesen war, gab endlich Ruhe. Das Bett war in Reichweite. Mia schloss die Augen, blieb aber stehen.

»Wir sollten hingehen«, sagte sie. »Falls Verity sich um das Baby kümmern kann.« Vom Packen der Umzugskarton hatte sie immer noch Staub im Haar. »Davon abgesehen, wenn deine Eltern erst einmal ausgezogen sind, könnte es das letzte Mal sein, dass wir hier sind.«

Daran hatte Kieran noch gar nicht gedacht, wie ihm schlagartig klar wurde. Während er Sean eine Nachricht schickte, fragte er sich, ob das wohl zutraf. Wenn seine Eltern wegzogen, gab es dann noch genügend Gründe, hierher zurückzukehren? Vielleicht, dachte er und tippte auf »senden«. Vielleicht auch nicht. Er wusste es wirklich nicht.

Als Kieran und Mia in den Ort liefen, sprachen sie nicht viel. Dieser Abend wirkte wie ein Echo des schrecklichen Samstagabends. Unmöglich, das aus dem Kopf zu bekommen, und als sie Fisherman's Cottage passierten, wandte Mia den Blick ab. Ein großes, frisches Blumenbukett lag neben den verwelkenden Sträußen. Von Brontes Eltern, wie Kieran annahm. Aber sie blieben nicht stehen, um nachzuschauen.

Das Surf and Turf war so leer, wie sie es noch nie gesehen hatten. Auf der Terrasse kein einziger Gast, und durch die erleuchteten Fenster stellten sie fest, dass die meisten Tische unbesetzt waren. Kieran wollte schon die Eingangsstufen erklimmen, als Mia ihn am Ellenbogen berührte. Sie machte eine kleine Geste, und Kieran wandte sich um.

Julian stand etwas entfernt am Straßenrand, ein paar Schritte hinter der Überwachungskamera. Sein kurzes silbernes Haar wurde von der Straßenbeleuchtung gelb gefärbt, während er sich in das Fahrerfenster eines allradgetriebenen weißen Holden beugte.

Liams Wagen, wie Kieran sofort erkannte. War das der Wagen, den er am Samstagabend gesehen hatte? Eigenartig, aber wenn er ihn so betrachtete, hatte er fast bildlich vor Augen, wie er aus der Dunkelheit um die Ecke schoss und sie bedrohlich streifte. Er war nicht sicher, ob diese Erinnerung trog oder nicht.

Auf dem Fahrersitz erkannte er nun Liam, größtenteils als Silhouette. Eine Hand aufs Lenkrad gelegt, rieb er sich mit der anderen die Augen.

»Weint er?«, flüsterte Mia.

»Ich weiß es nicht.« Könnte sein, dachte Kieran, während er verfolgte, wie Julian durch das offene Fenster griff und eine

Hand auf die Schulter seines Stiefsohns legte. Julian sagte etwas, wobei er sich noch weiter hineinlehnte, bis sein Gesicht fast ganz verdeckt war.

Liam ließ die Hand vor den Augen sinken und musste sie durch die Windschutzscheibe erspäht haben, denn plötzlich warf Julian den Kopf herum. Er richtete sich auf, und beide Männer schauten sie direkt an, bevor Julian grüßend die Hand hob.

»Danke, dass ihr gekommen seid«, rief er. Ein lustig gemeintes Achselzucken. »Ich habe den besten Tisch für euch reserviert.«

Kieran grüßte ebenfalls, und als sie die Stufen hochstiegen, sah er, dass Julian sich wieder ins Innere des Wagens lehnte.

»Scheint dich ganz schön in Beschlag zu nehmen, dieses Buch zu schreiben«, sagte Ash gerade. »Du bist schon seit Monaten dabei, die Nase in anderer Leute Angelegenheiten zu stecken.«

»Das nennt man Recherche.« George Barlin war schon halb auf den Beinen, starrte aber immer noch auf den Bildschirm seines Laptops, bevor er den Rechner ausschaltete. Ein kaum angerührtes Glas Rotwein stand auf dem Tisch. »Ich war fünfzehn Jahre lang Journalist. Ich mag es, die Dinge, die mich interessieren, genauer unter die Lupe zu nehmen.«

Ash machte ein abschätziges Geräusch. Mit verschränkten Armen lehnte er an Georges Tisch und blickte kaum hoch, als Kieran und Mia eintraten.

»Hoffentlich keine Schreibblockade?«

»Nö, aber danke der Nachfrage.«

»Ich möchte nur sicherstellen, dass du die Hypothekenzahlungen für dein wunderschönes Haus leisten kannst.«

»Schreibblockade ist etwas für Amateure, mein Lieber.« George machte sich nicht die Mühe, Ash anzuschauen, während er seinen Laptop zuklappte. »Und ich bin ein Profi.«

Kieran warf einen Blick auf Sean, der am Fenster saß. Der

verfolgte den Schlagabtausch mit offenem Mund, vor sich ein halbleeres Bierglas.

»Trotzdem.« Ash hatte sich voll auf den Autor eingeschossen. »Wäre doch schade, wenn du einen Rohrkrepierer abliefern würdest.«

George antwortete nicht und griff nach seiner Umhängetasche.

Ash lehnte sich leicht vor. »Ich meine nur, deine superhohen Ansprüche zu unterlaufen, wäre doch ...«

»Ash, Freund«, versuchte Kieran dazwischenzugehen, aber George hob die Hand.

»Schon gut. Es ist so, Ash: Ich akzeptiere Kritik nur von Leuten, die ich um Rat bitte.« Das kam leicht daher und doch schneidend. »Und wenn es sich ums Schreiben dreht, hast du eine Vorstellung davon, wie viele Menschen in dieser Liga spielen? Etwa drei, mein Freund. Und du gehörst nicht dazu.«

»Hey, ich möchte dir nichts unterstellen, Kumpel. Ich lese sie noch nicht mal.« Ash machte einen halben Schritt nach vorn, als George hinter dem Tisch hervortrat. »Aber ich habe gehört, die Besprechungen deines letzten Buchs waren – wie lautet die höfliche Formulierung – gemischt?«

»Nun«, George gab sich leicht amüsiert, »dieses Buch hat es mir erlaubt, das liebevoll gehütete Haus deiner Tante bar zu bezahlen. Ist also anzunehmen, dass ich irgendetwas richtig gemacht haben muss.«

Ash öffnete den Mund und schloss ihn wieder auf eine Weise, die Kieran fast ein Lächeln entlockt hätte. Die Tür zur Toilette wurde aufgestoßen, und Olivia erschien. Sie sah müde aus und ließ den Kopf hängen. Sie lief auf Seans Tisch zu und hielt inne, als sie Ash und George in der anderen Ecke bemerkte.

»Aber du scheinst nur schwer zu begreifen, was das heißt, Ash«, sagte George, als rede er mit einem Kind. »Es heißt, dass dieses Haus jetzt mir gehört. Und der Garten. Es bedeutet auch, dass du damit aufhören solltest, auf meinem Besitz zu jeder Tages- und Nachtzeit mit diesem Gesichtsausdruck herumzulungern. Meinst du, ich habe dich heute Morgen nicht gesehen?«

»Ich habe für dich Ausschau nach der Polizei gehalten, Kumpel. Ist dir doch klar, wie oft sie in den letzten Tagen bei dir waren, ja?« Ashs Stimme wurde hart. »Ich habe gesehen, wie sie mit dir reden. Warum stellen sie dir eigentlich so viele Fragen?«

George nahm ihn scharf ins Visier, bevor er mit den Achseln zuckte. »Wer weiß? Wer weiß, was sie herausgefunden haben?«

»Liv sagt, du hättest eine ziemlich persönliche Widmung in Brontes Buch geschrieben.«

»Hey, Ash, nicht«, protestierte Olivia, aber George hob nur die Augenbrauen.

»Habe ich das? Wahrscheinlich. Bronte versuchte, in der Welt der Kreativen Karriere zu machen. Ich weiß, wie das ist. Sie hat meine Bücher gemocht. Ich fand, dass ihre Bilder gut sind. Ihr Plan, sich auf künstlerischem Gebiet durchzusetzen, war professionell und realistisch, was selten ist. Das gibt es nicht so oft. Also ja ...« George nickte. »Wenn es dich überrascht, dass Bronte und ich genügend Berührungspunkte für so etwas wie eine lose Freundschaft hatten, dann sagt das sehr viel mehr über dich aus, Ash, als über mich.«

»Ich weiß nicht. Nicht bei der Art, wie sie geendet ist.«

»Ash!« Jetzt wurde Olivia böse. »Das reicht!«

Ihre Augen trafen sich zum ersten Mal, und er zögerte. In der Ecke war Sean aufgesprungen. Die einzige Bedienung an der Kasse schaute die ganze Zeit schon ängstlich zur Tür und wünschte wahrscheinlich, Julian würde endlich auftauchen. Ash wandte sich erneut an George, noch nicht ganz bereit, einzulenken, aber der war schon auf dem Weg zum Ausgang.

»Die Sache ist die ...« George schwang die Umhängetasche über seine Schulter. »Du kannst so tun, als ginge es um Bronte – ein bisschen makaber und geschmacklos, wenn du mich fragst –, aber wir beide wissen, dass es darum nicht geht. Es geht noch nicht einmal darum, dass ich den Garten aufreiße, der, noch einmal gesagt, mir gehört.«

»Ich weiß nicht, worauf du hinauswillst.« Ash blickte finster drein.

»Nicht?« George klang entschieden und sanft zugleich. »Es geht nicht darum, dass ich mehr Geld mit einem kreativen Beruf verdiene als du? Oder dass du glaubst, du hättest deutlich mehr aus deinem Leben machen können, aber nun merkst, dass du hier wahrscheinlich nie wegkommst?« Er warf einen Blick auf Olivia, in der es brodelte. »Oder dass du vermutest, dass deine Freundin viel zu gut für dich ist? Was sie übrigens auch ist. Du hast recht, dir Sorgen zu machen. Was?« George sah Ashs Gesichtsausdruck und ließ ein hartes Lachen hören. »Alles keine Magie, Kumpel, nichts als aufmerksame Beobachtung. Ich meine, ich weiß buchstäblich nichts über deinen Vater oder den Umstand, dass du offensichtlich ein äußerst schlechtes Verhältnis zu ihm hattest.«

»Hör auf, den verdammten Garten aufzureißen!«, brüllte Ash. »Herrgott, es geht nicht um irgendwas von diesem Kram. Hör einfach auf, meinen Garten zu zerstören, klar?«

Lange blieb es still. Ash fuhr sich mit den Händen über das Gesicht und nahm sie nicht wieder herunter, während er ein- und ausatmete. Schließlich ließ er sie sinken.

»Vergiss es«, sagte er nun mit beherrschter Stimme. Er sah geschlagen aus. »Ist sowieso zu spät.«

Niemand bewegte sich, bis Ash mit einem Rumpeln seinen Stuhl aus dem Weg schob.

»Ich brauche frische Luft.«

Er knallte die Tür zu. Olivia lief mit betretenem Gesicht ein paar Schritte hinter ihm her. Durchs Fenster sah Kieran, wie sie Ash um die Ecke des Gebäudes folgte. George wartete ab, bis sie verschwunden waren, schob dann seine Tasche zurecht und verließ wortlos und kopfschüttelnd den Raum.

Kieran und Mia sahen ihm hinterher und dann zu Sean, der wieder in der Ecke Platz genommen hatte.

»Vielleicht sollten wir nachsehen, ob Ash okay ist und dann nach Hause gehen?«, murmelte Mia.

»Ja, das finde ich auch.«

»Ich will nur noch etwas Geld in Brontes Sammelbüchse stecken. Danke«, sagte sie, als Kieran ihr etwas Bargeld zusätzlich zu dem reichte, was sie aus ihrer Börse fischte. »Ich komme dann zum Tisch«.

An Kierans Ohr drang der entfernte Klang von Olivias und Ashs Stimmen, die sich draußen unterhielten, während er gegenüber von Sean Platz nahm. Viel verstand er nicht, aber es hörte sich nach einem Streit an.

»Was meinst du?«, fragte Kieran, als Sean den Kopf hob. »Neuer Versuch morgen?«

»Ich weiß nicht recht, vielleicht.« Seans Augen wanderten zum Fenster, weil die Stimmen etwas lauter geworden waren, bevor sie erneut verstummten.

»Sollte einer von uns nach draußen gehen?«, fragte Kieran, aber Sean zuckte die Achseln.

»Warte, bis sie wieder reinkommen. Sie machen das manchmal. Das geht eine ganze Weile so, bis sie sich wieder versöhnen.«

»Auch nach dem, was George gesagt hat?«

Sean rang sich ein schmales Lächeln ab. »Was davon war neu für dich? War etwas dabei, was du noch nicht über Ash wusstest?«

Kieran dachte nach, schüttelte dann den Kopf.

»Nein«, sagte Sean. »Für mich auch nicht. Oder für Liv, wie ich annehme.«

»Es könnte allerdings für Ash neu gewesen sein.«

Sean seufzte. »Gott, das wollen wir nicht hoffen.« Er blickte zur Tür, als die sich öffnete und Julian zusammen mit Sergeant Renn eintrat. Sie unterhielten sich, wurden jedoch still, als sie die angespannte Atmosphäre im Raum bemerkten. Julian fasste sich zuerst und bedeutete der Kellnerin an der Kaffeemaschine, Renns Bestellung aufzunehmen. Der nahm Platz und war offensichtlich so verblüfft wie Kieran es gewesen war, den Laden so leer vorzufinden. Er ließ sich auf einem Stuhl mit Schwung nach hinten fallen und sah aus, als hätte er einen harten Tag mit Brontes Eltern hinter sich.

»Was sagst du zu der Versammlung in der Bibliothek?«, wollte Kieran wissen.

Sean rieb sich mit der Hand übers Gesicht. »Liam hat es nicht getan«, sagte er mit erstickter Stimme. »Ich kenne ihn. Ich weiß nicht, was ich sonst noch sagen kann.«

Kieran schwieg, und schließlich sah Sean auf.

»Du denkst auch, dass er etwas damit zu tun hat, oder? »Er klang resigniert.

»Großer Gott, nein.« Kieran schüttelte den Kopf. »Ich habe wirklich keine Ahnung. Du kennst Liam besser als ich. Und die Cops haben nichts gegen ihn in der Hand, oder? Das heißt doch was.«

Sie beobachteten, wie Renn ein Tablet aus seiner Tasche zog, den Bildschirm studierte und auf eine Weise durch die Seiten blätterte, die unauffällig war, Kieran allerdings sehr vertraut vorkam.

»Pendlebury war vorhin unten bei den Höhlen«, sagte Sean, als könne er Kierans Gedanken lesen. »Ich habe sie vom Boot aus gesehen.«

»Ja, ich habe sie auch gesehen. Mia und ich waren …« Kieran sah, wie Mia sich ihnen näherte und rutschte zur Seite. »Ich habe gerade zu Sean gesagt, dass wir Pendlebury bei den Höhlen getroffen haben.«

»Hat sie gesagt, was sie da will?«, fragte Sean. »Es sah aus, als hätte sie sich lange dort rumgetrieben.«

»Nein, sie hat sich *Die Überlebenden* angeschaut.«

»Oh.« Sean zog die Augenbrauen hoch. »Warum vom Strand

aus? Warum nicht vom Aussichtspunkt oder auch vom Wasser?«

»Keine Ahnung.«

Sean schüttelte den Kopf und trank sein Bier aus. Draußen schienen Ash und Olivia in Schweigen verfallen zu sein. Kieran fragte sich, ob sie noch dort waren, als sie hörten, wie Olivia etwas sagte. Sie klang schroff. Das Restaurant war so leer, dass es schwer war, nicht zu lauschen.

»Unglaublich, dass die Leute nicht mehr herkommen«, sagte Mia. »Nach wie vielen Jahren?«

»Ich weiß«, sagte Sean. »Julian meint, das wird schon wieder, wenn die ganze Sache ausgestanden ist. Aber wer weiß, wie lange das dauert?« Er seufzte. »Habt ihr das lokale Chatforum gesehen? Da war vor ein paar Tagen von so etwas wie Boykott die Rede.«

»Stimmt«, bestätigte Kieran. »Viele Leute waren allerdings nicht dafür.«

»Nicht? Ich kann mir das nicht angucken. Was manche Leute da so schreiben, ist einfach nicht zu fassen.« Sean erhob sich. »Ich muss noch einen trinken. Braucht ihr was, während wir auf Ash warten?«

Kieran warf Mia einen Blick zu.

»Danke«, sagte Kieran. »Wir trinken gerne einen mit dir.«

Mia wartete ab, bis er zum Tresen ging, und wandte sich dann an Kieran.

»Hör zu, ich wollte dir noch sagen, dass etwas über deinen Vater im Forum steht«, sagte sie leise. »Ich habe es eben gelesen. Nichts Besorgniserregendes ...«

Kieran hatte schon sein Handy gezückt und die EBOCH-Seite aufgerufen.

»Es kommt von jemandem, der findet, dass er bei der Versammlung gebrechlich aussah«, sagte Mia. »Hier ...«

Sie beugte sich vor, berührte den Bildschirm und scrollte nach unten, bis sie den Kommentar gefunden hatte. Sie hatte recht, es war nicht mehr als das, aber dennoch zog Kierans Herz sich beim Anblick des anonymem Klatschs über Brians Gesundheitszustand ein wenig zusammen.

»Vielleicht können wir Renn bitten, dass es gelöscht wird, so, wie George es erzählt hat,« sagte Mia. »Wenn sie bestimmte Einträge löschen, können sie den hier auch löschen.«

»Er meinte allerdings, es wären nur Dinge, die mit ihrer Untersuchung in Verbindung stehen.«

»Ich weiß, aber trotzdem.«

Kieran scrollte nach unten und suchte in den Kommentaren nach weiteren Erwähnungen von Brian. Auf den ersten Blick fand er nichts, aber es gab inzwischen einen ganzen Ozean von Texten, durch den man waten musste. Mia hatte recht, die Einwohner von Evelyn Bay hielten nicht hinterm Berg mit dem, was sie voneinander hielten. Ihm wurde übel nur vom Lesen. Kieran wollte die Seite schon schließen, als er aus dem Augenwinkel einen der wenigen gelöschten Einträge entdeckte.

Dieser Kommentar von Theresa Hartley wurde entfernt, weil er die Richtlinien von EBOCH verletzt.

Kieran zog die Stirn in Falten. Theresa Hartley, Mias Musiklehrerin mit der Enkelin auf Brontes Uni in Canberra. Worauf war sie gestoßen, dass die Polizei es als zu heikel für die Öffentlichkeit erachtete? Er nutzte die Suchfunktion der Seite. Mit mehreren Dutzend Beitragen war Theresa recht aktiv gewesen. Mehrere Dutzend, aber nur zwei davon gelöscht. Kieran klickte ihren frühesten gelöschten Beitrag an, und die Diskussion, die sich darum drehte, ob Bronte Sex am Strand gehabt hätte, erschien. Von allen entsetzlichen Kommentaren zu diesem Thema war nur der von Theresa gelöscht worden. Kieran stutzte. Was hatte sie ursprünglich geschrieben? Die Antworten auf ihren Beitrag konnte man noch lesen. *Sex zu haben bedeutet nicht, dass sie kein nettes Mädchen war*, hatte jemand geantwortet.

Das war's, erinnerte er sich jetzt. Bronte war ein nettes Mädchen, hatte Theresa geschrieben. Ihre Enkelin hatte das gesagt.

Und dann hatte sie einen Link gepostet. Kieran schaute in seinen Seitenverlauf. Der Link zu der sehr jugendlich wirkenden Social-Media-Seite war noch vorhanden. Er klickte sie an, und die Gedenkseite für Bronte erschien.

Kieran durchsuchte die letzten Beiträge. Einige Skizzen, ein Gedicht, das verzweifelt damit kämpfte, für den Namen Bronte einen passenden Reim zu finden, ein paar Zeichnungen. Er scrollte nach unten und verharrte kurz, weil es eine Erinnerung in ihm auslöste.

Es war ein Foto. Nicht von Bronte, sondern vom Strand. Evelyn Bays Strand, um genau zu sein. Kieran sah in einer Ecke Fisherman's Cottage. Es war das erste Foto in einer Galerie, die schlicht »Sommerszenen« betitelt war.

Kieran öffnete die Galerie. Weitere Aufnahmen des Meeres, alle von hier. Eine Straßenansicht des Ortes. Ein kunstvoller Schnappschuss der Außenseite des Surf and Turf. *Die Überlebenden*, vom Aussichtspunkt gesehen.

Hatte Bronte die Fotos gemacht? Ja, das hatte sie, da war Kieran sicher. Nicht nur, weil sie hier auf der Gedenkseite gepostet wurden, sondern weil die Aufnahmen einen ähnlichen Stil aufwiesen wie diejenigen, die er im Ideenbuch in ihrem Schlafzimmer gesehen hatte.

Er schaute sich weiter um. Ein paar Bilder des Klippenpfades, dann wieder Meeresansichten. Die Bilder waren ersichtlich erst vor Kurzem gemacht worden, aber – Kieran hielt erneut inne.

Er studierte ein weiteres Strandfoto. Dieses Foto war nah am Strand aufgenommen worden, man sah anbrandende Wellen. Kieran ignorierte das Close-up eines Stranges von Seetang, weil seine Augen vom Hintergrund angezogen wurden. In der Ferne, klein, aber gut zu erkennen, standen drei Personen in der Brandung. Ein Mann in Boardshorts mit Baby auf dem Arm, eine dunkelhaarige Frau und ein großer Mann mit einem großen Hund.

Kieran, Mia und Ash am Strand am Samstagnachmittag in Evelyn Bay.

Kieran starrte auf das Foto und versuchte zu begreifen, was das zu bedeuten hatte. Er und Mia waren gerade angekommen, Bronte hatte sie in diesem Foto festgehalten, sie war Audreys Hütchen hinterhergerannt, und weniger als vierundzwanzig Stunden später war sie tot. Er berührte Mia am Arm und hielt ihr das Handy hin.

»Der Link auf diese Seite war aus dem Forum gelöscht worden«, flüsterte er.

»Wirklich?« Mia warf einen Blick auf Renn, bevor sie nach dem Handy griff.

Kieran betrachtete ihr Gesicht, während sie sich durch die Bilder klickte, und wartete ab, ob sie zum selben Ergebnis kommen würde. Genau wie er erstarrte sie bei dem Schnappschuss am Strand und ging näher an den Bildschirm heran.

»Wir haben gesehen, wie sie dieses Foto gemacht hat, oder?« Mias Stimme war kaum vernehmbar. »Wann war das? War das am selben Tag, als ihre Kamera verschwand?«

Kieran nickte.

»Aber …« Mia machte eine besorgte Miene. »Wenn ihre Kamera in dieser Nacht verschwand, dann wurden die Fotos damit gemacht?« Sie starrte die Bilder an. »Wie kommen sie ins Netz?«

»Ich weiß es nicht«, sagte er.

Hinter Kieran bewegte sich etwas, woraufhin er sich umdrehte. Olivia war hereingekommen.

»Wir brechen auf«, sagte sie im Näherkommen. Ash war einen Schritt hinter ihr. Beide traten mit dem gleichen stoischen Gesichtsausdruck an ihren Tisch. Kieran hätte nicht sagen können, ob ihr Streit beigelegt war oder nicht.

»Kein Problem.« Er schaute Ash an, der so verletzlich wirkte, wie Kieran ihn noch nie gesehen hatte. »Pass auf, Freund …«

»Was ist das?«, schnitt Ash ihm das Wort ab. Er hatte das Foto auf dem Telefon in Mias Hand entdeckt. Als sie nicht antwortete streckte er die Hand aus und griff sich das Gerät, ohne zu fragen. Er studierte das Bild. Das Seegras und die Figuren im Hintergrund. »Was ist das?«, fragte er noch einmal.

Olivia beugte sich vor, um auch etwas zu sehen, als Sean mit den Getränken kam.

»Was ist los?«, fragte er und blickte von Kieran zu Ash.

Ash antwortete nicht, er berührte nur den Bildschirm, um das Bild zu vergrößern.

Sean stellte die Getränke auf den Tisch, wischte sich die Hände an den Shorts ab und versuchte es noch einmal: »Was ist auf dem Handy?« Er blickte Kieran an. »Das ist deins, oder?«

Kieran warf einen Blick auf Mia. Sie hatte Renn im Blick, der mit der Kellnerin sprach.

»Ein paar Fotos aus dem Netz.« Kieran sprach sehr leise. »Wir glauben, sie könnten von Brontes vermisster Kamera stammen.«

»Ist das dein Ernst?« Olivia riss die Augen auf, dann schnellte ihre Hand zum Handy. Ash schob seine Schulter leicht nach vorne und blockierte ihr so die Sicht.

»Warte, bist du das auf dem Bild?« Ihre Augen sprangen von Ash zu Kieran und Mia. »Und ihr auch?«

Ash hielt das Handy nah vors Gesicht, während er durchscrollte. Sean stellte sich an seine andere Seite und versuchte ebenfalls, etwas zu erhaschen, aber Ash hielt seinen Körper verdreht und das Handy außer Reichweite.

»Ich verstehe das nicht«, sagte Olivia. »Was ist los? Warum sieht man euch auf den Fotos?«

Ash hielt unvermittelt inne. Sein Daumen schwebte über dem Bildschirm. Er kniff die Augen zusammen, ganz langsam, als wäre er überrascht, könnte er die Kraft dazu aufbringen.

»Nun«, sagte er mit tonloser Stimme. »Wenigstens sind wir nicht die Einzigen.«

Er ließ das Telefon auf den Tisch fallen, hob den Kopf, und Kieran drängte sich wie die anderen auch an ihn. Ein weiteres Foto war auf dem Schirm zu sehen, und Kieran brauchte eine Weile, um zu begreifen, was er da sah. Es war ein Felsenbecken, zerklüftet und tief. Das Wasser, das sich in seinen Spalten sammelte, sah poliert und fast ölig aus. Es spiegelte ein natürlich geglättetes Bild des Himmels und der Wolken wider. Und noch etwas.

Jemand stand neben dem Becken, ein wenig hinter dem Fotografen, möglicherweise unbemerkt. Das Spiegelbild seines Gesichtes war im Wasserbecken gefangen, der Gesichtsausdruck verzerrt durch ein leichtes Kräuseln, aber deutlich erkennbar.

»Liam.« Olivia holte tief Luft.

»Wartet …«, sagte Sean, aber es hatte keinen Zweck. In einer gemeinsamen, instinktiven Bewegung sahen sie alle zu Renn.

»Wartet«, sagte Sean noch einmal. Seine Hand schoss vor und landete auf der von Kieran, die das Foto schon verdeckte. »Leute, hört zu, bitte! Wartet nur einen Moment …«

»Zu spät«, sagte Kieran.

Renn war auf sie aufmerksam geworden. Seinen Kaffee hatte er vergessen. Das Tablet immer noch in der Hand, hielt er mitten in einer Scrollbewegung inne. Er schaute in ihre Gesichter, dann auf das Mobiltelefon, um das sie sich geschart hatten. Wenn Kieran sich vorhin nicht sicher gewesen war, jetzt war er es.

»Es ist zu spät«, sagte er. Seans Hand lag immer noch schwer auf seinem Handgelenk. »Sie haben es schon gesehen.«

KAPITEL 29

In der Nacht öffnete Kieran die Augen und sah, dass Mia schon wach war. Ihr Gesicht wurde von ihrem Handy erhellt. Sie lagen Seite an Seite und gingen zusammen die Fotos von Bronte durch, wobei sie jedes einzelne eingehend betrachteten. Der Strand, die Geschäfte, der Seetang, Liam, sie selbst. Jedes Mal, wenn sie das Ende der Galerie erreicht hatten, begannen sie von vorn. Lange dauerte es nicht, es gab nur fünfzehn Fotos.

»Das können nicht alle sein«, flüsterte Mia schließlich. »Sie sind so ... banal.«

Kieran schüttelte den Kopf. Er hatte dasselbe gedacht. Mia betrachtete ihr Handy, stellte es dann aus.

»Es gefällt mir nicht, dass wir darauf zu sehen sind«, sagte sie in die Dunkelheit hinein.

Nach einer Weile fiel sie in einen unruhigen Schlaf, aber Kieran lag stundenlang mit geschlossenen Augen wach, nur um – wie es sich anfühlte – Sekunden später von Audreys Geschrei aufgeschreckt zu werden.

Ash war einfach so aus dem Surf and Turf gestiefelt, ohne sich zu verabschieden. Er stand etwas abseits, während die anderen sich über ihre Handys gebeugt hatten. Beim nächsten Mal, als Kieran aufsah, war er verschwunden. Olivia hatte versucht, ihn anzurufen, und schließlich eine SMS empfangen.

»Er ist zu Hause.« Sie ergriff ihre Tasche, knallte die Tür hinter sich zu, und weg war sie. Durch das Fenster sah Kieran, dass sie den Weg zu Ash einschlug. Sean hatte außer der erneuten Bitte, die Fotos nicht Renn zu zeigen, kaum etwas gesagt. Kieran und Mia hatten eingewilligt, besonders deshalb, weil Kieran wusste, dass es sowieso keinen Unterschied machte. Sie hatten noch kurz zusammengesessen, wobei jeder an seinem Handy klebte, bis Sean schließlich mit sorgenvollem Gesicht aufsah.

»Geht ruhig, wenn ihr wollt. Ich bleibe noch etwas hier.«

Ihr Angebot zu bleiben hatte er mehrfach ausgeschlagen, bis es ihnen zu unbehaglich wurde und sie ihn schließlich im fast leeren Surf und Turf seinen Gedanken überließen.

Der Morgen war mit einem unbewegten blauen Himmel heraufgezogen. Mia gähnte, als Kieran eine schlechtgelaunte Audrey in den Kinderwagen bettete. Brian saß in seinem Sessel und beobachtete sie, wie sie sich die Schuhe anzogen. Kieran hörte, wie Verity in der Küche mit Dosen klapperte.

»Immer noch nichts von Ash?«, fragte Mia. Kieran konsultierte sein Handy. Er schüttelte den Kopf. Er hatte ein paar Nachrichten hinterlassen. Alle waren jedoch unbeantwortet geblieben, und Mia schrieb schließlich an Olivia.

»Okay, sie sagt, Ash hat sie letzte Nacht reingelassen, ist aber nicht ins Bett gekommen«, las Mia vor, als sie nach draußen traten. »Als sie heute Morgen aufwachte, hatte er auf der Couch geschlafen, war aber schon wieder weg.«

»Zur Arbeit?«

»Nehme ich an.«

»Verstehe«, sagte Kieran und ging los. Er blieb stehen, als ihm klar wurde, dass Mia ihm nicht folgte. Sie hatte die Augen beschirmt und schaute in die andere Richtung.

»Lass uns den Weg über den Strand nehmen«, sagte sie.

»Wir haben den Kinderwagen.«

»Dann nehmen wir die Kleine auf den Arm. Nur ein Stückchen.«

»Warum?« Es wäre das erste Mal seit letztem Samstagabend, dass Mia einen Fuß auf den Strand setzte.

»Weiß nicht genau. Ich möchte die Stelle sehen, wo Bronte die Fotos gemacht hat.«

»Ich bin mir ziemlich sicher, dass die Cops das schon erledigt haben«, antwortete er und wies mit dem Kopf auf das Telefon in ihrer Hand. »Brontes Bewegungsradius untersucht. Deshalb hat sich Pendlebury wohl auch letztens *Die Überlebenden* angeschaut.«

»Trotzdem.« Mia zuckte die Achseln. »Macht es dir was aus?«

»Nein, aber ich bezweifle, dass es etwas zu sehen gibt, was wir noch nicht gesehen haben.« Er hatte recht, zumindest, was den Strand betraf. Sie identifizierten so präzise sie konnten, wo sie Bronte zum ersten Mal gesehen hatten, als sie Strandgut sammelte und sich in die Brandung hockte, um das Seegras zu betrachten. Nichts unterschied diesen Punkt von dem langen Streifen Sand auf jeder Seite. Weiter entfernt allerdings, oberhalb der Flutlinie vor Fisherman's Cottage, nahm Kieran einen Schimmer wahr, wo der Wind durch die plastikverpackten Blumen wehte, die da zu ihrem Gedenken immer noch lagen. Mia stand nahe der Brandung und hielt ihr Haar mit einer Hand zusammen, während sie seinem Blick folgte.

»Lass uns zurück zur Straße gehen«, war alles, was sie sagte.

Im Hafen konnte Kieran die *Nautilus Blue* nirgends entdecken. Auf gut Glück klopfte er deswegen an die Tür von Ashs und Seans Strandhaus, aber niemand öffnete.

»Wahrscheinlich arbeitet er auf dem Friedhof und leckt seine Wunden«, sagte Mia und sah dabei besorgt aus.

»Kann gut sein«, sagte Kieran, »so, wie ich Ash kenne.«

Obwohl, dachte Kieran, wenn man Ash wirklich kannte, wusste man, dass er sich nicht so schnell unterkriegen ließ.

Sie liefen weiter und kamen an Lyn vorbei, die neben dem Lieferanteneingang des Surf and Turf eine Zigarette rauchte. Mia verlangsamte ihren Schritt ein wenig, während sie ihre Position mit dem Winkel auf Brontes Aufnahme der Straßenansicht verglichen.

»Es ist vielleicht albern«, sagte Mia, als sie sich gegen das schmutzige Fenster eines Zeitungsladens drückte, um die richtige Blickachse zu finden.

»Vielleicht.« Kieran wies mit dem Kopf die Straße entlang. »Auf jeden Fall sind wir in guter Gesellschaft.«

Pendlebury lehnte an einer niedrigen Mauer und hatte wieder ihr Tablet in der Hand. Mit zusammengekniffenen Augen hatte sie zwischen ihrem Bildschirm und einem Cottage aus Sandstein hin- und hergeblickt und beobachtete nun, wie Mia ihr Telefon ausgestreckt in der Hand hielt. Sie sahen einander an, bis die Polizistin sie herbeiwinkte, mehr freundliche Aufforderung denn Einladung.

»Zwei Dumme, ein Gedanke«, sagte Sue Pendlebury leichthin, als sie sich näherten. »Sergeant Renn hat erzählt, dass er gestern Abend im Surf and Turf war, und vermutet, dass der Link durchgesickert ist.« Pendlebury sah ein wenig verstimmt, aber nicht sonderlich besorgt aus. »Wenn Sie also diesen Fotos folgen, sind Sie wahrscheinlich auf dem Weg zum Aussichtspunkt?« Sie stieß sich von der Mauer ab. »Ich komme mit, ich will auch dorthin.«

»Also haben wir recht, die Fotos stammen von Brontes Kamera?«, fragte Kieran, als sie sich durch den alten Ortskern auf den Weg machten.

Pendlebury streckte die Hand nach Mias Handy aus. Sie wischte mit dem Daumen schnell über den Bildschirm und überprüfte die Bilder. Nach ein paar Schritten blieb sie stehen und gab das Telefon mit einem Nicken zurück. »Einige davon.«

»Wie sind die ins Netz gekommen?« fragte er.

»Brontes Uni hat für ihren Kurs Speicherplatz zur Verfügung gestellt«, erklärte Pendlebury. »Kunststudenten benötigen viele Dateien mit hoher Auflösung, nehme ich an. Bronte hat ihre Sachen fast täglich hochgeladen.« Sie wies mit dem Kopf auf Mias Telefon. »Normalerweise wären sie nicht auf diese Social-Media-Seite gelangt, aber irgendwann hat sie ihren Kommilitonen den Zugriff auf ihre Ordner erlaubt. Gruppenprojekte, wie es aussieht.«

»Sie konnten das nicht blockieren?«, wollte Kieran wissen.

»Wäre möglich gewesen, aber dann hätten die Leute sich gefragt warum, und das ist nicht immer …« Pendlebury hielt abrupt inne. Ihr Schritt wurde langsamer, und sie gab einen frustrierten Laut von sich. »Um Himmels willen!«

Sie näherten sich George Barlins Haus mit dem aufgerissenen Garten. Davor stand Ashs schmutziger Pick-up geparkt.

Kieran sah Ash durch die Windschutzscheibe, wie er bei ausgeschaltetem Motor und vor der Brust verschränkten Armen am Lenkrad saß, Shifty neben sich auf dem Beifahrersitz, den Kopf im offenen Fenster. »Herrgott, er ist doch deswegen schon verwarnt worden.« Pendlebury warf einen Blick auf Kieran. »Er muss da weg. Ich wäre Ihnen sehr dankbar, wenn …«

»Ist schon in Ordnung.« Kieran stellte die Bremse des Kinderwagens fest »Ich rede mit ihm.«

Als Kieran loslief, hatte Ash den Wagen schon gestartet.

»Ist ja gut, bin schon weg. Ich wollte mir nur etwas anschauen, aber …« Ash lehnte sich aus dem offenen Fenster und hob die Stimme in Richtung Pendlebury. »Ich fahre jetzt los, okay? Sie brauchen ihre Kollegen nicht anzurufen. Bin schon unterwegs.«

Ash ließ sich schwer in den Sitz zurückfallen und griff nach dem Schalthebel. Kieran legte eine Hand auf die Tür.

»Hey, warte mal eine Sekunde«, sagte er.

»Was? Ich bin ziemlich beschäftigt.«

»Ich habe dir eine Nachricht geschickt.«

»Okay.« Ash seufzte. »Ich bin bei der Arbeit, Kumpel.«

»Ja, gut, aber …«

Ash blickte ihn endlich an. Auf seinen Zügen lag immer noch ein Hauch des freigelegten Nervs, den Kieran am Abend zuvor gesehen hatte, aber heute schien er einfach nur müde zu sein.

»Was?«, fragte Ash noch einmal.

»Geht es dir gut? Nach gestern Nacht?«

»Alles gut.«

»Verstehe.« Kieran nahm seine Hand nicht von der Tür. »Wegen der Dinge, die George gesagt hat ...«

»Oh.« Um Ashs Augen wurden winzige Falten sichtbar. »Ja, ist schon in Ordnung. Hör zu, Kumpel ...« Er legte einen Gang ein. »Ich muss weiter.«

»Na gut, ruf mal an, wenn du ...«

Aber Ash hob schon den Arm zu einer demonstrativen Verabschiedung von Pendlebury. Kieran ließ seine Hand sinken und trat einen Schritt vom Pick-up zurück. Alle blickten ihm hinterher, bis er verschwunden war, und Kieran kehrte zum Kinderwagen zurück.

»Nur so aus Interesse: Wie sah der Garten vorher aus?«, fragte Pendlebury, als sie den Klippenpfad betraten.

»Wunderschön«, antwortete Mia.

Den größten Teil des Weges legten sie schweigend zurück, jeder in Gedanken. Als sie sich der Felsspitze näherten, beschleunigte Mia ihren Schritt und schloss zu Pendlebury auf.

»Wer immer auch Brontes Kamera und Computer mitgenommen hat, wusste er, dass sie die Bilder ins Netz stellte? Was meinen Sie«, fragte sie.

»Kann ich nicht sagen.« Pendlebury hielt die Augen auf den Ozean gerichtet. »Kommt darauf an, um wen es sich handelt und warum die Person es getan hat.«

»Und Sie sagten, die Fotos, die man online sehen kann, sind nicht alle, die sie in ihrem Uniordner abgespeichert hat?«

»Das stimmt.«

Mia scrollte sich im Gehen erneut durch die Fotos. »Aber würden Sie sagen, dass die hier ...«, sie zögerte, »... eine typische Auswahl darstellen?«

Sie hatten die Felsspitze erreicht und blieben am Aussichtspunkt stehen. Draußen ragten *Die Überlebenden* weit aus dem Wasser. Hinter ihnen schwankte die *Nautilus Blue* in den Wellen. Die blauweiße Tauchfahne war gut zu erkennen. Pendlebury ignorierte die Aussicht und warf stattdessen Mia einen Blick zu.

»Also gut«, sagte sie. »Ich merke, dass. Sie sich Sorgen machen, weil Kieran und sie auf einem der Fotos zu sehen sind. Ich kann Sie ein wenig beruhigen. Sie sind nicht die Einzigen.«

»Wirklich?«

»Keineswegs.«

Kieran war erstaunt, dass er kaum Erleichterung verspürte.

Pendlebury dreht sich zum Geländer und betrachtete *Die Überlebenden*.

»Wie ist das mit der Ebbe, Kieran?«, fragte sie. »Niedrig genug für einen Besuch da unten?«

»Jetzt?«

Die Polizistin klemmte sich ihr Tablet unter den Arm. »Jetzt hört sich gut an.«

·

Mia sah nicht glücklich aus, aber sie protestierte auch nicht. Kieran schob ihr den Kinderwagen hin, lief gemeinsam mit Pendlebury um die Barriere herum, und sie machten sich auf dem nicht gekennzeichneten Pfad auf den Weg. Als Pendlebury den Strand erreichte, blieb sie stehen und kümmerte sich nicht um die Vögel, die geschlossen in die Luft gestiegen waren. Sie ließ die klaffenden Höhleneingänge auf sich wirken, hob dann das Gesicht und betrachtete mit zusammengekniffenen Augen von hier unten den steilen Klippenpfad, den sie genommen hatten. Sie nahm ihr Tablet hervor und fuhr konzentriert mit dem Finger über den Bildschirm.

»Gut«, sagte sie. »Nun möchte ich, dass Sie sich Bronte als einundzwanzigjähriges Mädchen mit einer Kamera vergegenwärtigen. Es ist also kein Scherz, wenn ich sage, dass sie eine Menge Fotos geschossen hat. Dennoch ...« Pendlebury hielt den Bildschirm so, dass Kieran ihn gut sehen konnte. »Können Sie die Aufnahmeorte von irgendwelchen dieser Bilder hier identifizieren? Lassen Sie sich Zeit.«

Kieran nahm das Tablet entgegen und blätterte langsam durch Brontes Fotos, ängstlich, was er zu sehen bekäme. Viele der Bilder waren aus solcher Nähe aufgenommen worden, dass sie eigentlich nicht bestimmbar waren: Sandkörner, Seegras, das wie Juwelen grün funkelnd auf einem dunklen Untergrund klebte. Er blätterte vor und zurück und spürte dabei, wie Pendleburys Augen ihn fixierten.

»Tut mir leid. Ich versuche«, setzte er an, hielt dann aber inne, weil er etwas erkannte.

Eine zerklüftete, mit Sand bestäubte Oberfläche und Kanten, die vom Wasser tief eingekerbt waren. Ein scharfer Kontrast an einer Linie, wo das Tageslicht auf dauerhafte Schatten traf. Die Öffnung der Nordhöhle. Es gab keinen Zweifel, ganz und gar nicht, denn in dieser Nahaufnahme war entlang der Einkerbungen sein eigener Name in den Fels geritzt.

Wie fahrlässige Narben wirkten diese Buchstaben, die er vor Jahren hinterlassen hatte und die nun auf dem Film eines toten Mädchens gebannt waren. Kieran verspürte einen Anflug von Angst.

Er starrte immer noch auf das Foto, als Pendlebury den Arm ausstreckte und über den Bildschirm wischte. Ein ähnliches Foto erschien, diesmal aber war es Ashs Name, der aus einer Ecke in den Bildausschnitt schoss. Sie wischte noch einmal, und Ashs Name war erneut zu sehen. Eine andere Einkerbung diesmal, und in einem Winkel aufgenommen, der ihn schwerer lesbar machte. Kieran hätte nicht sagen können, wo das aufgenommen worden war.

Pendlebury streckte ein weiteres Mal den Arm aus, und schon bevor sie wischte, wusste Kieran, was kommen würde. Finn und noch einmal Finn. Das R-A-N-Ende eines weiteren Kieran. Toby.

Kieran zwang sich, den Kopf zu heben und Pendlebury in die Augen zu schauen.

»Die sind nur ausschnittweise im Bild«, sagte er. Und es stimmte. Er blickte wieder nach unten, diesmal auf S-E-A von Sean. Eine extreme Nahaufnahme, die Buchstaben unscharf durch Schatten des grellen Blitzlichts. Kieran wies auf ein Stück Flechte, das neben dem S blühte.

»Bronte hat Close-ups des Felsens gemacht«, sagte er. »Die bedeuten gar nichts.«

»Ich habe nicht gesagt, dass sie etwas bedeuten.« Pendleburys Gesicht war vollkommen unbewegt. »Ich habe gefragt, ob sie wissen, wo die Bilder aufgenommen wurden.«

»Ein paar davon, nehme ich an.«

»In Ordnung«, sagte sie. »Zeigen Sie es mir.«

Kieran führte sie über den Strand zum Eingang der Nordhöhle. Innen war es schattig und kühl, und Kieran brauchte eine Weile, bis seine Augen sich an die Dunkelheit gewöhnt hatten. Er sah, dass auch Pendlebury blinzelte, während sie sich umschaute.

»Hier.« Er wies auf die Wand. »Die haben Sie gestern gesehen. Und es gibt ein paar weitere dort drüben.« Pendlebury drehte ihr Tablet um und nahm den Bildschirm in Augenschein, dann erst die Felsoberfläche. Sie lief ein paar Schritte, zückte ihr Handy und machte ein Foto. Noch ein paar Schritte und weitere Fotos. Kieran beobachtete, wie sie das mehrfach wiederholte und dabei versuchte, den richtigen Bildwinkel wiederherzustellen. Sie starrte auf das Tablet und schüttelte den Kopf.

»Das kommt nicht hin. Der Abstand zwischen den Buchstaben ist nicht derselbe.« Sie hielt Kieran den Bildschirm hin. In einer Ecke des Fotos konnte er Ashs Name lesen.

»Vielleicht nicht.« Kieran zuckte die Achseln. »Es gibt eine ganze Menge davon.«

»Können wir sie alle ausfindig machen? Ich möchte diese Stellen wirklich markieren.«

Die Höhle erstreckte sich tief und mäandernd vor ihnen.

»Sie können überall sein. Ich wüsste nicht mal, wo wir anfangen sollten.«

»Da steckte kein System dahinter?«

»Nicht wirklich. Ursprünglich haben wir damit begonnen, wenn wir eine neue Route kartiert hatten.« Kieran hatte einfach nicht die Energie, ihr Verhalten zu verteidigen. »Meistens aber war es einfach aus Langeweile. Sean fand allerdings, es wäre eine beschissene Aktion. Er hat es einmal gemacht, weil ich ihn dazu gedrängt habe, aber Ash und ich haben es die ganze Zeit gemacht. Und Toby. Und Finn natürlich.«

»Sonst jemand? Mia?«

Kieran blieb stehen. Ihm wurde kalt in den Schatten. »Nein. Warum?« Er schaute hoch, obwohl der Aussichtspunkt von seiner Position aus gar nicht zu sehen war. »Sie war nie hier unten. Warum fragen Sie?«

»Was ist mit Gabby Birch?«

»Nein.« Verwirrt blickte Kieran sie an. »Was hat sie damit zu tun? Oder Mia?«

»Ich stelle nur Fragen, Kieran, und versuche, mir ein Bild zu machen.« Pendlebury hielt inne. »Was ist mit Olivia?«

Kieran hatte keine Ahnung, ob sie etwas wusste und ob es überhaupt eine Rolle spielte.

»Ja, Olivia war auch hier.«

Pendlebury spähte in die Höhle. Die Vögel hatten sich beruhigt, und Kieran konnte vom Meeresufer den Wellenschlag hören.

»Können wir weiter reingehen?«, fragte sie. »Herausfinden, wie viel wir finden können?«

»Nein«, sagte Kieran. »Nicht mit mir. Es wird zum Irrgarten. Ich kenne mich nicht gut genug aus.«

»Früher schon.«

Kieran nickte und wies mit dem Kopf auf die eingeritzten Namen. »Ich habe viele Dinge getan, die ich nicht mehr tue.«

»Na gut.« Pendlebury drehte das Tablet so, dass Kieran die Fotos noch einmal sehen konnte. »Dann schauen Sie sich diese Aufnahmen an. Kommt Ihnen irgendetwas so bekannt vor, dass Sie es lokalisieren können?«

Kieran scrollte durch weitere von Brontes Aufnahmen und fürchtete sich vor jeder einzelnen.

»*Die Überlebenden*, wie man sieht«, konstatierte er. »Und das hier ist das Ende des Pfades bei Ebbe. Wieder die Nordhöhle.« Er spürte ein leises Unbehagen, aber er konnte es nicht dingfest machen. Irgendetwas stimmte nicht. Er überflog ein paar Fotos, die aus zu großer Nähe aufgenommen worden waren, um etwas zu erkennen, zögerte dann beim Anblick einer vertrauten Ecke, die er schon oft gesehen hatte. Der Felsvorsprung in der Südhöhle, wo Olivia und er sich gewöhnlich getroffen hatten. Kieran spürte, dass Pendlebury ihn beobachtete.

»Ich weiß, wo das ist.«

»Zeigen Sie es mir bitte.«

Sie kniffen beide die Augen wegen des Sonnenlichts zusammen, als Kieran sie wieder über den Strand zur Südhöhle führte. Während sie dort erneut in die Düsternis eintauchten, wies Kieran auf das Foto auf Pendleburys Bildschirm und dann auf den Felsvorsprung.

»Das wurde hier gemacht.«

Pendlebury ging zum Felsen hinüber und fuhr mit den Fingern daran entlang. Sie ließ die Hand sinken, zog ihr Handy hervor und machte mehrere Fotos, bevor sie auf das Tablet schaute und die Stirn runzelte. Sie sah auf und bemerkte Ashs Namen, der oberhalb des Felsvorsprungs eingeritzt war. Mit hochgezogenen Augenbrauen blickte sie Kieran an, doch der zuckte nur die Schultern.

»Wie ich sagte, es gibt eine ganze Menge davon.«

Seine Stimme wurde von den Wänden zurückgeworfen, bevor der Sand sie dämpfte und verklingen ließ. Pendlebury neigte den Kopf und lauschte.

»Ich kann mich an den Klang hier nicht gewöhnen«, sagte sie und wandte sich wieder dem Vorsprung zu.

Kieran war unbehaglich zumute, und er zögerte. Durch die Höhlenöffnung konnte er sehen, wie ein breiter Streifen Sand sich bis zum Meer zog. Der Sand unter seinen Füßen war fest. Der Boden war nicht nass, er war nicht mit Wasser bedeckt. Alles in Ordnung, sagte er sich. Keine Flut, es herrscht Ebbe, wir haben viel Zeit.

»Stimmt etwas nicht?« Pendlebury blickte ihn an.

»Es ist nichts.«

»Sicher?«

»Ja.« Kieran kämpfte gegen einen seltenen Anfall von Klaustrophobie an. Die Decke der Höhle fühlte sich ungewöhnlich niedrig an, und er streckte die Hand aus, um zu prüfen, ob sie immer noch außer Reichweite war. »Tut mir leid. Ich bin oft hierhergekommen, als ich jünger war.«

»Vor dem Sturm?« Pendlebury fixierte ihn immer noch. »Am Tag des Sturms?«

»Beides.« Kieran zuckte die Schultern.

Einen Moment lang schwieg die Polizistin und fuhr nachdenklich mit der Hand über die Felswände.

»Ich hatte eine Freundin. *Habe* eine Freundin, genauer gesagt …« Sie seufzte, setzte dann wieder an: »Vor ein paar Jahren gönnten meine Freundin und ihr Mann sich an einem Freitagabend ein paar Drinks. Nach dem Essen gingen sie einige Runden schwimmen in ihrem Pool. Bis sie bemerkte, dass er ernsthafte Probleme bekommen hatte, war es zu spät.« Pendlebury schüttelte den Kopf. »Er hat es nicht geschafft. Seitdem geht es ihr sehr schlecht.«

»Das tut mir leid«, sagte Kieran.

»Danke. Es war hart für sie, aber auch hart, zusehen zu müssen, wie sie sich selbst zerstörte.«

Kieran erinnerte sich gut an die ersten Jahre nach Finns Tod. All die verschiedenen Anläufe, damit zurechtzukommen. Manche waren erfolgreich, manche nicht. Er erinnerte sich an jähe Hoffnungsschimmer, gefolgt von überwältigender Frustration und Enttäuschung. Die heimliche Angst, dass bald nichts mehr bliebe, was er ausprobieren könnte. Und dann, mitten in all dem, tauchte Mia auf. Stand vor ihm, unerwartet, eine ersehnte Oase der Ruhe in einer schäbigen Studentenkneipe.

»Mia hilft mir sehr«, sagte er. »Und Audrey.«

»Und Ihre Familie?«

»Na ja, sie lieben mich offensichtlich. Aber sie haben auch Finn geliebt. Also ...« Er wusste nicht, was er sonst noch hätte sagen können.

Pendleburys Miene war schwer zu ergründen, eine Mischung aus Sympathie und etwas anderem, das er nicht genau definieren konnte.

»Kieran«, sagte sie. »Ich muss Sie das fragen. Was glauben sie, was hier am Tag des Sturms passiert ist?«

»Was ich *glaube*? Ich war hier. Ich weiß, was passiert ist.«

»Natürlich.« Eine seltsame Pause. »Aber ich möchte es von Ihnen hören.«

Kieran betrachtete lange den Felsvorsprung, und dann öffnete er den Mund und erzählte es ihr. Die wahre Geschichte. Über Olivia, und wie sie sich hier gewöhnlich getroffen hatten. Wie das Wetter eines Tages schlechter geworden war und sie vorgeschlagen hatte, aufzubrechen, er sie aber gebeten hatte, zu bleiben. Also waren sie geblieben, hatten jedoch die Zeit vergessen, bis der Sand unter dem Wasser verschwand und auf einmal alles zu spät war. Er hatte den Pfad nicht finden können. Das Meer war stärker gewesen als er. Kierans Bruder und sein bester Freund waren gekommen, um ihn zu retten. Sie waren gestorben. Und er hatte überlebt.

Pendlebury hörte zu, ohne ihn zu unterbrechen.

»Das muss hart für Sie gewesen sein«, sagte sie, als er geendet hatte.

Kieran antwortete nicht. Wenn er jemandem die Geschichte

erzählte, fiel manchmal alle Anspannung von ihm ab, bei anderen Gelegenheiten, wie auch jetzt, spürte er nichts als Scham.

Pendlebury presste die Lippen aufeinander, und Kieran hatte das eigenartige Gefühl, sie hadere mit sich.

»Ich kann mir nicht vorstellen, wie es ist, mit so etwas zu leben«, sagte sie schließlich.

»Nicht sehr angenehm.«

»Nein, ich habe bei meiner Freundin gesehen, was Schuld anrichten kann.« Ein Schatten zog über Pendleburys Gesicht. »Wir standen uns sehr nahe, aber jetzt ist sie ein anderer Mensch. Kieran ...« Sie drehte den Kopf in die Richtung, in der die Stadt lag, hinter Felsen und Wasser. »Momentan gibt es eine Menge Leute, die allerlei alte Geschichten ausgraben. Es wird viel geklatscht, und nicht alles davon ist wahr oder hilfreich.«

Kieran wusste nicht, was er darauf antworten sollte. Er hörte, wie irgendwo in der Höhle Wasser tröpfelte.

»Ich fände es schrecklich, wenn Sie über eine halbgare Version davon stolpern würden.«

Kieran spürte ein unbestimmtes Kribbeln im Nacken.

»Halbgare Version wovon?«

Pendleburys innerer Kampf flackerte in ihren Augen erneut auf. Sie starrte in die Tiefe der Höhle, ließ ihren Blick dann zu der Stelle schweifen, an der das Meerwasser blau und weiß gegen den Strand brandete.

»Kieran, es gibt da etwas, das Sie wissen sollten.«

KAPITEL 30

Pendlebury brach zum Eingang der Höhle auf. »Lassen Sie uns zuerst nach draußen gehen. Ich glaube, auch Mia sollte das hören.«

Dieses Mal war es Kieran, der folgte, als sie ihn blinzelnd zurück ins Tageslicht führte.

»Was …?«, setzte er an, aber sie hob eine Hand.

»Am Aussichtspunkt. Dann reden wir.«

Als sie oben auf dem Fels den überwachsenen Pfad verließen, fanden sie Mia, die sanft den Kinderwagen schaukelte, auf der Bank vor. Sie sah hoch, und ihre besorgte Miene machte Erleichterung Platz.

»Fertig?« Mia wollte schon aufstehen, erhob sich aber nur zur Hälfte, als sie Kierans Gesicht sah. »Was ist los?«

»Ich habe kürzlich von etwas Kenntnis erhalten, das Kieran meines Erachtens wissen sollte«, sagte Pendlebury und nahm auf der Bank Platz.

Mia schaute misstrauisch drein, ließ sich aber ebenfalls zurückfallen.

Kieran blieb stehen. Im blassen Licht glänzte das Meer. Oberhalb des Wracks konnte man die *Nautilus Blue* sehen, wie sie in den Wellen schaukelte.

»Gut«, sagte Pendlebury mit fester Stimme. »Ich bin hier in Evelyn Bay, um herauszufinden, was Bronte Laidler zugestoßen ist. Das ist alles, das ist mein ganzer Job. Ihr Sturm hier, Gabby Birchs Verschwinden, all der örtliche Tratsch, der hier gerade

durchs Internet wabert – wegen all dem bin ich nicht hier.«
Sie machte eine Pause. »Aber es liegt in der Natur von Fragen,
dass man Antworten erhält, Dinge, die für mich nicht unbedingt relevant sind, aber das heißt nicht, dass sie gar nicht relevant sind.«

Kieran rutschte ungeduldig hin und her. Mia schaute abwechselnd von Pendlebury zu Kieran.

»Ich habe mich mehrfach mit George Barlin unterhalten«,
fuhr Pendlebury fort. »Sie wissen, dass er früher Journalist
war?«

»Ja.«

»Sie haben seine Bücher gelesen?«

»Die meisten davon«, sagte Kieran, und Mia nickte stumm.

»Ich auch«, sagte Pendlebury. »Normalerweise nicht mein
Geschmack, aber gar nicht so schlecht. Seit er hierhergezogen
ist, hat er einige Recherchen rund um den Sturm angestellt.«

»Für ein Buch?«, fragte Mia.

»In der Hauptsache aus privatem Interesse, behauptet er. Er
war im bewussten Jahr in der Stadt. Er sagt, dass er das Erlebnis
des Sturms nie vergessen hat.« Pendlebury zuckte die Achseln.
»Persönlich geht es mich nichts an, ob er darüber schreiben
will oder nicht, und anfänglich hat es mich auch nicht sonderlich interessiert, was damals geschehen ist. Wie gesagt, ich bin
hier, um aufzuklären, was vor ein paar Tagen passiert ist, nicht
vor zwölf Jahren.« Sie starrte hinaus aufs Wasser und tippte
dabei gedankenverloren mit einem Finger auf ihr Knie. »Aber
dann erzählte George etwas, das ich interessant fand.«

»Was?«, fragte Kieran.

»Der Unfall, der dort draußen geschah. Mit Ihnen, Ihrem
Bruder und Toby Gilroy.« Pendlebury wandte sich ihm nun direkt zu. »Die Zeitabläufe stimmen nicht.«

Kieran runzelte die Stirn und registrierte, wie Mia dasselbe
tat.

»Was meinen Sie damit?«, fragte sie. »Welche Zeitabläufe?«

»Die Geschehnisse am Tag des Sturms. Wie Sie im Wasser in Not gerieten, Kieran. Der Notruf, der Rettungsversuch. Die Tode durch Ertrinken. Es kann nicht auf die Art geschehen sein, wie sie denken, dass es geschehen ist.«

»Aber sicher war das so.« Kieran ließ ein Lachen hören, das selbst in seinen Ohren seltsam klang. »Ich war buchstäblich dabei.«

Pendlebury schüttelte den Kopf. »Nein, so war es nicht.«

Sie schaltete erneut ihr Tablet ein und kniff die Augen zusammen, während sie den Bildschirm vor der Sonne abschirmte. Kieran wartete ab und fühlte sich plötzlich so desorientiert wie bei einer Welle, die sich unter einem Boot bricht. Kurz in die Luft gehoben, gefolgt von einem jähen Ruck.

»Wollen Sie uns erzählen, was Sie damit meinen?«, sagte Mia. Sie erhob sich und stellte sich an Kierans Seite.

Pendlebury hob einen Finger und nickte, während sie etwas suchte. Schließlich gab sie einen zufriedenen Laut von sich und sah auf.

»Hier. Die akzeptierte Version des Unfalls – von Ihnen, Kieran, im Wesentlichen von allen – sieht so aus: Sie waren hier bei den Höhlen, um Routen für Ihren Bruder zu erkunden. Der Sturm schlug schneller zu, als Sie erwartet hatten, und Sie wurden ins Meer gespült. Sie haben mir gesagt, dass Olivia Birch bei Ihnen war.«

Pendlebury hielt unvermittelt inne und warf Mia einen Blick zu, die mit den Augen rollte. Natürlich wusste sie es.

»Aber alle anderen sind davon überzeugt«, fuhr die Beamtin fort, »dass Olivia sich auf der Flucht vor dem Regen auf dem Heimweg befand, vom Klippenpfad aus sah, dass Sie in Not geraten waren, und einen Notruf absetzte. Die Nachricht wurde an Julian Wallis als Leiter der örtlichen Such- und Rettungsmannschaft weitergeleitet, und der gab eine Alarmmeldung heraus, die von Finn und Toby empfangen wurde. Sie bestätigten, dass sie Hilfe leisten würden, verließen mit der *Nautilus Black* den Yachthafen, umschifften die Stelle hier bei den Höhlen und wurden von einer außergewöhnlichen Welle erfasst. Das Boot sendete seinerseits einen Notruf, es konnte aber für sie nichts mehr getan werden und sie ertranken.«

Kieran nickte knapp. »So in etwa.«

»Gut. Die Sache ist nur die, dass die Zeit eines jeden Anrufs und jeder Benachrichtigung notiert wurde. Man kann sie nachlesen. Fairerweise muss man sagen, dass sie in verschiedenen amtlichen Aufzeichnungen verstreut sind, aber sie werden untermauert durch Telefondaten, Notsignale. Die individuellen Zeiten sind korrekt, sie sind nie angezweifelt worden.« Pendlebury warf einen Blick auf Kieran. »Das Problem, das George Barlin ansprach, als er alle diese einzelnen Dokumente zusammenführte, ist, dass die Geschichte so nicht stimmen kann.«

»Wieso kann das nicht stimmen?«, fragte Kieran. Er spürte, wie Mia sich neben ihm regte.

»Die Zeitabläufe passen nur, wenn Finn und Toby schon mit ihrem Boot auf dem Meer waren, als sie per Funk erfuhren, dass Sie in Not geraten waren.«

Kieran starrte Pendlebury an, aber die schaute jetzt an ihm vorbei zur *Nautilus Blue*.

»Man braucht – wie viel? – zehn, fünfzehn Minuten als absolutes Minimum, um vom Yachthafen hierherzufahren, korrekt?«, fragte sie. »So habe ich das jedenfalls verstanden.«

»Ja.« Fünfzehn war schon knapp, zwanzig wäre realistischer.

»Gut. Von dem Zeitpunkt ab, an dem Olivia ihren ersten Hilferuf tätigte – belegt durch die Telefondaten – bis zu der Zeit, zu der ihr Bruder auf der *Nautilus Black* per Funk antwortete, waren gerade vier Minuten vergangen. Weniger als drei Minuten danach wurde das Notsignal der *Nautilus Black* abgesetzt, wobei das GPS sie dort draußen auf dem Wasser bei den Höhlen ortete.«

Pendlebury schaute Kieran jetzt in die Augen.

»Von dem Moment an, in dem Sie weggeschwemmt wurden, bis ihr Bruder und Toby eintrafen, waren nicht einmal zehn Minuten vergangen. Sie können beim Abhören des Notrufs nicht im Yachthafen gewesen sein, sie waren schon auf ihrem Boot.«

Kieran schüttelte den Kopf. »Nein, das ist …«

»Sehen Sie selbst.« Pendlebury reichte ihm das Tablet. »Die interessanten Stellen sind markiert.«

Kieran nahm es entgegen, und Mia drängte sich an ihn, um mitzulesen. Er hörte ihre Atmung, als er auf den Bildschirm tippte. Eine Aufzeichnung der Telefondaten erschien und eine Liste offizieller Protokolle und Aufzeichnungen. Kieran blätterte hin und her, wieder und wieder, in dem Versuch, zu verstehen, was er hier sah, während Mia ihm über die Schulter schaute.

Ungläubig blickte er sie an.

»Was denkst du?«, fragte er, überrascht, dass er flüsterte.

Mia wies auf den Bildschirm. Hier und hier. Und dort.

Der Hilferuf von Olivia, der Protokollbericht von Julian, die Antwort von der *Nautilus Black*, das Absetzen ihres Notrufs.

Kieran versuchte, sich zu konzentrieren. Wie lange war er im Wasser gewesen, bevor er gegen den Felsen gespült wurde und zum ersten Mal die *Nautilus Black* erblickte? Es hatte sich wie Stunden angefühlt, aber – Kieran schärfte sein Bewusstsein – aber er hatte überlebt, also konnte es sich nur um Minuten gehandelt haben, höchstens. Wie viele? Er betrachtete den Bildschirm. Weniger als zehn, laut der Zahlen in Schwarz auf Weiß vor ihm.

Kieran öffnete den Mund. »Wenn diese Zeitangaben stimmen …«

»Sie stimmen.«

»Gut, aber …« Er wusste nicht, was er noch hätte sagen können.

»Warum ist das sonst niemandem aufgefallen?«, wollte Mia wissen, aber aus ihrem Ton konnte Kieran schon schließen, dass sie die Antwort fast so schnell wusste, wie sie die Frage gestellt hatte. Weil bei allem, was an diesem Tag geschah, solche Details keine große Rolle gespielt hatten. Jedenfalls nicht für die traumatisierte Menge, die sich auf der Felsspitze versammelt hatte, um zuzuschauen, wie zwei Männer ertranken. Nicht für die Ortsansässigen, deren Häuser beschädigt und deren Existenzen zerstört waren. Nicht für die Familie des vermissten Mädchens, das man zuletzt mit ihrem Rucksack am Strand gesehen hatte und dann nie mehr wieder. Ashs Stimme klang noch in Kierans Kopf nach. *Es war ein verrückter Tag.*

»Wenn das Timing also akkurat ist, würde das bedeuten, dass Finn und Toby ...« Kieran hatte sich immer noch nicht ganz im Griff.

»Dass Finn und Toby dort draußen auf ihrem Boot waren und grob in diese Richtung fuhren, bevor sie auch nur wussten, dass Sie im Wasser waren«, beendete Pendlebury seinen Satz. »Was immer also an diesem Tag schiefging, war nicht Ihre Schuld, wie Sie es angenommen haben.«

Kieran öffnete den Mund, hatte aber das Gefühl, er könne nicht mehr atmen. Er spürte Mias Hand, die über seinen Rücken fuhr. Er beugte sich vor und vergrub das Gesicht in den Händen.

Er konnte es fast vor sich sehen, und ihm wurde schwindlig. Er hatte dieses Gewicht so viele Jahre mit sich herumgetragen, dass er sich nicht mehr vorstellen konnte, wie es wäre, es abzuladen. Die Leichtigkeit und die Freiheit. Er konnte es Verity erzählen. Er konnte versuchen, es Brian beizubringen. Der Gedanke daran blitzte so verführerisch und hell auf, dass es fast schmerzte.

Aber unter dem Taumel spürte er noch etwas anderes, das ins Rutschen geriet und aufflackerte. Eine Frage. Kieran versuchte sie zu ignorieren, aber sie blieb ihm beharrlich im Sinn. Klopfte an, sanft, jedoch nachdrücklich. Er hob den Kopf und las von Mias Miene ab, dass sie sich dasselbe fragte. Dieselbe Frage, die auch Verity stellen würde, sobald der erste Schock abgeebbt wäre. Dieselbe Frage, über die in Evelyn Bay jedermann bei Kaffee und Computer tratschen würde. Kieran wusste, wonach sie alle fragen würden, denn er stellte sich die Frage längst selbst.

Kieran spürte, wie Pendleburys Augen auf ihm lagen. Sie schien zu wissen, wie seine Frage lautete, sogar schon bevor er nur den Mund geöffnet hatte.

»Was haben Finn und Toby dort mitten in einem Sturm in ihrem Boot gewollt?«

KAPITEL 31

Pendlebury antwortete nicht. Kieran wartete, aber sie blickte ihn nur an, ein Hauch von Bedauern oder Entschuldigung hing in der Luft.

»Warum waren Finn und Toby mit ihrem Boot da draußen?«, versuchte er es noch einmal.

»Ich weiß es leider nicht.«

Kieran war sich nicht sicher, ob das dumpfe Rauschen, das er hörte, vom Ozean oder vom Blut in seinen Ohren stammte.

»Finn wusste, dass der Sturm gefährlich war«, sagte er. »Er und Toby gehörten zu den wenigen Menschen, denen klar war, wie schlimm es werden könnte. Sie waren diejenigen, die uns tags zuvor gewarnt hatten, uns vom Wasser fernzuhalten.«

»Ich verstehe das. Aber ich kann Ihnen trotzdem nicht sagen, warum sie da draußen waren.« In Pendleburys Ton schwang etwas mit, das er nicht einordnen konnte.

Mia beobachtete sie. »Können Sie nicht oder wollen Sie nicht?«

»Ich würde nur spekulieren, tut mir leid«, sagte die Polizistin zu Kieran, der sich schwer auf das Sicherheitsgeländer stützte. »Da ist offensichtlich eine Menge zu verdauen. Ich hoffe, ich habe richtig gehandelt, es Ihnen zu erzählen, aber ich finde, letztendlich ist die Wahrheit immer das Beste.«

Sue Pendlebury hielt inne und zog ihr Handy aus der Tasche. Kieran hatte es nicht klingeln hören, aber sie runzelte die Stirn, als sie auf das erleuchtete Display blickte.

»Tut mir leid, ich muss rangehen.« Pendlebury hielt das Telefon ans Ohr. »Eine Sekunde bitte«, sagte sie und ließ das Handy wieder sinken. »Vielen Dank, dass Sie mich dort unten herumgeführt haben, Kieran. Ich finde den Weg in den Ort selbst zurück. Und hören Sie …« Ihr ganzes Augenmerk lag jetzt auf ihnen. »Wenn Sie irgendwelche Fragen haben, Sie wissen, wo sich die Polizeiwache befindet.«

Pendlebury nahm das Telefon wieder hoch und wandte sich ab. Kieran rührte sich nicht. War das ihre Art, einem weiteren Gespräch aus dem Weg zu gehen? Er spürte, wie Mia ihn am Arm berührte.

»Lass uns gehen«, sagte sie entschieden und löste die Bremse des Kinderwagens. Der Aussichtspunkt lag schon längst hinter ihnen, bevor einer von ihnen das Wort ergriff.

»Sie weiß, warum die beiden da draußen waren.« Mias Worte waren nur ein Flüstern.

»Glaube ich auch«, sagte Kieran. »Zumindest hat sie eine Idee. Da war so etwas in der Art, wie sie geredet hat, nicht? Warum also sagt sie es nicht?«

»Keine Ahnung.«

Ihre Schritte knirschten auf dem Pfad, als sie an den Friedhofstoren vorbeikamen. Kieran marschierte weiter und nahm den Weg vor sich kaum wahr. Er versuchte, bewusst zu atmen, aber es fiel ihm schwer, überhaupt seine Lungen zu füllen. Kurz darauf verlangsamte Mia ihren Schritt.

»Halt. Kurze Verschnaufpause.« Sie sicherte den Kinderwagen. In beiden Richtungen war der Pfad leer. Von ihrem Standpunkt aus war der Ozean eine ebene Fläche.

Immer noch beklommen, wandte Kieran sich an sie. »Was hältst du von den Sachen, die sie uns gezeigt hat?«

»Von den Zeitabläufen? Ich würde sie mir gern genauer anschauen, aber …« Mia nickte. »Für mich hörte sich das überzeugend an.«

»Für mich auch. Und dann George Barlin, was? Er hat es auf

eigene Faust herausbekommen.« Kieran fuhr sich mit beiden Händen über den Kopf. Sein Herz hämmerte, als wäre er stundenlang geschwommen. »Also ...« Er suchte nach Worten. »Ist es das? Einfach so? Plötzlich bin ich nicht mehr schuld?«

»Ich bin mir nicht sicher«, sagte Mia. »Ja, vielleicht.«

»Und was nun?«

»Ich weiß es nicht.«

»Ich weiß es auch nicht. O Gott, Mia, ich bin so müde.« Er bedeckte seine Augen. Sie fühlten sich heiß und kribbelnd an. »Ich bin es so leid, mich schuldig zu fühlen.«

»Ich weiß.« Sie umarmte ihn. »Ist schon gut.«

»Aber es bedeutet, dass ich mich nicht mehr so fühlen muss, nicht? Das bedeutet es doch?«

Eine Pause. »Das ist richtig.«

Er stutzte. »Und warum bin ich dann nicht erleichtert?«

Mia blickte ihn an. Ihre Hände auf seinen Armen waren immer noch warm. Sie schwieg, und er verspürte fast den Drang, zu lächeln.

»Ich weiß, dass du denselben Gedanken hast«, sagte Kieran.

»Und welcher Gedanke ist das?«

»Du denkst, dass ich mich nicht besser fühle, weil ich mir Sorgen mache, was Finn auf dem Wasser zu suchen hatte.«

»Okay, ja«, gab sie zu. »Das habe ich gedacht.«

Kierans Fast-Lächeln verschwand. »Und wenn Pendlebury es weiß, mir aber nichts mitteilen will ...« Er atmete aus. »Dann gibt es einen Grund dafür. Was also ist der Grund?«

»Könnte alles sein«, sagte Mia. »Ich glaube nicht, dass du daraus Schlüsse ziehen kannst.«

»Nicht?«

»Nein, kannst du nicht.« Mia verstummte, blickte dann den Pfad entlang. »Ich habe offen gestanden noch an etwas anderes gedacht.«

»An was?«

»Falls Pendlebury weiß, was Finn auf dem Wasser gemacht

hat, dann ist das ein ziemlich beeindruckendes Insiderwissen«, sagte Mia. »Besonders für eine Frau, die keine Einheimische ist. Vielleicht ist sie eine gute Polizistin, das kann ich nicht beurteilen, aber sie ist eindeutig eine Auswärtige. Beim Sturm war sie nicht hier und erinnert sich nicht daran wie wir anderen. Wenn Pendlebury weiß, was hier vor zwölf Jahren passiert ist, dann nur, weil jemand es ihr erzählt hat. Jemand, der hier war, es kann nicht anders sein.«

Kieran starrte sie an. Ihre Argumente kamen fein säuberlich aufgereiht. Mia hatte recht. Wenn Pendlebury etwas wusste, dann wusste jemand anderes es auch.

»Wer?« Tief im Innersten spürte er, dass er in der Lage sein sollte, die Frage zu beantworten, aber in seinem Kopf herrschte zu viel Durcheinander.

Doch Mia nickte schon.

»Nun, es ist, wie Pendlebury uns selbst gesagt hat, nicht? Wenn wir eine Frage haben, wissen wir ja, wo sich die Polizeiwache befindet.«

●

Sergeant Chris Renn transportierte einen leeren Aktenschrank, als Kieran und Mia vor der Wache ankamen.

Kieran hielt ihm die Glastür auf, und Renn zog den Schrank nach draußen.

»Danke«, schnaufte er. Eine Ecke blieb am Türscharnier hängen, und Renn rüttelte daran, bis er sich löste. Ohne jede Anstrengung hob er ihn hoch und beförderte ihn neben vier weitere an eine Ziegelwand. »Jemand von der Schule kommt heute Nachmittag vorbei, um sie abzuholen.« Der Sergeant zog ein Taschentuch aus der Hosentasche und wischte sich den Schweiß von der Stirn.

»Was kann ich für euch zwei tun?« Ein Blick auf den Kinderwagen. »Für euch drei.«

»Warum waren Finn und Toby an dem bewussten Tag draußen auf dem Meer?«, fragte Kieran und spürte mehr, als dass er
es sah, wie Mia mit den Augen rollte. Sie hatten auf dem Weg
hierher zwar geprobt, aber nun stand er hier und hatte keinen
Nerv mehr für Feinheiten.

Renn fragte nicht nach, was Kieran meinte. Er musterte sie
beide, drehte sich wieder zur Wache, stellte einen der Akten-
schränke aufrecht hin und öffnete die Glastür.

»Kommt rein.«

Die Polizeiwache fühlte sich verlassener an als beim letzten
Besuch, und sie folgten ihm. Die restlichen Schreibtische waren immer noch mit Arbeitsmaterialien bedeckt. Kieran sah,
wie einer der uniformierten Beamten von der Gemeindeversammlung versuchte, für seinen Laptop Platz zu schaffen, und
dabei einen anderen Laptop fast von der Tischkante schob. Er
hielt inne, als er mitbekam, dass Kieran ihn beobachtete. Die
Karte von Evelyn Bay war von der Wand gefallen und stand aufrecht gegen die Wand gelehnt. Die laminierten Ecken wellten
sich nach innen.

Renn führte Kieran und Mia in dasselbe Büro wie zuvor. Vor
dem ramponierten Schreibtisch stand nur noch ein Stuhl und
sie geduldeten sich, bis er einen zweiten besorgt hatte. Als er
zurückkam, legte er seine Hand auf einen kleinen Haufen Fotos, die neben dem Computer gestapelt waren, und drehte sie
um. Bilder von Bronte, die ihre Eltern mitgebracht hatten, wie
Kieran nachträglich klar wurde.

»Gut dann«, sagte Renn, als sie alle Platz genommen hatten.
»Worum geht es?«

»Finn und Toby. Am Tag des Sturms.« Kieran verschränkte
die Arme über der Brust, um seine Hände davor zu bewahren,
zu zittern. »Sie waren schon auf der *Nautilus Black*, als der Notruf eintraf, dass ich in Gefahr bin.«

Renn ließ den Blick langsam von Kieran zu Mia wandern.
»Mit wem habt ihr euch unterhalten? George Barlin?«

Sie schüttelten den Kopf, und Kieran sah, wie ein Schatten über Renns Gesicht zog. *Pendlebury also*, konnte Kieran ihn fast denken sehen. Was immer Renn auch daraus schloss, er verbarg es gut. Er war so gar nicht mehr der schnell errötende Constable, der hinter Sergeant Mallott durch die Stadt trottete und bei jedem seiner Worte untertänig nickte. Schwer zu glauben, dass es sich um denselben Mann handelte.

Dieser Renn, älter und jetzt im Chefsessel, richtete seine Tastatur an der Kante des Schreibtischs aus, um Zeit zu gewinnen.

»Worauf willst du hinaus, Kieran?«, fragte er.

»Finn und Toby sind nicht meinetwegen aufs Meer hinausgefahren. Das Timing haut nicht hin.«

Eine Feststellung, keine Frage. Kieran stellte sich auf sofortiges Leugnen ein, doch Renn hielt seinem Blick stand.

»Nun, ich müsste mir noch mal die Unterlagen ansehen …« Renns Ton war beherrscht, aber Kieran sah, wie etwas in seinem Gesicht arbeitete. Es war so gut wie eine Bestätigung.

Mia hatte es auch mitbekommen. »Ich glaube nicht, dass du etwas nachschlagen musst, Chris. Falls es so gelaufen ist, weißt du es.«

»Okay«, sagte Renn, immer noch kontrolliert. »Nun, wenn das der Fall wäre, was genau wollt ihr dann von mir?«

»Warum hast du es für dich behalten?« Kieran beugte sich vor.

»Ich?« Renns Miene gefror. »Ich war damals nicht der Chef.«

»Sergeant Mallott dann. Und das ist eine blöde Ausrede. Ihr beide hattet Dienst. Was immer während des Sturms vor sich ging, ihr wusstet beide davon. Ihr wart diejenigen, die sich mit allem befasst haben.«

»Ja«, sagte Renn. Er ließ sich so heftig in seinen Stuhl zurückfallen, dass die Räder quietschten. Plötzlich hörte er sich sehr müde an. »Das haben wir, nicht wahr? Alles und jedes, was in diesem Sturm passiert ist. Er und ich mussten uns damit befassen.«

»Du hast es also gewusst? Und du hast es nie erwähnt?«

Stille trat ein. Kieran erwartete die Aufforderung, das Büro zu verlassen, aber die kam nicht. Das gedämpfte Summen eines anlaufenden Fotokopierers drang vom Flur herein.

»Wirklich schrecklich, was Bronte zugestoßen ist.«

Kieran, der sich schon wieder auf den Weg machen wollte, hielt verblüfft inne. Renn drehte den Stapel mit den Fotos um. Die tote Frau lächelte, und seine Züge erstarrten.

»Für jeden war es hart, ich weiß das. Aber in all den Jahren hier vor Ort hätte ich nie gedacht, dass so etwas geschieht. Ich denke ständig darüber nach, was ich getan habe oder vielleicht nicht getan habe, dass so etwas unter meiner Aufsicht passiert. Wann wurde Evelyn Bay zu einem Ort, wo ein Mädchen mit einem Sommerjob als Tote endet?« Renn drehte die Fotos wieder um. »Ich will, dass das geklärt wird. Ihre Mutter und ihr Vater waren heute Morgen wieder hier, und ich möchte ihnen eine Antwort geben können. Ich kann nicht weggehen mit dieser Sache auf dem Gewissen, aber sie werden diese Polizeiwache nicht auf ewig offen halten.«

Er ließ seinen Blick durch das halbleere Büro schweifen und seufzte.

»Als wir zu George Barlin gegangen sind, damit er seine Aussage über Bronte unterschreibt, hat er mir und Pendlebury erzählt, dass etwas mit den Zeitabläufen der Ereignisse rund um den Sturm nicht stimmt. Er meinte, seine Recherchen sprächen für sich selbst, und wollte nicht wieder damit aufhören.«

Klappern ertönte im Flur, und alle schauten zur Tür. Ein leiser Fluch war zu hören, gefolgt von den Geräuschen eines Kartons, der erneut gepackt wird. Renn wandte sich wieder Kieran zu.

»Und das zur selben Zeit, als Pendlebury sich sehr interessiert daran zeigte, dass dein Vater derjenige war, der Gabby Birch als Letzter gesehen hat, und dann auch noch in der Nacht, als Bronte ermordet wurde, beim Herumlaufen beobachtet wurde.

Ich hatte schon Trish Birch am Hals, die etwas von einer Verbindung faselte, und dann kommt plötzlich George daher und reißt Löcher in die zeitliche Abfolge, die deine Familie an diesem Tag betrifft, Kieran.«

Kieran konnte kaum atmen. Der Kinderwagen quietschte, als Mia ihn schaukelte.

»Dieser Sturm ...« Das Telefon auf Renns Schreibtisch schrillte. Er warf einen Blick auf die Nummer, wartete aber ab, bis das Klingeln aufgehört hatte, bevor er weitersprach. »Der Sturm hat schon viel Schaden angerichtet. Die Wunde muss nicht auch noch zu eitern anfangen. Ich habe wirklich daran geglaubt und tue es immer noch. Dinge wurden an diesem Tag getan und Entscheidungen gefällt, richtige oder falsche, und als Gemeinschaft haben wir es zusammen bewältigt und weitergemacht. Aber Pendlebury will wissen, was Bronte zugestoßen ist, genauso wie ich, und deswegen stellt sie Fragen.« Renn ließ den Blick sinken. »Sie untersucht also die letzten Jahre und stößt auf Brian, und ich muss ihr von einigen der Entscheidungen erzählen, die damals im Sturm getroffen wurden. Ich will nämlich, dass diese Sache für Bronte und ihren Vater und ihre Mutter aufgeklärt wird, und wir werden das nicht schaffen, wenn ich es mit wichtigen Untersuchungsbeamten zu tun habe, die ihre Zeit damit verschwenden, an den falschen Stellen zu graben.«

Kieran schluckte. »Danke, Chris ...«

»Danke mir nicht zu früh.«

Im Büro war es so still, dass sie das Telefon in einem anderen Büro klingeln hörten. Und plötzlich, mit einer blitzartig einsetzenden Vorahnung, spürte Kieran den Drang, die Uhr zurückzudrehen. Er würde Pendlebury nicht mehr in die Höhlen führen, sondern verkünden, dass er seinen Frieden mit dem Sturm gemacht und keinerlei Interesse daran hätte, alte Geschichten auszugraben. Er wünschte, Mia und er wären zu Hause geblieben, statt auf die Polizeiwache zu kommen, wo er plötzlich große Angst davor hatte, was Sergeant Renn als Nächstes sagen würde. Er spürte, wie sich Mia regte. Auch sie sah besorgt aus.

»Finn und Toby waren an dem Tag schon draußen auf dem Meer« sagte Renn. »Das stimmt. Trotz aller Warnungen sind sie an Bord gegangen, als der Sturm ausbrach, und zu dem Zeitpunkt, als die Meldung reinkam, dass du bei den Höhlen in Schwierigkeiten bist, hatten sie schon den Hafen verlassen. Ich wusste damals nicht genau, warum, und ich weiß es immer noch nicht …«, Renn schaute Kieran in die Augen, »und das ist die Wahrheit.«

Er atmete einmal tief durch, und Kieran hätte ihn am liebsten gebeten, nicht weiterzureden. Mehr brauchte er nicht zu wissen.

»Was ich dir sagen kann, ist dies: Nachdem Finn und Toby ertrunken sind, hatten wir große Mühe, ihr Boot zurück in den Hafen zu bringen, um euch zu zeigen, dass uns die Jungs am Herzen liegen. Wir haben gesagt, dass wir die Sache untersuchen werden, Sergeant Mallott und ich, dass wir versuchen, euren Familien zu helfen, indem wir ihnen sämtliche Informationen über die Ereignisse zukommen lassen.«

Renn rutschte wieder mit seinem Stuhl hin und her. Er konnte sein Unbehagen nicht verbergen.

»Und in der Tat haben Sergeant Mallott und ich etwas auf der *Nautilus Black* gefunden.«

»Was?«, konnte Kieran sich nicht verkneifen, zu fragen. »Was habt ihr gefunden?«

»Gabby Birchs Rucksack.«

KAPITEL 32

Gezappel im Kinderwagen, ein leises Strampeln, und Audrey begann zu weinen. Kieran bekam es kaum mit. Mia hatte sich weit nach vorne gebeugt, Ellbogen auf den Knien, Gesicht in die Handflächen gestützt. Audreys Schreie hallten von den Bürowänden wider, bis Sergeant Renn sich schließlich erhob.

»Ich kümmere mich schon.« Kieran stand auf und griff in den Kinderwagen. »Fass sie nicht an.«

Renn hob beide Hände und nahm wieder Platz.

»Der Rucksack war in der Trockenbox eingeschlossen.« Renn sah, dass Kieran immer noch stand. »Sorry, willst du das immer noch hören?«

Kieran hatte das Gefühl, als würde er stark zittern, aber er hielt Audrey fest im Arm, während er sie sanft wiegte. Wollte er das hören? *Gabby Birchs Rucksack?* Und wenn es schlicht nicht wahr wäre?

Mia sagte etwas, war aber kaum zu verstehen. Sie ließ die Hände sinken und setzte erneut an. »Erzähl es uns einfach.«

Renn warf einen Blick auf die Tür. Draußen war es still.

»George Mallott und ich wurden von dem Moment an, wo der Sturm sich gelegt hatte, voll und ganz beansprucht. Die Stadt in Trümmern, Menschen verletzt. Wir hatten die Suchtrupps nach Gabby eingeteilt und verbreitet, was sie bei sich hatte. Ihren Rucksack, rosa Streifen und ein Schlüsselanhänger mit Känguru.« Renn rieb sich bei der Erinnerung den Nacken. »Dass wir uns um die *Nautilus Black* gekümmert haben, war eine Gefälligkeit. Wir hatten eigentlich keine Zeit dafür, und für Touristen hätten wir es auch nicht gemacht. Aber bei zwei einheimischen Männern, zwei einheimischen Familien ...«

Renn sah zu Kieran hoch, der immer noch stand.

»Es war uns wichtig, dass ihr euch alle beschützt fühlt. Aber wir hatten viel zu tun, und ich war auf dem Revier von Dingen aufgehalten worden, die ständig neu hereinkamen. Ich hatte es eilig auf dem Weg zum Yachthafen, um dort Mallott zu treffen. Ich war schon fast am Tor, das Tor, von dem aus du einen freien Blick auf die Docks hast, weißt du?«

Er hielt inne, und Kieran nickte.

»Ich war immer noch ein gutes Stück entfernt, aber ich konnte Mallott auf dem Boot sehen. Er hatte schon den Bolzenschneider gezückt und arbeitete am Schloss der Trockenbox. Mein Telefon klingelte. Es war das Krankenhaus mit irgendeiner Krise, und ich musste am Tor stehen bleiben, um das Telefonat zu führen. Ich erinnere mich, dass ich ärgerlich auf und ab lief, weil ich sie loswerden wollte, um weiterzumachen. Ich schaute über die Docks und entdeckte Sergeant Mallott. Er hatte den Schrank geöffnet und griff hinein ...« Renn stierte auf seinen Schreibtisch und war einen Moment lang ganz weit weg. »... und er zog etwas heraus. Für mich sah das sehr nach einem rosa gestreiften Material aus.«

Kieran presste Audrey fest an sich, als Renn wieder den Mund öffnete.

»Und ich erinnere mich, dass ich total perplex war. Ich wusste nicht, was ich davon halten sollte, konnte aber nichts Näheres in Erfahrung bringen, weil ich durch diesen verdammten Anruf aufgehalten wurde.« Renn atmete aus. »Es dauert also Ewigkeiten, und ich muss in meiner Tasche nach Notizen suchen, die ich mir gemacht habe, und ich werde im Hospital zu einem Arzt durchgestellt, und endlich kann ich auflegen. Ich renne also zum Yachthafen, bin außer Atem, entschuldige mich und erwarte, dass Mallott mich zur Trockenbox ruft, um die Sache zu dokumentieren, Fotos zu machen, aber das tut er nicht. Er steht einfach nur an Deck – völlig normal – und sagt, alles wäre erledigt. Er bittet mich, die Nothilfekoordinatoren anzurufen und ihnen mitzuteilen, dass wir für ein Update vorbeikommen.«

Mias Kehle entfuhr ein kleines Geräusch. Sie starrte ihn an und presste die Hände im Schoß zusammen.

»Also fragte ich Mallott geradeheraus, was sich in der Trockenbox befand.« Renns Mund wurde zu einem Strich. »Und er sagte, da wäre nicht viel gewesen. Das waren seine Worte. Nicht viel. Der Deckel stand weit offen. Ich schaute hinein. Und dort befand sich kein Rucksack.«

In Kieran regte sich ein Fünkchen Hoffnung. »Vielleicht hast du dich getäuscht.«

»Ja, das habe ich mich auch gefragt. Ich meine, es war ein einziges Chaos, und ich hatte die Beschreibung von Gabby sicher hundertmal wiederholt. Ich dachte, vielleicht wäre ich so erschöpft, dass ich mich vertan hätte. Also sagte ich zu Mallott, dass ich meinte, gesehen zu haben, wie er etwas aus der Box hievt. Er schaute mir in die Augen und verneinte.« Renn schüttelte den Kopf. »Ich wusste, dass er mich anlügt. Ich konnte es ihm ansehen. Es war das erste Mal, dass ich ihn bewusst so etwas habe tun sehen, und ich wusste nicht, was ich tun sollte.«

Entferntes Gerede war zu hören, das im Näherkommen lauter wurde, als jemand den Flur entlangging.

Mia holte tief Atem. »Und was hast du getan?«

»Geoff und ich haben uns stumm angeschaut, und dann hat er sein Funkgerät herausgezogen, als wäre nichts geschehen. Er wies mich an, ihm zu dem Wagen zu folgen, und wir sind losgefahren, um unsere Einsatzkräfte zu koordinieren. Wir waren bis zum frühen Morgen damit beschäftigt. Als wir endlich fertig waren, bin ich nach Hause gegangen, konnte aber nicht schlafen. Es ist mir die ganze Zeit durch den Kopf gegangen, und am nächsten Morgen war ich mir sicher, was ich gesehen hatte.« Renn lächelte bitter. »Mallott war schon auf der Wache, als ich eintraf, recht früh, früher jedenfalls, als ich ihn je hatte eintrudeln sehen. Als hätte er auf mich gewartet. Also sagte ich ihm auf den Kopf zu, dass ich Gabbys Rucksack in der Box gesehen hatte. Er sagte, ich solle mich setzen. Hier in diesem Zimmer ...« Renn wies mit einem Nicken auf die Stelle, wo Kieran und Mia auf der anderen Seite des ramponierten Tisches saßen. »Und er sagte mir, dass ich mich geirrt hätte.«

»Er hat es abgestritten?«, fragte Kieran.

»Jedenfalls hat er es nicht zugegeben«, antwortete Renn. »Was nicht ganz dasselbe ist. Er bat mich rein, bot mir einen Kaffee an, redete so sachlich wie immer darüber, dass wir es mit drei Familien zu tun hätten, die trauerten. Wollte ich wirklich ein Fass aufmachen, wenn wir mehr Fragen als Antworten hatten? Ich würde diesen Familien gegenüber handfeste Beweise benötigen, wenn ich vorhätte, Staub aufzuwirbeln, so etwas wie den Rucksack beispielsweise. Hatte ich den Rucksack? Hatte ich irgendwas in der Art?«

Renn ließ sich nach hinten fallen und stöhnte auf.

»Wir stritten. Er und ich. Ich wollte die Familien anrufen, beginnend mit Trish und Olivia, ihnen erzählen, was ich gesehen hatte. Mallott wiederholte sich einfach nur. Er blieb die Ruhe selbst. Wir hatten zwei tote Männer. Eine Menge Leute, an die wir denken mussten. Deine Eltern, Kieran, in Sorge, weil du im Krankenhaus lagst. Tobys Frau war so außer sich, dass sie bis in die Haarspitzen voll mit Psychopharmaka war. Sein Sohn Liam war noch so jung. Und wo immer Gabby auch war, sie befand sich nicht mehr auf dem Boot. Also waren wir nicht vorangekommen.«

Renn schloss die Augen und runzelte die Stirn.

»O ja, wir haben darüber gesprochen. Soweit das möglich war. Ich war jung und ganz neu hier. Mallott war mein Sergeant. Ich weiß ...«. Renn hob die Hand, als Kieran den Mund öffnete. »Ich weiß, dass das keine Entschuldigung ist, aber so war es nun mal. Ich bin noch einmal zur *Nautilus Black* gegangen, aber von einem Rucksack war nichts mehr zu sehen, also war die Beweiskette gebrochen. Das Nächste, was ich höre, ist, dass Leute beim Gassigehen den Rucksack am Strand gefunden haben. Verdammt praktisch, wie Trish immer gesagt hat.«

Kieran kam Trish Birch in den Sinn. Die Art, wie sie das Meer absuchte. Ihm wurde eng in der Brust.

»Als ich hörte, dass der Rucksack angespült worden war«, sagte Renn, »blieben mir vielleicht fünf Sekunden, um den Mund aufzumachen und allen zu erzählen, was meiner Meinung nach wirklich vorgefallen war. Aber es war eine so verdammt harte Zeit gewesen, und ich war seit Tagen schon am Ende, Arbeit rund um die Uhr. Ich konnte kaum noch einen klaren Gedanken fassen. Und die Beerdigungen standen vor der Tür, und alle waren noch aufgewühlt und verletzbar und ...« Er hielt inne. »Ich habe den Mund gehalten. Und danach ging es nicht mehr, nicht wahr? Ich fühlte mich, als wären mir die Hände gebunden. Die Beerdigungen waren grauenhaft. Die Familien waren am Boden zerstört, und es war offensichtlich, wie viel Finn und Toby allen bedeutet hatten, und ich dachte ...«

Renn sah blinzelnd zur Decke.

»Ich weiß es nicht, ehrlich gesagt. Wahrscheinlich begann ich zu glauben, dass Geoff Mallott recht hatte. Der Fund des Rucksacks auf dem Boot stellte nur neue Fragen, anstatt irgendwelche Antworten über Gabby zu liefern. Es wurde dadurch nichts geklärt und würde mit Sicherheit nur noch mehr Chaos und Schmerzen verursachen. Mallott dachte, davon hätten wir genug gehabt. Ich fragte mich, ob da nicht vielleicht etwas dran wäre.«

»Schwachsinn.« Kieran war von sich selbst überrascht. Er sah, wie Mia aufblickte. »Der Rucksack war also auf dem Boot? Vielleicht fiel Gabby ins Wasser. Finn und Toby fischten sie zusammen mit ihrem Rucksack heraus. Das ist alles.«

»Nein.« Renn schüttelte schon den Kopf. »Nein, der Rucksack war nicht im Wasser gewesen. Das Boot hatte ein paar Schäden davongetragen, das schon, aber die Trockenbox war wasserdicht. Du kennst das doch. Da läuft nichts rein. Ich habe es selbst gesehen, sogar als Mallott vor mir stand und mir ins Gesicht log. Da war kein Wasser. Du konntest immer noch die Handschrift auf den Seekarten lesen. Der Rucksack kann nicht nass gewesen sein, als er dort hineingestellt wurde. Etwas wäre ausgelaufen oder hätte getropft. Aber alles in der Box war knochentrocken. Jemand hat den Rucksack an Bord gebracht.«

Mia fixierte Renn. »Wer?«

»Wer weiß? Gabby selbst? Finn? Toby? Jemand anderes? Aber wenn Gabby Birch an diesem Tag auf dem Boot war, dann nicht, weil man sie aus dem Meer gefischt hatte.«

KAPITEL 33

Mia war die erste, die eine Reaktion zeigte.

»Wir müssen es Olivia sagen«, sagte sie und stieß ihren Stuhl zurück. »Trish ebenfalls.«

»Warte«, begann Kieran, aber Mia erhob sich schon. »Mia, okay, nur ...«

»Nein.« Sie bremste sich jedoch und trat einen Schritt vor. Sie berührte seinen Arm. »Nein, Kieran, wir werden nicht warten. Das ist nichts, was man für sich behalten darf, hörst du? Es wäre unerträglich.« Sie brauchte Renn nicht anzublicken, der, Ellenbogen auf den Tisch gestützt, sein Gesicht in den Händen vergraben hatte. »Ich kann das nicht, und du kannst es auch nicht mitansehen.«

»Aber ...« Kieran spürte, wie Audrey sich in seinen Armen regte, und er dachte plötzlich nur noch an Trish Birch. Ihre Rucksäcke. Ihre unablässigen Streifzüge die Küste entlang auf der Suche nach einem Überlebenszeichen von jemandem, der schon so lange vermisst wurde. Wie wäre das für Kieran, gemessen am Albtraum des Verlustes seines eigenen Kindes? Er dachte an Trish, an Brontes Eltern und – sein Herz zog sich auf die ihm so vertraute Art zusammen – an Brian und Verity. Er konnte Audreys Herzschlag spüren. Er wusste nicht, wie einer von ihnen auch nur einen einzigen Tag durchstand. Er konnte sich nicht einmal vorstellen, was das bedeutete.

»Ich werde es Trish und Olivia erzählen«, sagte Renn, die Hände immer noch vor dem Gesicht.

Mia wandte sich um. »Du hattest zwölf Jahre, um es ihnen zu sagen.«

»Ich weiß.« Er hob den Kopf. »Aber ich wollte es. Jedes einzelne Mal, wenn ich Trish sehe, bin ich versucht, es ihr zu sagen. Jedes Mal. Wenn ich sie an diesem Strand sehe. Wenn ich höre, dass sie schon wieder einen Rucksack in den Ozean geworfen hat. Wie lange noch kann ich mich zurückhalten und sie das weitermachen lassen?« Frustriert rieb er sich das Gesicht. »Ich wollte es Olivia erzählen, wenn ich sah, dass sie traurig oder besorgt war. Und das war oft der Fall. Also ja, mir ist sehr bewusst, was ich dieser Familie angetan habe. Was mich letztendlich davon abgehalten hat ...« Es folgte eine sehr lange Pause. »Die Wahrheit verletzt viele Menschen. Das war damals der Fall und ist es heute auch. Und es bringt Gabby Birch immer noch nicht zurück. Trish und Olivia leiden trotzdem.«

Mia zögerte, klappte dann den Mund auf. »Aber Trish ...«

»Ja, ich weiß«, schnitt Renn ihr das Wort ab. »Ich weiß. Ich rede mit ihnen. Und mit Tobys Familie. Bei allem, was hier momentan vor sich geht, kommt es sowieso heraus. Sue Pendlebury weiß Bescheid, und George Barlin kann es nicht lassen, immer wieder Fragen nach den Zeitabläufen fallen zu lassen. Aber ich möchte es Trish selbst erzählen, damit ich ihr sagen kann, dass es mir leidtut.« Renn sah aus wie eine verlorene Seele. »Und ich möchte, dass Olivia es von mir erfährt.«

Mia streckte schon die Arme aus, um Audrey in den Kinderwagen zu betten, aber Kieran rührte sich nicht: »Warte ...«

»Kieran«, sagte sie. »Du weißt, dass man es ihnen sagen muss. Ob Chris es tut oder wir, sie müssen es hören.«

»Ich weiß das.« Kieran hielt seine Tochter fest im Arm und blickte Renn an. »Aber du musst mir die Chance geben, es zuerst meiner Mutter zu erzählen.«

•

Verity war im Ozean. Sie stand bis zur Hüfte im Wasser und bewegte ihren Kopf langsam vor und zurück, während sie beobachtete, wie Brian Schwimmzüge machte. Brian glitt mit einer geschmeidigen Kraulbewegung durch das Wasser. Seine Technik war immer noch tadellos, fand Kieran. Das immerhin hatte er nicht vergessen. Verity beschirmte ihre Augen und winkte, als sie näherkamen.

»Er liebt das. Und es ist einfacher, als ihn zu überreden, unter die Dusche zu gehen«, erklärte Verity, aber ihr Lächeln verschwand, als sie ihre Gesichter bemerkte. »Was ist los?«

Sie nahmen sie mit und baten sie, zwischen den Umzugskisten auf der Veranda Platz zu nehmen. Brian breitete sein Handtuch in einem Flecken Sonnenlicht aus, legte sich mit geschlossenen Augen hin und ließ die Hitze seine Shorts trocknen.

Kieran wusste nicht, wie er beginnen sollte. Nach ein paar missglückten Versuchen hatte Verity ihn missbilligend angeschaut – »Um Himmels willen Kieran, sag es einfach!« –, und Mia musste einspringen. Auch sie hatte gezögert, während Veritys Züge erstarrten, zuerst um die Augen, dann um Mund und Kiefer. Kieran hatte wieder angesetzt und schließlich den Rat seiner Mutter angenommen, einfach damit herauszurücken. Verity saß da, Hände im Schoß, Kopf vornübergeneigt, während sie der Erklärung lauschte, was zuerst Pendlebury gesagt hatte und dann Renn. Das Timing, das Boot, die Trockenbox, der Rucksack. Kieran wurde zum Ende seiner Erzählung immer leiser, als Verity sich erhob.

»Gut«, sagte sie. »Nun, ich sollte jetzt besser sehen, dass dein Vater abgetrocknet und angezogen wird.«

»Aber ...« Kieran starrte ihr fassungslos hinterher, als sie über die Veranda lief. »Mum, warte! Bleib mal einen Moment stehen, ja? Hast du dazu nichts zu sagen?«

»Was soll ich dazu sagen?« Sie blickte ihn nicht an. »Offensichtlich stimmt das nicht.«

»Aber Sergeant Renn ...«

»Chris Renn irrt sich.«

Mia rutschte unbehaglich hin und her. »Er schien sich sicher zu sein, Verity. Wie es sich anhörte, hat er viel und lange darüber nachgedacht.«

»Dann lügt er.«

»Mum!« Kieran kniff die Augen zusammen. »Ist das dein Ernst? Warum sollte er das erfinden?«

Verity versuchte, einen widerspenstigen und müden Brian auf die Beine zu bekommen. »Ich habe keine Ahnung, warum, Kieran. Obwohl ...« Sie gab Brian einen kleinen, frustrierten Stoß. »Ich bin doch etwas neugierig, warum du beschlossen hast, dass dies ein guter Zeitpunkt wäre, die Geschichte umzuschreiben«.

Kieran starrte sie an. »Das tue ich nicht.

»Nein? Du läufst nicht direkt zur Polizei, um Fragen über Dinge zu stellen, die vor Jahren passiert sind? Über Finn und sein Boot und zu welcher Zeit er auf dem Meer war und allerlei Unsinn ...«

»Ich ...«

»Es hört sich nämlich nach einer klassischen Projektion an.«

»Schwachsinn, Mum, das ist nicht ...«

»Nicht was?« Verity zupfte Brian am Arm. Ihre Stimme zitterte bei der Anstrengung, sie zu kontrollieren. »Nicht der Versuch, die Schuld von dir auf deinen älteren Bruder abzuwälzen? Ich wäre sehr interessiert daran, Kieran, wodurch das ausgelöst wurde.«

»Das tut er nicht, Verity ...« Mia wurde mit erhobener Hand zum Schweigen gebracht.

»Du hältst dich da raus, Mia. Das ist eine Familienangelegenheit.«

»Hey, sprich nicht so mir ihr.«

»Das geht sie nichts an«, erwiderte Verity barsch. Sie hielt inne und zerrte immer noch am unwilligen Brian, als sie erneut Mia ins Auge fasste. »Oder vielleicht doch? Bist du es, die ihn bei alldem bestärkt und Unruhe stiftet mit irgendwelchen Geschichten über Finn und den Rucksack des Mädchens? Ich fand es immer schon ausgesprochen praktisch für dich, dass mein Mann ins Spiel kam und den Kopf hinhalten musste. Sonst wärst nämlich du die letzte Person gewesen, die das Mädchen lebend gesehen hat.«

»Hey! Vorsicht. Das hat nichts mit ihr zu tun.« Kieran war jetzt auf den Beinen. Mia rührte sich nicht. »Mit mir hat es etwas zu tun. Ich wollte Renn befragen. Ich wollte nämlich wissen ...«

»Was?« Verity hatte es mit Brian aufgegeben und ließ ihn ausgestreckt auf seinem Handtuch liegen. Sie starrte Kieran an. »Was war denn so wichtig, dass du es unbedingt wissen musstest?«

»Ich wollte wissen, ob es wahr ist, dass Finn und Toby schon draußen auf dem Meer waren, Mum. Das verstehst du doch, oder? Ich wollte wissen, ob der Unfall mein Fehler war.«

Verity war vollkommen beherrscht, atmete durch die Nase ein und aus. »Was spielt das jetzt für eine Rolle? Es ist lange her. Finn ist tot. Ich habe das akzeptiert. Nichts kann ...«

»Für mich spielt es eine Rolle«, sagte Kieran. »Selbstverständlich spielt es für mich eine Rolle. Es sollte auch für dich eine Rolle spielen.«

»Finn ist nicht hier. Das ist alles, was für mich eine Rolle spielt. Schuldzuweisungen sind weder gesund noch produktiv.«

»Ja«, Kieran stieß ein hartes Lachen aus. »Das wird mir jetzt klar. Allerdings frage ich mich, ob es dir klar ist.«

»Was soll das heißen?«

»Glaubst du, ich bin zu blind oder dumm, um zu merken, was das mit dir gemacht hat? Mit dir und Dad? Dass ich nicht merke, wie es euch dabei geht, dass Finn nicht mehr da ist? Dass ich nicht die ganze Zeit an ihn denke? Dass ich nicht Audrey anschaue und wenigstens den Hauch einer Vorstellung habe, was ihr durchgemacht habt? Dass ich die Geschehnisse nicht jeden Tag bedauere?« Kieran lachte fast. »Meinst du, ich habe nicht bemerkt, dass du und ich kein einziges Gespräch führen können, in dem du nicht so tust, als wäre alles in bester Ordnung?« Kieran spürte, wie das Blut in seinen Ohren rauschte, als er seine Mutter anblickte. »Nicht sehr überzeugend übrigens.«

Er spürte, wie Mia seinen Arm berührte, ignorierte es jedoch. »Ich weiß, wie hart es war, Finn zu verlieren, Mum. Ich verstehe das. Ich verstehe es wirklich. Du kannst es ruhig zugeben.« Kieran konnte sich selbst flehen hören. »Bitte, ich …«

»Schon gut.« Sie hob die Hand, um ihn zum Schweigen zu bringen. »Schon gut. Du möchtest wissen, wie es mir mit alldem wirklich geht?« Verity straffte sich. »Ich finde, dass der Versuch, deinen Bruder wegen irgendetwas zu bezichtigen, wenn er nicht mehr hier ist, um sich zu verteidigen, jämmerlich ist. Finn ist tot. Du bist derjenige, der immer noch hier ist, und du bist derjenige, der uns allen immer noch Probleme bereitet.«

»Ich?« Kieran kniff die Augen zusammen. Ein sonderbar beängstigendes Gefühl durchfuhr ihn, ein betäubender Adrenalinstoß wie im freien Fall. Irgendetwas in seinem Innersten löste sich schmerzhaft. »Ich bin nicht derjenige, auf dessen Boot der Rucksack eines toten Mädchens gefunden wurde.«

Verity schlug ihm ins Gesicht.

Er hatte es nicht kommen sehen, und die Wirkung war so nachhaltig, dass ihm schwarz vor Augen wurde. Kierans Mutter hatte niemals die Hand gegen ihn erhoben. Das Geräusch schien durch das ganze Haus zu hallen.

»Du willst es wirklich hören, Kieran?« Verity klang jetzt besorgniserregend sanft.

Er berührte sein Gesicht. Die Haut brannte, wo der Schlag ihn getroffen hatte. »Ich denke, du möchtest es gerne aussprechen.«

»Finn ist deinetwegen gestorben. Du bist schuld.«

Eine lastende Stille trat ein. Sie sahen einander in die Augen, so offen, wie seit Jahren nicht mehr.

Kieran ließ seine Hand sinken. Es tat immer noch weh. »Geht es dir jetzt besser?«

»Ja, das tut es in der Tat.« Verity atmete ein und atmete aus. »Ich wünschte, ich hätte dir das vor zwölf Jahren gesagt.«

Ohne ein weiteres Wort drehte sie sich um, stieg geradewegs über Brian hinweg und ging ins Haus. Kieran hörte, wie ihre Schritte im Flur verhallten, dann nichts mehr außer dem Geräusch der sich öffnenden und wieder schließenden Tür von Finns Zimmer.

KAPITEL 34

Kieran lag neben seiner Tochter auf dem Bett und ließ seine Schlüssel über ihrem Gesicht kreisen, um sie zum Lachen zu bringen, während Mia eine Seite in ihrer abgenutzten Ausgabe eines Romans von G. R. Barlin umblätterte.

»Vielleicht sollten wir einfach Flüge buchen und morgen heimkehren«, sinnierte Kieran.

Mia sah auf. »Willst du das denn?«

»Ich möchte so nicht abreisen, aber ...«

Beide wandten den Kopf, als sie hörten, wie am Ende des Flurs die Tür von Finns Zimmer geöffnet wurde. Dann knarrten die Dielen, und die Tür zu Brians Zimmer wurde vorsichtig geöffnet und wieder geschlossen.

Mia runzelte die Stirn. »Morgen früh ist sie wahrscheinlich zugänglicher.«

»Es tut mir leid, wie sie mit dir gesprochen hat«, sagte er nicht zum ersten Mal an diesem Nachmittag.

»Schon in Ordnung. Hier geht es nicht um mich.«

Kieran antwortete nicht, ließ nur leise den Schlüsselbund klirren und beobachtete, wie seine Tochter lächelte. Seit ihrer Auseinandersetzung waren Stunden vergangen. Nachdem Verity sich eingeschlossen hatte, ließ Brian sich glücklicherweise ins Schlafzimmer bringen, wo Kieran ihn wie ein Kind ins Bett brachte. Müde vom Schwimmen hatte er die Augen geschlossen und war sofort eingeschlafen. Weil Verity sich immer noch nicht blicken ließ, waren sie mit Audrey an den Strand gegangen, um ihr ein wenig Freiraum zu geben. Sie waren erst sehr viel später zurückgekehrt, nur um festzustellen, dass sie Finns Zimmer immer noch nicht verlassen hatte. Kieran hatte drinnen zwar Schritte gehört, auf sein Klopfen hatte sie jedoch nicht reagiert. Schließlich verkrochen Mia und er sich in ihrem Zimmer, wo sie bei dem Versuch scheiterten – Kieran zumindest –, aus den Ereignissen des Tages schlau zu werden.

Mia klappte ihr Buch zu und griff nach ihrem Handy, um nach der Zeit zu sehen. Draußen wurde es schon dunkel. »Sollen wir Abendessen machen? Wir könnten etwas aus dem Supermarkt holen.«

»Friedensangebot?«

Sie lächelte. »Einen Versuch ist es wert. Wir müssen alle sowieso etwas essen.«

»Ja, da hast du wohl recht.« Kieran raffte sich auf. »Wenn wir einkaufen wollen, sollten wir jetzt los. Sie werden wahrscheinlich früh schließen.«

Sie nahmen die Straße ins Zentrum. Audrey döste dabei an Kierans Brust. Fisherman's Cottage lag im Dunkeln, als sie vorbeikamen. Das Polizeiband flatterte immer noch am Tor. Jemand hatte die Blumen entsorgt, und der Fleck sah merkwürdig kahl aus. Sie gingen weiter, bis sie die Stelle erreichten, an der vor ein paar Tagen der Wagen an ihnen vorbeigerast war – Liams Wagen angeblich. Kieran streckte den Arm aus und nahm Mia bei der Hand. Heute gab es hier keine Autos.

»Fühlt sich an wie …«, setzte Mia an, zögerte jedoch. »Diese Woche hat sich wie die Tage nach dem Sturm angefühlt.«

»Ich kann mich daran kaum erinnern.«

»Klar, natürlich. Es war allerdings bizarr. Die Leute machten ihre Erledigungen wie sonst auch, aber es war, als ob jeder sich für eine Weile in sich selbst zurückgezogen hätte. Selbstschutz, der aktiviert wurde.«

Sie verfiel in Schweigen.

»Woran denkst du?«, wollte Kieran wissen, als die Lichter

des Yachthafens in Sicht kamen, ein greller Heiligenschein in der Dämmerung.

»Dasselbe wie du wahrscheinlich.« Mia zuckte die Achseln. »Ich suche nach einem triftigen Grund, warum Gabbys Rucksack auf dem Boot deines Bruders war.«

»Ja?« Kieran warf ihr einen Blick zu. Mia hatte Gabby so gut gekannt wie jeder andere. Er wartete ab, wobei sein Fünkchen Hoffnung immer kleiner wurde, je mehr Sekunden verrannen. Schließlich schüttelte sie den Kopf.

»Ich weiß es nicht, Kieran, tut mir leid. Das Beste, was mir in den Sinn kommt, ist, dass ein Zufall im Spiel war, dass sie ihn gefunden haben oder so etwas. Aber das ergibt auch keinen Sinn, denn man würde ihn einfach abgeben, nicht wahr?« Sie klang traurig. »Ich kann dir nicht mehr sagen, als dass Gabby deinen Bruder oder auch Toby nicht wirklich gekannt hat. Ich habe überlegt, ob ich irgendetwas vergessen haben könnte, aber mir fällt nichts ein. Wir waren vierzehn, sie waren erwachsene Männer. Sie waren keine Vertrauenslehrer oder Tauchlehrer oder etwas in der Art und ganz bestimmt keine Freunde. Sie kannte sie natürlich und …« Mia zögerte kurz, »… ich nehme an, dass die beiden auch sie kannten, das liegt auf der Hand. Aber nicht mehr als das, soweit ich weiß.«

»Verstehe.« Kieran lauschte eine Weile auf die Geräusche ihrer Schritte. »Die Sache ist die …« Er konnte nicht anders. »Irgendwas ist hier ganz und gar nicht in Ordnung. Ich meine, ja, Finn war mein Bruder, und ja, du hast wahrscheinlich recht, dass wir uns nur an die guten Sachen erinnern. Aber manchmal konnte er auch ein Arschloch sein, ich weiß das sehr wohl. Aber nicht im Innersten. Er war einfach ein normaler Kerl mit guten und schlechten Seiten, davon bin ich überzeugt. Vielleicht mache ich mir ja etwas vor, aber es ist doch ein zu großer Schritt von hier zu …«, er zuckte die Achseln »… was immer irgendein Rucksack auf seinem Boot nahelegt.«

»Ich kann dazu nichts sagen, Kieran.« Mias Augen waren auf

den Yachthafen gerichtet. Das sanfte Ächzen und Knarzen der Boote erfüllte die Abendluft. »Ich kannte Finn oder Toby so gut wie gar nicht.«

Die Lichter im Surf and Turf waren eingeschaltet, als sie vorbeikamen, aber es war schon wieder nahezu menschenleer. Durch ein Fenster konnte Kieran das körnige Foto von Bronte ausmachen, die immer noch vom Schwarzen Brett lächelte. Er fragte sich, ob man ihren Eltern inzwischen die Sammelbüchse ausgehändigt hatte. Er nahm an, dass sie immer noch dort stand, trotz all dem, was beim Gemeindetreffen vorgefallen war. Er fragte sich, was Nick und Andrea Laidler davon hielten? Eine freundliche Geste von denen, die Anteil nahmen oder ein Fall von »Viel zu wenig, viel zu spät« von Menschen, die sie hatten hängen lassen?

Bis sie den kleinen Supermarkt erreicht hatten, war fast Geschäftsschluss. Audrey strampelte ein wenig in ihrem Tuch.

»Ich gehe rein«, flüsterte Mia. »Du läufst einfach weiter.«

Die Straßen lagen im Dunkeln und waren größtenteils leer. Ein paar Lichter hinter Jalousien. Kieran sah vereinzelte Hundehalter. Immer noch ausschließlich Männer, wie er feststellte. Er fragte sich, wie lange das noch so bleiben würde? Audrey wurde unruhig, und er lief die Straßen wie auf Autopilot ab. Vor dem Wetherby House verlangsamte er seinen Schritt. Er war hierhergelaufen, ohne es groß zu beabsichtigen.

Kieran stand auf dem Grünstreifen und betrachtete den ruinierten Garten. Die Lichter aus dem Haus warfen Schlagschatten auf die aufgewühlte Erde, doch ansonsten sah es genauso aus wie am Morgen, als sie dort den parkenden Ash vorgefunden hatten. Jetzt war nichts von ihm zu sehen. Kieran zuckte ein wenig zusammen, als er eine Bewegung wahrnahm, und fuhr herum. Halb erwartete er schon, dass Ash sich erneut in dem herumtreiben würde, was vom Garten übrig geblieben war, stattdessen öffnete sich quietschend die Haustür, und George Barlin erschien im Türrahmen.

»Tut mir leid.« Kieran hob eine Hand. »Nur wir.«

»Moment.« George verschwand kurz im Innern und hielt bei seiner Rückkehr etwas unter den Arm geklemmt, während er die Tür hinter sich schloss. »Als ich Sie gesehen habe, dachte ich kurz, es wäre wieder Ihr Freund.«

»Nein, bin nur ich.«

»Sie haben in der Dunkelheit dieselbe Statur.« George lächelte Audrey an. »Das Baby verrät sie allerdings ein wenig.« Er hievte eine Tüte voller Bücher über den Zaun. »Für Mia. Einige von mir und ein paar andere, die sie vielleicht mag.«

»Oh.« Überrascht nahm Kieran die Tüte entgegen. »Vielen Dank.«

»Auch eine kleine Entschuldigung von meiner Seite aus.« George schüttelte den Kopf. »Pendlebury hat vorhin vorbeigeschaut. Mir war nicht klar, dass ich mit meinen Zeitabläufen während des Sturms so viel Unruhe stiften würde. Ich fand es nur interessant, mehr nicht.«

»So kann man es auch ausdrücken«, gab Kieran zurück und versuchte sich an einem Lächeln. »Ich bin Ihnen allerdings dankbar dafür. Es macht einen Unterschied, das zu wissen. Für mich jedenfalls.«

»Gut zu hören.«

»Warum haben Sie sich überhaupt damit beschäftigt? Sie schreiben nicht darüber, oder?«

»Gott, nein.« George runzelte die Stirn. »Im neuen Buch geht es um biologische Kriegsführung in einer fast–futuristischen Dystopie.«

»Ah.«

»Ja.« George zuckte die Achseln. »Die Sache mit dem Sturm war nur etwas, was ich nebenbei gelesen habe.« Er verstummte und blickte auf die kleine Audrey hinunter. »Ich habe ein paar Probleme mit dem Sorgerecht. Persönliche Angelegenheiten. Meine Frau – geschiedene Frau – lebt im Ausland. Das macht die Dinge kompliziert. Rechtlich und überhaupt.«

»Das tut mir leid.«

»Es ist, wie es ist. Ich will mich nicht weiter darüber aus-
lassen, aber es ist ein wenig wie mit der Gartengestaltung und
dem Tauchen: Manchmal brauche ich etwas Abwechslung. Und
dann passierte die schlimme Sache mit Bronte.« George schüttelte den Kopf. »Ich weiß nicht, so hatte ich mir die Dinge hier
nicht vorgestellt«.

Sie lehnten am Zaun und betrachteten beide das schwarze,
aufgewühlte Erdreich. Kieran erinnerte sich an Brontes Fotos
und stellte sich vor, wie sie genau hier vorbeilief, lebendig und
voller Tatendrang, Kamera in der Hand, auf dem Weg zum Klippenpfad. Ganz weit im Hinterkopf blitzte etwas auf – vage und
schwer zu fassen. Er legte die Stirn in Falten und betrachtete
erneut den Garten. »Wie sieht denn der Plan für all das aus?«

George kratzte sich am Kinn. »Ich bin mir offen gestanden
nicht ganz im Klaren darüber. Der Landschaftsgärtner schickt
mir alle paar Wochen eine Rechnung, und ich bezahle sie. Ich
sollte ihn wahrscheinlich fragen. Beim Einzug schien es eine
gute Idee zu sein, alles ein wenig zu modernisieren, dem Haus
meinen Stempel aufzudrücken, verstehen Sie? Aber jetzt …«
Er zuckte die Schultern. »Wenn ich gewusst hätte, dass es so
ein Klotz am Bein wird, hätte ich davon abgesehen. Es war den
ganzen Aufwand nicht wert.«

Kieran ließ seinen Blick hoch zum Klippenpfad schweifen.
Ashs verschmutzter weißer Pick-up war nirgends zu sehen. Von
der Straße ein wenig zurückgesetzt, lag das Nachbarhaus mit
geschlossenen Jalousien ruhig da. In seinem Hinterkopf arbeitete es immer noch. Er wandte sich wieder dem aufgerissenen
Garten zu, dessen Zerstörung fast komplett war. Kieran zögerte,
öffnete dann den Mund.

»Haben Sie darin etwas Interessantes gefunden?« Das kam
auffällig beiläufig, sogar in seinen Ohren.

In Georges Augen flackerte etwas auf. »Beispielsweise?«

»Ich weiß nicht«, sagte Kieran. »Irgendwas.«

»Die Leiche von Gabby Birch, die in den Blumenbeeten be-graben wurde, die Ihr Kumpel vor zwölf Jahren ganz allein an-gelegt hat?«

Das einzige Geräusch war das Rauschen eines vorbeifahren-den Autos.

»Nein«, sagte Kieran schnell, als es auf der Straße wieder still wurde. »Das habe ich nicht gemeint.«

»Nicht?« Der Schriftsteller sah leicht amüsiert drein. »Wäh-rend dieser ganzen Zeit haben Sie nicht ein einziges Mal daran gedacht, so etwas könnte passiert sein?«

Kieran schwieg.

»Keine Sorge.« George ließ ein wissendes Lächeln aufblit-zen. »Ich werde es niemandem erzählen.« Er zögerte. »Ash war heute Morgen hier. Er hat sich entschuldigt.«

»Wirklich?« Kieran konnte seine Überraschung nicht ver-bergen.

»Ja. Zumindest glaube ich, dass er das bezweckte. Ich war auch überrascht.« George betrachtete den Teil des Gartens, der noch nicht aufgerissen war. »Ich habe mich gefragt, ob er und ich damit vielleicht etwas anstellen können. Ich nehme an, Ash dürfte eher wissen, was damit zu tun ist, als mein derzeitiger Gärtner.«

»Leidtun würde es Ihnen bestimmt nicht«, meinte Kieran. »Ich glaube, Sie beide würden ganz gut miteinander auskom-men, wenn Sie sich zusammenraufen. Ash ist ein guter Kerl, wenn er will.«

»Ja, wir werden sehen.« George zitterte in der frischen Luft. »Ich gehe wieder rein. Falls Mia eines der Bücher signiert ha-ben will, soll sie sich einfach melden.«

»Danke, aber ich weiß nicht, wie lange wir noch bleiben.«

»Ach ja? Ich hoffe nicht, weil ich irgendwas mit dem Sturm ausgegraben habe.«

»Nein, nicht nur das, mehrere Dinge.«

»Ich kann es Ihnen nicht verdenken. Ich wollte hier eigentlich für länger bleiben, aber jetzt …« George sah müde aus. »Ich bin mir nicht mehr so sicher. Orte wie dieser funktionieren nur als verschworene Gemeinschaft. Ist das Vertrauen einmal weg, wird es eng. Und ob die Leute sie nun deuten können oder nicht, das sind die Zeichen an der Wand.« George wandte sich dem großen Haus zu, mit seinem aufgerissenen Erdreich und seiner deutlich spürbaren Leere. »Wie auch immer, war nett, Sie beide zu treffen. Vielleicht kreuzen sich unsere Pfade noch einmal.«

Er grüßte mit erhobener Hand, und Kieran schaute ihm hinterher, wie er die Eingangstür öffnete und im gleißenden Licht verschwand. Die Tür schloss sich, und die Straße lag wieder verschlafen im Dunkeln.

Kieran stand dort alleine mit Audrey. Der Schriftsteller war weg, Ashs Wagen war nicht da, die Straße zum Klippenpfad war leer. Doch plötzlich meldete sich etwas Neues in Kierans Unterbewusstsein.

Nein, nicht neu. Anders. Beharrlich nagte das Gefühl an ihm, etwas außer Acht zu lassen. Kieran starrte in die Nacht und zwang sich zum Nachdenken. Es war dasselbe Gefühl, dass ihn heute am Strand mit Pendlebury schon einmal erfasst hatte. Er schloss die Augen und versuchte, sich zu konzentrieren, aber die Gedanken zerrannen ihm wie Wasser zwischen den Fingern.

Schließlich wachte Audrey auf, und sein Handy meldete eine Nachricht von Mia. Kieran kniff die Augen zusammen und machte sich auf den Weg, der schwer zu fassende Gedanke stets dabei und kurz davor, eingefangen zu werden. Während des gesamten Weges jagte er ihn, aber ohne Erfolg.

KAPITEL 35

Im Haus war es still, als Kieran und Mia die Tür aufschlossen. Kieran hörte, wie die Tür zu Finns Zimmer geschlossen wurde, sobald sie den Flur betraten, und er ging weiter durch, um nach Brian zu sehen, der allein auf der hinteren Veranda saß.

In der Hand, in der sich früher ein kaltes Bier befunden hätte, hielt er nun ein Glas Leitungswasser, in dem noch die letzten Reste eines Medikaments sprudelten. Ihm schien es allerdings nichts auszumachen, und er betrachtete friedlich die dunklen Wellen, die sich im hellen Sand brachen. Die Nachtluft war kühl, und die Flut klang lebhaft und auffrischend.

Kieran ging hinein, um Audreys Fläschchen zu holen. Als er zurückkam, sah er, dass Mia in seinem Sessel neben seinen Vater saß. Auf Brians Schoß befand sich ein Kissen, und darauf lag Audrey, von seinen Armen umfasst. Kieran warf Mia einen Blick zu, aber die zuckte nur mit den Schultern.

»Er wollte sie gerne halten. Er macht das gut.«

Kieran beobachtete, wie Brian Audreys seidiges Haar mit seiner Pranke streichelte. Sie griff nach seinem Daumen. Brian sah auf sie herab und lächelte.

»Er ist stark«, sagte er. »Vom Tag an, wo er geboren wurde, war er so. Ein kleiner Champion, nicht wahr, mein Kerlchen?«

»Er glaubt, dass du es bist«, flüsterte Mia.

»Oder Finn.«

Lächelnd schüttelte sie den Kopf. »Er hat eben deinen Namen gesagt. Es geht um dich.«

Kieran beobachtete, wie Mia sich wieder seinem Vater und ihrer Tochter zuwandte. Er wusste nicht, ob er ihr glauben sollte, aber das war nicht so wichtig. Es rührte ihn, dass sie es gesagt hatte.

»Ich kümmere mich mal um das Abendessen«, kündigte er schließlich an.

»Ich gehe schon.« Mia erhob sich und bot ihm ihren Sessel an. »Du passt auf.« Kieran zog den Sessel näher heran und setzte sich neben Brian und Audrey. Er lauschte den Geräuschen, die durch den Flur aus der Küche drangen, und dem gemächlichen Plätschern der Gezeiten.

»Tut mir leid«, sagte Kieran leise. »Es tut mir leid, was Finn zugestoßen ist. Ich hoffe sehr, dass du das weißt.«

Brian hob den Kopf, schaute dann wieder hinab auf Audrey, wobei das vage Lächeln auf seinem Gesicht nie verschwand. Unmöglich zu sagen, ob er etwas verstanden hatte. Kieran suchte in seinen milchigen Augen nach einem Zeichen von Klarheit, nach mehr als nur einem verwirrten Mann, gefangen in seiner Krankheit. Er konnte nichts entdecken.

Kieran öffnete den Mund, um weiterzureden, schwieg dann aber. Sein Vater sah glücklich aus. Entspannt im Haus seiner Familie, ein kaltes Getränk neben sich, seine Enkelin in den Armen und vor sich den geliebten Ozean.

War das nicht genug?, fragte Kieran sich. Wenn mehr nicht möglich war? Wenn Brian sich nicht daran erinnerte, was er über Kierans Schuld gedacht hatte, sich nicht erinnern konnte an diese schwarzen Tage, als sie Finn verloren hatten? Das Geschehene unwiderruflich verloren – war das dieselbe Form von Vergebung?

Kieran war sich nicht sicher, aber er grübelte darüber nach, als sie dort zusammensaßen, den Blick auf den Mond und das Wasser gerichtet.

Ein wenig später öffnete sich die Hintertür, und Mia steckte den Kopf hinaus. Sie sah, dass Audrey wieder eingedöst war, und senkte ihre Stimme zu einem Flüstern. »Das Abendessen ist fast fertig.«

»Danke.«

Mia warf einen Blick auf Brian, der nicht einmal den Kopf gewandt hatte. »Ich nehme an, wir bieten ihm etwas an und schauen, ob er es nimmt?«

»Ja.« Kieran lächelte matt. »Er scheint immer noch weit weg zu sein. Er hat den perfekten Moment verpasst, kurz ins Leben zurückzukehren und mir zu versichern, dass nichts, was Finn zugestoßen ist, meine Schuld ist und dass er mich liebt und mir vergibt.«

»Wie ärgerlich.« Mia fuhr im Vorbeigehen mit den Fingern über Kierans Hand. »Ich jedenfalls liebe dich. Und Audrey auch, da bin ich mir ziemlich sicher.«

»Danke, ich euch auch.« Kieran blickte sie an, wie sie da am Geländer lehnte. Der Himmel hinter ihr war groß. »Wir sollten heiraten, Mia. Du und ich.«

»Ja.« Sie lächelte, musste aber ein aufkommendes Gähnen unterdrücken und bedeckte flugs den Mund, während sie beide in Lachen ausbrachen. »Gott, es tut mir leid. Ich bin so müde. Aber ja, ganz bestimmt.« Sie lächelte ihn an, diesmal wirklich. »Ich finde auch, wir sollten es tun.«

»Vielleicht schon bald, wenn wir heimkehren, was meinst du? Diesen Herbst, bevor es zu kalt wird.«

»Das hört sich gut an. Wir kleiden Audrey als kleine Brautjungfer.« Mia beugte sich vor, nahm sein Gesicht in beide Hände und küsste ihn zärtlich. »Lass es uns tun. Das wird richtig gut, ich fände es schön.«

»Ich auch«, sagte Kieran. »Das wird toll.«

Lächelnd blickten sie einander in die Augen. Sogar Brian sah glücklich aus.

»Meinst du, jemand würde kommen?«, fragte Kieran und ließ den Blick von seinem Vater zum Haus schweifen.

»Du meinst deine Mutter? Sie wird kommen.«

»Wirklich?«

»Sicher«, meinte Mia. »Im Moment ist sie verletzt, und vielleicht hat sie das alles nicht so gut weggesteckt, wie man es sich wünschen würde, aber wenn sie dich nicht lieben würde, hättest du das bestimmt vor zwölf Jahren erfahren.«

Kieran dachte eine Weile darüber nach.

»Verrückt, wie eine einzige Sache so viel verändern kann. Hätte dieser Sturm sich auf dem Meer aufgelöst oder wäre ein paar Kilometer weiter nördlich aufs Land getroffen, wer weiß, was dann passiert wäre? Oder nicht passiert wäre? Finn wäre wahrscheinlich noch hier. Dad würde immer noch so sein wie jetzt, nehme ich an, aber die letzten Jahre wären anders für ihn verlaufen. Ändere einen Tag, und alles wäre anders gewesen.«

»Das stimmt.« Mias Stimme klang sanft in der Nacht. »Aber vielleicht hat sich nicht alles zum Schlechten gewendet. Ich denke, was Finn zugestoßen ist …« Sie zögerte. »Ich sage nicht ansatzweise, dass es eine gute Sache war, natürlich nicht, aber du hast recht: Es hat dein Leben verändert. Ich bin allerdings nicht sicher, ob auf die Art, wie du denkst.« Sie wurde vom Licht illuminiert, das aus dem Haus strömte. »Ich glaube wirklich, Kieran, es hat dich zu einem besseren Menschen gemacht. Gütiger jedenfalls. Du nimmst Menschen und dein eigenes Tun ganz anders wahr.«

Kieran blickte sie an, und sie zuckte die Achseln.

»Du hast dich seit damals verändert«, Mia wies mit einem Nicken auf ihre schlafende Tochter, »denn wenn du dieselbe Person wärst, wie in der Zeit, als der Sturm kam, wären wir drei auf keinen Fall zusammen.«

Audrey schniefte und strampelte ein wenig in Brians Armen. Kieran betrachtete sie und stellte sich eine Sekunde lang diese andere Welt und das andere Leben vor. Er streckte die Hand nach Mia aus.

»Das wäre überhaupt nicht gut.«

»Ehrlich?« Mia griff nach seiner Hand. »Deinem alten Ich wäre das egal gewesen.«

•

Kieran erwachte mitten in der Nacht und war sich einer Sache ganz sicher, die sich allerdings unverzüglich verflüchtigte, sobald er die Augen öffnete. Er lag da und starrte an die Decke, während er auf den Weckruf aus dem Babybettchen wartete, aber ausnahmsweise war nur ein leichtes Atmen zu hören, während Audrey durchschlief. Er spürte Mias Körperwärme neben sich.

Kieran schloss die Augen und wartete darauf, dass er entweder einschlief oder der Gedanke sich wieder einstellte. Nichts davon geschah, und als die Dämmerung sich durch ein Blau ankündigte und Audreys Atem unregelmäßiger wurde, hob er sie aus dem Bettchen, nahm sich sein Badetuch und die Shorts und schlich in die Küche.

Verity war schon auf.

Mit nur einer Lampe als Lichtquelle saß sie am Tisch. Vor ihr lag ein geöffnetes Fotoalbum. Am Abend zuvor war sie nicht zum Essen erschienen, obwohl Kieran wie auch Mia an ihre Schlafzimmertür geklopft hatten. Letztendlich hatten sie einen Teller mit Abendbrot in den Flur gestellt, der unberührt geblieben war, bis sie ins Bett gingen. Brian jedoch, als wolle er zeigen, dass er der Situation gewachsen war, hatte friedlich mit ihnen zu Abend gegessen, ein Abendessen zu viert, das vielleicht das letzte in diesem Haus war, wie Kieran dachte. Ein wenig gedämpft, ein wenig anders als erwartet, aber dennoch gemeinsam. Kieran hatte Audrey und Brian beobachtet, die sich in einem instinktiven, reflexartigen Akt der Liebe anlächelten. Das Leben ging weiter, wohl oder übel.

Verity sah vom Küchentisch auf, als Kieran in der Tür verweilte.

»Mum …«

»Kieran, es tut mir leid.«, sagte sie mit leiser Stimme.

»Mir auch.«

Veritys Augen suchten wieder das Fotoalbum. Es lag offen vor ihr mit dem sofort erkennbaren Foto von Finn und Toby, das an dem Tag gemacht worden war, als sie die *Nautilus Black* einweihten.

»Ich war so wütend«, sagte sie. »Auf dich.«

»Ich weiß. Tut mir leid.«

»Jetzt nicht mehr.« Verity sah auf. »Was immer ich auch gestern gesagt habe, es ist nicht wahr. Was Finn zugestoßen ist, war nicht dein Fehler. Timing hin, Timing her, ich habe das immer gewusst. Bei einem einlaufenden Notruf wären sie für jeden raus aufs Meer gefahren. In einer solchen Situation hätte Finn sich immer so entschieden.«

»Es war allerdings nicht irgendwer im Wasser«, sagte Kieran. »Ich war es.«

»Zufällig, aber deswegen ist es immer noch nicht dein Fehler.«

Verity forderte ihn wortlos auf, Platz zu nehmen, und Kieran zog sich einen Stuhl heran. Er betrachtete die Fotografie, die vor ihr lag. Die Szenerie war ihm vertraut, aber so von Nahem sah er, dass es sich nicht um denselben Schnappschuss wie die Aufnahme handelte, die vor all den Jahren im Surf and Turf gehangen hatte. Es war eine dritte Variante, Finn und Toby standen etwas eingedreht, ihr Lächeln den Bruchteil einer Sekunde früher oder später eingefangen. Minimal, dachte er, kaum ein Unterschied. Und doch fing dieses Foto den glücklichsten Finn ein.

»Und ich weiß nicht, was ich zu diesem Rucksack sagen soll.« Verity betrachtete das Foto immer noch. »Außer, dass Finn ein guter Kerl war. Ich weiß das. Aber dass wir ihn verloren haben, war nicht dein Fehler, Kieran, und ich hätte dir das schon vor Jahren sagen sollen. Es war ein furchtbarer Unfall, mehr nicht.«

Sie hob den Blick. »Ich hatte gehofft, du weißt das, aber ich hätte mit dir darüber sprechen sollen.«

»Danke dir.« Kieran wusste nicht, was er sonst hätte sagen sollen.

»Genau genommen, nein, das ist nicht wahr«, sagte Verity unvermittelt. Sie fuhr mit dem Daumen über Finns Foto. »Ich wusste, dass du dir die Schuld gabst und habe es zugelassen. Das ist unverzeihlich. Aber Gott, ich war so traurig, Kieran. Und wütend auf Brian, weil er keine Hilfe war. Ich dachte, ich darf nicht darüber sprechen, wie schwer mir ums Herz ist, weil er sich die ganze Zeit für zwei quälte. Aber wir haben dir nie wirklich die Schuld gegeben, Kieran, das solltest du wissen. Wir wollten einfach nur Finn zurück.«

»Es tut mir wirklich schrecklich leid.« Kierans Kehle und Brust fühlten sich wie abgeschnürt an. »Ich wünschte, es wäre anders gelaufen.«

»Das hätte passieren können.« Verity warf einen letzten Blick auf das Foto und blätterte dann um. »Wir hätten euch beide an diesem Nachmittag verlieren können. Aber du bist hier mit Mia und Audrey. Ich habe immer noch dich, statt Erinnerungen an zwei Söhne, die nur noch in einem Fotoalbum stecken. Und dafür bin ich jeden Tag dankbar.«

Kieran beugte sich vor und umarmte sie, Audreys kleiner Körper fest und warm zwischen ihnen.

Verity drückte ihn ganz fest an sich, und zum ersten Mal seit langer Zeit spürte er, dass seine Mutter ihre Umarmung auch so meinte.

»Ich habe gehört, wie ihr über eine vorzeitige Heimreise gesprochen habt«, sagte sie, als sie sich zurücklehnte. »Bitte nicht – nicht, wenn ihr es nicht wollt.«

»Danke, ich rede mit Mia. So oder so ist es gut, jetzt hier zu sein.« Unter dem Tisch spürte er die Umzugskisten neben seinen Füßen. Er zögerte. Einen Versuch war es wert. »Zieh nach Sydney, Mum. Wir können da oben etwas für Dad finden. Für ihn macht es kaum einen Unterschied, aber für dich wäre es gut. Und für uns.«

Er stellte sich schon auf die üblichen Ausflüchte ein, aber zu seiner Überraschung streckte Verity die Hand aus und streichelte Audreys Hand. »Meinst du nicht, ich habe zu lange gewartet?«

»Wirklich nicht.« Kieran schüttelte den Kopf. »Es ist nicht zu spät.«

»Nicht?« Verity ließ Audrey ihre Finger um ihren eigenen schließen. »Nun, dann vielleicht nicht.«

Zwanzig Minuten später, als die Sonne über den Horizont kroch, war Kieran draußen am Strand. Audrey lag gefüttert und gut verpackt in ihrem Schlafsack auf dem Sand, während Kieran durch die Wellen pflügte. Ausnahmsweise, stellte er überrascht fest, genoss er es einfach nur.

Als er aus dem Wasser kam, war sein Kopf so frei wie lange nicht mehr. Er setzte sich neben Audrey in den Sand, und gemeinsam beobachteten sie, wie das Licht des frühen Morgens das Gold im Wasser aufleuchten ließ. Audrey lächelte, als eine Möwe auf sie zu watschelte und Kieran zog sein Handy unter dem Handtuch heraus, um ein paar Fotos zu schießen.

Er schirmte das langsam schon blendende Licht mit der Hand ab und scrollte durch die Fotos, um das beste für Mia zu finden. Sie waren fast identisch.

Kierans Daumen verharrte auf einem Bild. Wieder das nagende Gefühl. Dieses subtile, flüchtige Gefühl, das ihn gestern am Strand und später am Abend bei der Unterhaltung mit George Barlin so geplagt hatte. Das Gefühl, das ihn geweckt hatte. Dasselbe, wurde ihm nun klar, das den ganzen Morgen fast unbemerkt in der Luft gehangen hatte, als er am Küchentisch neben Verity saß.

Kieran hatte es fast. Den Bruchteil einer Sekunde hatte er es fast erhascht, als er dort am Strand saß. Was war es nur? Er zwang sich zur Konzentration. Verity am Tisch. Das Foto von

Finn und Toby auf der *Nautilus Black*. Es fühlte sich irgendwie vertraut an. Was war mit diesen Fotos? Varianten, die er im Lauf der Jahre so oft gesehen hatte. Ähnlich, aber nicht gleich.

Und plötzlich hatte er es.

Kieran sprang so abrupt auf, dass Audrey zusammenzuckte.

»Entschuldigung«, sagte er, als sie ihr Gesicht verzog. »Entschuldigung.«

Er hob sie hoch und hielt sie in den Armen. Er wiegte sie behutsam, als der Gedanke, der ihm Sorgen bereitet hatte – das vage, diffuse Zerren am Rand seines Bewusstseins –, sich verfestigte und Form annahm. Endlich konnte Kieran ihn festhalten und untersuchen, während er am Strand stand und auf den Ozean schaute, eine Erkenntnis, die ihm zusammen mit der Sonne aufging.

KAPITEL 36

Kieran blieb auf der hinteren Veranda gerade lange genug stehen, um sich und Audrey den Sand abzustreifen. Er öffnete eilig die Tür zum Flur, hielt aber an der Schlafzimmertür inne und warf einen Blick hinein. Mias Seite war schon verlassen, die Bettdecke zurückgeworfen.

In der Küche stand Veritys Kaffeebecher gespült im Regal, und die Tür zum Zimmer seiner Eltern war geschlossen. Unschlüssig stand Kieran im Flur. Aus dem Badezimmer auf der anderen Seite hörte er das Geräusch der laufenden Dusche. Er klopfte an und wartete. Als keine Antwort kam, schaute er auf die Uhr und versuchte es noch einmal. Das Wasser lief weiter.

Kieran sah Audrey an. »Gut, meine Kleine.« Er brachte sie zurück ins Schlafzimmer und legte sie vorsichtig in ihr Bettchen. »Ich muss los, aber bald wird sich jemand um dich kümmern. Schrei, wenn du etwas brauchst.«

Audrey sah aus, als hätte sie genau das vor, während Kieran einen Zettel schrieb, den er auf den Küchentisch legte. Im Flur schnappte er sich Hemd und Schuhe und zog die Tür hinter sich zu.

Er nahm den Strandweg, der immer der kürzeste gewesen war. In der Nähe von Fisherman's Cottage war niemand zu sehen, aber im Vorbeilaufen fühlte sich das Haus weiterhin fremd an. Eine düstere Leere. Brontes Fenster, bei dessen Anblick Kieran sich immer noch vorstellte, wie sie in die Nacht lauschte, war leer. Der nasse Strand war jetzt schmucklos. Jemand hatte die verwelkten Blumen aus der Uferzone entfernt, wo ihr Körper gefunden worden war. Die See hatte jedes Zeichen ihrer Anwesenheit weggewaschen.

Kieran lief weiter am Yachthafen vorbei, wo er die *Nautilus Blue* im Hafenbecken ausmachte. Er verlangsamte seinen Schritt und fragte sich, was mit dem Tourgeschäft wohl passieren würde, wenn es sich herumsprach, dass Gabbys Rucksack auf ihrem Fast-Namensvetter gefunden worden war. Den Norwegern würde es egal sein, den Einheimischen nicht.

Kieran bog ab und lief am Polizeirevier vorbei in Richtung Ortszentrum. Er dachte an Sergeant Renn und sein Versprechen, am heutigen Tag die schmerzhaften und längst überfälligen Gespräche mit den beiden Familien zu führen, und fast wäre er stehen geblieben. Kurz war er unschlüssig, eilte jedoch weiter, nachdem er auf die Uhr geschaut hatte.

Die Verlockung des Koffeins hatte wenigstens einige wenige Frühaufsteher ins Surf and Turf gezogen. Kieran konnte Lyn durch das Fenster ausmachen, die mit einem Tablett hantierte. Von Julian oder Liam keine Spur. Auch nicht von Olivia, obwohl er sie hier auch nicht vermutet hatte. Kieran erinnerte sich an ihr angespanntes Gesicht von vorgestern Abend und fragte sich, ob sie am Morgen darauf bei Ash oder im Haus ihrer Mutter aufgewacht war. Wahrscheinlich dort, wo sie sich am sichersten fühlte, vermutete er. Wahrscheinlich war alles besser als die Einsamkeit von Fisherman's Cottage.

Kieran lief weiter, verlangsamte diesmal auch nicht den Schritt vor George Barlins Haus. Im Tageslicht sah der Garten noch schlimmer aus als abends. Er warf einen Blick auf die Fenster, drinnen war jedoch keine Bewegung zu sehen. Das nagende Gefühl meldete sich wieder, aber Kieran wusste nun, was es ihm mitteilen wollte. Was hatte George gesagt, als er am Abend zuvor am Gartenzaun lehnte, wobei sein Gesichtsausdruck in der Dunkelheit schwer zu deuten war?

Ob die Leute sie deuten können oder nicht, das sind die Zeichen an der Wand.

Kieran blieb nicht stehen, bis er oben auf dem Klippenpfad angekommen war. Am Aussichtspunkt machte er eine Pause, lehnte sich wie zuvor schon so oft an die Sicherheitsabsperrung und spürte, wie der Wind vom Meer auf die Felsen traf. Niemand war zu sehen.

Bis zum perfekten Horizont war der Ozean unter ihm weit und leer. Er beugte sich vor und reckte den Hals. Der Strand war nur ein dünner Streifen, schmal genug, um Kieran augenblicklich Unbehagen zu bereiten. Draußen auf See trafen die Wellen auf die Brust der *Überlebenden*. Um ihn herum schlugen die Vögel gereizt mit den Flügeln.

Kieran blickte über das Wasser auf den Punkt, wo er Finn zum letzten Mal gesehen hatte. Das Schuldgefühl war ihm geblieben wie eine Narbe, aber es fühlte sich jetzt anders an. Was Kieran stets geglaubt hatte und was an diesem Tag wirklich geschehen war, waren zwei verschiedene Dinge. Er verstand das nun, obwohl er es noch nicht vollends akzeptiert hatte. Dennoch wiederholte er es sich stillschweigend, indem er die Information in seinem Kopf wälzte. Was es damals bedeutet hatte, was es heute bedeutete.

Kieran ignorierte die Südhöhle, wo er und Olivia sich an dem bewussten Tag getroffen hatten, als See und Sturm sich anschlichen. Stattdessen stand er in der Öffnung der Nordhöhle. Während der Ausläufer einer Welle sich seinen Schuhen näherte, betrachtete er seinen in den Fels geritzten Namen. Den seines Bruders. Den seiner Freunde. Und er dachte an Sue Pendlebury. Was hatte sie ihn so absichtsvoll und präzise gefragt, als er exakt an dieser Stelle stand?

Können wir sie alle ausfindig machen?

Sie können überall sein.

Kieran starrte in die Schwärze des gähnenden Höhlenschlunds. Das gruselige Gefühl, dass etwas auf der Lauer lag und wartete, packte ihn erneut. Er war in höchster Alarmbereit-schaft, konnte jedoch nichts als seinen eigenen Herzschlag und den Puls des Ozeans hören.

Er hätte hineingehen können, eintreten in die Düsternis. Er hätte die Dinge beschleunigen können, aber er hatte schon zu viel Zeit damit verbracht, im Kopf die Dunkelheit dieser Höh-len abzuschreiten, müde davon, immer wieder über den ver-trauten Grund zu streifen, darum zu kämpfen, etwas zu ändern, was nicht zu ändern war, anstelle des Versuchs, seinen Weg ins Licht zu finden.

Genug, dachte Kieran. Zeit, dem ein Ende zu machen.

Er trat einen Schritt zurück. Meerwasser umspielte nun seine Füße. Er musste nicht hineingehen. Die Flut hatte die Ange-wohnheit alles wegzuspülen.

Kieran drehte sich um. Er lief über den Sand zurück zum Pfad, stieg dann ein kurzes Stück hinauf und suchte einen ganz bestimmten Punkt, der von der Höhle aus uneinsehbar und gleichzeitig sicher vor dem Strom der Gezeiten war. Er hockte sich hin und studierte, wie das Wasser hereinflutete. Der Klip-penpfad über ihm blieb leer. Unter ihm verschwand nach und nach der Strand.

Kieran wartete ab, während die Vögel über ihm ihre Kreise zogen, aufmerksam und achtsam, und ihm zuriefen, dass er recht hatte. Doch als die See näherkroch, kam er ins Grübeln. Er haderte immer noch mit sich, als er es mehr spürte als hörte. Eine unmerkliche Bewegung.

Kieran saß sehr still und fixierte mit angehaltenem Atem den Höhlenausgang, während die Sekunden verrannen. Er dachte, er hätte es sich vielleicht eingebildet, und dann, wie aus dem Nichts, schälte sich eine Gestalt aus dem Dunkel. Er beobach-tete, wie sie mit einer Tasche über der Schulter knietief durchs Wasser watete.

Kieran atmete aus. Er hatte es erwartet, aber ein Schock war es trotzdem. Die Gestalt drehte sich zum Pfad hin und erstarrte.

Kieran erhob sich, ein wenig unsicher auf den Beinen. Eine ganze Weile war nur zu hören, wie die Wellen gegen den Felsen plätscherten, dann öffnete er den Mund.

»Hast du sie endlich gefunden?« Kierans Stimme hallte vom Kliff zurück.

Stille. Bedächtig und berechnend. »Was gefunden?«

»Die Nachricht, die Gabby Birch an ihrem Todestag in den Felsen geritzt hat.«

KAPITEL 37

Kieran wartete. In seinen Ohren rauschte das Blut schnell und laut.

Knietief im Wasser stehend, starrte Sean ihn an.

Seans Haare waren feucht, und das Meerwasser hatte seine Kleidung durchtränkt, was die Farben dunkler erscheinen ließ. Er sagte kein Wort, neigte aber den Kopf auf eine vertraute Weise, die Kieran sagte, dass er nachdachte. Kieran wies auf die Tasche über seiner Schulter.

»Was hast du drin? Meißel? Feile? Die wirst du brauchen.« Kieran stieg auf dem Pfad ein paar Schritte nach unten, bis er den Eingang der Nordhöhle sehen konnte, wo die Namen, die sie vor zwölf Jahren so unbedacht eingeritzt hatten, immer noch den Felsen verunzierten. »Diese Kerben bleiben ewig.«

Kieran beäugte Sean, der sein Freund gewesen war, solange er denken konnte.

Leugne es, wollte er sagen. *Bitte, Kumpel, sag mir, dass ich falsch liege.*

In Seans Augen flackerte etwas auf, und Kieran verspürte einen Anflug von Hoffnung. Dann wanderte Seans Blick an ihm vorbei den leeren Strand entlang und den leeren Klippenpfad hoch.

Sie waren allein.

»Pendlebury weiß Bescheid.« Kieran schaffte es, sich gefasster anzuhören, als er war. »Sie hat alles rausbekommen. Nah dran auf jeden Fall. Bei mir hat es klick gemacht, als wir kürzlich hier unten waren. Sie hat Brontes Fotos. Sie hat eine Aufnahme von deinem eingeritzten Namen. Die Buchstaben sind verschwommen, und ich habe es zuerst nicht bemerkt. Sieht ziemlich ähnlich aus, ist aber nicht dasselbe. Es ist dein Name, aber ich weiß, dass du ihn nicht geschrieben hast.«

Kieran registrierte, wie das Salzwasser in die Nordhöhle strömte und dort verschwand.

»Du hattest recht, dass wir die Höhlen verschandeln. Es war verdammt dumm. Ich erinnere mich, dass du uns davon abhalten wolltest, aber wir haben nicht auf dich gehört. Du hattest recht, und wir waren Idioten.« Kieran sah, wie Seans Mund zu einem Strich wurde. »Aber einmal hast du es gemacht, weil ich dich gedrängt habe. Und ich weiß, dass du dich hinterher schlecht gefühlt hast. Du hast dich so schlecht gefühlt – und ich bin mir da ganz sicher, denn ich kenne dich, Kumpel –, dass du es nicht noch einmal gemacht hättest. Wenn sich dein Name also noch an einer anderen Stelle in dieser Höhle befindet, wer hat ihn dann dort eingeritzt?« Kieran musterte seinen Freund. »Und was sonst steht da geschrieben?«

Sean hatte den Kopf herumgeworfen und blickte nun aufs Meer, weit hinter *Die Überlebenden*, dorthin, wo das Wrack unsichtbar unter den Wellen begraben lag. Das Salzwasser schäumte und wirbelte um ihn herum.

»Pendlebury wird es finden«, sagte Kieran. »Sean? Sie wird es herauskriegen und alle Unterstützung anfordern, die sie bekommen kann, und sie werden die gesamte Höhle absuchen, bis sie es gefunden haben.«

Bei diesen Worten fiel ihm Pendleburys Gesichtsausdruck am Eingang der Höhle ein, und er fühlte instinktiv, dass dies die Wahrheit war. Wenn sie noch nicht aufgekreuzt war, lag das lediglich an ihren mangelhaften Kenntnissen örtlicher Gegebenheiten, nur deswegen war sie einen halben Schritt hinterher. Lange würde es nicht dauern, das wusste er. Ein Blick auf Sean, und Kieran schloss von der schwindenden Entschlossenheit in seinen Augen, dass er es auch wusste.

»Hat Bronte es erraten?«, fragte Kieran.

Sean verzog das Gesicht und schüttelte kaum wahrnehmbar den Kopf.

»Aber sie war kurz davor? Oder du hast dir Sorgen gemacht, dass sie es jemand anderem erzählt und der drauf kommt?«

Kein Kopfschütteln diesmal. Kein Leugnen. Kieran blickte auf den Mann, den er seit so vielen Jahren kannte, und es war, als blicke er in einen Spiegel. Kieran kannte, was er da sah, es war ihm mehr als vertraut. Er hatte Tag für Tag damit gelebt. Schuld.

Er lief noch einen Schritt den Pfad hinab, nur einen Schritt weiter zum Wasser und blieb dann stehen. Das war weit genug.

»Was ist hier geschehen?«, wollte er wissen.

»Es war nicht so, wie du denkst.«

»Wie war es dann?«

Nur das Rauschen des Meeres zwischen ihnen war zu hören. Dann öffnete Sean den Mund und begann zu sprechen.

KAPITEL 38

Toby und Finn waren spät dran.

Sean lag an Deck der *Nautilus Black* auf dem Rücken und spürte dem Auf und Ab der Wellen nach, während er in den Himmel sah. Dort oben fanden sich immer noch blaue Flecken, aber wenn er den Kopf wandte, sah er in der Ferne Dunkelheit aufziehen. Er schloss den Reißverschluss seiner Fleecejacke bis zum Kinn und blickte auf die Uhr. Fünf Minuten würde er ihnen noch geben, mehr nicht. Toby hatte ihn darum gebeten beim Ausladen irgendwelcher Ausrüstungsgegenstände in den Bootsschuppen zu helfen, bevor das Wetter umschlug. Bezahlen würde man ihn dafür wahrscheinlich nicht, und er wollte wenigstens nicht nass werden.

Er hörte, wie das Tor zum Yachthafen sich quietschend öffnete, und stützte sich hoffungsvoll auf die Ellenbogen. Kein Toby, kein Finn, viel besser: Olivia. Sean setzte sich flugs ordentlich hin und spürte den vertrauten Kitzel. Ihr Pferdeschwanz schwang hin und her, und ihr Rock wippte in der Brise, als sie das Tor hinter sich schloss. Dann wandte das Mädchen sich um, und Sean spürte einen Anflug von Enttäuschung.

Keine Olivia. Ihre kleine Schwester Gabby.

Gabby schob im Gehen ihren Rucksack zurecht. Sie wirkte unsicher, als sie sich im leeren Dock umschaute und sich die Frage selbst beantwortete, bevor sie sie gestellt hatte. Sie blieb vor dem Boot stehen, schaute zu dem älteren Jungen hoch und schien komplett den Mut zu verlieren. Sean tat sie ein wenig leid.

»Hey«, sagte er.

»Hi.« Sie war kaum zu verstehen.

»Suchst du nach Liv? Sie ist nicht hier.«

»Oh«, sagte Gabby enttäuscht. »War sie denn hier?«

»Nein, ich habe sie den ganzen Tag nicht gesehen. Hast du versucht, sie anzurufen?«

»Meine Mutter hat mein Handy konfisziert.« Es schien ihr peinlich zu sein. »Ich muss sie aber finden. Morgen hat Mum Geburtstag. Wir schaffen es sonst nicht mit dem Kuchen.«

»Verstehe, ich nehme an, dass du ohne Geburtstagskuchen lange auf dein Handy warten kannst«, sagte Sean, und Gabby lächelte wider Erwarten. Oft hatte er das nicht gesehen, normalerweise war sie sehr ernst. Sie senkte den Blick und lächelte immer noch ihre Schuhe an, wobei sie für den Bruchteil einer Sekunde ihrer Schwester noch ähnlicher sah als sonst schon. Sean zog sein Telefon hervor und wählte Olivias Nummer. Sie warteten, während es klingelte.

»Tut mir leid.« Er zuckte mit den Achseln. »Sie wird bestimmt auftauchen.«

»Schon okay«, sagte Gabby und runzelte die Stirn. »Wenn sie nicht hier ist, ist sie wahrscheinlich bei den Höhlen.«

Jetzt war es an Sean, die Stirn zu runzeln »Warum sollte sie dort sein?«

Gabby warf ihm einen Blick zu, als wolle sie herausfinden, ob die Frage ernst gemeint war. Als sie das für sich bejahte, lief sie rot an und schlug die Augen nieder.

»Weil sie sich da mit Kieran trifft.«

»Olivia trifft sich bei den Felsen mit Kieran?«

»Manchmal.«

»Warum?«

»Um …« Gabby zuckte die Schultern, lief rot an und blickte fahrig umher. »… Sachen zu machen.«

Sean war erstaunt. »Was für Sachen?«

»Keine Ahnung.«

Sie wusste allerdings genau Bescheid, und mit einem Mal wusste Sean es auch. Was für eine Schmach, dass er es auf diese Weise erfahren musste.

»Hat Kieran es dir nicht erzählt?« Gabbys Neugier war größer als ihre Schüchternheit und sie sah ihm direkt in die Augen.

»Doch, sicher.«

Gabby nickte, glaubte ihm kein Wort, wie Sean merkte. Sie versuchte – wie peinlich –, ihm aus der Verlegenheit zu helfen. Er blickte das Mädchen an, sah den Anflug von Mitleid und fühlte sich gedemütigt.

Sean dachte an Kieran, beziehungsweise daran, wie er auf Partys Olivia ansah, sich aber nie die Mühe machte, mit ihr zu reden. Außer hin und wieder, wenn Sean mit ihr sprach. Dann schien der verfluchte Kieran überall zu sein mit seinen Drinks und seinen Witzen und seinem Gequatsche.

»Egal«, sagte Gabby und blickte in den Himmel. Das Blau war von schmutzigem Grau vertrieben worden, und der Wind pfiff durch die Schiffsmasten. »Ich muss mal los.«

Sean blinzelte. Er hatte fast vergessen, dass sie anwesend war. »Du gehst aber jetzt nicht zu den Höhlen, oder?«

»Nein, aber …«

»Du kannst nämlich nicht einfach da unten rumlaufen, wenn du dich nicht auskennst. Es ist zu unsicher, und das Wetter ist nicht gut.«

»Na ja …« Gabby schien hin- und hergerissen zu sein. »Könntest du vielleicht mitkommen?«

Sean spürte, wie der erste Tropfen Regen fiel. Suchend blickte er das Hafenbecken entlang. Immer noch kein Lebenszeichen von Toby oder Finn. Es war überhaupt niemand zu sehen.

»Bitte!« Der Wind fuhr durch Gabbys Haar und blies es ihr aus dem Gesicht. Sie sah zu ihm hoch, und Sean war sofort entwaffnet. »Unsere Mutter wird in ein paar Stunden zurück sein.«

»Brauchst du dein Handy so dringend?«

»Sie hat es schon fast eine Woche.«

Sean zögerte. Ihre Augen schauten so hoffnungsvoll. Er begutachtete erneut den Himmel. »Okay, aber wir müssen uns beeilen. Die Flut kommt.«

»Echt?« Gabby lächelte ihn jetzt an. »Danke.«

Sean zuckte die Schultern. Sein Bruder war spät dran. Seine Freunde unternahmen offensichtlich etwas ohne ihn. Ihm wurde beim Warten langsam kalt hier draußen. Er spürte einen zweiten Regentropfen. Sie wies auf ihren Rucksack. Er sah schwer aus.

»Lass den hier. Ich schließe ihn in die Trockenbox ein.«

Gabby ließ den Rucksack von den Schultern gleiten, und Sean hievte ihn an Bord. Wegen der Bücher war er schwer und sperrig. Er steckte ihn in die Box und suchte nach Tobys Ersatzschlüssel. Er hing an einem Schlüsselbund, an dem auch eine kleine Taschenlampe befestigt war. Sean verschloss die Box und steckte das Schlüsselbund in die Tasche, während er sich Stift und Papier schnappte. Er schaute nach der Zeit.

16:15 Uhr, kritzelte er. *Ihr wart spät. Bin bei den Höhlen.*

Er befestigte den Zettel an einer Stelle, wo er sicher war, dass Toby ihn sehen würde, nahm sich seine eigene Stablampe und sprang von Bord auf den Steg, wo Gabby auf eine Art lächelte, die ihr Gesicht leuchten ließ.

•

Der Klippenpfad war leer. Sean und Gabby liefen nebeneinander her und stemmten sich ein wenig gegen den Wind. Er war stärker als zuvor, und Sean hoffte halb, dass Kieran und Olivia gleich um die Ecke kommen würden. Dann hätten sie wenigstens alle heimkehren können. Aber der Pfad blieb leer.

Sean warf einen Seitenblick auf Gabby. Sie war größer als ihre Schwester und fast so groß wie Sean selbst. Der Wind zerrte an ihren Kleidern, und sie musste sich ständig die Haare aus dem Gesicht wischen.

»Fast da«, sagte er.

»Super.« Sie lächelte ihn schüchtern an. Sean stellte fest, dass er fast hoffte, dass sie niemanden treffen würden. Oben auf der Felsspitze blieben sie stehen. Das Meer war wild und grün. Es schäumte, als es auf den Sand zustürmte. Der schmale Strand lag verlassen dort unten.

»Können wir runtergehen?«, fragte Gabby.

Sean blickte skeptisch drein. »Deine Schwester findet es vielleicht nicht so gut, wenn wir da auftauchen, weißt du.«

Gabbys glattes Gesicht nahm einen fast heiligen Ernst an. »Selbst schuld. Sie sollte nach Hause kommen und mir helfen.«

Sean musste lachen, und sie lächelte ebenfalls.

»Also gut«, sagte er. »Dann mal los.«

Ihr Lächeln wurde breiter, als Sean ihr den Pfad zeigte. Er führte sie nach unten und hörte die ganze Zeit ihre Schritte hinter sich. Einmal geriet sie ins Stolpern, und er streckte die Hand aus, um ihr zu helfen.

»Sorry«, sagte sie. »Danke.«

Der Strand war schmaler, als es Sean recht war. Dort unten war niemand.

Gabby stand auf dem Streifen Sand, und Sean beobachtete, wie sie sich neugierig im Kreis drehte und den Anblick der gewaltigen Felsen, der klaffenden Höhlenöffnungen und des aufgewühlten Meeres in sich aufsog.

»Wow.« Gabby wandte sich ihm zu. »Ich kann nicht glauben, dass ich noch nie hier unten war.«

Sean grinste. »Ganz nett, was?«

»Ja.« Gabby drehte sich noch einmal im Kreis, den Kopf in den Nacken gelegt, während sie zu den Felsen hochblickte.

»Sollten wir nicht nach Olivia Ausschau halten?«, fragte Sean, und Gabby raffte sich auf.

»O ja. Wo könnte sie sein?«

»Sag du es mir.« Sean zuckte die Schultern. »Ich nehme an, in einer der Höhlen?«

»Olivia!«, rief Gabby über den leeren Strand hinweg, wobei der Wind ihr den Ruf fast aus dem Mund stahl, bevor er ihn verlassen hatte.

»Sie wird dich nicht hören. Da drinnen ist die Akustik sehr schlecht, selbst an einem guten Tag.«

»Oh.« Gabby spähte interessiert in die Nordhöhle. »Vielleicht sollten wir reingehen?«

»Willst du?« Sean warf einen Blick auf das Meer. *Die Überlebenden* standen fest inmitten der Wellen, aber etwas tief, wie er fand. Er wandte den Blick ab. »Gut, aber nur kurz.«

»Okay.« Gabby lächelte ihn wieder an, und ihm wurde warm ums Herz.

Sean ging vor. Der Himmel hing tief, als sie die Schwelle der Nordhöhle überquerten. Sean wies mit seiner Stablampe den Weg und fischte aus seiner Tasche die kleine Taschenlampe heraus, die am Schlüsselbund für die Trockenbox befestigt war.

»Hier, die kannst du haben.«

»Danke.« Gabby nahm sie entgegen und schaltete sie ein. Sie gingen tiefer hinein. Sie hielt sich nah an Sean, der die Wärme ihres Körpers spürte.

»Oh, schau. Kieran«, rief sie plötzlich, und Sean empfand einen Anflug von Enttäuschung. In der Erwartung, die Silhouette seines Kumpels gegen das schwindende Tageslicht im Eingang der Höhle zu sehen, drehte er sich um, aber Gabby wies mit der Taschenlampe auf die Wand, wo Kieran seinen Namen neben die der anderen geritzt hatte. Ash, Finn, Toby.

»Was ist das?«, fragte sie.

»Das ist ihr Ding«, sagte Sean. »Es ist nicht schwer, man braucht nur ein Anglermesser oder einen Schlüssel.« Er wies auf das Schlüsselbund, das an ihrem Handgelenk baumelte. »Es ist ganz einfach.«

Gabby fuhr mit einem Finger über die feuchte Oberfläche. »Aber was hat es zu bedeuten?«

»Nichts Besonderes.« Sean schüttelte den Kopf. »Wenn einer von ihnen eine neue Route ausgearbeitet hat oder der erste war, der diesen Teil der Höhle betreten hat, haben sie es so festgehalten. Außer Ash – der macht sowieso nur, was er will.«

»Aber dein Name steht da nicht.« Gabby wandte sich ihm zu. »Entdeckst du keine neuen Routen?«

»Doch, schon«, sagte Sean wahrheitsgemäß. »Nur ...« Er betrachtete die Namen seiner Freunde und den seines Bruders. »Ich weiß nicht, kommt mir irgendwie albern vor. Die anderen scheinen immer vornweg zu sein.« Plötzlich wurde er verlegen und zuckte mit den Schultern, aber Gabby nickte.

»Ja«, sagte sie leise. »Das verstehe ich.«

Ihre Augen trafen sich. In dem Streifen Tageslicht, der noch durch den Höhleneingang einfiel, sah Sean, dass es zu regnen begonnen hatte. Er hörte das dezente rhythmische Tröpfeln von Wasser auf Fels. Einen Moment lang standen sie einfach nur da, Gabbys Gesichtszüge sanft im Dämmerlicht.

»Ich glaube nicht, dass meine Schwester hier ist.«

»Wahrscheinlich nicht.« Sean blickte über seine Schulter. »Willst du noch ein bisschen tiefer rein oder lieber zurück?«

Gabby hob das Kinn und spähte neugierig in die Gänge.

»Vielleicht ein bisschen weiter?«, sagte sie. »Wer weiß, vielleicht entdecken wir zwei ja was Neues.«

»Ich glaube nicht, dass heute ein guter Tag dafür ist.« Er lächelte. »Aber wir können ja mal gucken, was es zu entdecken gibt. Hier lang.«

Der sandige Boden war schon leicht matschig unter ihren Füßen.

»Deine Schuhe könnten nass werden«, sagte er.

»Schon okay, die trocken auch wieder.«

Er führte sie hinein und blieb stehen, als sie einen Knotenpunkt erreichten, von dem sechs Pfade abgingen. Sean leuchtete mit seiner Stablampe in den ersten Tunnel. Der Boden fiel schon bald ab und lag unterhalb des Meeresspiegels. Der Sand war wassergetränkt. Die Decke des zweiten hing tiefer, aber nach einem ersten Gefälle vermutete er, dass dieser Weg überschaubarer sein würde.

»Ist es für dich in Ordnung, wenn du eine Minute hier wartest?«, fragte er. »Ich müsste mir den Pfad vor uns etwas genauer anschauen. Du hast deine Taschenlampe?«

»Ja.« Gabby hielt den Schlüsselbund hoch, wobei der Strahl vom feuchten Felsgestein reflektiert wurde.

»Okay, ich bin so schnell wie möglich zurück.«

Sean leuchtete mit seiner eigenen Lampe in den Tunnel hinein. Es handelte sich um einen der breiteren Pfade, die sich gut für Anfänger eigneten, zumindest am Anfang. Tiefer hinein – tiefer, als Sean sie führen wollte – teilte sich der Tunnel in Nebenwege auf, die Sean noch nicht erprobt hatte. Die Hauptroute hingegen war problemlos, Sean hatte sie für Toby höchstpersönlich kartographiert. Er lief noch ein Stück weiter, um zu sehen, ob der Tunnel passierbar war und dann noch ein paar weitere Schritte, um ganz sicher zu sein, bevor er umkehrte.

Auf der großen Abzweigung mit den sechs Pfaden war niemand zu sehen. Sean blinzelte in die Finsternis, während seine Stablampe Schatten auf das Felsgestein warf. Wo war Gabby? Hatte sie sich in den wenigen Minuten verlaufen oder – Sean geriet kurz in Panik – er? Er drehte sich im Kreis. Nein, hier war er richtig.

»Gabby?«, rief er.

»Ja?«

Ein Lichtstrahl fiel auf die gegenüberliegende Wand, und er hörte schnelle Schritte aus einem der Tunnel hinter sich. Als er sich umdrehte, stand sie auf dem Knotenpunkt. Sie lächelte.

»Ich bin hier«, sagte sie. »Ich war nur ...«

»Um Gottes willen, bitte nicht herumspazieren.«

»Oh, tut mir leid.«

Sie sah geknickt aus, und Sean tat es leid.

»Schon gut«, beruhigte er sie, und dann setzten beide gleichzeitig zu sprechen an.

»Tut mir leid«, sagte Gabby noch einmal. »Geh du voran.«

»Ich wollte nur sagen, dass wir hier langgehen können, aber wir müssen uns beeilen, wenn du immer noch willst?«

»Ja.« Da war ihr Lächeln wieder. »Gerne, wenn es dir nichts ausmacht.«

»Macht mir nichts aus.«

Sean ging voran in den zweiten Tunnel und wies den Weg mit seiner Stablampe.

»Hier mit dem Kopf aufpassen«, sagte er und streckte fast spontan die Hand aus, um ihr über die Bodensenke zu helfen. Er spürte Gabbys warme Hand und nahm sie fest in die seine.

»Es ist so dunkel«, sagte sie. Eine Sekunde, noch eine, und erst dann ließ sie seine Hand los. Er konnte immer noch die warmen Stellen fühlen, an denen ihre Finger sich berührt hatten.

»Folge dem Licht, dann geht alles klar.«

»Wohin führen diese vielen Tunnel?«, fragte sie, als er sie an der ersten Abzweigung vorbeiführte und die zweite nahm, ein paar Schritte nur, um kurz darauf erneut abzubiegen.

»Überallhin«, sagte Sean.

Sie liefen weiter, bis der Tunnel sich verbreiterte und dank der ansteigenden Decke eine kleine Schneise bildete. Hier blieb Sean stehen. Inzwischen umspielte Wasser seine Füße.

»Wir gehen besser nicht weiter. Das schlechte Wetter zieht jetzt wirklich auf.«

»Ist in Ordnung.« Im warmen Licht der Taschenlampe leuchtete Gabbys Gesicht. »Das ist wirklich cool. Danke, dass du es mir gezeigt hast.«

»Gerne.«

Felsgestein umschloss sie, als sie nah beieinander in der Mitte standen. Die Geräusche des Regens und der See drangen von außen herein und hallten von den Wänden wider, ein friedlicher Rhythmus, der durch die komplexe Wabenstruktur der Höhle verstärkt und dann wieder gedämpft wurde. Gabby lief ein paar Schritte und studierte etwas an der Wand, während Sean ihr zusah.

Sie hätte – fast – eine der *Überlebenden* sein können, wie sie da mit dem Rücken zu ihm stand, umfangen vom schwachen Licht und im Salzwasser, das ihre Füße umspülte. Dann bewegte sie sich. Nur eine winzige Verlagerung des Gewichts, ein Ein- und Ausatmen, aber ausreichend, um die Illusion zu zerstören, bevor sie sich verfestigt hatte.

Gabby beäugte immer noch etwas, was er im Dunkeln nicht ausmachen konnte. Irgendwo brach sich eine Welle, und Salzwasser brandete frisch und kalt gegen Seans Beine und Gabbys nackte Waden. Sean beobachtete, wie sie sich nach unten beugte und mit der freien Hand ihren Rock schürzte. Die Luft war von feinem Sprühnebel erfüllt, und das T-Shirt klebte ihr an Rücken und Taille.

Die See schwoll erneut an, und diesmal war der Sog der Unterströmung so stark, dass er einen Schritt nach vorne machte. Sie nahm keine Notiz davon, als sie sich, Kopf gesenkt, Silberkette glänzend vor ihrem Schlüsselbein, vorbeugte, um etwas im Wasser genauer ins Visier zu nehmen. Sie ließ ihren Rocksaum fallen, als das Wasser sich wieder zurückzog, und hob eine Hand, um ihren Pferdeschwanz nach hinten zu werfen, der ihr über die Schulter gefallen war. Er war schwer von der Gischt. Eine Strähne hatte sich in ihrem Mundwinkel verfangen, und sie wischte ihn zur Seite, wobei sie mit den Fingerspitzen über ihre Lippen fuhr.

Sean spürte eine Enge in Brust und Schultern.

Wenn du es tun willst …

Ein Gedanke wie ein Flüstern unter dem Anrauschen einer weiteren Welle. Und wieder der Sog der Unterströmung. Er kämpfte dagegen an, kurz, machte einen weiteren Schritt auf sie zu. Sie hörte ihn jetzt oder spürte ihn zumindest. Eine Störung des natürlichen Rhythmus, der sie umgab.

Wenn du es tun willst …

Sie sah auf. Er atmete tief die salzgesättigte Luft ein.

Dann tu es jetzt.

Sean straffte sich, trat vor sie hin, nahm ihre Hand in die seine und schloss die Augen.

Seine Lippen streiften die ihren, eine Empfindung, die sich, kaum dass er sie gespürt hatte, wieder verflüchtigte. Sie war zurückgewichen, bevor er es überhaupt mitbekam. Mit kribbelnden Lippen blickte er an sich hinab, in der Hand nichts als kalte Luft. Er vernahm immer noch ihren Atem, aber jetzt klang er anders.

Die Zeit zog sich hin, lang und quälend. Sean konnte einfach nicht aufblicken. Als er immer noch kein Wort herausbrachte, zwang er sich, den Kopf zu heben und ihr in die Augen zu schauen. Sie lächelte nicht mehr im Licht der Taschenlampe.

Ihr Gesichtsausdruck zeigte Schock und noch etwas anderes. Er brauchte unnötig lange, um es zu erkennen, wünschte sich jedoch sofort, er hätte es nie gesehen. Peinliche Verlegenheit. Und es war nicht nur ihr peinlich, wie er voller Scham feststellte. Gabby schämte sich für ihn. Sean suchte verzweifelt nach Worten, irgendetwas, aber die Demütigung schnürte ihm die Kehle zu. Er stand dort in der unerträglichen Stille und fühlte, wie etwas Boshaftes sich allmählich in ihm entfaltete.

»Sean …«

»Was?« Das Wort klang hart in seinen Ohren und angriffslustig. Er war erleichtert. Einen schrecklichen Moment lang hatte er gefürchtet, seine Stimme würde sich überschlagen.

»Nichts, es tut mir wirklich leid …«, setzte Gabby an.

»Wofür? Mir doch egal.« Wieder dieser harte Ton. Sean wollte es mit einem Lachen abtun, aber es kam verunglückt heraus. Er sah, wie Gabby ein wenig zurückwich, und diese winzige Bewegung machte ihn wütend.

»Tut mir leid.« Sie hob einen Finger und berührte nervös

ihre Lippen. »Ich wusste nicht, dass du …« Sie schluckte. »Ich hätte nie …«

Wie jung sie aussah, wurde Sean schneidend klar bewusst.

»Um Himmels willen«, sagte er, weil ihm sonst nichts einfiel. »Sei nicht so ein Baby.«

Gabby kniff gekränkt die Augen zusammen. Sie wich noch einen weiteren Schritt vor ihm zurück.

»Ich meine, du bist diejenige, die mich gebeten hat, dich hierherzubringen.« Seans Stimme war kalt.

»Ich habe meine Schwester gesucht.«

»Schwachsinn. Erzähl nicht so einen Quatsch.«

»Es stimmt.«

»Wirklich? Du bist nicht hier um ›Sachen zu machen‹?« Er äffte Gabby so präzise nach, dass sie zusammenfuhr.

»Nein, ich wollte nur die Höhlen sehen und meine Schwester finden.«

Und wie sie das sagte, wusste Sean, dass es stimmte. Die Demütigung, dass er auch nur annehmen konnte, dass sie mehr wollte, nahm ihm den Atem.

»Ich muss Olivia finden«, sagte Gabby noch einmal. Sie atmete tief ein. »Olivia!« Ihre Stimme zitterte, als sie nach ihrer Schwester rief. Sie weinte jetzt, und kindliche Tränen flossen über ihre Wangen. Keine Antwort. »Olivia!« Sie wandte sich an Sean. »Ich muss jetzt nach Hause. Bitte!«

Sean starrte sie an, und in seinem Kopf flackerte ein schreckliches Bild von Olivia und Kieran auf, wie sie gemeinsam aus einem der dunklen Gänge traten und ihn hier mit diesem weinenden Mädchen vorfanden. Dem Gedanken folgte sofort eine weitere Erkenntnis.

Sie würden es herausfinden.

Kaltes Grauen fuhr ihm in die Glieder. Was immer er jetzt tat oder nicht tat, sie würden es erfahren. Und auch Ash. Und jede einzelne von Olivias Freundinnen und alle anderen auch. Jeder, mit dem sie zur Schule gegangen waren, jeder, den sie im Ort kannten. Sie alle würden erfahren, wie Sean es bei Olivias kleiner Schwester versucht hatte und wie peinlich es in die Hose gegangen war.

»Bitte.« Gabbys Gesicht war tränennass.

»Halt einfach mal die Klappe und lass mich nachdenken.« Aber das konnte er nicht. Ihm fiel nichts ein, um zu verhindern, was auf ihn zukommen würde. Kieran und Ash würden brutal sein. Sie würden ihn in Stücke reißen, sich ununterbrochen schlapplachen. Sie würden es ihn sein ganzes Leben lang spüren lassen. Olivia würde nicht mehr mit ihm reden. Seine Eltern würden es herausfinden und Toby auch. Toby würde ihn ebenfalls auslachen.

»Bitte, ich will nach Hause.«

»Du lieber Himmel!« Sean schüttelte den Kopf. Sein Herz raste, weil er wusste, was ihm außerhalb dieser Höhle bevorstand. »Dann hau doch einfach ab, Gabby.«

»Ich kenne den Weg nicht.«

Vielleicht könnte er Evelyn Bay verlassen. Dieser Gedanke leuchtete vor ihm auf wie ein Rettungsanker. Vielleicht könnte er in einen anderen Landesteil ziehen. Ein Hoffnungsschimmer. Vielleicht konnte er das tun. Konnte er? Er versuchte, einen klaren Gedanken zu fassen.

»Der Boden ist nass. Meine Beine werden nass. Das Wasser kommt rein. Bitte.«

»Verdammt nochmal, Gabby.« Aber sie hatte recht. Sean blickte nach unten und stellte fest, dass das Wasser seine Beine hochstieg, und dieses Gefühl brachte ihn in die Gegenwart zurück.

»Ja, okay, folge mir.« Sean drückte sich an ihr vorbei, wobei sein Handrücken den ihren streifte. Er riss ihn weg, als hätte er sich verbrannt. »Beeil dich!«

Genau das würde er tun. Er würde Evelyn Bay verlassen. Er würde seinen Kram packen, einen Flug buchen und an einen anderen Ort ziehen. Er würde neue Freunde finden, neue Leute kennenlernen, und das hier wäre irgendwann vergessen. Diese Gedanken kreisten unablässig in seinem Kopf, als er sich durch die Tunnel tastete. Das Wasser stand höher als vermutet. In einer Hand hielt er die Stablampe, während er mit der anderen die Decke befühlte, die sich hob und senkte. An der Abzweigung war das Wasser schon schenkelhoch, und er musste den Kopf einziehen, um voranzukommen.

»Warte.« Hinter sich hörte er ein Plätschern. »Sean, warte.« Gabbys Stimme klang gedämpft und schien aus keiner bestimmten Richtung zu kommen.

»Hier lang«, rief er, blieb aber nicht stehen. Er konnte sie nicht ansehen. Er konnte gerade noch ihr Plätschern hören, während draußen der Regen niederprasselte.

Es goss in Strömen, als er ans Tageslicht trat, das mehr nach Nacht aussah, und er war erleichtert, dass der Regen sein Gesicht peitschte und so die Tränen überspielte, die ihm in den Augen standen. Sean verlangsamte seinen Schritt, als er den Punkt erreichte, wo sich normalerweise der Strand befand, und drehte sich wider besseres Wissen um.

»Hier lang«, rief er noch einmal in den Höhleneingang.

Und er hörte – er war sicher, dass er es unter dem Heulen des Windes und dem Lärm des klatschenden Regens und rauschenden Ozeans hörte – eine Bewegung in der Dunkelheit und anschließend Wasser plätschern. Gabby war gleich hinter ihm, irgendwo.

Er konnte sie nicht ansehen. Nicht hier draußen, ganz gleich, wie schnell es dunkel wurde. Er konnte den Gedanken an diesen schrecklich langen Heimweg nicht ertragen, gemeinsam bis zum Yachthafen, jeder Schritt qualvoll und schambeladen.

»Hier lang«, rief Sean erneut.

Dann bog er ab und watete durch das Wasser zum Pfad und zu den Klippen. Er musste sich beeilen. Der Sturm zog auf.

KAPITEL 39

Kieran starrte Sean an. In seinem Kopf hämmerte es. Das Meerwasser strömte in die Nordhöhle hinein und wieder heraus und schäumte weiß gegen den Felsen. Kieran blickte in ihren leeren Schlund, und ihm wurde übel.

»Ich dachte, sie wäre hinter mir.« Seans Stimme war leise. Die Wellen umspülten jetzt seine Beine. »Sie hatte eine Taschenlampe. Ich dachte, sie folgt mir nach draußen.«

Kieran wusste nicht, ob Sean die Wahrheit sagte oder sich erfolgreich eingeredet hatte, dies sei die Wahrheit. Kierans Gedanken überschlugen sich beim Versuch, Ordnung in die Dinge zu bringen. Er sagte das Erste, was ihm in den Sinn kam.

»Haben Ash und ich dich wirklich so schlimm aufgezogen?« Sean schüttelte den Kopf. »Es ist nicht euer Fehler.«

Kieran musterte ihn über das Wasser hinweg. »Sean? Es tut mir leid. Tut mir wirklich leid. Das hattest du nicht verdient. Nicht von Ash und ganz bestimmt nicht von mir.«

Sean rieb sich die Augen. Schließlich öffnete er den Mund. »Ich bin ziemlich sicher, dass Toby und Finn meinen Zettel gefunden haben.«

Kieran dachte an den Zettel, den Sean eilig gekritzelt hatte, während Gabby am Kai wartete.

16:15 Uhr. Ihr wart spät dran. Bin bei den Höhlen.

»Nachdem ich hier raus war, bin ich direkt zum Hafen gelaufen«, sagte Sean. »Ich dachte, Gabby würde mir folgen, um ihren Rucksack aus dem Boot zu holen. Aber das Boot war nicht da. Ich hatte ein paar verpasste Anrufe von Toby auf meinem Telefon, aber der Empfang war schon ziemlich gestört. Das Wetter war …« Er brach ab. »Es war schlecht.«

Kieran wusste, wie schlecht das Wetter gewesen war. Er erinnerte sich genau.

Sean schwieg ebenfalls einen Moment lang. »Der Sturm war so viel schlimmer, als ich erwartet hatte. Ich weiß, dass Toby sich Sorgen wegen mir gemacht hat. Finn auch.« Er atmete aus. »Ich glaube, sie haben nach mir gesucht.«

Kieran trat einen Schritt vor. »Vielleicht sind sie rausgefahren, weil sie nach dir gesucht haben«, hörte er sich sagen, »aber der Notruf wurde wegen mir abgesetzt.«

Sean schüttelte den Kopf. »Sie sind nicht wegen dir rausgefahren.«

Das Wasser leckte jetzt an Seans Schenkeln, aber er bewegte sich immer noch nicht, starrte nur mit einem unergründlichen Gesichtsausdruck auf den graugrünen Ozean.

»Was hast du gedacht, als Gabbys Rucksack angespült wurde?«, wollte Kieran wissen.

»Ich war erleichtert. Ich wusste nicht, wie schwer das Boot beschädigt war, hatte also Angst, dass sie ihren Rucksack in der Box finden würden, aber ich nehme an, dass er beim Unfall weggespült wurde.«

Das war nicht der Fall, wie Kieran mittlerweile wusste, aber mit Sean so tief im Wasser vor sich wollte er darauf nicht weiter eingehen.

»Gabbys Name war in aller Munde, sobald Trish begriff, dass sie vermisst wurde«, fuhr Sean fort. »Ich hatte solche Angst, als sie nicht wieder auftauchte. Dann hatte ich Angst, dass sie wieder auftauchte und allen erzählen würde, was ich getan hatte. Aber als ihr Rucksack gefunden wurde, hörte es irgendwie auf. Die Leute hatten andere Sorgen. Toby und Finn waren tot, du warst aus dem Krankenhaus raus, und die Beerdigungen standen an. Danach war alles vorbei, die ganze Sache mit

Gabby …« Sean öffnete beide Hände, Handflächen nach oben. »Es war eigenartig. Irgendwie fühlte es sich an, als wäre es nie passiert.«

»Bis zu Bronte?«

Sean schloss die Augen, als habe er Schmerzen. »Ja, bis dahin.«

KAPITEL 40

Der Strand vor Fisherman's Cottage war dunkel, selbst im Mondlicht. Die Wärme des Tages hatte sich schon vor Stunden mit der Sonne verabschiedet, und dieser Küstenabschnitt war leer. Sämtliche Badegäste waren längst weg.

Sean blieb vor dem Cottage stehen und war erleichtert, dass die Lichter im Haus noch brannten. Es war schon nach halb zwölf, aber er schloss von den sich bewegenden Schatten drinnen, dass noch jemand wach war. Er wischte sich den Sand von den Füßen und zog wieder die Schuhe an, bevor er über den seitlichen Weg zum Vordereingang lief. Er wollte nicht an die Hintertür klopfen, damit Bronte keinen Herzanfall bekam.

Sean klingelte und hörte Schritte im Flur. Die Haustür wurde geöffnet, und ein Lichtstreifen fiel auf den Weg. Brontes Gesicht erschien in der Lücke. Ihre leicht argwöhnische Miene verwandelte sich in Überraschung, als sie Sean erblickte.

»Oh, hallo, ich dachte …«, setzte Bronte an.

»Tut mir leid«, sagte er fast gleichzeitig.

Sie hielten beide inne.

»Sorry, dass ich so spät aufkreuze«, versuchte Sean es erneut.

»Nein, ist schon in Ordnung.« Die Tür wurde weiter geöffnet. »Ich dachte, es wäre Liam. Er ist gerade weggegangen.« Bronte blickte über Seans Schulter, als hätte sie halb erwartet, seinen Neffen irgendwo da draußen noch herumlungern zu sehen. Sie sah ein wenig erleichtert aus, dass nichts von ihm zu sehen war. Die Straße war leer. »Was bringt dich hierher?«

»Ich wollte dich fragen, ob ich meine Stablampe zurückhaben könnte? Die gelbe wasserdichte, die Ash dir gegeben hat?«

»Oh, natürlich.« Die Tür wurde nun ganz geöffnet, und Bronte trat beiseite, um ihn einzulassen. Sie trug noch ihre orangefarbene Arbeitskleidung, hatte aber ihr Haar gelöst. »Tut mir leid, dass ich sie so lange behalten habe. Mir war nicht klar, dass du sie brauchst.«

»Kein Problem, aber ich habe den Wetterbericht gesehen, und es sieht so aus, als könnte es für eine Weile morgen meine letzte Chance sein, bis unten ins Wrack zu kommen.« Sean folgte ihr ins Haus. Es roch kühl und frisch. »Da kommt bald eine Gruppe Norweger, und ich muss dort rein, solange es noch geht.«

»Kein Problem, sie ist hier.« Bronte führte ihn durch den Flur in Richtung des Lichts, das aus ihrem Schlafzimmer drang. »Olivia hat sich wieder über die Unordnung beklagt, also habe ich sie weggeräumt.« Sie lächelte Sean an. »Erzähle ihr nicht, dass ich das gesagt habe, das macht die Sache nur schlimmer.«

»Kommt ihr beiden nicht miteinander klar?«

»Doch, das geht schon.« Bronte zuckte die Achseln. »Ist nicht wirklich wegen mir, dass sie sauer ist.«

»Nicht?«

Sie lachte. »Na ja, das rede ich mir jedenfalls ein. Aber ich weiß, dass sie ihre Arbeit hasst, und irgendwas mit ihrer Mutter stimmt nicht. Offensichtlich ist da einiges im Argen. Wenn ich weg bin, lässt sie vielleicht Ash hier einziehen. Es würde ihr besser gehen, wenn er in ihrer Nähe ist.«

»Vielleicht, aber ich bin nicht so sicher, ob sie das vorhaben.« Bronte blickte ihn überrascht an. »Ash auf jeden Fall.«

»Hat er etwas gesagt?«

»Nein, aber er ist offensichtlich total verliebt in sie«, sagte sie lächelnd. »Er will wirklich was Festes, wenn sie sich nur entscheiden könnte, wie sehr sie ihn mag.«

Sean musste ebenfalls lächeln, weil sie so enthusiastisch klang. »Und du nimmst also an, dass ich mich über kurz oder lang nach einem neuen Mitbewohner umschauen muss?«

»Tut mir leid, sieht ziemlich danach aus. Ich meine, ich verstehe, dass Ash in Melbourne oder so nicht unbedingt Livs Typ wäre, aber eigentlich passen die beiden ziemlich gut zusammen, wenn sie sich mal ein bisschen entspannen.«

Bronte ging ums Bett herum zu ihrem Tisch, der über und über mit Arbeitsmaterial bedeckt war.

Sean drückte sich in der Türöffnung herum, und Bronte winkte ihn mit einer Hand herein, während sie mit der anderen in einer Schublade wühlte.

»Setz dich«, sagte sie. »Sie muss hier irgendwo drin sein.«

Ihm blieb nur das Bett, und er schob den offenen Laptop beiseite, als er sich auf die Kante hockte. Er blickte zum Fenster hinter dem Tisch. Die Jalousie war offen, und er konnte den schwarzen Ozean sehen. Er zog die Stirn in Falten.

»Hey, hör zu, bist du sicher, dass du die Taschenlampe nicht mehr brauchst? Diese wasserdichte Stablampe wäre schon gut, aber ich habe noch eine andere zu Hause, und du könntest …«

»Nein, wirklich, das ist in Ordnung.«

»Was ist mit den Geräuschen, die du gehört hast? Fühlst du dich sicher, oder …«

»Doch, absolut, aber vielen Dank.« Bronte warf einen Blick zum Fenster, nun doch leicht verunsichert. »Es ist wahrscheinlich nur der Mann ein Stückchen weiter die Straße hoch. Kennst du Brian, den dementen Mann? Ich habe kürzlich seiner Frau beim Aufräumen ihres Schuppens geholfen, und es ist ihr rausgerutscht, dass er manchmal ausreißt. Vielleicht erzählst du es nicht weiter, es schien ihr ein bisschen unangenehm zu sein. Müsste es allerdings nicht.« Bronte strich sich das Haar aus der Stirn, während sie sich wieder der Schublade zuwandte. »Meine Großmutter hatte das auch. Ich wollte eben im Surf and Turf vor den anderen nichts sagen, denn Brian ist

Kierans Vater, oder? Es fühlte sich ein bisschen zu persönlich an … oh.« Sie richtete sich mit einem Lächeln auf und präsentierte ihm die Stablampe. »Da ist sie ja. Wie läuft es denn so mit dem Wrack?«

»Gut, fast alles vorbereitet für die Saison.« Sean streckte die Hand aus. »Danke, trotzdem gut, sie zu haben.«

»Nein, danke dir fürs Ausleihen. Und dafür, dass du mich letztens auf dem Boot mitgenommen hast. Die Fotos sind echt gut geworden.«

»Welche? Die von den *Überlebenden*?«

»Ja, willst du mal sehen?« Bronte setzte sich neben ihn. Die Bettfedern quietschten, als sie näherrückte und ihren Laptop so platzierte, dass sie beide gut sehen konnten. Ihr Handrücken berührte den seinen, als sie die Tastatur bediente. »Die hier.«

»Ja, wow!« Sean beugte sich vor. Er hatte die Figurengruppe tausendmal vom Wasser aus gesehen, aber dennoch waren die Bilder beeindruckend. Ein frischer Zugang und farblich sehr intensiv. »Die sind wirklich gut.«

»Danke, ich bin ziemlich zufrieden«, rief Bronte. »Ohne dich hätte ich sie nicht machen können.«

Sie rutschte ein wenig auf dem Bett herum, während er sich durch die nächste Bilderfolge klickte. Sean sah zwar weiterhin *Die Überlebenden*, aber diesmal knöcheltief im Wasser vor blauem Himmel, im Vordergrund ein schmaler Streifen Strand. Er erkannte den Blickwinkel sofort.

»Warst du bei den Höhlen?«

»Ja, ich wollte sie von beiden Seiten haben.« Bronte bediente erneut die Tastatur, und ein weiteres Bild erschien. »Liam hat mir mal erzählt, dass er als Kind zusammen mit dir mehrfach dort war, bevor die Absperrung errichtet wurde. Ich habe mir also gedacht, dass es so schwer nicht sein kann, nach unten zu kommen. Ist es auch nicht, oder?« Sie zog die Nase kraus. »Der Weg ist immer noch ziemlich gut zu erkennen.«

Sean furchte die Stirn »Du musst da unten vorsichtig sein. Die Flut kann unverhofft einsetzen.«

»Ja, ich weiß.« Ihre Augen waren auf den Laptop gerichtet. »Ich gehe nur bei Ebbe. Ist es allerdings wert. Sieh dir nur die guten Motive an, die ich gefunden habe.«

Der Eingang zur Nordhöhle erschien, wobei es auf dem Bildschirm dunkler und dunkler wurde, je tiefer sie eindrang. Sean erkannte die ersten Abzweigungen, dann wurde die Route weniger deutlich. Verständlich, dass sie mit den Fotos so zufrieden war. Sie gaben einem das Gefühl, mitten in der Höhle zu stehen.

»Schau.« Bronte wies mit dem Finger. »Ist das nicht toll? Das ist eines meiner Lieblingsfotos.«

Er sah das Close-Up einer Flechte auf einem Felsen. Sie war erstaunlich schön.

»Hübsch«, sagte er. »Wo war das?«

»Ich kann mich nicht genau erinnern.« Bronte legte die Stirn in Falten »In der Nähe dieser zentralen Stelle in der ersten Höhle, von der gleich mehrere Tunnel abgehen. Erkennst du sie nicht?«

Sean schüttelte den Kopf. »Den Knotenpunkt schon, aber nicht genau die Stelle.«

»Du musst da allerdings mal gewesen sein.« Ihre Augen blieben auf den Bildschirm gerichtet. »Dein Name steht auf der Wand. Siehst du?«

Sie klickte ein Bild an, und dann sah Sean es. Auf einer dunkel verschwommenen Aufnahme eines Tunnelabschnitts, den er nicht wiedererkannte, stand in Großbuchstaben, die nicht von ihm stammten, der Beginn seines Namens eingeritzt.

»Du kennst die Stelle nicht?« Bronte blickte ihn lächelnd von der Seite an. »Hoffentlich war es wenigstens für deine Freundin unvergesslich.«

Das Zimmer schien plötzlich zu klein und zu groß zu sein, und das Bett schwankte wie ein Boot. Er schloss kurz die Augen, und als er sie wieder öffnete, hatte immerhin die Bewegung aufgehört.

»Und um welches Mädchen handelt es sich?«, fragte er, schockiert darüber, wie normal seine Stimme klang. Seine Zunge fühlte sich schwer und trocken an.

»Wow, du erinnerst dich wirklich nicht?« Bronte lachte. Sie klang aber nicht entsetzt. »Abigail oder so? Wie auch immer, es war so etwas wie ›Sean und soundso‹, und ich glaube, es gab sogar ein Datum.« Sean hielt den Atem an, als Bronte sich weiter durch die Fotos klickte. Nichts als Felsen und Flechten. Sie lehnte sich zurück. »Es war ziemlich dunkel. Sieht so aus, als hätte ich es nicht aufgenommen.«

»Erinnerst du dich noch an das Datum?« Seine Worte hörten sich in seinen Ohren falsch an.

»Nein, ich glaube allerdings, es ist lange her. Vielleicht zehn Jahre oder so?« Sie zuckte die Achseln. »Nächstes Mal bringe ich einen besseren Blitz mit.«

Sean blickte auf den Bildschirm und sah nichts als Gabby Birch. Gabby, wie sie geduldig auf dieser Kreuzung wartete, während er einige Schritte vorausging, um die Route zu erkunden. Der Schlüssel, der an ihrer Taschenlampe baumelte, während sie die Umgebung in sich aufnahm, die – zumindest für sie – neu war. Gabby, die gerne auf ihn wartete und dankbar war, hier zu sein. Gabby, umgeben von unberührtem Felsgestein mit einem Schlüssel in der Hand und einer aufkeimenden Idee im Kopf. Gabby, die eine Stelle fand, um ihren Namen einzuritzen, wie es die anderen vor ihr auch gemacht hatten. Die Seans Namen einritzte. Vielleicht, um den Tag zu markieren, an dem sie die Höhlen zusammen erkundet hatten. Vielleicht als Dankeschön. Vielleicht, weil sie in dem Moment geglaubt hatte, dass sie fast so etwas wie Freunde wären.

Um nicht das Gesicht in den Händen zu vergraben, saß er ganz still da und erlaubte sich keinerlei Bewegung. »Gehst du noch einmal hin?«

»Ja, ganz bestimmt.« Bronte nickte. »Es ist wirklich irre. Da ist bestimmt eine ganze Ausstellung drin.«

»Meinst du, du wirst die Stelle finden?«

»Ja, das werde ich. Nicht aus dem Gedächtnis, aber wenn ich erst mal vor Ort bin.«

Sie studierte noch ein paar Schnappschüsse. Sean saß mit blinden Augen neben ihr. Schließlich ergriff er das Wort.

»Ist wahrscheinlich besser, nicht noch einmal dorthin zu gehen. Du könntest eine Geldstrafe bekommen.«

Sie lächelte. »Das riskiere ich. Ich will auf die Kunstschule in New York. Da herrscht große Konkurrenz, sie nehmen nur wenige Studenten pro Jahrgang. Ich brauche etwas wirklich Gutes als Ausstellungsthema.«

»Und das ist es?« Sean ließ den Blick über ihren Arbeitstisch mit den Schachteln und Stiften schweifen. Seine Stimme hatte einen eigenartigen Klang, aber sie schien das nicht zu bemerken. »Ich dachte, in der Hauptsache zeichnest du?«

»Stimmt schon, aber das hier ist für die Fotogruppe nächstes Semester. Jeder bekommt zeitlich begrenzt einen Raum in der Staatsgalerie, und zusätzlich gibt es noch verschiedene nationale Wettbewerbe. Ich werde wahrscheinlich daran teilnehmen.« Sie tippte auf die Tastatur. »Das Innenleben dieser Höhlen wird hinhauen. Es ist die Art von Arbeit, die Interesse weckt.«

Sean konnte sich selbst auf dem Bett sitzen sehen, gespiegelt und verzerrt im dunklen Fenster. Draußen rauschte das Meer.

»Geh bitte nicht noch einmal nach da unten, Bronte.«

»Warum?« Sie wandte sich ihm zu, wobei ihr Gesicht ihm nah kam. Sie war – er konnte es kaum ertragen – von seiner Sorge gerührt.

»Es ist gefährlich.«

»Ich werde vorsichtig sein.« Sie lächelte ihn an. »Und du bist ja offensichtlich auch gesund rein- und wieder rausgekommen.«

Der Ozean war ruhig, doch als Sean die Stimme wieder erhob, konnte er sich über dem Geräusch der Wellen selbst kaum hören.

»Das stimmt.«

Er schaute erneut auf das Fenster. Er konnte es nicht glauben, als er registrierte, wie er seine Füße auf den Boden setzte. Das Bett quietschte, als er sich erhob. *Setz dich hin.* Der Gedanke war wegen des Meeresrauschens kaum zu verstehen. *Bitte setz dich hin.* Sean blieb stehen. Er ging zum Fenster. Legte seine Stablampe zurück auf den Tisch neben die Drahtskulptur eines Flusskrebses.

»Der Mond sieht heute toll aus.« Das war nicht seine Stimme. Sein Mund formte Worte, die von einem Ort tief in seinem Innersten kamen, von dessen Existenz er nichts gewusst hatte. »Das Licht wirft diese wirklich schönen Muster auf die Wasseroberfläche. Ist dir das aufgefallen?«

Er schaffte es nicht, sich umzudrehen, sah aber Brontes Spiegelbild im Fenster, das ihn beobachtete.

»Wirklich?«, sagt sie. »Nein, habe ich nicht gesehen.«

»Von hier aus erkennt man es nicht so gut.« Sean blickte auf die See, sehr lange, wie es sich anfühlte, wusste aber, dass das nicht zutraf. In Wahrheit brauchte er nicht lange, um sich zu entscheiden. Irgendein Teil seines Ichs hatte diese Entscheidung schon in dem Moment getroffen, als er das Foto sah. »Möchtest du mit zum Strand kommen. Ich zeige es dir.«

Bronte blickte ihn vom Bett aus an. Er drehte sich um und sah den Abdruck auf der Bettdecke, wo er neben ihr gesessen hatte. Sie saß immer noch dort, ihre Fingerspitzen lagen leicht auf dem Bett, wo er eben gewesen war. Erwartungsvoll vielleicht. Als er sich nicht bewegte, zuckte sie die Achseln und lächelte.

»Klar. Dann mal los.«

Lag da ein Hauch von Enttäuschung in ihrer Stimme? Sean konnte sie kaum verstehen, die See war jetzt laut genug, um sie zu übertönen. Sie erhob sich direkt vor seiner Nase, und bevor er es sich anders überlegte, ging er an ihr vorbei zur Tür.

»Toll«, sagte er. »Vergiss nicht deine Kamera.«

KAPITEL 41

Tausend Gedanken schossen Kieran durch den Kopf, aber das Einzige, was er klar vor sich sah, war die Art, wie das Wasser Sean umfloss. Die Dünung stand ihm bis zur Hüfte und stieg weiter. Sein Freund rührte sich immer noch nicht. Kieran ging einen weiteren Schritt den Klippenpfad hinab, blieb aber stehen, wo der trockene Boden endete.

»Komm da raus.«

Sean hielt sein Gesicht mit beiden Händen bedeckt, und Kieran sah, dass er weinte.

»Komm raus, Kumpel.«

Keine Antwort. Das Wasser schwoll an.

»Ich kann Gabbys Einkerbung nicht finden«, sagte Sean schließlich. »Ich habe danach gesucht, aber ich weiß nicht, in welchem Tunnel sie sich aufgehalten hat. Die Polizei wird die Einkerbung jedoch finden. Oder sonst jemand eines Tages.«

»Sean, Kumpel. Das ist in Ordnung, ja?« Kieran bemühte sich verzweifelt, seine Stimme ruhig zu halten, aber es war nicht leicht. »Du kannst es erklären. Ein guter Anwalt wird ...«

»Das spielt keine Rolle.« Sean hätte fast gelacht. »Jeder wird es wissen, nicht wahr? Liam. Und Olivia. Und Trish. Du.« Seine Stimme wurde leiser. »*Ich* weiß es.«

»Okay, ich verstehe das. Aber komm aus dem Wasser, bitte. Sofort. Ich weiß, dass du die Flut spüren kannst, Sean.« Kieran traute sich nicht, die See genauer in Augenschein zu nehmen, er hatte Angst davor, festzustellen, wie hoch das Wasser

Die Überlebenden umspülte. »Du weißt, was das da draußen bedeutet.«

Sean wischte sich mit dem Handrücken über die Augen. Als er die Hand sinken ließ, schaute er weder Kieran noch den Pfad an. Er starrte auf die Höhlen. »Ich wusste auch damals, was die Flut bedeutete.«

»Nein, Kumpel …« Kieran betätigte schon den Notruf auf seinem Handy. Er machte noch einen Schritt nach vorn und stand jetzt im Wasser. Er schrie seinen Standort ins Telefon und wandte sich wieder Sean zu, der reglos dastand. Kierans Herz machte mit jeder Welle, die anbrandete, einen Sprung. »Sean, komm raus.«

Keine Antwort.

»Sean, bitte.« Die Flut stieg jetzt sehr schnell, und Kieran schrie, damit er auch sicher gehört wurde. »Wenn du jetzt reinläufst, kommst du nicht wieder raus.«

Immer noch keine Antwort, nur das Ansteigen des Wassers und die Schreie kreisender Vögel. *Die Überlebenden* blickten weiterhin in die andere Richtung. Kieran kontrollierte sie. Sie standen jetzt tief im Wasser.

»Ich kann dir nicht folgen, Sean.« Selbst als er dies rief, machte er noch einen weiteren Schritt ins Wasser. »Ich werde nicht da reinkommen und versuchen, dich aufzuhalten. Jemand wird kommen, aber das werde nicht ich sein.« Die eiskalten Wellen wuschen gegen seine Beine. »Das kann ich Mia und Audrey nicht antun.«

Sean reagierte nicht. Seine Qualen hatten kalter Ruhe Platz gemacht, was Kieran erschaudern ließ.

»Sean?«

Endlich wandte sein Freund den Blick von den Höhlen ab und drehte sich um. Er sah Kieran an.

»Wie hast du das geschafft?« Seans Stimme war unter den anbrandenden Wellen und dem Geschrei der Vögel kaum zu hören. »Wie hast du nach dem Sturm mit dieser Schuld weitergelebt?«

»Wie? Ich weiß es nicht, ich …« Kierans Gedanken rasten, und dennoch kannte er die Antwort. Natürlich kannte er sie. Mia und Audrey. Er blickte Sean durch die Gischt an. »Ich hatte Glück. Ich habe etwas gefunden, das mir wichtiger war, Freund.«

Sean schien das zu akzeptieren. Er wandte sich wieder den Höhlen zu, immer noch erschreckend ruhig.

»Hör zu, kannst du nicht das tun, worüber du gesprochen hast?«, versuchte Kieran es verzweifelt. »Das geht doch? Einfach einen Kreis drumherum ziehen und vorgeben …«

»Zu spät.«

Und endlich bewegte Sean sich. Er atmete tief ein, machte dann einen Schritt Richtung Nordhöhle.

»Warte.«

Sean blieb nicht stehen. Er drehte sich nicht um.

»Bitte warte.« Kieran stand inzwischen im Wasser. Er würde ihm nicht folgen, sagte er sich selbst noch, als er schon tiefer hineinwatete und spürte, wie der weiche Sand unter seinen Füßen nachgab. »Bitte …«

Sean ignorierte ihn. Er bewegte sich jetzt schnell, pflügte durch das Wasser.

»Warte!«

Er wartete nicht, drängte voran, während Brecher ihn umspülten. Am Eingang zur Höhle schien er kurz zu zögern, dann ließ er den Kopf hängen und folgte dem rauschenden Wasser vom Tageslicht in die Dunkelheit.

»Bitte …«

Die Brandung schwoll an und zog Kieran fast die Beine weg. Er hatte zu kämpfen, um nicht hineingezogen zu werden. Er hörte, wie in der Höhle ein Schwall Wasser auf eine Felswand traf, und als er sein Gleichgewicht wiedergefunden und die Welle sich zurückgezogen hatte, war von Sean nichts mehr zu sehen. Rasend suchten Kierans Augen die Oberfläche ab, während er im Wasser wankte, nun selbst schon hüfttief, ohne es zu merken. Der eiskalte Ozean zog ihn hinein. Die Münder der Höhlen standen gähnend weit offen.

Sean – der immer dagewesen war, der ein ganzes Leben lang Kierans Freund gewesen war – war nicht mehr da.

Kieran bekam keine Luft mehr. Er wusste nicht, was er tun sollte. Er sah, wie die Wellen gegen *Die Überlebenden* brandeten, und plötzlich war es wieder wie vor zwölf Jahren. Er war verloren. Er wurde im Wasser herumgewirbelt, Kopf zu den Höhlen, Kopf zum Pfad, verzweifelt versuchend, einen Weg hinaus zu finden. Er konnte den unteren Teil des Pfades nicht mehr ausmachen. Er war überschwemmt, und seine Welt war ins Taumeln geraten, bis er nicht mehr wusste, was Himmel war und was Meer.

»Kieran?«

Der Ruf wurde von den Felsen zurückgeworfen.

Kieran versuchte Halt zu finden, sich auf den Höhleneingang zu konzentrieren. Er blieb dunkel und leer. Niemand zu sehen.

»Kieran! Hier oben!«

Die Stimme kam nicht von den Höhlen. Kieran kniff die Augen zusammen. Er wischte sich das Wasser aus dem Gesicht und blinzelte in den hellen Himmel.

Mia.

Audrey vor der Brust, bahnte sie sich ihren Weg den Klippenpfad hinunter. Sie umrundete den zerklüfteten Felsen, von dem aus sie den überschwemmten Strand zum ersten Mal sehen konnte. Ihre Gesichtszüge entgleisten, als sie ihn in den Wellen ausmachte.

»Kieran!« Eilige Schritte, ihre Stimme kaum zu hören unter dem Getöse des Wassers, das gegen die Felsen schlug. »Ich habe deine Nachricht gelesen. Was machst du hier? O mein Gott ...« Jetzt sah sie es. »Wo ist der Rest des Pfades?«

»Warte, nicht!« Ihr Anblick, und er kam wieder zu Sinnen. Er hob eine Hand, als eine weitere Welle ihn fast umwarf. Er schwankte, blieb diesmal aber auf den Beinen. »Es ist nicht sicher.«

»Jesus, ja, danke, ich sehe es!«, schrie Mia, blieb aber, wo sie war. Kieran begann, zu ihr zu waten. Er kämpfte sich durch die See, bis er einen neuerlichen Wogenschlag hörte und seine Augen zu den Höhlen fuhren. Er hielt inne, kämpfte gegen den Sog der Strömung. Mia wandte sich ebenfalls um und sah zu den düsteren Öffnungen der Höhlen.

»Ist etwas passiert?«, rief sie.

Kieran nickte. Er fand keine Worte.

»Ich hole Hilfe.« Sie griff nach ihrem Telefon.

Er schüttelte den Kopf. »Ist schon unterwegs.«

Mia zögerte, stieg dann noch einige Schritte hinunter. Der Lärm der See und das Gekreisch der Vögel waren ohrenbetäubend. Am Rand des Wassers blieb sie stehen.

»Dann kannst du nichts mehr tun, Kieran.« Ihre Stimme kam schneidend, klar und entschieden. Trockenen Fußes stand sie da, eine zappelnde Audrey vor der Brust. »Du kannst da rauskommen.«

Kieran hörte immer noch, wie die See in die Tunnel schoss und wieder heraus. Er löste seine Augen von den Höhlen und sah stattdessen zu Mia.

»Was immer dort passiert ist, es ist vorbei.« Ihre Stimme war weiterhin beherrscht. »Aus und vorbei.«

Sie streckte eine Hand nach ihm aus.

»Weiter kann ich nicht«, sagte sie. »Du musst zu uns kommen.«

Kieran hatte Finn geliebt. Er vermisste ihn immer noch und wünschte, sein Bruder wäre hier. So würde es immer sein. Doch als er Mia ansah, begriff er etwas, was lange schon wie ein Signalfeuer geleuchtet hatte, klein, aber klar und hell. Finn war tot, und er würde nicht zurückkehren. Aber da waren andere in seinem Leben, andere Menschen, die er liebte. Mia, die ihm eine helfende Hand reichte, und Audrey, winzig, aber mit so viel Zukunft. Kieran dachte an Verity und Brian, die zu Hause auf ihn warteten. Er dachte an seine Freunde, und er konnte nicht anders, als einen letzten Blick auf die Höhlen zu werfen.

Er wandte sich ab. Er heftete den Blick auf Mia und drängte durch das Wasser zu ihr und Audrey. Er arbeitete sich ohne Zögern vor, bis er festen Boden unter den Füßen spürte. Als er nah genug war, griff Mia nach unten, er streckte sich ihr entgegen, und sie zog ihn aus dem Wasser.

Kieran zitterte stark, aber sie war warm, als sie ihn auf dem Pfad stützte. Fast scheu legte er seine nassen Arme um sie und Audrey und hielt sie fest, bis sein Atem sich beruhigt hatte. Er wusste nicht, wie lange sie dort so standen, die Köpfe aneinandergelegt, Mias Hände auf seinem Rücken. Schließlich richtete er sich auf. »Lass uns gehen, lass uns nach oben steigen.«

»Sicher?« Mia blickte ihn an. »Bist du bereit?«

»Ja.« Er nickte. »Ich bin bereit.

Sie wandten sich dem Pfad zu, der klar und trocken vor ihnen lag. Kieran blickte nicht auf die leblosen Höhlen oder die wütende See oder die einsamen *Überlebenden* zurück. Stattdessen nahm er Mias Hand, während sie ihre Tochter umfasste, und sie machten sich auf den Weg nach oben.

Jane Harper
Die Suche
Thriller
Aus dem Englischen von Matthias Frings
382 Seiten. Gebunden mit Schutzumschlag
ISBN 978-3-352-00978-5
Auch als E-Book lieferbar

»Ich liebe die Australien-Krimis von Jane Harper.« Stephen King

Der Bundesermittler Aaron Falk ist auf dem Weg ins südaustralische Weinland, um bei einer Taufe dabei zu sein. Genau vor einem Jahr ist dort eine Frau verschwunden: Kim Gillespie hat offenbar ihr schlafendes Kind auf einem Festival zurückgelassen. Danach hat sie niemand mehr gesehen. Das Rätsel ihres Verschwindens ist immer noch nicht gelöst, und eine neue Suche beginnt. Falk versucht, die letzten Schritte von Kim zu rekonstruieren. Er begreift, dass die Ermittler vermutlich einen Fehler begangen haben: Sie haben das gesehen, was sie sehen wollten – und sind auf eine große Täuschung hereingefallen.

»Nachdenklich und einfühlsam – Aaron Falk ist viel mehr als ein gewöhnlicher Detective.« New York Times Book Review

Regelmäßige Informationen erhalten Sie über unseren Newsletter.
Jetzt anmelden unter: www.aufbau-verlage.de/newsletter

RL rütten & loening

Deon Meyer
Todsünde
Ein Bennie-Griessel-Thriller
Aus dem Afrikaans von Stefanie Schäfer
477 Seiten. Broschur
ISBN 978-3-7466-4013-6
Auch als E-Book lieferbar

Stellenbosch sehen und sterben

Die Ermittler Griessel und Cupido sind von Kapstadt nach Stellenbosch verbannt worden. Hier sollen sie nach einem Studenten suchen, der verschwunden ist. Vertane Zeit, denken sie, doch dann verschwindet auch noch Jasper Boonstra, ein berühmt-berüchtigter Betrüger, und obendrein wird ein Polizeioffizier an der Kapstädter Waterfront erschossen. Irgendwie scheint alles zusammenzuhängen. Griessel und Cupido halten sich an ihre bewährte Strategie: auf ihre eigene Weise ermitteln und durchhalten. Und sie erkennen, dass es der dunkelste Trieb ist, der hinter allem steckt: Habgier.

Hochspannung vom besten und erfolgreichsten Thrillerautor Südafrikas

Regelmäßige Informationen erhalten Sie über unseren Newsletter.
Jetzt anmelden unter: www.aufbau-verlage.de/newsletter

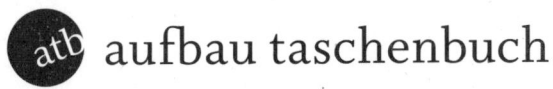

aufbau taschenbuch